我们不能活反了 王小妮研究集

张光昕 编

隐匿的汉语之光·中国当代诗人研究集

华文出版社

剧园的戏曲之光·中国古外剧人研究集

本丛书无意于面面俱到，而仅关注那些我们认为重要的、有特色的中国当代诗人及其得到讨论的状况，旨在为进一步地探讨存留一份资料，或提供一条进入相关领域的线索。其间显然经过了审慎的拣选——既包括讨论对象（诗人）的选定，也包括研究篇目的选录，甚至还包括编选者的延请。

在这个喧嚣的年代，诗界从来不乏炙手可热、炫人眼目的弄潮儿，但我们的目光在其上不会停驻太久。我们更看重那些沉潜的、通过艰卓的探索为汉语写作——进而言之即是汉语本身——做出贡献的诗歌写作者，愿意以某种方式向他们致以敬意。他们不事声张、摒弃夸饰的招摇，对诗歌保持着单纯的热爱以及足够的耐性和虔敬之心。他们的取向各异、风格悬殊，但有一个共同点就是：他们的写作彰显了一种布朗肖所说的写作的沉默与"无名"性质，能够经受哗声的销蚀和流俗的磨损。这也是本丛书名为"隐匿的汉语之光·中国当代诗人研究集"的由来。

在我们看来，诗人不应该随波逐流，成为文化时尚的合谋者、某些媒体舆论的传声筒，而是应该对这些保持一定的距离、采取必要的审视态度，同时从其身处的时代中提炼出"噬心"（陈超语）的主题。后一点尤为重要，诗人以锐利的敏思切入历史与人性的深层议题，同他对语言的发明、诗艺的锻造一样，需要付出巨大的心智。本丛书对诗人的甄选即出于如许期待。

从新诗百年历程来看，中国当代诗歌（特别是最近四十年的诗歌）已经显示了与现代时期诗歌有别的主题意向、形式特征乃至写作意识。简而言之就是，不同于后者对"现代性"的探寻和展现，当代诗歌立足于当代的历史语境，呈现出某些可称之为"当代性"的质素。这种"当代性"有其自身的问题阈和书写逻辑，也许较之现代诗歌更为复杂，但也背负着"当代性"特有的焦虑与压力。从诗学方面来说，当代诗歌发展了现代诗歌的部分路向，却在开辟当代诸多命题、凸显其"当代性"的过程中，抽空了问题得以生发、延展的路径，过于强化某些单一的层面，从而窄化了自身的可能性的向度，因此难掩其局限与危机。本丛书收录的研究论文，一定程度上回应了当代诗歌面临的这些理论话题。

　　本丛书以"研究集"取代一般谈及当代诗歌时习见的"批评集"，除了想要回避已经被污名化的"批评"这样的字眼外——其实无须赘言，批评本身是不应受到排斥的，真正的批评无不包含深刻的洞见和强大的辐射力——还想着意强调论析当代诗人的文字中所应具有的历史眼光、探究成分和学术本色，并对严肃的讨论表示必要的尊崇。

2017年1月动笔，6月拟定

张桃洲　王东东

我们不能活反了　　王小妮研究集

第一辑　耀眼的粒子

003　王小妮："活着"及其方式

017　"为自己的心情去做一个诗人"
　　　——评王小妮90年代以来的诗

023　水晶的诗光
　　　——王小妮诗歌创作论

035　论王小妮的诗歌

045　在转弯里滑翔的，是一只鸟的细目光
　　　——王小妮诗歌论

061　失去象征的日常世界
　　　——王小妮近作论

077　王小妮的边缘立场
　　　——时代主潮的"错位"者

101　飞翔在"日常生活"和"自己的心情"之间
　　　——论王小妮的个人化诗歌创作

117　王小妮诗歌与禅文化的深层联系

131　米与盐：家庭诗学的两极
　　　——以王小妮为中心

151　一半永远地在向另一半走去，或迎面或相悖
　　　——王小妮诗歌简论

161　论王小妮诗歌写作的社会敏感性
　　　——幽婉游移的"个人化历史想象力"

目　录

第二辑　光与影

177 "十秒钟"
　　——读《我感到了阳光》

181 王小妮诗歌世界解析
　　——评王小妮诗集《我悠悠的世界》

189 世界的创建和坚守
　　——王小妮写作描述

197 王小妮·"基本情绪"

201 一颗星星能走多远
　　——解读王小妮

207 王小妮读札

227 光与暗的交错
　　——细读王小妮诗歌《闪电之夜》

235 双头鸟的平衡术
　　——王小妮《十枝水莲》的诗歌空间

251 锋利 忧郁 低回
　　——王小妮近年诗歌述评

第三辑　透　视

261 我的诗人妻子王小妮
　　——王小妮文学写作编年

第四辑　挑　灯

293 诗很大程度是可以害人的
　　——答燕窝

305 女人适于写作

  ——答《晶报》汪小玲

317 诗不是生活，我们不能活反了

  ——答《南方都市报》田志凌

325 最松弛的状态，就是最发力的状态

  ——答《新诗界》

附　录　王小妮创作年表

我们不能活反了　　王小妮研究集

第一辑

耀眼的粒子

我们不能活反了

王小妮研究集

早就有个愿望谈谈王小妮的诗。

据我所知：20世纪70—80年代之交启程的诗人中，始终保持纯个人方式，以独立的姿态平静地将写作持续到今天，并且平静地跨越了几个不兼容史期的，除了严力、王家新等几位男性诗人外，就只有女诗人王小妮了。

在20世纪80年代，一个诗人能够以平静的心态坚持写作，是一件很珍贵的事，而对王小妮来说，这种平静就更加难得。因为20世纪80年代诗坛上几次重大的骚乱都是徐敬亚一手制造的，作为肇事者的同窗兼妻子的王小妮，自然置身于骚乱的策源地，但她始终处乱不惊，以自己一贯的方式从容地言说着自己感知中的世界，以至于她的诗真纯、清澈到今天这种地步。

最近读了不少诗歌批评论著，其中有批评家们从各种角度开出的诗人"菜单"，但几乎所有这样的"菜单"中，甚至在专列女诗人的"菜单"中都没有找到王小妮这个名字。这是个不算小的笑话，我真为这些批评家的批评直觉和良知感到担忧，同时，也深为王小妮感到庆幸，因为这一事实至少验证了王小妮那种可贵的平静。

为此，我就更想谈谈王小妮的诗了。

王小妮："活着"及其方式 ※ ———————————— 李震

※ 原载《作家》1996年第10期。

一、女性话语主体：女神，还是女人？

谈论王小妮的诗，恐怕无法躲开女性诗歌这个存有争议的话题。

在一种将诗歌精神绝对化、一元化和客观化的观念中，诗是不承认生命本体的差异性的，因而也就不分男女性别，诗被描述为一种存在于生命之外的绝对而永恒的、神性的和上帝般的存在。然而这种诗歌及其精神并不存在。不同时空中的每一个诗人，包括不同性别的诗人所找到的诗意的光芒完全不同。如果我把诗歌最终看成是一种人类行为和生命自然的符号形式不算过分的话，那么作为诗歌本体的人类生命本身则是具有普遍差异的，而男女性别的差异则是人类生命形态中最基本的差异，就像大自然有天地、昼夜、阴阳之分一样。诗歌既然是一种人的行为，就不可能不呈现性别这一生命本体中最基本的差异，所以我是在肯定人与人自然的阴性本体的存在之后，使用"女性诗歌"这一概念的。而且我认为，诗歌本身就是一个女性的、阴性的世界，因为诗歌感性的、内视的、单纯而明净的精神特质和语言方式，正是一种女性的特征。女性，作为一种精神实体，是非理性的（感性、直觉、梦幻、迷狂的）、内倾的（内视、只关注内部心灵世界的）、审美的（单纯的）和洁净的（明净的）存在，正好与诗重合。男性则是理性的（智慧的、意志的）、外倾的（外视、现实、行动、权力、破坏欲的）、哲学的（逻辑、权念、思辨的）和混浊的存在。男人本质上离诗很遥远。历史上诗人以男性为主的现实是由于女性没有获得文化运作权，而且在某种意义上说，男性诗人成功的程度是与他们女性化、阴性化的程度成正比的。

中国古代诗歌史是一部不完整的历史，它缺失了除蔡文姬、薛涛、李清照等少数几位女诗人外大量才情卓越的女性诗人。中国不是没有被誉为第十位缪斯的萨福，而是无数个萨福被埋在了历史的尘埃里。从一些古代典籍中，可以看到大批女诗人的记载，但都是只言片语或只记一二诗句不记其名，但从这些闪光的碎片中我们可以料想，古代女诗人在严重缺少文化哺育的条件下所具有的天然创造力，完全可能高于这部被大书特书且以男性为主体的辉煌的诗歌文明史。

近现代以来，似乎女诗人增多了，但她们只能在既有的以男性话语为中心的诗歌传统中写作，很少意识到自己的性别特点和优势，更鲜见确立阴性本体和女性语话的自觉努力。

在中国诗歌史上，女性意识的觉醒是以20世纪80年代中期翟永明的诗歌为标志的。翟氏与她同时期的几位女诗人伊蕾、唐亚平、海男等，将从蔡琰、李清照到冰心再到舒婷、傅天琳创造的题材意义上（母爱、童心、情爱）的后传统女性诗歌写作，深化到了本体的意义上。她们提出的"黑夜意识"和黑色系列写作，正是对阴性本体的公开确认和直接呈现。她们以男权专制的叛逆者的形象、大胆暴露自己的内心隐秘、疯狂的自恋和自虐、以女性特有的自白式话语，以及对母性、对性和生殖的礼赞与对女性独立性的捍卫，去建立一个建筑在阴性本体之上的、创造并包容世界的女性神话，且以此猛烈地冲击着既成的男性为中心的话语体制。

翟永明的这种将女性意识推至显意识来直接观照女性自身的生存和命运的诗歌写作，在中国女性文学史上是空前的，自有其不可动摇的诗学和历史价值。但这种由各种历史机缘促成的女性意识的爆发式觉醒，使她们的写作承担了许多诗歌之外的使命，并因此具有了对抗性、叛逆性和极端化、绝对化的特性，以及强烈的女性造神意识，这就决定了这种女性诗歌只能是狭义的和阶段性的，且在很大程度上重新遮蔽了对那个巨大的阴性本体的发现和女性话语的确立。女性诗歌的写作在那个时期没有成为女性生存的日常方式，而成了一种突击式的、观念化了的精神战争。女性意识的被神化使其时的女性诗歌话语主体成为一个神秘的、无所不包无所不能的创世女神形象，而不是一个真实的日常女人的形象。

与翟永明们的狭义女性诗歌写作同时潜存的另一种女性诗歌的写作便是以王小妮为代表的。与王小妮相近的同路女诗人还有陆忆敏、刘亚丽、张真、邵薇、林雪等，她们尽管有着各不相同的个人方式，但她们对待女性意识的态度和女性话语主体却是一致的：凸现一个平凡而真实的女人。

在王小妮的诗中，几乎看不到"女人"这个词，也不见有明显地对男权的反叛与对抗，更没有夏娃、女娲、圣母玛利亚式的创世女神形象，但王小妮呈现给我们的完全是一个女性的世界，这个世界不是由脂粉味装点出来的，亦不全是用母爱、童心、情爱填充起来的，更不是由女神、女巫的神秘莫测营造出来的，而是一个用只有女人才会有的感知和直觉方式言说的世界，这是一个清纯、明净、长满了素朴的植物、飘散着简单的鸟语花香的世界，这个世界透明、菲薄、不着痕迹，像水晶、像飞翔的羽翼，在这个世界里："植物的声音／在桌子上光滑地出现。／第一次听到植物的呼救。／像婴儿／站在燃烧的鲜红草坪上／它现在苍老至死。"（《许许多多的子》）在这个世界里，她感到《半个我正在疼痛》："有一只漂亮的小虫／情愿蛀我的牙。／／世界／它的右侧骤然动人／身体原来／只是一栋烂房子。／／半个我里蹦跳着黑火。／半个我装满了药水声。／／你伸出双手。／一只抓到我／另一只抓到不透明的空气。／疼痛也是生命／我们永远按不住它。／／坐着再站着。／让风这边那边地吹。／疼痛闪烁的时间／才发现这世界并不平凡。／我们不健康／但是／还想走来走去。／／用不痛的半边／迷恋你。用左手推动着门。／世界的右部／灿烂明亮。／疼痛的长发／飘散成丛林。／那也是我／那是另外一个好女人。"

这个纯净得发脆、菲薄得几乎要碎裂的世界，不是那个不识烟火，不着人迹的天堂，它恰恰是由实实在在的"烟火"和"人迹"组成的，它是一个平凡女子，一个家庭主妇、一个妻子和母亲亲眼见到、亲耳聆听到的世界，王小妮在《一个不工作的人》中写道："在一个世纪的末尾／我的意义／只发生在我的家里／／淘洗白米的时候／米浆像奶滴在我的纸上／瓜类为新生伸出手指／而呼叫／阳光下浮动慌乱的灰尘。／那是我认识／和不认识的人们／／不用眼睛／不用手／不用耳朵／我感觉到了／四周最微小的风吹草动……"

这里没有代神立言的神圣，没有故作神秘的鬼魅，更没有仙风道骨的妖气，而是一个平凡女子的日常状态，她真切的感知与直觉，以及她素朴的言说。被王小妮过滤掉的不是"烟火"和"人迹"，而是这个世界的伪装和一切世俗的功利的尘埃。对王小妮来说，生存不存在生存之外的目的，生存的价值在于真实地生存，并精确地品味出生存的每一个细节的味道。生存的终极意义和形而上的辉光正在每一个真实的生存细节之中，离开细节的终极与形而上的意义，就像王小妮在《等巴士的人们》中写道的："神／你的光这样游移不定。／你这可怜的／站在中天的盲人。／你看见的善也是恶／恶也是善。"

真实即美、即意义、即深刻,生存的意义和趣味在于生存本身和它的真实性,这是王小妮用她的诗歌告诉我们的一个原则。在这个意义上说,王小妮诗歌写作的母题和代表作,应该是《活着》。她多次用《活着》作自己诗歌的标题并非偶然,她用《活着》唤醒在无意识状态下活着的人们,使"活着"成为活着最美、最深远、最终极的意义。

历史上由轰轰烈烈、叱咤风云抵达辉煌的人,其实不一定伟大,真正的辉煌和伟大是从平凡而真实的生存细节中抵达的,人类的生命应该是——愈是平凡就愈是照耀。王小妮正是在一片神性的辉煌和伟大的诗歌背景中,坚持着一个平凡女人的形象,在一个书写神话的年代里,平静而从容地述说着因真实而美丽的人话,将女性诗歌的话语主体由女神还原到女人。

二、找回世界本身的诗意

一个诗人的个人性及其独立姿态,是由他对诗意独到的颖悟和对世界特殊的观照方式构成的。王小妮用她的诗歌告诉我们,人们所刻意营造的诗意,就是这世界本身。或者说,在一种王小妮式的领悟中,对于她,这个世界本身就是一种诗意的存在。

就在早期"朦胧诗"普遍地将诗当作意象的积木的时代,作为"朦胧诗人"的王小妮就不曾试图用几个意象去抽取或象征这个世界,而是执着于寻找和捕捉对这个世界本身的真切感受,尽管她在抒发一种人道情怀和人性的自由、灵动方面与早期"朦胧诗"保持着普遍的关联,但她这种诗意构成的方式则在当时具有相当的独立性。她的诗选中收录的最早的两首诗《我感到了阳光》和《风在响》中的"阳光"和"风"本身,并不是什么用以象征某物某事的意象,诗人所执意言说的是自己在第一次感觉到阳光和风真实存在的时候的那种新鲜、舒朗和自由,而不是别的什么身外和世外之物。

这种诗意方式在王小妮的写作中保持了它的一贯性,王小妮诗歌的发展与变化是这种方式的进一步精确、细微和深化。她始终保持着对一些真实的日常事物的关注和体会,而且她用以关注和体会的目光、直觉以及心情始终保持诗性的纯洁,其中没有丝毫文化意义上的反思与批判,更没有那么多哲学的形而上的玄想。王小妮似乎十分明白,作为一个诗人,她的职责、使命和才能并不在于建构某种文化的和形而上的意义,而在于用自己独立的感官去直觉这个世界本身,以及自己与这个世界的构成的真实关系,因而她的诗没有许多男性诗人的那些理念、文化意义和复杂的象征模式。在她看来"真正的问题／从来都这么简单明快"(《八个棋子》),因而她的诗很像是内涵深厚而又简单明快的"静物速写",这种感觉仅从她的诗题中就可以找到,如《许许多多的梨子》《很纵深的房子》《那样想,然后这样想》《我喜欢香烟排列的形状》《看到土豆》《最软的季节》《好的瓶子》《晴朗》等。王小妮所透视的不是这些"静物"的背景、环境和与此相关的物外之物、联想之物,而是这些"静物"本身直到其内部及其与注视它们的眼光的关系。由前面那首《半个我在疼痛》,到这首《注视伤口到极大》:

我信上说手指流血／写信是件潮湿猥琐事。／／创伤早晨走来。／红翅膀扇动墙壁。／伤口明亮／我眼前出现一只拱门。／／只有我还柔软。／你走以后／世界的质地突然生硬。／睡在床上／也会割伤手指／为你幽闭的血管／顿时欢畅／像开响了的黑色音箱。／／三岁男孩说／明天我也生个孩子／领着走。／我告诉你／我要携带许多伤口／优美地上街／／鲜艳地穿越红灯。／前前后后／看见活着也算一种刺激／路人缩在他们／狭小的衣袋里。／严密又温暖／但是得得得得地向外渴望。

这种"透视"所获得的不仅仅是立体感,还有透明、透彻和事物的内部关系,而真正重要的是这种透视本身。因为这种透视不仅抵御了某种文化语境为"静物"设定的意义,而且穿越了人们感知世界的显意识层次,揭开了人们感知中世界的无意识状态,如:

一走路／我就觉得我还算伟大／／我和我的头发／鼓舞起来。／世界被我的节奏吹拂。／一走路／阳光就凑来照耀。／我身上／

顿然生长出温暖。

——《一走路我就觉得我还算伟大》

我看见无数只手／在茶杯上犹豫……／／我看见你蓝调的想法／试图打开我。／但是玻璃都不再透明／无论你培育了／多少只手／我的周围已经成熟。

——《不能让空气出现孩子味》

那些整夜／蜷曲在旧草席上的人们／凭借什么悟性／睁开了两只泥沼一样的眼睛。／／鼾声还缩在屋角／靠什么力气／他们站起来／准确无误地／拿到食物和水。／／需要多么大的智慧／他们在昨天的裤子里／取出一串钥匙。／上路以后／每个交叉路口／都不能使他们迷失。／／现在所有人的头脑／都借助着两只轮子的惯性／比竹梭比蜷蚁比陨石／还要简洁还要快。／金属的质地显然太软／是什么信念支撑于他们／头也不回地／走进走出这每一天。／旦夕祸福悬在最细的线上。／太阳像胆囊／升起来了。

——《清晨》

这是这个世界不为人所知的部分，然而这却是一个更大的世界。正是这些无意识状态中的东西，构成了王小妮诗意言说中的真实的世界。正是这个世界的声响的秘密、光色的秘密、自由运动的秘密，诱使诗人无休止地注视它、言说它，并以此找寻着这世界本身的诗意。

三、轻·淡·静：飞动的水晶

20世纪80年代，女性诗歌写作的主导方式是油画或重彩画式的。强烈的女性意识及其反叛精神和造神激情，化作20世纪80年代女性诗歌疯狂的浓墨重彩。女诗人刻意用浓密的意象和黏稠的象征以及冗长的句子渲染其油画语言的主调：黑色（翟永明、唐亚平等）和深红色（伊蕾等），给人以沉重、阴郁的压迫感，这些浓烈的色彩就像用某种不适当的化妆品，装扮成20世纪80年代女性诗歌的主体形象：一个浓妆艳抹的女神。

而王小妮却始终专注于她的素描、钢笔速写或写意画的方式，这种素朴而本真的方式在王小妮的诗中表现为简洁明快的口语，表现为遮蔽一切喧闹的寂静、解除一切功利欲求的淡泊和挣脱一切沉重感压迫感的轻盈的飞翔。那种被昆德拉描述过的"生命中不能承受之轻"被王小妮东方化为一门淡化苦难、淡化功名利禄、淡化人为的主观目的性、淡化文化与命运，乃至淡化死亡的艺术，使王小妮在"淡化"后的一片空寂宁静中，置身于一个水晶般晶莹剔透的世界。因而轻化、淡化和静化在客观上对世界产生着一种软性的还原力，它将一个过分自觉到人为程度的世界还原为一个自在的世界，将一个由理性与意志主宰的世界还原为一个直觉的无意识状态的世界，诗人得以在这个平平淡淡的世界中，从从容容地聆听它最真实的声息。

具体地讲，王小妮之"轻"首先来自她对沉重的文化意识和形而上玄想的淡化。在王小妮的诗歌话语中文化的含金量几乎等于零，她既不就范于任何文化价值给定的规则与秩序，也不沉溺于哲学的形而上冥想，更不与现实处境无关地去问津终极价值，她甚至对现代主义提出的最基本问题"我从哪里来""我到哪里去"以及人们苦苦思念的"家园"都无心去回答和寻找。她在组诗《回家》中写道：

我看见了／古老的感情。／我看见／在你我之上。／感情站起来／拿着比中午还要热的眼泪。／但是／收回你干涸的手／什么也不能怂恿我／踏上茫茫的回家的路。

——《回家》

春天跟指甲那么短。／而我再也不用做你的树／一季一季去演出。／现在／我自己拿着自己的根。／自己踩着自己的枯树败叶。

——《最软的季节》

……我夹在雪暴中最亮的那一层／根须像疯子在飘。／不要再往天边走／早在两百年前／我就已经厌倦了。……两百年来／

我一直在想／如果真的就是假的该多好。／无家可归该多好。／天塌地陷该多好。

——《厌倦》

这种"自己拿着自己的根"的"无家可归"状态，使王小妮得以在此时此地的现存空间中"像疯子在飘"一样轻舞。

王小妮之"轻"也来源于她生存状态的非目的性。王小妮似乎始终不具有某些现实以外的人造理想、直觉之外的人为目的和自在之外的理性自觉，在她看来"反叛"与"歌颂"同样没有意义，上帝与魔鬼同样不具备人性，女神和非女人同样都不是女人，具不具有女性意识在于是否像女人那样存在着、活着言说着，而不在于与男人平分秋色或争权夺利或一系列主观设定和宣言。因而，如果说王小妮的诗歌是一种真正的女性诗歌的话，那是因为她从不谈论女性问题，却始终以一个平凡而真实的女人才有的感知、直觉和想象力去言说世界。她没有主观的目的性就像一个女人没有方向感一样，是天生的，而没有目的性就不会以人为的价值尺度、功利尺度和文化尺度去衡量、切割这个世界，就不会为此而感到沉重和累，就会获得那份常人不可企及的、生命中不可承受却永恒存在的轻。

正因为如此，王小妮才能将这个繁复的世界纯化为一个水晶体。

王小妮之"轻"还来自她简洁明丽的口语及其对文化语义的淡化。在王小妮的诗歌话语中不仅没有那些纷杂迷乱的虚浮意象，甚至没有那种被古今诗人用熟了的典雅、厚重、足以标志文化才情的浓墨重彩的华丽语词，她所动用的是最直接、最素朴，离感官最近的"家常话"，她用这些"家常话"去感知并表述世界的诗意，且在客观上消解着传统诗人寄寓在世界和语言中的文化企图，使世界在她的言说中变得鲜活、简约、亮丽。

"家常话"（口语），是人们说得最多，说起来最轻车熟路的话语，却也是最难说的话语，人们通常会认为高僧不说"家常话"，他说的全是经文，而事实恰恰是只有高僧才说"家常话"，只有高僧才能说好"家常话"，或者说，只有好的"家常话"才是最高级的经典。

王小妮诗歌中的"家常话"是属于王小妮自己的日常口语，它不是有意识学到的俚言巷语，也不是男人们特用的粗言俗语，更不是作为一个文化人从书本上学得的咬文嚼字，而是在一个平凡女人的感知之中、唇齿之间自然生长的口语。

一个人的口语，是他直接从种族语言的血液中传递而来的母语。而一个时代的口语是一个种族母语的复活形式，也是这个时代的当代的母语形式。王小妮说"诗意全都苍老／中国字已经长胡子／写诗的人脚指头也有胡子"。王小妮正是用自己鲜活的口语使这些"长胡子"的中国字组合出年轻的诗意。

王小妮的口语是一种不经意中自言自语地说出的母语，这种母语经过一个女性的直觉的抽象、过滤和不断重组，在客观上对反复约定在其中的文化语义杂质构成了一种漫不经心的消解，使语词成为诗人个人经验的准确代码，使王小妮言说的那个"悠悠的世界"准确地成为她个人生命的表象。

在这个由口语言说的世界里，诗人得以自由地感知其中的变化与细节，分解被文化语义板结了的每一个局部和侧面。譬如，诗人一方面感觉到"一走路，我就觉得我还算伟大"；一方面又感觉到"黑夜很遥荡／世界又变成／一棵发闷的矮树。／路比雾还稀少。／我发现／我这走法／哪儿也不能到达"。再譬如诗人写到的那双被赋予了层层文化语义的手，一会儿是"几天没有伸出手／没有用它／认识人或者告别人"。一会儿又说"是我的海永远不测／颠簸到哪里／都伸给你能唱歌的手"。

这种纯个人化的口语复活了母语的灵性，也复活了世界久已被文化遮蔽了的真实面貌，由此，这种口语以最日常的方式开启了被理性和世俗功利覆盖着的无意识状态，构成了王小妮诗歌中神秘而荒诞的部分。如"得这病的时间／你正从城东跑到城西／和丑人也要微笑搭话"。如"你的梦／拉皱我的白床单"。再如"我坐下来／世界又是一大瓶透明的净水。／平静起来／像一些碎纸上下自由"，等等。这些诗句由一种口语到达了某些人平素视而不见、见而不识的无意识或下意识状态，它们看似神秘荒诞，却正是人们最日常的生存现实。

口语使王小妮的诗歌去掉了装饰和附赘，以一种简洁、灵活而又浑然一体的速写笔法，直接切中世界的本质。口语使王小妮在她的诗歌写作中真切地抓住了自己,并且有效地淡化了文化价值的重负和形而上的痛苦,进而保持了她静若止水的叙述姿态。口语更使王小妮言说中的那个水晶般的世界得以轻盈地飞翔。

四、真实的荒诞:最现实的超现实主义诗歌

20世纪80年代以来,中国诗歌中形成了一种畸形的风气:以有意识地求"新"、求"怪"来标明自己的先锋性。在这种风气中,故作玄奥者有之,人为荒诞变形者有之,装神弄鬼者有之,装疯卖傻竟至自杀者有之,这种风气孕育着一些病态诗歌观念和一批病态的诗人。王小妮虽然也不可避免地居住在中国诗歌这个大病房中,但她始终保持一种刻骨铭心的清醒与健康。

王小妮是以一个正常人的心态面对世界、面对诗歌的。她没有在世俗的现实面前变得扭曲、变态,甚至发疯、自杀,而是以一种静观的姿态,看戏似的欣赏这世界的一切变化,包括她自己的变化,这种平静地直面现实的心态显示着诗人强大的心理能力和健康的艺术精神。因而,王小妮在一片"返归家园"、逃离现场、走向神灵和上帝的呼声中,成为一个敢于正面对视现实的诗人,这种现实包括她日常生活中的土豆、白米和瓜类,包括她的丈夫、儿子和居室,所以我说王小妮是当今最现实的诗人。然而这位直接从身边的日常现实切入的诗人所抵达的最精彩的状态却是超现实主义的。

王小妮的诗歌在1985年后经历了一次飞跃,1985年以前的大部分作品以宣示一种质朴的人文关怀和浪漫情怀为主调,尽管已形成她一以贯之的简洁透明、素朴清纯的直觉和语言方式,但却鲜有脱出现实时空者。1985年以后(从《我的诗选》第三辑起),王小妮显然已走出一个人文知识分子感知和言说现实的局限,以纯粹诗意的和艺术的心态表述世界。1985—1986年之后,诗作一反过去作为人文主义者对小生产环境中人类生存处境的情感和道德关怀的姿态,开始怀疑、警惕现实世界中不经人关怀的因素,形成一系列噩梦般的恐怖感和憎恶感,表现出明显的超现实主义倾向。如《守护别人的时候,疾病开始见

异思迁》《有孕人在迎面的路上特设了七把黑椅》《鸟所炮制出来的巨型悲剧》《连绵不断的嵌在方格里的战争诱惑》《定有人攀上阳台,蓄意暗中篡改我》等。这些诗歌无论就其梦魇般的感觉方式,还是就其简洁而突兀的呓语般的语言方式而言,都是超现实主义的。

众所周知,西方超现实主义诗歌同样是从19世纪人文主义的浪漫情怀和古典主义的道德关怀中反叛而来的,这与王小妮1985年前后的飞跃在精神实质上是一致的,西方超现实主义者们所倡导的梦境文学、自动写作、梦与现实的临界狂想和无意识语言,也正好可以诠释王小妮1985年后的大部分诗作,尽管我无法证实王小妮受到过西方超现实主义诗歌的影响。

同时,我们应当充分注意到:王小妮诗歌中的超现实主义倾向与西方超现实主义诗歌有着根本的区别。西方超现实主义诗歌是以弗洛伊德主义为依据的梦文记录,超现实主义诗人坚信三个世界的说法:客体世界(老鼠、扫帚和垃圾)、抽象世界(保险单和法律)和欲望的世界。他们认为,无意识欲望能辨识其他两个世界的一切东西。人们所渴望的一切均由不可知的潜意识迷宫中浮了上来,并带着幻觉的魅力显现为金钱和情人。重现为已忘却或尚能追忆的往事,这些客体和欲望似乎体现一种完整的存在,可事实上都只是投向远处的阴影,他们所关注的正是这种投射影子的活动,及其荒诞、变态和迷乱。

王小妮则几乎与之相反,她并不沉迷于白日梦的离奇怪诞和光怪陆离,而是专注于现实生存场景自身的梦幻感和荒诞感。她尽管有效地进入并展示了无意识世界,却并不受无意识欲望的驱使,而是在直觉和女性少有的灵智推动下写作。因而王小妮不像西方超现实主义诗人那样躲在无意识的黑洞里追逐和捕捉欲望投射在那现实中的影子,而是在现实生存场景中寻找梦境似的真实的荒诞。或者概括地说,西方超现实主义在寻求梦境的现实感,而王小妮则是在发现现实的梦境。进一步讲,西方超现实主义的荒诞与梦幻来自话语主体自身的变态,而王小妮诗歌的荒诞则是来自一个正常的话语主体关注下的现实自身的内在真实。

这一区别在王小妮1988年以后的作品中表现得更为真切,这些作品中不管是《睡着了的宫殿是辉煌的紫色》这样的直接写梦境的诗,亦或是像《活着》（组诗）这样静观现实的诗，都具有明显的梦幻感和荒诞感，但在骨子里又显得那么清醒那么现实那么真实。这种真实的荒诞以及构成它们的那种超现实主义式的梦境语言，还是王小妮诗歌最具魅力的部分：

我这黑夜安详起来／变成长头发的女人。／手指再次像白羽毛／抚热你的膝盖。／／从清晨到晚上／人不能总是见到光／我说我要追求发暗。／／你的眼神又开始乌黑。／我们在空气不多的夜里／找到成为伟大的真理。
——《经历沉闷又黑暗的夜晚》

我的手／夜里睡鸟那样阖着／我的手／白天也睡鸟那样阖着。／你走远又走近／月亮在板凳上／对着你的门口微笑。／没人知道／我站我坐／都是一样乱。／／平凡的人跋跋路过窗口／路上有／许多幸福鼠洞。／我看生命太繁忙。／睡鸟醒来／树林告诉说树林很累。／鸟说看见了。／鸟的方式／从来是乱语纷纷。／／……让我向我以外笑。／让我喜欢你／喜欢成一个平凡女人／让我安详盘坐于世。／独自经历／一些细微的乱的时候。
——《不要帮我，让我自己乱》

王小妮就是如此轻松自如地走入了现实的梦境。这些梦境也是如此瑰丽、荒诞、飘忽、如此地"乱语纷纷"，展示了一种口语才能抵达的无意识世界的奇幻与神秘。但同时，这些梦境却又是这个世界现实中最真实的部分，也是诗人面临这个世界的最真实的境况：由此王小妮成为一个清醒的梦游者，她的诗歌成为一种醒者的梦话。

写到这里，我感到自己正在从王小妮的"梦话"中醒来。我感到自己不像是个释梦者，更不是这些梦的主人或参与者，而是一个"梦话"的聆听者。我被这些"梦话"所蛊惑，却始终无法走入王小妮的梦境。事实上，我已经被这些"梦话"关在了门外。我努力醒来，却发现了我和王小妮同在一个广阔的梦境之中，同在这个现实得不能再现实的"悠悠的世界"上，在这里，人们都彼此活着，并按照自己的方式独自做梦。■

我们不能活反了

王小妮研究集

自20世纪90年代以来，中国社会和诗歌发生了非常深刻的变化。我曾在一篇长文《在非诗的时代展开诗歌》(《中国社会科学》2002年第2期)中描述过这种变化：90年代的诗歌是一种转型的、反省的、无主流的、无典范的诗歌，它最大的意义不是产生了多少具有社会一致公论、众望所归的诗人和诗作，而是在被迫承受的边缘处境中开始了诗歌与世界关系的重新检讨。这种检讨，直接面对的虽然是20世纪80年代的诗歌问题，但更深刻的意义却在于动摇了诗歌观念的狭隘性。在20世纪90年代，诗歌的社会功能正在发生变化，时代代言人的角色定位和运动性、思潮性现象（这是集体性写作的表征）淡化了，写诗不再是直接参与社会生活的方式，诗的阅读也同样不再是公共生活中的盛事，而是成了个人探讨人与世界关系的独特语言形式；诗收拢了（也可以说扩大了）自己的野心，从驱动时代的变革转向了个人意识和想象方式的关注。

在那篇文章中，我用王小妮发表在1997年第3期《天涯》上的一首诗的题目作了第一部分的小标题："重新做一个诗人"。这诗名也是她另一篇发表在1996年6月号《作家》上的随笔的篇名。她在诗中写道："有人说这里面／住了一个不工作的人。／我的工作是望着墙壁／直到它透明。／我看见世界／在玻璃之间自燃红色的火／比蝴蝶受到扑打还要灵活。／而海从来不为别人工作／它只是呼吸和想。"

"为自己的心情去做一个诗人"
——评王小妮90年代以来的诗※

王光明

※ 原载《诗潮》2004年第2期。

而在同题的随笔中王小妮则写道:"应当有另外的人,只为自己的心情去做一个诗人,他要另外去劳动才能不饥饿,他要打一盆水才能除掉灰尘。他是最平凡的人。他可以写字,也可以不写。他只是在那些被锁定了的生活之中,感觉空隙,在空隙中发现光芒,时限极短,光活泛起来,生动起来。他在那会儿遭遇到另外一个飞掠而过的世界。"

我非常认同这种不把诗当作一种职业,当作谋生手段,或者当作改造世界的工具,当作炸弹和旗帜,"只为自己的心情去做一个诗人"的态度;更欣赏这种像海一样"呼吸和想",把感觉、经验望到"透明"的精神。我觉得,这里包含了诗歌写作两个重要的层面,一是回到有话要说这一基本前提,自觉面对自己的内心经验,二是又不把经验直接等同于诗,而是重视宁静的观照。我认为,前者,使王小妮汇入了90年代以来的"个人化写作"潮流,而后者,使她的诗超越了一般的"个人化写作",显示了自己的品格。

王小妮是20世纪80年代就为许多人热爱的诗人了,但我相信直至意识到"重新做一个诗人"的20世纪90年代后,她才发现诗歌与自己的内心如此贴近,才享受到诗歌写作的自由与快乐。这并不是说王小妮20世纪80年代的诗写得不好,相反,我至今不能忘怀她写的人走出长长甬道后瞬间的晕眩感,以及北方农人石头一样的沉默与坚忍,不过,王小妮的那些诗,呈现给我们的,是感觉的独特,是捕捉瞬间的才华,但抒情观点、艺术趣味和想象方式上,并没有特别过人之处。而在20世纪90年代,王小妮不仅获得了比较明确的诗歌立场,而且写得比较自由,几乎可以说信手拈来、自成境界了。

我猜想,王小妮在20世纪90年代写出最好的作品之前可能有一个女性主义的过渡。她20世纪90年代初写的《应该做一个制作者》,表现了女性只能通过书写才能显示存在的观点("我写世界/世界才低着头出来/我写你/你才摘下眼镜看我")。但女性主义对王小妮的启发并不是单纯的性别视野,更不是玛杜莎式的复仇风暴,她也始终没有认同普拉斯式的自白风格,它的意义只是帮助王小妮在价值失重的时代更深地进入了内心经验、个人记忆和被社会历史的"宏大叙事"压抑的日常感觉,开始品味琐碎、平凡的事物对于个体生命的意义。她宁静地注视这些东西,"……望着墙壁/直到它透明/……

在光亮穿透的地方／预知了四周／最微小的风吹草动"（《重新做一个诗人》），最终找到了一条以个人经验探索世界、领悟生存境况的道路。她坚信这条道路，甚至在一首叫作《不认识的人，就不想再认识了》的诗中宣称："到今天还不认识的人／就远远地敬着他／三十年中／我的朋友和敌人都足够了／……我要留出我的今后／以我的方式／专心去爱他们／……从今以后／崇高的容器都空着／比如我荡来荡去的／后一半生命。"

我是在《诗选刊》2001年11月号读到《不认识的人，就不想再认识了》这首诗的，并将它选入了《2002—2003中国诗歌年选》。后来，徐敬亚告诉我它是1998年的作品，我相信。因为这首诗与她的《回家》《最软的季节》《台风》等诗所处理的内心经验相近，是最个人也最锐利的创伤性经验；同时，在情感上也还稍显峻急。50年代出生的那代诗人青少年时期有许多创伤性的记忆，它往往成为跟随他们一生的梦魇。然而，文本中的说话者，并不是真的要延续旧人旧事的记忆，坚持过去的生活方式，而是在反省和清理自己的记忆和经验，面对世界与自我的真实：那些被"大社会""大历史"所忽略的普通人的生存状态，那些被"崇高"所排斥的琐碎人生，那些被现代主义美学所遮蔽的"简单明白的感情"，那些日常生活中的喜怒哀乐。

王小妮20世纪90年代中后期在许多诗作和散文中都反省和清理过这些问题，而最终的结果是认同了个人生命的真实状态，面向真实平凡的个人内心经验和写作状态：在有诗要写的时候，"认认真真地在想写的时候，写好每一句诗"。20世纪90年代的王小妮，写作已经进入到非常自由和快乐的境界，她已经不再看重诗人的身份而看重诗歌本身，她已经不把诗歌作为参与社会生活的方式而只作为表达心情的需要。她似乎要向人们证明，那些真实心情，是最真实的东西，甚至比广大的现实世界还要真实，而与心情最贴近的，正是个人的感受和记忆，琐碎的日常经验。

诗从社会历史的"宏大叙事"回到个人心情和与心情联系最紧密的日常经验，不只是经验和诗歌题材的解放，也是人格独立、思想自由、精神放松的表现。这不仅对王小妮本人，而且对中国诗歌都有不可小觑的意义。但正如王小妮认为诗大于诗人一样，诗也是大于心情的。90年代是被批评界视为诗歌"个人化写作"的年代,这说明用诗歌面对心情的不只是王小妮一人,但王小妮却不是个可以被这个笼统的概念除尽的诗人。也许,王小妮诗歌更值得我们注意的地方,还不是她把诗歌带回到真实的内心世界和日常经验,而在于通过它们辨认了人性和世界的真实性,进行了自我与世界的双重探索。你读读《西瓜的悲哀》,相信你不由得要惊叹作者从一件日常小事抵达普遍境况的能力。然而更值得注意的是,解读那种事因人生、人为事累的"无缘无故"的人生,呈现在水火中煎熬的生命状态,诗人并不简单地导向社会批判的主题,而是像《我就在水火之间》那样,体验自我与世界的复杂性。这样,她的"水火之间",既是生存的体验,也是自我的读解,既有含蓄的讽刺和戏谑,也有热爱、同情、自省与自嘲。真的,读她这组诗,我竟联想到爱好抽烟喝茶的著名学者王瑶先生那句充满能指又富有幽默感的名言:"我整天生活在水深火热当中。"

  事实上,王小妮诗歌的精彩处,既不是单向的个人心情,也不是日常细节本身,而是朴素平静的心情对细节的照亮。也许这就是把"墙壁"望到"透明"的含义。所谓把"墙壁"望到"透明",不仅仅是获得最个人化的想象方式,有效地把素材转化为诗的意象和结构,也意味着意念与语言的到位。组诗《和爸爸说话》就是这样的作品,读这首诗我竟想起杜甫的《江南逢李龟年》,那种对情感的节制,以表面上的轻描淡写表现最难忍受的时刻的能力。然而杜甫那首诗是把中国古典诗歌的凝练与含蓄推到了极致,而王小妮的这首诗的魅力则体现了现代汉语诗歌某种细密、从容的可能。它写生死永诀,既充分分享了对象的质素,又容纳了极深的主体领悟,因此能宁静凄美地想象死亡,并最终让对死亡的领悟充溢内心:"我的心里涨满着/再没有人能把空白放在我这儿。/再没人能铺开一张空床单。/从今天开始/我已不怕天下所有的好事情。/最不可怕的/正是那些坏事情。"

  在某种意义上,20世纪90年代以来"重新做一个诗人"的王小妮,在写作中抵达的就是这种个人心情与日常生活互为容纳、相互分享的境界。这是一种心情、生活、语言的互吸、互动、共生的境界。而诗人自己,不仅从中寄托了内心,安顿了灵魂,享受了写作的自由和快乐,也借助它们的帮助走出了沉溺于创伤性经验的感伤与峻急,能够更敏感、更公正、更灵动地通过日常经验去品味、触摸矛盾丰富的世界了。长期热爱王小妮诗歌的读者阅读她在本期发表的短诗,也许会发现诗歌与诗人互相解放的意义。∎

我们不能活反了　　王小妮研究集

王小妮在她的诗集《我的纸里包着我的火》后记中回答崔卫平的问题时说："在诗的氛围里，我不自觉地运用了一个形象，一个不断转换的'他'。这个'他'可能还包括叙述者我，一个性别不定的人。如果使用'她'，是不是我等于放弃了更广大的自由？我从来没有想过使用'她'。"

多数时候，叙述人称的使用不仅关乎叙述主体、客体和题材的修辞需要，更重要的是它往往是一种性别、角色、美学认同和迷恋，以及由此出发地对世界的打量、叙述角度、态度和立场。崔卫平对王小妮诗歌中叙述人称的提问，或多或少地绽出了她女权主义研究方向的理论敏感，而王小妮可能确实因"我没想过"而更耐人寻味和发人深思。作为自然性征的女诗人，在王小妮的诗性叙述中，有着其他女诗人同样特有的女性纤柔，或者柔中有刚的、近乎神经质的精美敏感。但作为人类文明进程意义上的女诗人，与某些或者嗲声嗲气地搔首弄姿，或者感官欲望一路纵火，或者咬牙切齿、张牙舞爪地铺张、撕咬性意识的阴暗风格迥异，王小妮对此保持着足够的距离与警醒，她感到的是"外面，越来越大，越来越乱……的白光……对白光，可能轻易地把人磨成公众的粉末"。

雅各宾三巨头之一的丹东，曾经惊世骇俗而清醒尖深地指出："公众舆论是个婊子，而她的后代则是一群傻瓜。"在王小妮看来，"今天，

水晶的诗光
——王小妮诗歌创作论 ※

杨远宏

※ 原载《作家》1996 年第 10 期。

一个最重要的私事，就是维护和捍卫自己，并使自己保持完整"。无疑，王小妮对外部世界膨胀混乱的断然警醒、距离和减缩，带来了她内在诗意世界的独立、自主、辽阔、超越、尊严和纯粹。如果说这一切正是人类"诗意地栖居"的光芒内核与人类文明坚不可摧的依据与基石，那么王小妮把"自己"，看成是"最重要的"，并且要进一步"维护""捍卫"它的"完整"，就不再是她个人谦称的"私事"，而是以她的诗意想象，以她纤弱的诗化之手，去遮挡人类文明的现代异化，去扶正、丰茂人类文明金树的公共大业。正是在这一意义上，王小妮被作为丈夫的徐敬亚特定地理解为"烈女"。这种形象使王小妮更彰显地区别于其他女诗人，并且精神仪式般地上升为一种"精神贞女"的命名。正由于此，王小妮在她多年的诗歌写作中，一直有意无心地淡化她的性别角色。可以说，王小妮从来不是一个据持性别包装优势，实则狭隘、小气、自卑和弱势的小小"女诗人"。

徐敬亚将王小妮的诗歌写作编排为三个时期：一、"最初的真诚与清新"；二、"忽然的阴影与迷乱"；三、"超然的放逐与游离"。如此将诗人的生活流程与诗学修辞和风格加以综合考虑的划分，既显现出徐敬亚对王小妮作为生活伴侣的、旁人难以取代的独特深准理解，更表征出一位训练有素的诗评家的专业尺度和眼光。徐敬亚的划分基本上是准确的，是画龙点睛的。他的划分，给读者和研究者提供了一条便捷可信的思路。依我的理解，这三个阶段的划分在王小妮的写作时段上，与以下的时间相对应：

第一个时期：与1980—1983年对应；

第二个时期：与1984—1986年8月对应；

第三个时期：与1988—1996年对应，甚至延至当下。

我认为，《印象二首》《碾子沟里蹲着一个石匠》和《第二个人》是王小妮第一个时期诗歌写作的代表作。

我这里所说的"代表作"，当然有阶段性诗学价值评估的语义，但更多的是考虑到这些诗歌文本，对王小妮的未来写作、诗质内核与修辞风格的标向和启示录提示。"——呵，阳光原来这个强烈！／暖得人凝住了脚步，／亮得人憋住了呼吸。／全宇宙的光都在这里聚集。／阳光，我，／我和阳光站在一起。／终于，我冲下楼梯，／推开门，／

奔走在春天的阳光里。"(《印象二首》)这更像一幅印象派的绘画。不应该简单地理解为是诗人在当时思想解放的群体性社会意识笼罩下的陶醉与狂喜。其实，诗中诗意的"阳光"，自然、自由、辽阔、温暖、纯粹、简朴。阳光，是王小妮诗歌中多年一直沿袭的重要意象，它更是王小妮未来诗质内核和修辞风格的既轰轰烈烈、更悄无声息的奠基。王小妮的诗还要命定地"沿着长长的走廊／……走下去"，后来也的确遭逢了徐敬亚所说的"忽然的阴影与迷乱"；但她后来的写作也雄辩地证明，她始终走动在"阳光"之中，她把那些"光"，更多地切换为灵魂／精神的内在光芒，于内在外在的地狱中穿行，并以光的掘进通达诗的圣地。

　　《印象二首》中的《风在响》写得准确、简洁而想象适度得体，其抒情虚写（A）与具象实景（B）的 ABABA 结构，预演了王小妮日后越来越炉火纯青、游刃有余的结构才华。当然，王小妮的"阳光"到了"风在响"这里，已是"带着几分悲凄／几分不祥"了。联想到王小妮未来的"阴影与迷乱"，从生存与写作的双重角度进行追问，我不知道这到底是诗人的随意挥写、兴之所至的巧合，还是提前签单的宿命预约？至少有一点可以肯定，这预示了王小妮虽然仍坚定地以"阳光"的立场和名义，但她已经看到了"阳光"的更多色彩，进入更多的写作向度。可以这样说，王小妮的诗，因阳光而更见阴影，因阴影而更朗耀其阳光。

　　其余如《碾子沟里蹲着一个石匠》的简朴浑厚、异想天开的想象和精致圆熟的结构；《第二个人》中平静无华的世俗之情，一种好女人、好母亲的纯情忠贞，都为她的诗歌写作预示着一种博大的人文关怀，一种阔达的精神向度。这些诗，也唇齿相关地策动了王小妮未来水晶般的日常化诗性写作倾向。

　　的确，以今天诗性修辞的复杂、练达和难度去审视，王小妮的上述诗歌自然显得有些天真和简单，以至于徐敬亚要"残酷地说：如果王小妮停在 80 年代初——她甚至还不算诗人，不够诗人"。但是，好的诗总是简单的！在诗学背景单薄，诗歌资源匮乏的 80 年代初，又有几个诗人比她写得更好呢？难道她当初的写作非但预演、奠基了她未来的优势，而且也成为重建草创期的中国断代诗史的个案和见证吗？

王小妮诗歌写作的第二个时期，可再细分为1984—1985年与1986年1—8月两个时段。王小妮在《爱情》一诗中沉痛而无奈地写道："我本是该生巨翅的鸟／此刻／却必须收拢翅膀／变成一只巢。"对于前者，她清醒、明智、决断地对徐敬亚说："我感到了一种套路。这样写下去，我可以写很多，但我一首也不想再写了。"徐敬亚对她这个时期写作的理论抽象和描述是"忽然的阴影与迷乱"（如前所述，这样的抽象和描述，更应看作、理解为世俗灾变的生活原貌，而主要不是一种诗学的考量）。"诗风大变""恶""陡峭高墙般的险峻""荒谬的迷光""风吹草动，阴气逼人"！徐敬亚的理论和描述虽然感性、诗化的色彩更浓，但已经很到位了。那么，对王小妮的这一时期的诗歌写作，我的批评的余地又在哪里？

在这个时期的第一个时段（1984—1985年），"有黑的雪躲躲闪闪，／厄运从天而落"（《谣传》），有"一公里外／恶迷般的林子"（《家》），有"恶人走近来又躲闪／晃来晃去的影子"（《方位》）。在这里，王小妮80年代初诗歌中的那种让人热血亢奋、头晕目眩、轰然到来的"阳光"，在此让人目瞪口呆地轰然崩塌了。这让我想起曾经的文学指南性箴言——"深入生活"。王小妮"深入"的恰恰是她自己遭遇到的、铁石一样的真实生活。所幸的是，王小妮虽也有"自愿放弃矛也放弃盾"的悲凄与无奈，但是"血在自己的渠道里／自我收缩，经久不息／凡是最非人的一刻／痛苦便使灵魂四壁辉煌／／鸟已在自己的拯救中完整／这完整水火不入"（《完整》）。在社会学层面上，这种"放弃"和"收缩"，是一名战士的末路悲歌；而在诗学层面上，"放弃"则可能表现为写作者诗意追求的松弛，并由此带来写作上的铺张、无度，另一种可能是"收缩"转化为一种内聚、缜密和纯粹。而真正的诗人，在心灵炼狱中升华后，往往是内心更加辽阔、专注和坚实、澄澈。这正是王小妮从苦难荒滩上拨出的精神金粒。"那个冷秋天呵／你要衣冠楚楚地做人。"（《爱情》）这催人泪下的他告、自况的双向人格诉求，道出了王小妮全部的人格尊严和诗歌尊严。在此，王小妮完成了她从"诗歌女孩"到"苦难诗人"的重要转换。

阿尔贝·加缪说过：人一旦清醒，荒诞感就产生了。而荒诞派戏剧评论家马丁·埃斯林认为：荒诞产生于分裂的异化，荒诞即无意义。

　　一种不真实的"阳光"消失了。丑恶的生活在王小妮脚下面目全非地逃窜、坍塌了。热望着阳光的王小妮被突如其来的社会雪崩所中断，内心的磨难使她把"阳光"转换为洞若观火的清醒和睿智。这种清醒和睿智之光，可以同时或变时地向两个方向打开：一个是可以深入世界黑洞般深不可测的渊薮，另一个就是可以彻悟世界终极（本质上）的荒诞与虚无。这可能是飞翔的双翼。在这向上超升、俯视和向下俯冲、掘进的撕裂式反向飞翔中，对一位诗人而言，往往会产生意识的变形。她的眼光和表达出现了惊人的了悟、深广和不在而在、无所不在。我不敢说王小妮修成了如此正果，但荒诞感在她创作的第二个时期的第二个阶段（1986年1—8月）破隙而出了——

在我胡思乱想的时候
那黑褐色的东西
正在黑暗中
轻轻旋动自己的黑盖
……
俯身我的床边，
我触到自己的绵绵噩梦。
我要叫，
却满嘴鸟语。
一个人朝我背后跑，
他斜挂着的背
画满污水的图画。

许多的羽毛
都带来寒冷。
我对这黑褐之物说：
让我变回人吧，
你立刻走！
那我亲自买回来的东西

满脸正色回答：

早就来不及的。

在这首名为《一瓶雀巢咖啡，使我浪迹暗夜》的诗中，诗人身边鬼影幢幢、阴气四散、疑窦丛丛、险象环生：黑盖无手而自动，谁在旋动？又为何而旋动？挂画而奔者为何而挂为何而奔？那咄咄逼人、挥之不去的"黑褐之物"是什么？何以"黑"而又"褐"？为何亲自买回来的"东西"竟会忽然开口？那"东西"又到底是个什么"东西"？！那"早就来不及了的"到底是幻觉梦呓，还是先知忏语？……一切都在逼近，一切又都在闪避；一切都在动荡不安，而一切又都如死水一潭；到处都是裂隙，而到处又都密不透风。可以毫不夸张地说，从喝咖啡失眠近乎梦游的诗意逻辑展开和结构的严谨有序方面看，王小妮表现荒诞时没有像某些弱智低能的诗人那样以简单的混乱，刻意而失败地表现荒诞。她在雀巢与鸟的双重意象中顺手一牵，就牵出了一串货真价实的我与鸟、暖与冷、黑与褐之间的多向度荒诞，这种荒诞，是不失叙述形式的自然荒诞，这不能不说是一种修炼到家的诗学内功。

《八个棋子》本是一道简单得不能再简单的加法，却有人为此"在空球场上／想了几年／想成一截烂木头"。这够滑稽荒唐或者够荒诞的了。问题并未到此为止。那"空球场""地球空洞的回声"，需要我们的批评思维去填充。可能，人生的赛事、赌局轰轰烈烈地结束了。留下的只是一场又一场的、终极的"空"，连地球的回声也是死般寂静的"空洞"，多一个黑子或者少一个黑子（"第八号黑子"），又能怎样呢？在此，王小妮将诗意的具象与世俗的荒诞感，抽引为超验的、形而上的哲学神思。这种神思延伸进了她未来时段更为超越、高远，也更为精粹的诗意书写中。

现在让我们转入王小妮诗歌的第三个时期，即1988年—1996年—当下。

王小妮不是那种以黑暗打击黑暗，以荒诞对抗荒诞的诗人。荒诞对她不过是"人—世"的裂隙中，昙花一现、恍惚瞬时的过隙白驹。严肃、纯粹、精致和修辞／美学的优雅秩序，始终是她持续不懈的诗歌诉求。当她看穿人只是"一截／在石阶上犹豫的小黑暗""拥挤的时间尖刻冰冷／光芒幻想美化这个世界""光只配照耀台阶",那些冷漠、蒙昧、呆木的"石头",在寂灭的黑暗和光和虚幻互为切割中"嗡嗡得意"时,当她更进而看到"辉煌／是一种最深的洞"时,她不再像当年那样,无条件地予阳光以交付性的痴迷和陶醉。此时的她,"顿然生长出自己的温暖""灯光在屋顶／叫得很响。／我是它高高在上的回声"。王小妮,已经挥去了依托性的光,却领有了可靠的、自我生长的光!这是一种更为强盛、持久、不可泯灭、难以摧折的内在光芒。它会照亮、清澈人的一生而断难倒伏,以至于王小妮有了《一走路,我就觉得我还算伟大》,"我像皇帝那样走来走去"的、对光超越后的自明和自信。这正是王小妮诗歌写作第三个时期第一时段的《不要把你所想的告诉别人》《这样想然后那样想》《黑暗哲学》等诗歌给我们传递的消息。这种自我生长、自我持守依托、生生不息的内在光芒,使生活坚定、高贵、优雅:"男人们迟疑的时候／我那么轻盈……／／男人们沉重的时刻／我站起来。"(《我爱看香烟排列的形状》);使诗歌内敛、结晶而优秀:"在这个挺大的国家里／我写诗写得最好。"(《紧闭家门》)如此,自然就"不认识的就不想"也不必要"再认识了",而"一个人掏出自己的心／扔进人群／实在太真实太幼稚"。在一个成熟的智者看来,无论交出的是真诚还是喂养善愿,其价值掂量的疑忧,也就不言而喻了。

"崇高的容器都空着。"这让我们想到神器,想起那些在历史烟云中留下来的、久经考量仍光彩夺目的艺术品陈列。"空",意味着什么都不可能中的什么都可能,什么都没有中的可能什么都有。无,有时就是全部;在终极的意义上更是全部,"我坐着。／太阳眼下一只白瓷壶。／久坐不动／成为全身平静的寺院。"(《不反驳的人》)王小妮的坚定、从容和自信、结晶化,几乎被冥思为一种个人信仰和宗教。这既是一种人的修炼,也是一种诗的修炼。

徐敬亚把王小妮第三阶段的诗歌写作命名为"超然的放逐与游离"。迄今,王小妮仍然"超然"于这样的"放逐与游离"的不归之路。这并非王小妮的个人宿命。20世纪90年代以来,急剧物欲化的高热疯狂和文化媚俗、时尚、浅陋粗鄙的大面积流弊,"放逐与游离",势必围困出包括诗人在内的、持续有信念、有操守的真正优秀知识分子的普遍语境、道义立场和形象，甚至只可如此获取的文明价值诉求。"世上的事物／远近高低游动。／全城拥满了羽绒的衣服／没有一根羽毛还有力气飞翔。／只有我／单薄地鼓动着冷风。"（《我的退却》）上述知识分子在当下中国寥若晨星。作为诗人，王小妮是其中难以绕过的一位。"放逐与游离"主题，贯穿了王小妮整个第三个时段（1993年迄今）的创作，此阶段王小妮诗性智慧显得更为透彻、精细、从容，而诗也如"水晶薄片一样精粹透明"了（《那不是我们的雪》）。

由于诗歌语境的时过境迁和诗学格局眼花缭乱的多元剧变，20世纪90年代就有诗评家慨叹要"重新做一个读者"。王小妮的《重新做一个诗人》的同质命题，表现了一位优秀诗人的自明、勇气和责任。徐敬亚说："她把自己一边缩小、一边放大成一个提水挑担的禅师一样的家庭主妇。"前者的"缩小"，大概指的是她从外部世界的全面撤退，和诗人形象的淡化、收卷，其实与后者的"放大"基本同构同义。而后者的"放大"，恰恰也是一种"缩小"；如果说有什么"放大"的话，也恰恰是家庭主妇的"缩小"，成就了禅师式诗歌禅定的"放大"的诗性空间。王小妮在2003年的诗中写道："花不觉得生命太短／人却活得太长了／耐心已经磨得又轻又碎又飘。／水动而花开……／／怎么样沉得住气／学习植物简单地活着"（《十枝水莲》），这与她前些年写过的诗句"不为了什么／只是活着。／像随手打开一缕自来水。／米饭的香气走在家里"（《白纸的内部》）之间有着一种惊人的连贯性与一致性。

正是在这日复一日、年复一年的生存磨盘里，王小妮才从平静的碾磨中磨出了生存和诗性智慧的大彻大悟与诗歌精米；当然也磋磨出了她"只有我试到了／那香里面的险峻不定"和"我预知四周最微小的风吹草动""关紧四壁／世界在两小片玻璃之间自燃"的惊人敏锐和精细。与其说"安详／用最纯的水／抖开了最后的白丝绸"是一只《好的瓶子》，不如说王小妮就是这样的一只好的诗歌瓶子；与其说《十枝水莲》"像导师又像书童／像不绝的水又像短促的花"，不如说王小妮像其中的"三像水莲"：像导师像书童又像一朵拒绝化学香水气味的自然而然的花。

必须指出,多数时候,王小妮的诗歌书写在具体语义上,都是刻骨铭心的、具象的,因而也是形而下的;但这一切所结构的整体语境,却发散、弥漫为一种超验的、抽象的、虚幻神秘的形而上指向和超拔。或许,世俗的细节,还在她那优雅精致的诗歌笼子里,但她的诗意灵感和想象的羽翼,却早已扇动在高远、空寂、宁静的形而上天空。为此,王小妮2003年写出的《月光白得很》一诗值得全引——

月亮在深夜里照出了一切的骨头。

我呼进了青白的气息。
人间的琐碎皮毛
变成下坠的萤火虫。
城市是一具死去的骨架。

没有哪个生命
配得上这样纯的夜色。
打开窗帘
天地正在眼前交接白银
月光使我忘记我是一个人。

生命的最后一幕
在一片素色里静静地彩排。
月光来到地板上
我的两只脚已经预先白了。

这当然不是一首绝对写景或抒情诗,而且,虽然其中的"月光""萤火虫""城市""骨架""窗帘""地板",等等,在语义的历时性积淀上,也可视作一定程度的经验性语象,但这些语象,却很难在该诗语境中结构出确定的经验性情节,甚至细节也不连贯。究其因,实在是诗人在借那看似经验性的语象魔棍,挑起那超验性魔术的帷幔,是一次诡谲神秘的生命冥想、形而上神思!这首诗写得太精致、太晶莹剔透而又深彻幽远了，它可以作为王小妮诗歌风格的一枚金箔书签，嵌进21世纪任何一部经典。

还应该提到那不断下在王小妮诗歌中的"雪"，尤其是那首诗境辽阔、高远、深幽的《我看见大风雪》。那雪，正是王小妮生命阳光、诗歌阳光的一部分。

"我走到哪儿，哪儿就成为北方／我停在哪儿，哪儿就漫天风雪。""雪"，成了王小妮如影随形的宿命。"大风雪跟得我太紧了／它执意要把伫立不动的人／带高带远。""雪"，也飘落、层垒为王小妮诗歌质地和光芒的冰雕。有形的雪花在飘落，无形的雪意在上升——"我想，我就这样站着／站着就是资格。／衣袖白了／精灵在手臂上闪着不明的光。／……我该怎样分配最后的日子／把我的神话讲完／把圣洁的白／提升到所有的云彩之上"。至此，王小妮实现了她全部的人格和诗歌冰清玉洁的升华。

王小妮正踏雪而行，循光而去，走在诗歌圣徒的路上。那么，往下，我们又将在哪一场风雪，哪一道静穆澄澈的圣光中，与王小妮再度遭逢呢？■

我们不能活反了

王小妮研究集

一、"我"看见

诗坛上的人都知道,多年来,王小妮偏居深圳一隅,生活着,并写着诗歌(也写着散文)。对她而言,诗歌就是生活,生活就是诗歌。诗歌,像生活一样随意;生活,像诗歌一样自由。

"诗就是一种生活方式",这句话曾听许多人讲过,但我从来不信。这是一句普通的话,对诗人而言,却是最深奥的一句话。唯一的例外就是在读王小妮的时候,这句话自然而然地出现在我的脑子里。

所以王小妮不用宣言/宣传,她没有流派/圈子,她不怕被遗忘,也不怕落后于潮流。二十余年来,诗坛上演了无数次"你方唱罢我登台"的喜剧,挥舞着无数涂满宣言、色彩缤纷的旗帜,但一切都与王小妮无关,她只有诗歌。她活着,她写字。她写的字,不管分行不分行,都是诗歌。不知道从什么时候开始,写作的人喜欢说自己是"写字的",其实对大多数人而言,不过是一种无可奈何、以退为进的策略。只有王小妮说这两个字时,最自然、最恰当,因为她就是写字的,写字对她而言已经变得像吃饭、像呼吸一样自然,从不刻意为之。有谁是先想好了道理然后才开始呼吸的呢?

王小妮这样描述"写字"是怎么一回事:"有人问我是怎样写散文的,这种事情很显然是说不清的。我只能告诉他我个人的标准:桌上一个碟子,碟子中一叠白毛巾,把这些东西交给作家,作家该有自信去把握这种无意义,把丝毫见不到内涵的一碟一毛巾随手写出来。"然后她说:"不经意,是事物的本来存在。把本来自然而然的东西,按所谓好文章的模式煞费苦心地写出来,只能去做一个工匠。"(散文《随手》)

惟信禅师说修禅有三重境界:看山是山,看水是水;看山不是山,看水不是水;看山是山,看水是水。王小妮是当世诗人中少有的达到了第三重境界之人,所以,在她眼里碟子仍然是碟子,毛巾仍然是毛巾,并不因为诗而有任何的混淆。如果说诗(广义的)还有任何"神秘性"的话,仅仅是指那一点"说不清"的"不经意"之处那种"无意义"中的意义,或许也还能够扯上康德的所谓"无目的的合目的",什克洛夫斯基的"让石头回到石头",罗兰·巴特的"零度写作"等概念,但它们全都跟诗人没有直接的关系,这些概念也不如诗人的感悟那么直接而又锐利,直达事物的本身。笔者要说明的是,"本质"和"存在"这两个词已经到了嘴边,但我一瞬间改变了主意,换成了"本身"。有本"身"之物,或许才是能够被诗人所领悟的,无"身"之物比如各种抽象的观念虽也存在,诗人却不感兴趣。

一句话,诗人看见了,然后说出了。关键是看"见",看而不见,当然无法"说出"。

"我看见……"是王小妮诗歌的一个基本句式,比如《我看见大风雪》《会见一个没有了眼睛的歌手》等。由于笔者资料不齐全,无法统计迄今为止王小妮在诗歌中一共用了多少次这个句式(及其变体),但这一定是一个惊人的数字。

早在1986年,徐敬亚就敏锐地看到:"在中国现代诗十年间的跨度中,王小妮一直保持着第一流诗人的气度与个性……自1983年起,生存的残酷渗透,使她的诗增加了人的善恶意识。1985年后,她的诗由质感的人文,进入了冷漠的荒诞。1986年中起,呈现了神秘的平静。她以递进的姿态跨越了两个时期。在语言的操作上,始终保持了自己的艺术滋味。我知道,诗,是她生存中与外界少得可怜的接触点之一,是她这个人的支撑与希望。在今天的中国,为自己一个人写诗的人已经很少。"[1]

---

(1) 徐敬亚:《崛起的诗群》,同济大学出版社,1989年版,第173页。

无论是作为批评家，还是作为王小妮在世界上最亲密的人，徐敬亚的话都是可靠的判断。这句话恰恰证明了王小妮由"看山不是山，看水不是水"的"修炼"达到"看山是山，看水是水"的境界前后大约用了三年的时间，即1983—1986年。1983年，诗人刚刚从学校进入社会，徐敬亚所说的"生存的残酷"（凡了解当代中国诗坛的人都知道徐敬亚、王小妮夫妻在20世纪80年代的经历）"扭曲"了诗人"看"世界的眼睛，但这种扭曲同时也是一种深化，即撕开世界的假面，使诗人在疼痛中领受世界给人的馈赠。1986年前后，诗人在极短的时间内完成了第二次生命的飞跃，进入徐敬亚说的一种"神秘的平静"。这是奇迹，大多数人一辈子也做不到这一点。这时诗人三十岁，正是人生的黄金岁月，就个体的自觉性而言，王小妮先于几乎所有的诗人领悟到生命的本质，陶渊明最后辞官归隐的时候也已经是四十岁了。从此诗人对世界采取了一种彻底的"看"的姿态，而不再直接地介入，同时，诗人拒绝"被看"。《一块布的背叛》（1994年）可以说是诗人这种生活姿态的最好注释：诗人用一块抹布把玻璃窗擦干净，本来是为了方便"看"世界，没想到"全世界立刻渗透进来""我"被一块"柔软的脏布"出卖，"被困在它的暴露之中"："别人最大的自由／是看的自由／在这个复杂又明媚的春天／立体主义者走下画布。／每一个人都获得了剖开障碍的神力／我的日子正被一层层看穿。"

诗人感觉到自己成了一个被观看的"裸露无遗的物体"，浑身的不自在，但诗人忽然在一瞬间"心思走动"，渴望世界忽然"大降尘土"或者自己"退回到／那桃木的种子之核"。这一领悟非同一般。诗的最后两句可能会让很多人费解："只有人才要隐秘／除了人现在我什么都想冒充。"诗人"什么都想冒充"，唯独不想做人，这不是更容易成为被动的永远只能"被看"的物质性存在吗？其实不然，因为"只有人才要隐秘"，只有人才害怕"被看"，冒充成别的事物，摆脱人的一切心理桎梏，正是为了彻底地弃绝"被看"的恐惧。

这从另一方面证明了，世人（除了诗人）都只有看"人"的窥视癖，却永无一双看"物"的眼睛，于是"物"获得了自在。在"物"的面前，人都是瞎子；而真正的诗人（如王小妮）却能够与"物"同一，获得生命的欢愉。

诗人不仅"看"物,而且渴望"退回"到物,退回到生命的最原始也是唯一自由的境界。古今哲学家和许多宗教教义都曾指出,人只有在无知无欲的状态中才能得到自由和解放,而世界上真正"无知无欲"的生命只有植物。读王小妮的诗文,我感觉到她是一个对植物有着特殊兴趣的人。她对植物的关注,绝不止于一般的环保或生态主义者的实际上仍然是以人的需要为中心的生态理念。我隐约地感觉到,王小妮之所以在自我的生存以及诗歌表现两方面都达到惊人的平静,是因为在她生命的深处有一种类似于"植物化"(物化)的冲动。虽然王小妮直接以植物为主题的作品并不多,可是下面的这些文字却给了我一种深不可测的印象:

那时候,大地上很少有东西移动,树根用十年的时间走出一米远。大地多么平静。后来,有了动物。猴儿荡在树上,蜉蝣在水面上飞行。人总想越跳越快……在今天以后出生的人再没有大惊讶了,像植物见到了动物,动物钻进了结实豪华的住处。小孩子看见八十层高的楼房像看见太阳一样,没什么感受……

诗人将越来越少地发生。
——《在刚刚有植物的时候》(散文)

怎么样沉得住气/学习植物简单地活着。
——《十枝水莲·第六首》

二、我看"见"

我看见日月/把安详的光扑散在地面/世界才有了黑白/有了形色。
——《悬空而挂》

我看见南面的海/呼叫着。/涉海而来的黑狮之群/竖起了生满白牙的鬃毛。//我看见全天下/侧过身雀跃着响应它。/所有的树都吸紧了气。/大地吃惊地弯曲/日月把光避向西北。//

我看见不可阻挡。／水和天推举出分秒接续的君主。／那么气派／在陡峭的雷电中上下行走。

　　——《台风》

我不愿意看见／迎面走过来的人都白发苍苍。／闭紧了眼睛／我在眼睛的内部／仍旧看见了陡峭的白。／我知道没有人能走出它的容纳。

　　——《我看见大风雪》

　　像这样的诗句在王小妮的诗中数不胜数，我们不用再举更多的例子。正如上文已讲到的，"看"是王小妮的一种生活和生命的姿态，她采取这种姿态的目的是为了获得自由。在王小妮的散文和诗歌中，无数次地提到"自由"二字。随便举个例子："别人最大的自由／是看的自由。／……／我的日子正被一层层看穿。"（《一块布的背叛》）

　　我们要进一步追问，"自由"对一个诗人而言有何意义？诗人是向世界揭示真相的人，人怎样能够"看"到真相呢？只有在充分的自由状态下才能看"见"世界，否则，无法去除遮蔽在主体和客体身上的双重历史与文化积垢，即使看了，也必然会一无所"见"。可见，"看"与"自由"互为因果，二者有着方法论和目的论上的同一性。

　　那么王小妮究竟看"见"了什么？

　　答案就在她的诗句中。这正是我们上面引述她的诗句的主要目的。王小妮理解世界的最基本方式是"看"，而不是哲学家的"思"，所以她每写到生命和自由的时候，几乎都离不开一个"看"字。她说"我看见了一切""我看见日月""我用一分钟看遍了果园""我看见刀尖捥转""我看见南面的海""我看见全天下""我看见不可阻挡""我看见大风雪""我看见各种大事情""我不愿意看见（也是看见）迎面走过来的人都白发苍苍""仍旧看见了陡峭的白""我看见你张开牙齿说话""（我看见）种花人走出他的田地""（我看见）一个人死了，五十个人出门送行"……诗人真的"看见了一切"。不管她有没有用"我看见"三个字，她诗中的一切都是她看"见"的，生、死、日月、大事情、小事情……

我们不可能对王小妮的所有诗作进行分析，只以短诗《月光白得很》为例，让我们也来看一看王小妮所"看"的世界，并尽量看"见"：

月亮在夜里照出了一切的骨头。// 我呼进了青白的气息。/ 人间的琐碎皮毛 / 变成下坠的萤火虫。/ 城市是一具死去的骨架。// 没有哪个生命 / 配得上这样纯的夜色。/ 打开窗帘 / 天地正在眼前交接白银 / 月光使我忘记我是一个人。// 生命的最后一幕 / 在一片素色里静静地彩排。/ 月光来到地板上 / 我的两只脚已经预先白了。

由于这首诗浑然一体，几乎完美，我只能全文引用，不光是为了说明问题，更想飨以读者。当我读到第一句，"骨头"两个字仿佛两个锤子，一下就把我敲醒了，天天读书看报，糊在精神里面的各种让人迷糊的东西，一震就掉了，万物在一瞬间露出了"骨头"（"万物"的本质或曰存在的本相：比如"人间"的"琐碎"本性，"城市"也不过是一具"死去的骨架"），而这一切都是诗人看"见"的。

当我读到"月光使我忘记我是一个人"时，我想到的绝不是人们通常以为的什么精神得到了"提升"之类（我相信王小妮也不是这样想的），而是忽然想到原来我们都不过是一个人。而做一个人的最高境界恰恰不是我们过去所理解的某种凌空蹈虚式的精神高蹈，而是回复他的物质本性："忘记我是一个人。"只有在这样的月光下可以让人们恢复为一个物质的人。王小妮一生的努力与追求也不过就是成为这样的一个人，比如她的那种"植物化"冲动。

最后一段的每一句都可以在前面加上"我看见"三字（实际上，王小妮的大部分诗句也都可以）："（我看见）生命的最后一幕 / 在一片素色里静静地彩排""（我看见）月光来到地板上""（我看见）我的两只脚已经预先白了"。"生命的最后一幕"这种明显带有某种哲学的或启蒙的或人文色彩的词句，为何出现在王小妮的这种高度"客观化"、摒弃一切说教色彩的诗中？会不会有某种不协调？关键就在于，诗人的确是在一阵恍惚中"看"到了这最后一幕，即"人的消亡"，此时我们也许会想到后现代主义哲学继"上帝死了"之后提出的"人死了"的命题。可是诗人发现的主体性消亡的过程和意义与哲学家是多么不同！哲学家说"人死了"，结果万物的法则崩溃，世界一片混乱；诗人却从"生命的最后一幕"回到了人性的根本处，即像物的存在一般的自由。这难道不是和中国哲学"天人合一"的境界相通的吗？孔子发问："未知生，焉知死？"庄子回答："子非我，安知我不知鱼之乐？"笔者以为，这首诗的境界只有李白的"相看两不厌，只有敬亭山"和陶渊明的"采菊东篱下，悠然见南山"才能相比拟。

当我读到最后一句"我的两只脚已经预先白了"，我终于感受到诗歌的无可言说的伟大力量。它不仅让我们领悟生命的本质，而且让我们看"见"生命是如何回到本质的这个惊心动魄的过程。诗表现生命"形象化"的程度达到了如此惊人的地步，我们还有什么话说？

三、我"看"见

毫无疑问，要进入王小妮诗歌艺术世界，关键在于一个"看"字。什么是"看"？她是怎样"看"的？

《说文解字》："看，睎也。从手下目。""从手下目"容易理解，即以手搭额，做远观状，说明"看"是"远观"，不是"亵玩"，主体对看的对象（万物）须有敬畏之心。"睎"又是何意呢？《说文解字》解"睎，望也。从目，稀省声。海岱之间叫睎作睎"。《康熙字典》集中了古代典籍许多关于"看"字的用法，其中一条很有意思："《吴志·周鲂传》：'看伺空隙'。"有"海岱之间"，又有"看伺空隙"，表明"看"绝不是表面的走马观花，而是要"看"出事物的"空隙"，这是一双怎样的眼睛？《庄子·养生主》记庖丁解牛的故事，"始臣之解牛之时，所见无非牛者。三年之后，未尝见全牛也。方今之时，臣以神遇而不以目视，官知止而神欲行。依乎天理……"王小妮从只看见"全牛"到像庖丁一样能够看见事物的"空隙"（骨头缝）正好也是用了三年的时间。

再说"见"字。现代汉语中，是说看而且看到了，才叫"见"。《说文解字》说是"视也，从目从儿"。有误。因为甲骨文和金文以及小篆的写法，"目"下都是"人"，不是"儿"，即"人"上有"目"。这就是人的头顶上的"第三只眼睛"了,或曰"天目"。另外,"见"字还可训为"现",即出现、呈现,如"风吹草低见牛羊"。这么说来,诗人之所以能够"看见"万物的骨头,一方面是开天目之人,否则即便是"看"了,也将无所"见"。还有一层,"看见"不光是诗人去"看",还有事物自己"呈现"出来的意思。天地有大美而不言,但它已"呈现"在我们眼前。只要遇到有"天目"之人一下子就看见了 —— "我用一分钟看遍了果园"(《青绿色的脉》)。"果园"是一个丰富的意象,是诗人实际看到的果园,是可以包含万物的理想的果园,甚至也可以是《圣经》里的伊甸园。更加重要的是,诗人是在观察(看)自己手臂上"青绿色的脉"时,"以慢人的动作"飞快地"看遍了果园"。

所以诗人之"看"不完全是用眼睛看。"慢人"一词极妙,以极慢完成了极快,所以只能是"以神遇而不以目视",正如那个盲人歌手却能"看见"一切:"自己退出自己／交出仅有的两粒珠宝／像滚落的两粒青豆。／你放弃了看的晶体／再放弃声音。"(《会见一个没有了眼睛的歌手》)他连歌唱都不用声音了。

于是,诗人通过自如地运用一只"天目",获得了"看"的自由:想要看见"全牛","全牛"就呈现出来,而细节不见了;她想要看见"空隙",空隙就瞬间显现,"全牛"不见了。好比《月光白得很》,诗人在朦胧的月光之下,既能够忽然就失去了一切细节(其实也是一种写实),比如植物的枝与枝、叶与叶,比如海棠和月季的差异,而在一瞬中窥见万物的"骨头";也能够看见生命这一幕完整的大戏中最微小的细节发生的过程:"我的两只脚已经预先白了。"这既是一个生活细节:斜斜的月光首先照到双脚,而不是头顶,说明这是一个正在下沉的月亮;也是一个生命细节:"白"使人联想到白发、生命的灰色等。

这种"看",中国人说是"感兴""神遇""兴会""感应""天机"等,西方说是"直觉""灵感""直观""潜意识""无意识"等,意思都差不多。用什么概念不重要,重要的是,诗人怎样才能获得神奇的"第三只眼睛"呢?

还要从"自由"谈起。王小妮多次谈到自由,她的自由肯定不是任何与西方民主理念相关联的那种意识形态化的自由,而是直接根于其个体生命的最高形态的自由,是老子"天地不仁,以万物为刍狗;圣人不仁,以百姓为刍狗"的自由。老子的这句话不知被多少人误读,以为老子是反"仁"(反人)的。其实这正是中国哲学的最高理念:万物齐一,"人"自然与"刍狗"也就没有了区别,更不存在"圣人"与"百姓"了。王小妮当然不是经由哲学的思辨来领悟这一切的,她是通过诗性的眼光对植物等一切有机和无机物进行诗意的直观而通达中国哲学的深处的。

这种"万物齐一"的智慧,有些人把它看得很高,以为此生难求,这是误解。这种中国式的智慧不像西方发源于悲剧的"崇高"的智慧,正相反,是一种善于"处低"的智慧。注意是"处低"不是"崇低",跟诗界"下半身""垃圾派"的一味"向下""崇低"有本质区别。

"处低"是以虚静之心与日常生活的万物和平相处,既怀有敬畏之心——远观之,又怀有感激之情——享用之,即古人说的"不以物喜,不以己悲"。用诗歌描述就是:"我用三天的时间改一首诗/试了十几种出路。/剑兰在这三天里败了/而桂花刚开/清脆的白菜才买回来。/我喜欢这种有弹性的日子。"(《我的心碎步走得飞快》)

这种对日常生活的平静态度,正与古人无目的的浪游或者饮酒、赏月、采菊具有精神的相通。王小妮的散文多次写到菜市场,写她像一个最普通的家庭妇女一样买菜、做饭,看着徐敬亚和儿子吃下去,于是很满足。她虽然生活在深圳这座现代化的嘈杂都市,却能够消弭掉一切时尚的欲望,日复一日,在出入超市、面对自动提款机、看着股市剧烈起伏的K线图时,每天醒来"看见的又是心不惊肉不跳的一天"(《不可能沿着噩梦往回走》)。她就这样平静地生活,平静地"写字",平静地谈着关于"写字"的问题。

但诗人真的"不再关心别人"吗?不,她只是不再像"神"那样去关心而是像人那样关心罢了,不再动辄泪流满面而是"平静"地关心罢了。比如诗人的"目击疼痛"一组诗文,就记述了她一生中目睹的生命之痛,它们从20世纪60年代到70年代至90年代不绝,有的是诗人自己的生命经历,有的是别人的遭遇,但一样在诗人笔下让读者感同身受。诗人记下她看见的一切的时候,也平静地领受了一切,没有大喜,也没有大悲,因为她由此"看"到了生命的本真。■

我们不能活反了

王小妮研究集

心静如月,远远地有谁在吹箫

王小妮诗歌写作起步于1979年大学二年级,其时正值朦胧诗浮上水面。饶有意味的是,被徐敬亚称之为朦胧诗第一批感应体的她,[1] 其诗风竟与朦胧诗大异其趣。朦胧诗是以象喻为写作范式的,王小妮则以平朴的事象入径。也许正是这一重大"拐弯",使得王小妮在此后多年写作中,得以成为极少数硕果仅存、跨代际的诗人。不管怎样,能够跨代际,说明越写越好,起码是越写越自信。因为诗歌写作是一种残酷的淘汰赛,它标示着被时间与公众认可的刻度,检验着一个诗人的写作后劲。

一直以来,王小妮以边缘身份,退守内心,自甘寂寞,其间(1985年后)曾在大陆女性诗热潮中,被动地、不期然地充当了中坚,20世纪末获得传媒关注和批评界再认识(并频频获奖)。一个双重被动的手艺人,为何在写作二十年后突放异彩?她的文本,究竟带给我们什么期待?她的人品诗品,在当下有何意义?她的写作模态,提示了什么本质性的东西?

先从女性诗歌说起。

笔者在一篇论文中曾肯定二十年大陆女性诗歌经由多重历险,取

---

(1) 徐敬亚:《崛起的诗群》,同济大学出版社,1989年版,第130页。

在转弯里滑翔的,是一只鸟的细目光
——王小妮诗歌论※

陈仲义

※ 原载《作家》2004年第7期。

得令人瞩目的成就:它有力地解构了男性文化霸权,离析出自己的话语谱系;强烈的躯体意识建立了以身体语言为特征的言说方式;无论在深度和广度上都给生命诗学以巨大的开拓与提升,同时打造出多姿多彩的写作路径:有惊世骇俗的呼告独白体,有含纳包容的"怀腹"式情怀,有近乎巫语神咒的魔幻,还有雨过天晴般的清纯……那么,王小妮在当代女性书写中,表现出何种样貌呢?

笔者在该文中曾分析说:大陆女性诗歌可分三个阶段,并形成三个相对独立的空间:即角色(性别)确证,角色(性别)张扬,无角色(无性别)在场。[1] 女性诗歌的角色确证,首先是女性经验从男性话语中心剥析出来的"安置"——即在一个与男性完全独立、平等的位置上,获得自我确立。这种性别群体认领,性别精神建构,意味着性别深层次上的解放。在群体女性摆脱附庸地位,以独立、自尊、自信的姿态站稳脚跟后,随之而来是角色(性别)的张扬。为突出性别抗争,女性全方位洞开自己,甚至采取自虐自戕的极端方式。雄化扩张,女娲崇拜,母系复演,性体验……显示了女性书写极强的"报复"冲动和征服欲望。浓妆演出之后,是角色的自然"回归"。无角色在场,是指平复刻意张扬的女性意识,超乎两性立场视野,共同面对生存的境遇。它淡化性别意识,以平常心的"人"——自在、自主地打量世界。

在这三个阶段或三个空间中,可以看到王小妮有意或无意地疏离这一女性写作"主旋律"。旁若无人、自行其是,她既不是性别最早的觉醒者,也不是淋漓尽致的旋舞者,几乎是一脚跨过前两个阶段,浸淫于第三个空间的,显得有些落落寡合,但正是这一写作个性与宿命,倒成了"角色还原"——另一写作维度的领头羊。从而给过度膨胀、扩张的雄化演出一个无声却有力的修正。在当时相对处于弱势的、非平行推进中,让人感受女性书写的希望。

是的,她一开始就与宏大的叙述无缘,与歇斯底里的性别表演无缘。她总是用最平凡的女人的姿态出牌:"让我喜欢你／喜欢成一个平凡的女人。／让我安详盘坐于世／独自经历／一些细微的乱的时

---

(1) 陈仲义:《从"人权""女权"中独立出来的特殊版本——女性诗学》,《山花》1999年第9期。

候"(《不要帮我,让我自己乱》);"春天跟指甲那么短,/而我再也不用做你的树/一季一季去演出"(《最软的季节》)。不言而喻,本色女人依靠的是一种独立、自尊的支撑:"男人们迟疑的时候/我那么轻盈……//男人们沉重的时刻/我站起来。……//这个世界能有我活着/该多么幸运。/伸出柔弱的手/我深爱,并且托举/那沉重不支的痛苦。"(《我爱看香烟排列的形状》)

而围绕着众多的居家生活:土豆、削梨子、探病、看朋友、失眠、注视伤口、三餐……王小妮更是心安理得沉浸其中,晃动着一个平凡而真实的女人影像。在女性光辉与日常事物的诗性互照中,她"平静而从容地述说因真实而美丽的人话,执着地寻找和捕捉对这个世界本身的真实感受,从而将女性诗歌的话语主体由女神还原到女人"[1],这是小妮对整个女性诗歌写作的贡献。

在这一"同步"空间中,王小妮如朱凌波所总结的,扮演了一个一般女性少见的旁观者和自乱者角色。但我是不太赞成朱凌波把王小妮归入"狂想""妄想"型行列里去的。[2]在早期,难免有这样的成分。不过从整体上看,我宁可把王小妮视为女性书写自我幽闭的冥想者和日常斜视的散淡者。这是基于她乐于在相对封闭的空间遐想,安于闲适的生活处境,自然松弛,并以"置身度外"的视角冷眼旁观。幽闭的触须时时抖动着,不经意拂过事物的孔隙;自我的碎步,在踩过落叶之后,也不制造那种"哗吧作响"。但这并不排除她时时以人——平常人、平常心包容着生存的不同境遇:恐惧、焦虑、哀伤、损害、隔绝、疼痛、惶惑……在心灵中化为平静的独处,和独处中的咀嚼:"独自/穿过喧嚣的街市/世上唯我/心静如月/远远地有谁在吹箫/弯来/弯去的声音"(《火车站》);"日月全部飘摇不定/唯有我,静静地/坐在许多白纸之中"(《方位》);"我早已知道/我总是不确定地在这里。/很静很静坐在异处"(《死了的人就不再有朋友》);"躲在家的最深处/却袒露在四壁以外的人/我总是裸露无遗的物体"(《一块布的背叛》)。

---

(1) 李震:《口语诗学纲要》,三秦出版社,2003年版,第115页。
(2) 朱凌波:《王小妮的诗歌世界》(未刊稿)。

在这里,性别特征消隐了,回归为女人与人的"合体"。这样一种放逐与游离的生态心态,仿佛是对承担的逃避和无奈。其实是在一连串显不出痕迹的日子,更易反刍灵魂深处的叹息。"现在／我自己拿着自己的根。／踩着自己的枯枝败叶。""与每一根隐隐作痛的肋骨平行呼吸着""一呼一息地活着"。活在纸里,同时也活在包藏的火里!

如果说1984年之前,女诗人还有些"嫩",那么创伤与磨难之后、自然本色回归与强化后,她不但没有卷入主观躁动的流行色、反而淡漠一般女性诗歌的幽雅,添加女性中少见的荒诞色素,在女性狂欢中显现另一种"严酷"。她冷眼旁观,仿佛戴一副墨镜,分散或聚焦着存在的种种脆弱。通过具体的睥睨,或乜斜,或一瞥,或专注——她通常采用"我看见"的方式(如《有孕人在迎面的路上特设了七把椅子》《睡着了的宫殿是辉煌的紫色》《在错杂的路口,遇到一个错杂的问路人》《睡在脸上的猫》……)直接而间歇地进入阴影、梦魇、和迷乱。"天上,全部是手。""我要叫却满嘴鸟语""帽子和头发连为一体""手臂被燃烧成白光",在自然而然的隐语发声中,人们惊悚地"听到"自由的失却和存在的不安。而这一切依然是从人的视角出发,在无角色出演中,"还原"出女人味,又去除单纯的女人味。

20世纪90年代,王小妮与世界的关系,在经历进一步沉淀后,同样在还原的基础上,呈现出气定神闲的一面,整体上悠然自得,从容信步,不说超前于整体女性诗歌在第三阶段的转型,至少也领跑于某些集团方阵。因为此前三个阶段的基本合一,使之拥有较长时间积累,从而达到真正的瓜熟蒂落。

当然,她同样也没有放弃"随时生风生刺"的另一面。生存之恐惧("躲在最深处,却赤裸在四壁")、退守之忧伤("藏在木条之内,心思走动"),人性之反思("太阳逼使我们出现人的颜色"),生活之宽容("活着,就是要等待台风")汇聚笔端,写出了一批如《看望朋友》那样开阔的力作。

她依然站在寒冷的中心,追究寒冷的父亲是谁;她握着父亲的手,要自己成为自己的真理;她抱起充血的大头,要稳住西瓜的悲哀;她计算还剩多少时间,可以享受棉花的慈软;她关心冰雕的含羞草,伤口一触即合;她坚决护卫水莲们高尚的精神指向。

2003年获奖的《十枝水莲》，在多方面的结合中达到了高度。梦亦非在一篇短文中赞赏它充满母性光辉，有欣慰的疼痛，也有温情的反思。笔者在认同这一评价时，更倾向于：与其确证母性悲悯情怀的抒写，毋宁将水莲作为自我鉴照的"镜像"。水莲不仅可以作为婴儿（生命体）象征，玻璃与水（困境与解脱）的象喻，而且提示了自我与世界、自由与限制的关系；由此不妨说，该组诗同时也集中指向了水莲的品质：包括水莲的独处、默守，水莲的不鲜艳不张扬，水莲的内敛、虚无，水莲的简单与宁静。隐喻中的鲜明质地，无不折射着某种物化的人格镜像，读者很容易联想起是作者的写照。水莲的成功，再次说明小妮有关女性书写、母性书写，一直不忘把握自我的人格高度。

第三阶段的"还原"空间，小妮较好解决了性别视角与人的视角这一女性写作难题。这在很大程度上取决于她保持着现世诗人少有的写作心态，不急不躁，不愠不火，正直与善良并举，消解与包容共存，这是一种明亮、辽阔、吸纳万物的道场，是一种百炼钢化为绕指柔的"内功"："它不是将女性神化的激情和现实女性受压抑的愤怒当成女性写作的驱动，而是将对于人处境的关注和揭示作为写作源泉。"[1]

概而言之，在大陆女性诗歌版图上，王小妮与其他人的不同处在于：

（1）她没有明显皈依"三段式"的路子。如法国女性主义文论家朱利亚·克里斯蒂娃所说的，遵循"认同—反抗—回归"的书写轨迹，尤其在第二阶段对抗男性话语和夸张女权话语时，几乎回避了很难避免的激烈与嚣张。这种焦虑中的反弹，曾造就80年代中期，以翟永明、唐亚平、伊蕾、海男为首的"黑夜意识""黑色旋风""黑色洞穴"等标志性的躯体写作热潮。王小妮与"黑色旋风"着实区分开来，没有加入进去，显得与躯体写作主潮（欲望、情色、器官）有些不合拍，此番疏离自然流落边沿而多被批评家所忽略。但恰恰是长期以来这一"一体化"的见识与坚持，倒成全她更好地抵达了女性写作的堂奥。

（2）多年来，王小妮性别意识的"浓淡相宜"，构成她某种悖论式

---

(1) 荒林：《时间感，或存在的承担与言说——王小妮写作的女性诗学意义》，《文艺争鸣》2000年第4期。

的巧妙平衡。所谓浓,是说小妮并未放弃作为女人固有的"专利",她依然拥有母亲、妻子、女儿的开阔题材,且以女性特有的细腻直觉,施展女性话语魅力。所谓淡,是说她自觉淡化角色意识,抛弃漠然极端的"单性"话语,立足性别又超越性别,不失另一话语世界的冷静沉稳,接近"双性同体"境地,从而平衡了两性话语的对抗较量。

(3)可贵的是,她一开始就弃绝追随和套用。她无意吸收西方女性话语,始终与"翻译体"无缘,在她身上找不到普拉斯的高烧和塞克斯顿的影子。无论是灵动叙说的语调,还是内敛中的意绪,她都本能地清除"甜"和"露"的成分。她轻蔑混乱的激情、浓艳的修辞,也不刻意做惊人之语。有时有些"土",有些粗砺,但一切皆从自我的生存境遇出发,靠的是本色自然、本真体验和属于自己生命深处、源源流出的"方言"。

在转弯里滑翔的,是一只鸟的细目光

表面上看,王小妮的写作基点有时降得很低很窄:"在一个世纪的末尾/我的意义/只发生在我的家里",透过《一个不工作的人》的低调,我们知道"家"是由最普通的人、主妇、妻子、母亲合成的,而与之关联的琐细家务,因其低调反而发生了奇迹。诗意在这里找到了落脚点:"我发觉是土豆、刀刃、青菜、根须和水,把奇异带近来。一个主妇绝不会手脚纷乱。诗就是在那种最专注最失神的时候,降落下来。"[1]

女诗人就是拥有这样一种"独特到平凡的境界"(李少咏)。这是没有秘密的秘密。诚如她所说的"不体会到平凡,就不可能是个好诗人"。这句话看起来不怎么样,其实蕴藏着很大的"禅机",这对于那些好大喜功、无限野心、歇斯底里的狂妄书写者而言,是最好的清醒剂。要知道,有多少诗人耐不住平凡中激情和耐心的培育,又有多少诗人经不起平凡的磨损而沦为平庸。长期拥有"平凡的心",意味着

---

(1) 王小妮:《我的纸里包着我的火》,春风文艺出版社,1996年版,第227页。

"这种心境与日常生活互为容纳，达到相互分享"。[1] 王小妮有一句诗叫作"只为自己的心情去做一个诗人"，可以视为她的写作座右铭。的确，她用平朴清明的心情去观照世界，世界才有更多可能，被她平凡地"熨平"，并安置于纸上。

正是在这种普遍松弛、和缓的心态下，王小妮得以用"最朴素的语言去淡化生活中的沧桑与苦难，将那些人与世界的冲突、置换成一种永恒的轻的艺术。"[2]

用"轻的艺术"概括王小妮，当然没错，不过显得笼统。笔者以为，王小妮写作中，最突出的两种心理图式，一是直觉，二是语感。语感是生命本真状态的自然呈现，直觉是突入、穿越事物的敏捷"视力"。

质朴无华的生命呼吸和旋律，一旦在直觉心理状态的"笼罩"下，经由原生语词的互动进入下意识的自然外化，往往能抵达一种真切的境地。这，或许可以看作小妮写作的基本方式，它的优势是：淡开文化重负，淡开抽象的形而上，以直觉的"目光"摩挲日常凡庸事物，同时以语感去触发、启动——首先是自己的内心，以及自己内心与外部世界所构成的关系。

笔者曾经论述过直觉是写作主体感觉系统的"尖锋"，它"走"在所有感觉的最前端，是一种无须经推理的犀利知觉，具有突如其来的发觉与顿悟，它是瞬间心灵深刻的"一瞥"，是"直击"—"穿透"—"彻悟"三位一体的"合力"。诗人的基本素质要求是感觉好，如果再加上直觉，简直就是锦上添花了。

早在1980年，王小妮刚出手，《我感到了阳光》就引人瞩目："站着阳光"，和"靠着阳光"，两个动词打破了主客体间的差距，把阳光的丰盈、强烈，尤其是它的厚度、形状、质感和盘托出。在禁锢多年突获解放的特定情景中，作者写出了与此前性质完全相异的独特感受，凭借的是情绪牵引直觉，直觉交织着情绪。

新托马斯主义的代表人物马利丹特别推崇艺术直觉，他甚至把直觉等同于灵感。他认为直觉能长期保持在灵魂中，保持在潜意识中。

---

(1)　王光明：《为自己的心情去做一个诗人》，《诗探索》2004年第2期。
(2)　刘敏慧：《王小妮：朴素的沧桑与疼痛》，《文论报》1999年5月13日（总第471期）。

当它"出发"时,无须增加任何因素,往往能水到渠成。

王小妮在为数极少的经验谈中,试图回避,实则也难回避相关问题。她在1996年的笔记中写道:"写诗,就是在意识云海那最锋利的边缘上行走,在云那片最薄的皮肤上,飘然如同神子。"[1] 2003年她接受木朵采访时说:"诗意,只发生在瞬间""诗的忽隐忽现和某种潜在暗中连通,不经意就启动",[2] "我们只能感觉诗,却难以说清它。常常有一个句子突然冒进来,今天感觉它可以含得住诗,明天它就苍白如水了,诗正是以这种飘忽不定吸引人。"[3] "暗中""锋利的边缘""瞬间""不经意"的提示,都证明着诗人捕捉、感知对象,不是凭借观念、理性,而是凭借感觉,尤其凭借直觉刀刃上那些最尖利的部位。

《晴朗》写幽闭家中的诗人,在米饭半熟的时候,削两只土豆的瞬间,忽然感知,天空被揭开了,冥冥中意识到那是神的目光。诗人立即直觉到"晴朗/正站在我的头顶/蓝得将近失明"。蓝得将近失明,完全是直觉的放大与夸张,继而引出盲人的眼睛,高高在天上并透视出深色的忧伤。直觉使女诗人拥有全天候的透视仪,广袤的天空,细小的米粒,都可以自如穿行其间。

《风沙把格调带给北方》,诗人不写它的肆虐残暴,偏偏写它的"格调",什么格调呢?一开始是直觉到天与地"同时褪色",这是视觉上的,接着是运动觉:"谁把我们送上了后退的自动扶梯",自动扶梯这一词组,完成了风往后刮的直觉,与实际情形太贴切吻合了,最后又回到视觉和触觉:"昏黄把人泡进一百年前的残茶沉渣。"浸泡残茶,让人顿时领略大风沙的无尽苦涩,体悟十分到位。

直觉,在女诗人的语感中,有时是长驱直入,有时夹带着幻觉、错觉和联觉,如果再加上女性特有的细腻,那就左右逢源了。

"石榴用许多甜眼睛/包着每一颗种子",这是女诗人用直觉在《会见一个没有了眼睛的歌手》。石榴、种子,相互叠印,突出眼睛质感,而歌声是"满世界都成熟着葵花/我被一粒粒解开//轻盈地散步/向着辽远"。诗人听着听着,感觉自己也被解开,且是一粒粒的。

---

(1) 王小妮:《我的纸里包着我的火》,春风文艺出版社,1996年版,第223页。
(2) 参见王小妮、木朵:《诗是现实中的意外》,《诗生活》(网刊)2003年12月7日。
(3) 同上。

与其说这是感觉，毋宁说，由于迅捷地融入对象、体验自我，感觉常常以更独异的直觉来呈现。接下来是更为丰富的展开："两匹不肯分开的马／八条腿掀起深深的草海／马头一直高过太阳／是一群颜色以涨潮的节奏奔跑／草原上满是油亮滑动的浪尖。"马腿与草海，马头与太阳，涨潮与浪尖，表面是用比拟性的修辞来形容歌手声音，实质上也是诗人在瞬间的感觉"直击"幻化出来的形象，用以塑造一颗音乐的灵魂。

直觉中，她的夕阳"沉落如软糕"，她的孩子"骑着两道寒光"，她的长江"把满江的船一下漆遍"。直感、直达、非分析非逻辑，瞬间写就了一次次诗意作业。

直觉最讲究穿透，不但对于自我内部的变故，小妮能迅速觉察醒悟："在城市闪光的木鞋上。／我成为／众目睽睽的脚趾"（《皮肤中浮现的金色》）；"身体原来／只是一栋烂房子／半个我里蹦跳出黑火。／半个我装满了药水声"（《半个我正在疼痛》），而且对于他人他物的细微变化，她也能凭着第六感官，一下子从纷繁景象中，抓住那道闪烁的"眼神"，一如《二十六日不送朋友去印第安纳》的开头：

在转弯里滑翔的
是一只鸟的细目光

借用她本人这两句诗，来概括王小妮直觉性诗写神态，应该说有几分形象吧？

生命在素色里自然彩排

突出的直觉，良好的语感，王小妮的写作呈现一种质朴、率真以及活脱的气息。

语感是生命一种本真状态。它是生命瞬间的体验与语词传递，几乎接近同步的一种同构关系，它是发出腹腔的"真声"，而不是半途从喉中闯出的"假唱"，它的原初形态，天然质地，虽带着未经加工的成分，显出粗鄙、简陋，但它的真实、贴切、在场、当下体验，与语词天然黏合，所带来的语境则是颇富生气的。语感坚决去除各种厚重的文化负载，包括各种宏大叙述，圣词大腔，在日常凡庸的事物中，融入生命温度。语感的兴起，把第三代诗歌引入到一个相当开阔的写作天地中。但是有几年比较泛滥，比如散漫随意、平面寡淡，无任何张力，引起人们强烈的质疑不满。王小妮有效地避开上述毛病，放松身心，顺随语感引领，进出自如，又保持着节控和提纯。从较早的"我有声地走向你／学着花的样子笑笑／真好，我没有朋友"到晚近的"栀子花跑出卖花人的蓑衣／转弯的路口都香了／我没招手花就悠悠地上楼"（《在重庆醉酒》），都延续这一路线，清澈而不失味道，且愈加成色。

有段时间诗人在赴晋途中遇见"死亡"：《许多人在这一天出殡》。人生中最冷酷的弦触动了人心最柔软的部位。生命情怀借助冥想方式，进入间接体验：首先是外在场景——上天的路拥挤、迎送的红喜鹊（不无黑色幽默）、卷起又张开的帘子，接着是"死"的臆想：

死首先要感到冷
然后一切碎碎的摇晃在人间
碎碎的再没什么可想。
选个雪天走最好

非常上乘的语感，在"碎碎"的旋律中，生命的原色经由语感朴素拖动，完成了一次显像。
《月光白得很》则在青白的"旋律"中进入物我合一。

打开窗帘／天地正在眼前交接白银／月光使我忘记我是一个人……／／月光来到地板上／我的两只脚已经预先白了。

这样的语感，不单是语词的联想性流动：月光→白银→白，随着高雅的审美下意识，本然的生命意绪和通透的解脱，往往升至为一种禅悟境界。大多时候，女诗人的语感是自然而然的，但有时也会甩出优美的刻意动作，对某些动词、形容词，适度加工（包括语法的改

变),使得语感染上"华彩"。如《和爸爸说话》一节:

　　我的两只手年轻得不见了
　　力量浑身发抖
　　像暴动过后的石头粉末

　　而《我看见大风雪》则达到了自然语感与修辞的高度圆融(参见拙文《大陆先锋诗歌四种写作向度》分析,此略)。语感的驱动,如若仅仅借助口语媒介,不愿适当增添其他元素,容易流于浅显。王小妮注意到,普遍语感中最容易患的正是无视技法的"苍白"弱项。她有时也会不经意地利用隐喻、暗喻等手段,与语感互为发动,避开简单直白,取得较好意涵。

　　隐蔽得很好的蝉
　　在高处切我
　　总有不怀好意的家伙
　　总有藏刀子的人
　　今天轮到蝉了
　　　　——《蝉们不人道的叫》

　　蝉、不怀好意、藏刀子,鸣声、隐藏、形态、互相对应,贴切地构成一组喻象。从自然界的叫声到人际关系中的阴暗小人,完成一次语感的富于包藏蕴味的传达。

　　语感与口语是同枯共荣的同胞姊妹,是唇齿相依的兄弟,双方缺一不可。一开始王小妮就矢志不渝地采用口语写作,从20世纪80年代碾子沟到21世纪的棉花土豆,布满了经过下意识加工的"大白话"。"她所动用的是最直接、最素朴,离感官最近的家常话,她用这些家常话,去感知并表达世界的诗意,且在客观上消解着传统诗人寄寓在世界和语言中的文化企图,使世界在她的言说中变得鲜活、简约、美丽。"[1]不管是口语、书面语,都有着海德格尔的"语言是存在家园"的

---

(1)　李震:《口语诗学纲要》,三秦出版社,2003年版,第121页。

美誉,但实际运用中,语言是最贫乏无力的,诗人的终生职责就是与语言搏斗。女诗人天生喜欢那些到位的、最逼向瞬间感受的、简单平凡、不做作的口语;喜欢那些不太知识化,也不太平淡的口语;总是凭着直觉,打量那些结实有力的词,并实施一次性操作,从而维护"活着而新鲜"的语言张力。[1]

小妮的口语没有艳词,一如她的"素面朝天";在最有表现力的动词词库中,非常挑剔的选择动词;在泛滥的修辞中,非常老到地改造形容词(转品、易位);在散漫的原生态中,不露痕迹做本色"加工",一切"家常话"都在自控、透明的语境中进行,那是——

压缩性简洁:

我的床上是太阳味了
　　　　——《有人悲怆地过生日》

四处吱嘎吱嘎
雪的鞋响
　　　　——《我看不见自己的光》

南海升起夜晚的怨气
　　　　——《晚上的海被我看见》

这座城把不整齐的牙齿合紧了
　　　　——《在重庆醉酒》

"原色"性单纯:

用手臂阻止你
你红红的不要站起来帮我
　　　　——《摇滚歌手在十二月倒下》

---

(1) 参见王小妮、燕窝:《自我是最大的勇气》,《诗生活》(网刊)2004年第2期。

一条水养着黄脸平原
　　　——《出门种葵花》

黑汽车一夜换成了白馍
　　　——《雪后的山西变厚了》

提炼性精纯：

没有人活得过一团铁
　　　——《火车这刽子手经过我的窗后》

酒再深也要回到浅
　　　——《在重庆醉酒》

想给坏心情涂上脂粉
必须越过千山万水
　　　——《华山积雪如淡淡的胭脂》

此外，还有像"黑暗从高处听你，黑暗也从低处听你""我不想一生下来就这样／活来活去""吃半碟土豆已经饱了／送走一个儿子／人已经老了"以及那些来自小说散文写作中，充满人间烟火的踪迹："山吓得很小""有黑的雪躲躲闪闪""江风一股粗一股细""末日硕大／阴沉下脸／这个下午终于完了""酒太糙果汁太妩媚水太薄"，等等，都是日常用语的提纯，绝非那种对生活原封照搬的简陋，而韵味尽出。

直觉与语感的长期磨合，在貌似平易的险途中，王小妮走出了属于自己独特的路子，在当下大量口水诗泛滥的赝品中，出示了晶亮的质地。大陆那些自以为是、以简单平涂为能事的口语学徒，应该好好向王小妮学习，如何在自然原初的追求中保有张力（语言的张力问题，一直以来是口语写作的最大心病，没有解决好），王小妮提供了很好的示范。世纪之交，小妮完成《我看见大风雪》《和爸爸说话》《在重庆醉酒》《会见一个没有了眼睛的歌手》《十枝水莲》等一系列力作，标志着当下口语诗的新发展，其"直觉—语感"方式，无疑是一种重要而有效的方式。

作为朦胧诗时代极少数坚持下来的诗人，小妮属于那种有韧劲和耐力的"马拉松"选手。她的散淡品格、恬适心态，较好地解决了新时期女性诗歌写作的性别"偏离"，在性爱、生殖、女权等敏感题材上坚持着纯正方位，在相对宽阔的频度上，体现了人性的温情与怜悯。而在艺术把握世界方式上，自朦胧诗后拥挤的道口，另辟一条生路：自拓性的"方言"谱系，沉着的生命经验，既区别于翟永明的诡魅、海男的咏叹，也区别于晓音的朗硬、安琪的迷幻。她没有智性的艰涩、"女红"的脂粉，也不属于那种光溜溜的、描金绘彩的薄胎细瓷，而是拥有更多自然质地的"黑陶"，在幽寂中悠然泛光。

基此，笔者在一个诗歌奖项提名中，特地写出了百字推荐：

王小妮突出的直觉，素朴的言说，经由流畅的语感，灵动地避开当下存在的粗鄙语态，准确地传递口语的真髓。她的代表作《我看见大风雪》等，呈现一片洁净、剔透的诗意，达到令人信服的境地。在本真向度上，她完成了语言与生命的高度融合，堪称语感写作的典范。■

我们不能活反了　　王小妮研究集

王小妮是一个凭着直觉写作的诗人，她似乎并不关心理论，但她具有一种社会的敏感性，她可以在只关心日常的世界和日常的事物时，出人意料地直抵时代的核心问题，并且这些问题总是和写作自身的问题纠缠在一起，使其诗本身具有批评的意义。在我们这个时代写作，有意义的写作总是具有批评的意义。不论其写作文体是什么形式，这些文本中都包含着批评：既是文体自身的批评，也是社会批评。一个人的写作能否同时具备批评的意义是衡量一种写作的尺度。这样的写作所具有的批评意义，其主题（不论是社会批评还是文学批评主题）不是外加的，而是深入于观察方式和叙述形式之中。这意味着一个写作者是否具备把细节、经验主题化的能力，或者是否具有把细节隐喻化的形式动机。它和直接的观念论证与言说不同，但又包含着无可反驳的论辩力量。

一

    在描述日常事物时，王小妮的诗具备这样一种力量：把细节隐喻化的能力，在她独特的观察方式中，一个事物或细节就会形成一个时代性的隐喻，并且通过隐喻把某个细节问题主题化。王小妮的诗《喜鹊

失去象征的日常世界
——王小妮近作论

耿占春

※ 原载《文学评论》2007 年第 2 期。

只沿着河岸飞》[1]，所描述的不仅是一个瞬间景观，也是我们时代意识的状况，这种寓意使它获得了寓言性质。"负责报喜的喜鹊／正划开了水／它的影子却只带坏消息。／好和坏相抵／这世上已经没有喜鹊／只剩下鸟了"，而"黑礼服白内衣的无名鸟／大河仰着看它滑翔。／人间没什么消息／它只能给鱼虾做个信使。"它的幽默和所蕴含的意味，耐人琢磨。诗歌所叙述的喜鹊飞行的瞬间值得我们慢慢品味，它呼应着这个短暂景象之外的更深远的历史诗学语境，需要我们唤起并且描述这个语境，这首诗才能被理解。在事物的传统语境里，一个事物不是单独的存在，它存在于某种象征秩序之中。正像每个词语都是象征并构成了文化的象征秩序，诗中的"喜鹊"和许多民间故事、吉祥的想象和传统习俗联系在一起。而在这首诗里，它表现的却是事物在现代世界中的"去象征化"的命运。"负责报喜的喜鹊"曾经像一个报喜天使，为人们带来喜讯或带来幸运的暗示，然而现在"它的影子却只带坏消息"。诗人说，"这世上已经没有喜鹊／只剩下鸟了"。

喜鹊变成了"黑礼服白内衣的无名鸟"。"喜鹊"有着特殊的象征寓意，而"鸟"就是一个一般的事物。在传统象征主义语境里，喜鹊和乌鸦是一个对立的寓意范畴，就像幸福与痛苦、吉祥与凶险是一种语义对立模式一样。而今这种寓意似乎在消失，它们开始变成无差异的词汇。当传统的象征主义衰退，象征主义的思维模式解体，事物之间的差异就在缩小甚至消失，而事物之间的寓意对比也在日益模糊，意义变得暧昧不清，这意味着人们赖以言说的语义基础在悄悄改变。在语言的意义层面上，这正是我们面临的虚无主义得以滋生的一个语言学的根据。人们不满意于传统的象征主义思想中的二元对立概念，不满意于意识形态和革命象征主义中的非此即彼的二元论概念，在理论上和认识论上，我们认同于对二元论的消解与批评，认同于复调、多元论的意义模式，以及狂欢化的世界感受，然而，事情并没有到此为止，二元论概念的消解并不必然走向对意义的多重感知，我们正经由多元论走向意义认知的无差异性。从复调走向"喧哗"和"噪声"："喜鹊"不传达意义，它只带来坏消息，或者不传达任何信息。

---

(1) 王小妮：《半个我正在疼痛》，时代文艺出版社，2005年版。文中所引诗句均出自本书。

象征主义既依赖于事物之间普遍等同的谱系，也离不开符号之间差异的体系。语义符号和它所意指的事物之间的差异是意义感知的基础，当符号之间的差异模糊或一切语言都相互等同时，对意义的感知就陷于空白。作为批评的诗歌写作承担着双重的含混使命：它不只是传达和传播消息；不只是进行批评，诗歌转化消息，重新组织消息。在这个意义上诗歌是虚构的，是把世界的事实组织进诗歌的修辞方式之中，以修辞想象或修辞幻象转换事物的通常形象；在这个意义上诗歌并不认同于好消息或坏消息之间的区分，它力图创造出使意义活动得以继续的感知图式，即创造出恢复感知的框架。

诗人接下来讽刺说："连一只喜鹊都叛变了。／我看见叛徒在飞／还飞得挺美。"读到这里，一个醒目的隐喻出现了：对喜鹊的嘲讽式的描述已经暗将锋芒指向了诗人自身。整首诗篇出现了叙述的转义，转向一个隐喻结构。对一只喜鹊的叙述变成了对传统习俗和民间信仰遭遇现代社会的叙述，暗含着对先知传统或者诗歌传统的现代观察。传统社会里的诗人与先知能够给人间带来慰藉、神谕、预言和启迪的能力丧失了。在现代世界，喜鹊成为"喜鹊"的叛徒，诗人也是"诗歌"的叛徒，而且他只有作为自身的"叛徒"存在时才具有真实性。喜鹊变成了无名鸟，其原因是事物在现代社会普遍去象征化的命运，在许多地方，人们以"祛魅""非神话化""去神秘化"或者世界观的合理化描述了这种状况。它意味着事物从象征秩序移往工具理性的秩序。事物在现代世界被抽空了它的象征内涵，即被抽空了事物的神秘、巫魅和诗意内涵，失去了一个事物与其他事物的相关性与普遍联系的网络，而这些曾经是诗歌和诗人赖以存身的基础。事物的去象征化，使诗人像喜鹊一样失去了预言能力。但他们还在写，并且写得"还挺美"。这样一首看似简单的诗暗含着诗歌与现代社会、传统信仰以及诗人与世界之间多重性的批评关系。

二

在这一节里，我将通过王小妮的几首诗来关注这样一个问题：我们的生活世界曾经是象征的，但现在我们已经置身于一个普遍"去象征化"的世界。诗歌的象征并不是一种孤立的文学现象，象征主义不是一种独立的创造物，它依赖于我们语言的象征功能，事物普遍存在的象征作用，依赖于象征化的世界观。为了理解上的方便，姑且给语言的变化一个描写性的图式：从词语的立场上看，语言最初是"象征的"，无论这种象征的基础是原始的自然宗教还是一神教的；其后语言演变为"再现的"，福柯在《词与物》中把这个过程描述成17世纪以后才发生的，但在中国诗歌和文学中，语言的再现功能显然远早于这个时间；从马拉美开始，在语言的再现危机中转向语言的自我指涉功能。我们可以看到诗歌写作相应的模式变化，象征的、再现的和注重自我指涉的。可以进一步说，诗歌的象征主义在文学史上的演变不仅与语言的象征模式有关，对应于语言的三种模式（阶段）的变化，诗歌象征主义还对应于我们象征主义的世界观、再现的世界观，到语言学的世界观的变化。从事物的角度看，事物最初是象征的，而后成为客观的，现在成为首先被关注的语言学的事实。也许这样的对应是程式化的也是象征主义的，本文不打算论述这一关系，只想限定在这样一个问题上：在现代世界，语言与事物的去象征化，以及诗歌写作与去象征化的社会语境的关系。

  在我们的语言中，尤其在现代诗人成长的历史语境中，除了传统的宗教象征，还有现代历史赋予语言的革命象征。革命的象征语境不仅借用了宗教象征模式，也借用了自然事物的象征以及工业形象的象征意义。农业社会的自然形象具有充实的象征意义，那个时代的文学、宗教与神话发展了相应的文化象征体系。具有权力需求的历史唯物主义，为了使其真理便于传播，也创造了自己的象征体系。太阳与花朵，土地、水与火，风暴，光明与黑暗等现象，都在象征的意义上成为观念，革命意识形态借用了宗教象征模式并且更新了内涵。就像宗教的神圣文本离不开象征类比，革命权威也把象征类比的语言风格变成一种意识形态话语属性。

  革命象征的形成与现代化的早期形象密切相关，由于工业化社会早期所创造的形象一方面与自然相联系，另一方面又显示了人对自然的征服，显现了人的力量而具有象征意义。工业化的早期形象如大工厂、烟囱、水电站、拦河大坝、火车头、拖拉机等，它们形体的巨大、高速的运转、轰鸣的声音、看得见的速度，似乎都是人类精神能量的巨大宣泄。它们几乎被本能地用来与人类的情感、心理与身体活动的"速度"和状态做类比，就像在同样具有革命意味的未来主义、先锋派的艺术宣言中所曾经表述过的那样。在革命的政治象征语境里，它们意味着改天换地的力量、一日千里的进步，意味着时间和历史的更新。就像托洛茨基在20世纪初期的著作《文学与革命》中所表达的，对自然的人化不再只是（文学或诗歌）语言中或者在画布上进行，艺术行为或对大自然与生活世界的创造性转化，现在由一个伟大的社会阶级群体来集体地加以实施，对世界的创造性转化以大工业的方式在大地上、在山河之间进行。技术和工业体系犹如人类伟大的行为艺术，工业的形象成为各种思想与精神能量的视觉化表达。人对这些工具的掌握表现了人力和理性力量的伟大，征服了自然力的机械力成为人或者人民群众力量的象征。

而后工业社会的典型形象则无关乎自然，也难以成为人类价值的视觉形象的象征，工业化和发展生产力的革命象征的消失几乎与革命意识形态的衰落同时发生。在临近20世纪结束时，杰姆逊冷静的声音则成为降低最初热情的未来派的一个回声："也许能这样想一想：在资本超过我们自身的那个阶段机器所给人带来的兴奋，未来主义尤其是马里内蒂对机关枪和汽车的欢庆所具有的那种愉悦。所有这一切都仍然是视觉上的象征、雕刻般的能量中心点，它们赋予了现代化早期那一阶段的运动能量以有形性和喻形化——显而易见，我们自己这一阶段的技术已不再拥有与此相同的再现可能：不是涡轮机甚至也不是希勒的谷物升运器或者烟囱，不是精心制作的巴洛克式管子和传送带，甚至也不是呈流线型轮廓的有轨火车——所有的快速交通工具仍然是集中地处于静止状态，但是计算机却相反，其外壳既没有象征性的或视觉化的能量，甚至也没有各种媒体自身所具有的保护性外套，就像被叫作电视的那种家庭用具之类，它无所言说，而只是集中于一点、带着自身变平的图像表面而已。"

与此相关，人的身体及其动作姿势的象征意义也在丧失。随着劳动方式的改变，随着生活世界的改变，挥舞有力的手臂、发达的骨骼与肌肉紧张的形象,不仅是宗教神话、诗歌语言和民间习俗受到去象征化的力量的瓦解,革命意识形态也遭遇到这一去象征化的语境。

王小妮的诗歌出现在这样的语境中,作为一个敏锐的诗人,她从事物的许多存在瞬间,从许多细节入手描述了这一语境。她既不因劳动者的形象失去其革命的象征意义而不去关注他们,也没有放弃从这些劳动者的身上发现微弱的道德意义,这些意义是在去除其象征语境回到其自身的过程中获得的。她在《背煤的人》身上观察着世界,几乎没有象征意义的光明与黑暗:

> 我穿过桑林,观察那个漆黑的驼子。
> 他完全不看我
> 他混浊的眼睛正把我灰一样擦掉。
> 大地无光的心胸,从那儿到四张百元纸钞
> 有一条背煤人的秘密捷径。
> 他就躬着,紧守着捷径走,不偏离。
> 从暗到亮,再从亮到暗
> 这个被事先装置在煤层里的人。
> 黑被他走得更黑
> 所以,光才显得更亮。
> 他的眼睛受不了大明大暗
> 成了一对硬木珠……

既没有了自豪的劳动者或建设者的形象,也不是苦难矿工的悲愤象征:他的形象和他的生活一样早已失去了任何象征意义。虽然诗人并没有对背煤人的这一幕社会短剧创造出任何意义上的象征,但在这样蕴含着内疚与悲悯的目光的叙述中,已经出现了令人感到一丝人间温暖的伦理语调,尽管这种伦理语调是这样的低。当革命时代的事物与形象失去其象征主义之后,许多写作者从这些暧昧的事物面前转过脸去,事实上人们几乎不知道如何去叙述它。这些形象既没有旧日的革命象征,也没有现在的诗意之物。虽然意识到自己所描写的事态正从或已经从这个象征主义语境中分离出来,王小妮却经常瞩目于这些

事物，表面看来她常常以一种素描式的简洁呈现了事物，但在某种意义上是在其诗歌话语中利用了这些事物的剩余价值。她描写的对象与事态无可回避地置身于这些事物的象征主义谱系之外，正是这些人与事物所曾经有过的充足的象征主义，形成了诗人观察这些变了形的事物的一个暗含的背景，这些灰色的图景事实上曾经显现在极度灿烂的革命象征主义之中。正是这种反差暗中构成了阅读这些诗歌的意义期待。王小妮的这些诗作显示了我们社会生活中某些事物的去象征化处境，但更显示了革命象征主义或者意识形态并不能完全垄断社会伦理意义，即使没有了作为统治的意识形态所装扮的社会伦理面具，社会自身也不应该是一副无情而冷漠的面孔。在一个成熟的社会里，社会自身的伦理感受和伦理话语要比任何意识形态化的观念更加重要，只是诗人作为个体难以独立地把他所描绘的事物真正地象征化。诗歌作为一种抒情性的叙事话语，其社会伦理职能之一就是创造出社会伦理感受并且创造出表述它的话语。王小妮写农民的《十一月里的割稻人》，也是这种伦理话语的表达："从广西到江西／总是遇见躬在地里的割稻人""一个省又一个省／草木黄了／一个省又一个省／这个国家原来舍得用金子来铺地。／可是有人永远在黄昏／像一些弯着的黑钉子。／谁来欣赏这古老的魔术／割稻人正把一粒金子变成一颗白米"。这也是一首描绘劳动者的诗，但劳动者的形象已经被重新塑造了。诗人在描述背煤人和割稻人时，都使用了"躬着"的意象，在前者诗人直接使用了"驼子"这个词，对于割稻人也使用了"一些弯着的黑钉子"这样的修辞。这是王小妮特有的话语方式，直接、简洁。她果敢地使用大白话，却不动声色地去除了口语中的冗余信息，使大白话变得干干净净。

这些修辞与叙述彻底修正了革命象征主义中的劳动形象，如果是在革命前的语境里，劳动者弯腰或躬身现象是世界的压迫与苦难的象征，或者意味着将要爆发的反抗，是蓄势待发的革命力量的显现；而在革命后的语境里，劳动者变成了昂首挺胸的形象，它是力量、豪迈与自豪的象征，也是国家主人公和革命主体性的象征。在王小妮的诗中，劳动者躬着的身子不仅具有形象自身的含义，甚至还包括了他们的社会身份的降低，他们对社会需求的降低，并且也不再具备更高尚的受苦的含义。上面两首诗中都写到了钱或者金子,这是他们最需求的,这些叙述使劳动者失去了劳动创造世界的意义,抹去了其历史主体的虚幻光环,每月谋求四张纸币的意象使劳动者还原为卑琐化的社会形象,并且仍旧是"含金量最低"的人们。甚至在这些诗篇中,王小妮都没有使用"矿工"和"农民"这样的字眼,因为这样的字眼意味着一个观念性的群体,一个社会群体,王小妮使用"背煤的人"和"割稻人"这样的字眼似乎暗示了作为社会群体的功能已不存在这一事态。这样的社会群体不仅被边缘化,事实上也被分散化了。在某种意义上可以说,这个群体曾经具有的革命象征意义正是把它自身凝聚起来的方式,当它的象征意义消失时,它所具有的社会功能也随之消失。不再拥有一致的社会目标,只有被分散化了的短期短效的个人利益。王小妮的诗篇最终指向的不是革命象征主义的道德,诗人作为观察者所遭遇的内心不安,揭示了某种社会伦理感受的缺失以及它令人内疚的涌现,这个时代的道德感受经常是作为它的社会伦理功能的缺失现象来表达的。

  本文所选择王小妮的诗歌涉及这些事物:喜鹊(鸟)、水莲(鲜花)、拖拉机(机械)等。这些事物处在传统的或现代的象征语境之中。王小妮在诗中不仅描写了这些事物在现代社会场景中的去象征化命运,还进一步使这种描述产生隐喻结构,使叙述发生转义。她的诗应对了象征寓意的缺失,又力图给予新的修辞想象。《拖拉机跑得真快》既表现了对机械力的革命象征主义的"去象征化"或者"去意识形态化"的解构意图,更重要的是找到了这些既不融合于现代观念也不融合于自然世界的机械,在乡村生活中所发生的转义。诗中,"拖拉机像村庄里养的野兽／左右扑腾着跑出来／不是着急／是天生的飞快",而"尘土和茅草跟看它／青萝卜和红萝卜也想进城／风忽高忽低／三个农民驾雾一样骑上去了"。由此,"拖拉机使乡村也有了动物。／榕树听见了叫声／鸭子游得欢／人啊好像也活了"。这首诗就像是当今乡村风俗画的一幅速写,透露出王小妮诗歌惯有的幽默与简洁。通常,人们已经不知道如何叙述乡村,因为它似乎既没有了传统也不够现代。乡村的生活还在继续,可是没有了生活方式。诗歌中的主要事物"拖拉机",在革命象征主义的语境里曾是农村科技和生产力发展的象征,而在"后工业"或市场经济时代,这种革命寓意已经被去象征化。王小妮出其不意地发现"拖拉机像村庄里养的野兽",这一修辞幻象的诞生几乎拯救了乡村中的一切,将拖拉机向农村生活世界还原。"像村庄里养的野兽"表明了拖拉机与农民的生活性关系,而非生产性关系,这一已经过时的工业化和机械化的象征,转变为一种"自然"关系的隐喻:农村、乡土、"动物"和蔬菜。开拖拉机进城(卖菜)就像过去的时代里农民骑着毛驴进城一样欢快,拖拉机在乡村世界几乎成为一种最大、最能干、最勤快的动物,它的"左右扑腾"几乎开始具有牲畜的灵性。诗人以非常具有活力的方式对乡村生活的质朴描述,使这样一种场景具有了乡村节日般的瞬间欢乐。这首诗歌既对陈旧象征物去象征化,也给予事物以新的修辞幻象,使隐喻成为发现生活意义或赋予其意义的一种力量。王小妮的诗歌修辞一方面致力于对词语与事物的去象征化,另一方面又力图使去象征的词与物重新变成隐喻。

现在,技术和市场经济还原了物自身。商人除了继承某些情感俗套的象征,借以把平庸无奇的物品变成意义非凡的商品外,事物的丰富的转义、能够扰乱简单意识的含义都被抛却了。自然和人的行为都在失去象征。所谓象征的消失,并非仅仅是语言表达或文学形式的象征作用的消失,而主要是我们生活的世界的去象征化,事物和形象的去象征化。

现代世界象征的贫困,本身已经成为意义贫困的一个象征。因为象征是意义的制造者。在现代世界,物质的功能保留了下来,其象征意义则阙如:供暖设备取代了火炉,电灯替代了油灯,火焰和火苗不会再在风中飘曳不定,一切都十分方便,只是使用的事物曾经提供的心理能量暂时或永久性地缺失。在现代物质体系中,事物的实用功能被保持下来,甚至更好,但其形象却改变或者已经消失,这个形象正是象征所倚赖的。意义暂时地或永久性地付诸阙如,在这个意义上,王小妮是一个善于发现"缺失现象"的诗人。她的诗歌常常描述这种缺失现象,物质丰富的现代社会里的某种付诸阙如的东西。

王小妮《我喜欢不鲜艳》描述了鲜花寓意的缺失,虽然鲜花的形象未曾改变,仍是现代社会最具有象征的事物,但也不能幸免意义的缺失或象征的暧昧。

种花人走出他的田地
日日夜夜
他向载重汽车的后柜厢献花。
路途越远得到的越多
汽车只知道跑不知道光荣。
光荣已经没了。

农民一年四季
天天美化他没去过的城市
亲近他没见过的人。

插金戴银描眼画眉的街市
落花随着流水
男人牵着女人。
没有一间鲜花分配办公室
英雄已经没了。

这种时候凭一个我能做什么？
我就是个不存在。

水啊水
那张光滑的脸
我去水上取十枝暗紫的水莲
不存在的手里拿着不鲜艳。

在这个十分崇尚审美的商业社会，鲜花的生产与需求比任何时代都更具规模。农民在他的土地里日日夜夜"向载重汽车的后柜箱献花"，然而诗人注意到"光荣已经没了"。诗人使用了鲜花与光荣之间的语义关系，然而却清醒地把鲜花与光荣之间的象征关系拆解开了。

不仅是种花的农民和运输鲜花的汽车不知道这种光荣，那些需求者也不知道。"没有一间鲜花分配办公室"，鲜花和办公室之间的结合让我们想到鲜花曾经具有的政治象征寓意，在政治象征语境里鲜花象征着流血牺牲，也象征着对它的奖赏和对光荣的册封。鲜花是政治仪式上必不可少的神圣事物，英雄是光荣（鲜花，以及如花似玉的女人）的享有者。但现在"英雄已经没了"。诗中说"落花随着流水/男人牵着女人"意味着男人的非英雄化，也意味着女人与鲜花之间关系的非政治化和世俗化。就是这些男女，就是这样的"插金戴银描眼画眉的街市"对鲜花有着纯粹的巴洛克化的需求。

即使是一个诗人也难以赋予花朵象征意义，似乎诗人意识到其自身的存在就是一种缺失现象，就像鲜花的大量生产与销售就是光荣与英雄的缺失现象一样。诗中强调了所选择花的"暗"和"不鲜艳"。但是如果到此为止我们就把这首诗解读成光荣与英雄的挽歌，那我们就错了。而事实上诗人并不是在写作挽歌，她只是我们社会生活的缺失现象的表达者。在我们仍然享受着的一些事物中，她以描述性的话语让我们注意到这些事物中缺失的元素，让我们注意到事物中的必要而真实的减损部分。我们不应忽略诗人在这首诗的标题中所明示的态度，"我喜欢不鲜艳"。这样的表述既可以理解为对没有光荣与英雄的日常事物的接受，也可以理解为本来就不喜欢"光荣"与"英雄"。但一首诗不需要如此明确的解释，因为在语气和修辞上，每一种明确或极端的态度都受到另一种暗示的纠正。

三

与许多诗人的不同之处在于，王小妮对事物和世界的描述，乍一看几乎是纯净无染的，是一幅调子洁净而愉快的素描，但她的声音中总是有一种话语因素提醒读者其中失去了某种东西。事物本身失去了一些品质，同时我们今天观察世界时也失去了一种象征主义的目光，我们目光中消失了事物的一些成分。有时候那是事物的意义，有时候那是事物的象征内涵，更重要的是，有时候那表现为人们内心中所失去的东西。王小妮在失去和拥有之间,表达着这些事物的存在方式。在去除旧日的革命象征主义和诗歌本身的隐喻生成之间,形成一个意义领域。在她的《太阳下去了》这样的感叹中,我们能够听到事物原先的象征已经消失,我们感知着事物自身的存在,然而似乎又有一些尚未明朗的意义正在复杂的感受中涌现。她说:"没有什么是自然的／天被迫着黑沉,连挣扎都没有。／我亲眼见到太阳在自刎／没有拔刀相助者。／义士们,他们隐逸得太早了。"在某种意义上,自然界的一幕短剧被诗人的观察象征化了,或者说它被描述为一种寓言,也被戏剧化了。我们并不确定知道太阳(这里是落日)象征着什么。太阳在革命意识形态的象征主义体系中是一个主角,但这里似乎并没有对此做任何提示。其中的叙述与修辞仍然可以理解为一种英雄寓言。太阳的寓言似乎可以追溯到更早期的自然神和泛神论的观念。对于早期的思想形式来说,对自然形象和自然事物的戏剧化就是神话产生的动机之一。在一个普通的落日时分,太阳的下落这个自然过程被叙述性赋予了另外的寓意。然而这种寓意只能留在寓言中。王小妮在一首长诗《太阳真好》中再次叙述了这个寓言的另外一面:

……早晨,有人走出地铁站,有人升上矿井。
这些忽然亮起来的人
在太阳的光明里一点感觉都没有
照耀是母亲式的
永远的不声张。
从里到外,全是金的
但是,没有人敢挪动它,没人敢独占它
贪婪的门儿都没有。
下午,它站在冬天的街口颁发金像奖。
每一个出门的人都得到了
每一个都不觉得这是奖励。
满世界走动着小金人
满街排开了金店。

王小妮的诗中很少有这样颂歌般的调子，她在描述一种福音书式的世界景象，就像是一种新的创世记，一种新天地，一种新人，具有童话色彩，也像是古老的太阳颂歌太阳崇拜在这个时代里的一个罕见的翻版。然而"新人"是可疑的，因为他们并没有从内心去领受这些金子的馈赠。诗人说："我停在晃眼的时间庭院中心"——"很久很久，只剩下太阳／只有它独自一人还对我们好。／一直不放弃／一直像峭壁抓紧了一根荆棘草"。

对王小妮来说，颂歌的立场是一种批评的立场。"而错误更多更重的人还在钻井取火／他们迷恋在黑暗的底下挖掘"，这里的意味甚至批评了那些只看见了黑暗的批评者。诗人接下来把这样的批评指向了自身，"年轻的那些时段，我从来没注意过树，／当然也不注意太阳，我没空儿"。甚至变成了自我忏悔：

另一个我，一直卡在阴影里。
像没发现过错一样
就在今天以前，我都没有发现这世界上还存留着好
我不相信金子的成色始终没变。
我总在怀疑正确
而正确必然不知不觉。
脱掉雪天灰暗的冬装。
我知道，对待别人要像对待自己
虽然穿着雪白衬衫的我做得不够
虽然时间不多了，我得把今后全部用来悔悟。
我要赶快设想，今天以后我该对谁好
在这个冬天，人人有了反光的内疚之心。

在王小妮的话语里，光、太阳，与黑暗、灰暗、阴暗等尽管已经明显地去除了意识形态的固有象征，废黜了"能指的统治"，还原了自然事物与事态的特征，但仍然保持着基本的语义对比，保持着它们的类比和隐喻意义。她把光、太阳的自然语义转换到道德的和社会伦理的

寓意之中，然而无疑清除了它的革命象征。王小妮的叙述方式，她所描述的对象、事态揭示了一个时间性的世界，显现出事物、主题和隐喻所构成的话语的历史形式。对王小妮而言，语言的比喻功能不局限于语言的欢乐或语言的自我庆贺，不以放弃对现实世界的指涉功能为代价。这首长诗的结束，再现了落日的悲剧："这个时候，太阳在松手／它在半沉的雾里躺下"，光芒从"每一个人身上离开……"但是它留下了——"诵经的按住了嘴，人隐进了寺庙。／软的力量，悲伤的力量／不出声，止不住流眼泪的力量"。值得关心的是这些"软的力量"："流眼泪的力量"和"悲伤的力量"，甚至伤心、悔悟和内疚的力量。这些力量，是真正的力量所在，是人们内心的光芒所在，社会伦理的力量所在。这和诗人在叙述背煤的人、收割稻谷的人一样，产生的是社会伦理感受。

虽然对于这个社会、对于诗人本身来说，尖锐的善与恶的价值冲突和阶级对抗，所表达的二元对立被消解了，但是我们并不能够完全接受或认同于一切语义的无差异性。如果一切语义对立都是虚假的，如果一切语义之间都不存在差异，那么语言的意义就会彻底消失。我们形成和表达意义的能力就会丧失。王小妮的话语意识到了传统象征结构的丧失、革命象征主义的破灭，但她的诗歌话语仍然在致力于一种寓言式的寓意的建立，并且是从最日常的事物与现象出发。在去除了古老的民间象征，也去除了革命意识形态的象征之后，王小妮回到日常世界、日常生活和自然事物本身，在它们身上重新发现可能的寓意。■

我们不能活反了　王小妮研究集

布罗茨基说:"边缘地区并非世界结束的地方——而正是世界阐明自己的地方。"[1] 似乎从一开始,王小妮就自觉地意识到了这一点,她的诗歌之于存在的见证乃是有一深刻的基点——"边缘"。套用奚密一本诗歌论著的题目,王小妮的诗歌写作是"从边缘出发"。静静地站在边缘,手持诗歌这枝黄花守望大千世界,王小妮的姿态如此纯美。她是屈指可数的几位完整横跨"文革"后众多诗歌地貌的诗人,她见证了诗歌由中心跌入边缘的惨痛历程,然而王小妮促使我们思考的却是她在见证这段诗歌不断滑向边缘的历史时,她自身的立足点也同样自始至终处在诗坛的边缘。从"朦胧诗"到"第三代"诗歌再到20世纪90年代以来的"个人化写作",每一时期都会诞生一股不同的诗歌主潮,而王小妮却从不苟同流俗,她总是游离于主潮之外、人群之外,一个人静静地探索。或许,一个诗人的伟大之处不是与时代主潮合拍,而是在于与时代主潮或深或浅的错位。作为一个诗人,王小妮是否能够胜任"伟大"这一字眼值得商榷,但她无疑正是一个时代主潮的错位者。她坚守边缘,保持独立、从容的写作姿态,朝着内心的风暴一意孤行,像一个身怀绝技的隐士,她的写是"写在诗坛的边上",却直取诗歌的中心。

---

(1) 布罗茨基:《潮汐的声音》,《钟的秘密心脏》,王家新、沈睿编选,解放军文艺出版社,1997年版,第286页。

王小妮的边缘立场
——时代主潮的"错位"者※ 　　　　　　　　　　　　　杨雄林

※ 本文系杨雄林硕士学位论文《"站着就是资格"——论王小妮的诗歌创作》(苏州大学中国现当代文学专业,2008年)第三章。

一、"透明"——与"朦胧"的对峙("朦胧诗"时期的王小妮)

"朦胧诗"之"朦胧"二字的得来,源于章明的那篇批评文章《令人气闷的"朦胧"》[1]。他把那些"十分晦涩、怪僻,叫人读了几遍也得不到一个明确的印象,似懂非懂,半懂非懂,甚至完全不懂,百思不得一解"的诗叫作"朦胧体","朦胧诗"由此得名并通用。在这里,"朦胧"被作为"晦涩"的代名词而使用。但是这样一个明显含贬义的词语,却随着"朦胧诗"声势的壮大而被吸收过去延伸到诗学的层面。"朦胧"被迅速转化为一个中性词汇,用来涵盖"新诗潮"的风格确实是有道理的。在此,"朦胧诗"的"朦胧"二字凸显的是其象征主义风格。"象征主义"的奥义即在于为诗人的情感、意识寻找客观对应物,诗人不直接表达思想情感,而是通过一系列的隐喻,创造一个个意象来影射自身。因此,读"朦胧诗"就像猜谜,猜得出与否固然与读者的诗歌修养相关,但也难免有一些笨谜让人误入歧途而终至索然无味。

王小妮有幸跻身于"文革"后诗歌的第一排雁阵。她初登诗坛,就碰上了"朦胧诗"的崛起,从而被戏剧性地归入"朦胧诗"的群体之中。与北岛、顾城、舒婷、杨炼这些"朦胧诗"的主将相比,这一时期的王小妮无疑是个陪衬,她过于朴实的诗风只能使她居于这一群体的边缘。似乎对于"朦胧诗"来说,王小妮可有可无。然而,一个诗人并非一定要得到群体的认可才能确证自身。王小妮是一个完全自发的诗人,她只是在内心营构的诗歌巢穴中真诚地写着,毫不理会诗歌以外的喧嚣。正是在这种安静的写中,深刻地显示出她与"朦胧诗"内在的裂痕。

(一)"感恩、悲悯主题"

"谁能把诗写得真切、透明。不是画出一团雾,只需要擦净玻璃上的污浊。透明的诗,容量无限。"王小妮追求一种"透明"的诗。如果说"朦胧诗"像一个雾中的"蒙面人",那么王小妮的诗歌则纯然是阳光下一个光明磊落的行者。她用阳光驱散了"朦胧诗"阴郁的迷雾,用朴实的手扯下了"朦胧诗"隐喻的面纱。她的成名作《我感到了阳

---

(1) 原载《诗刊》1980年第8期。

光》就是一个范例。当顾城们还沉溺于那个埋葬"一代人"的黑夜,王小妮就已经唱出了希望之歌。她把这束突然降临的阳光指给我们看,有着食指"相信未来"的遗响,巨大的喜悦和信念使诗人获得一种新生,她"四分之一个世纪"的生命竟不及这短短"十秒"的阳光来得漫长。王小妮一开始就不像其他"朦胧诗"人那样控诉黑暗,她的诗歌时间朝向未来,她不愿意回望过去,因为灾难已经逝去,她的真诚和善良使她不忍增加那些刚刚走出废墟的世人的悲哀,毕竟人世已经足够困苦。她的诗歌镜头总是对准那些北方的农人(《送甜菜的马车》)、石匠(《碾子沟里蹲着一个石匠》),对他们怀着一颗悲悯之心。而这种对人世的悲悯与对上苍的感恩同在,"阳光"这一意象在这一时期的凸显,就表征了诗人对这个苦难世界的祝福:让世界在阳光的普照下,透明、纯净、永不混浊。

(二)"深度意象""事态抒情"

在诗歌主题的层面之外,这种"透明"的风格还体现在诗歌的抒情策略上。"朦胧诗"所用的是单向的"意象"抒情,这种抒情天然地造成了一种"朦胧"感,一首诗中"意象"密度极大,一个连着一个,令人目不暇接、喘不过气来,读者思考的空间被压迫得几近消失。随便举一首诗,如北岛的《古寺》,"钟声""蛛网""石头""龙""怪鸟""铃铛""荒草""僧侣的布鞋""风""石碑""大火""乌龟""泥土"……意象之多令人叹为观止。而王小妮的诗歌虽然也注重"意象",但是这种"意象"语言已不再像"朦胧诗"那样铺天盖地、泛滥成灾,而是趋于节制,顶多是种"深度意象",诗歌之中从来没有密集的意象,而是围绕一两个核心意象展开,《我感到了阳光》如此,《风在响》如此,《地头,有一双鞋》也是如此……不过,王小妮诗歌语言与"朦胧诗"的关键歧异还不在此,她的诗歌超越"朦胧诗"的地方在于,她在"朦胧诗"单向度的"意象"抒情之外开辟出另一抒情向度——"事态"抒情。从这一点来说,王小妮超越了"朦胧诗"时代,她敏锐的诗歌触须竟提前感知到了"第三代"诗歌的语言精髓。[1]"意象"抒情凭借的是异质意象之间的嫁接流转,它们的恰到好处的运用能够在对接的瞬间

---

(1) 参见罗振亚:《从意象到事态:"第三代"诗抒情策略的转移》,《朦胧诗后先锋诗歌研究》,中国社会科学出版社,2005年版,第54—90页。

闪耀出灼人的火花,然而"朦胧诗"如此密集的意象炸弹给人的感觉似乎已耗尽了"意象"语言的可能资源。"月亮""船""湖泊""蒲公英""鹅卵石"等,"朦胧诗"中这些优美的意象已经给人带来了审美疲劳,它们像一只只盘旋在天空中的高傲的鸟儿,让人仰视得脖子发酸。"事态"抒情的出现,给了诗歌新鲜感。诗歌不再围绕一个个意象展开抒情,而是将抒情融在一件事情、一个场景之中。结果是增添了诗歌的透明品质,诗的可能性由此被展开,日常生活经验得以大量进入中国当代诗歌。王小妮"朦胧诗"时期的诗歌正是自发地生长出了这种透明的"事态"语言,"我在突来的冲动里奔跑,/心好像被记忆捣碎。/当初,他教我铲地,/也是这样深深地躬着背。/——他,还没添件褂子吗?/他只进过一次城,/却舍不得买碗水"。这首《早晨,一位老人》,"事态"化的描述与"朦胧诗"的意象语言真是有天壤之别。除此之外,像《假日·湖畔·随想》《一个年轻的工人》《雨中的北京》《瑶山》(都见于诗集《我的火》)等,都充满这种"事态"抒情。

(三)"口语"

抒情策略的差别,直接导致了王小妮诗歌与"朦胧诗"在语言上又一种显在的差异,即口语与书面语的对峙。"口语"是"第三代"诗歌的一种标志性语言,它的现身丰富了现代汉诗的传统,"它软化了由于过于强调意识形态和形而上思维而变得坚硬好斗和越来越不适于表现日常人生的现时性、当下性、庸常、柔软、具体、琐屑的现代汉语,恢复了汉语与事物和常识的关系"[1]。"口语"是一种相比于"书面语"较少渗入文化惰性的语言,它增添了诗歌的"人间性"。"口语"化的诗歌语言是内心世界和语言的高度合一,比起复杂的、涂抹上过多文化口红的"书面语","口语"简单很多、轻逸很多,无疑也"透明"很多。这种诗歌语言的"口语"化在王小妮是一种自觉的追求。笔者想着重指出的是,这种"口语"化的风格在王小妮"朦胧诗"时期的诗歌中就已出现,而当时的"朦胧诗"群体却是一个"书面语"的庞然大物。北岛、舒婷、顾城、江河、杨炼这些"朦胧诗"的主将个个都是出

---

[1] 于坚:《诗歌之舌的硬与软》,《诗探索》1998年第1期。

口成章的好手。"卑鄙是卑鄙者的通行证,高尚是高尚者的墓志铭。"(北岛《回答》)这句回响在"朦胧诗"时代上空的诗,就是一句彻头彻尾的"书面语"。只要设想一下一个"朦胧诗"人,处在四周"书面语"的合围之中,却独能祭起"口语"大旗,这种对于本己诗学的追求该是怎样的坚定!

(四)"平民"立场

"感恩、悲悯主题""深度意象""事态抒情""口语"构成了王小妮"朦胧诗"时期诗歌的"透明"品质。但笔者要问的是:构成王小妮诗歌这种"透明"品质的根源是什么?在"感恩、悲悯主题""深度意象""事态抒情""口语"的背后起决定作用的是什么?

可以反向思考这个问题,即这一问题的答案可以通过对"'朦胧诗'之为'朦胧'的根源何在"解答而寻找到。显然,"朦胧诗"的"朦胧"效果归因于其密集的"意象抒情"策略和文雅复杂的"书面"语言。正如罗振亚所指出的,"朦胧诗乃古典诗的冤家对头,有趣的是二者骨子里诗感方式却如出一辙"[1],这一取向实际上延续了"古典诗学"的贵族化传统。"诗言志,文载道",这种对于诗歌的贵族姿态,使朦胧诗人皆以人类的拯救者、先知自居。诗歌中充斥的是大词、圣词,仿佛全人类的苦难都凝铸在他身上,仿佛全人类的困境都需要他指以明灯。"我,站在这里/代替另一个被杀害的人/为了每当太阳升起/让沉重的影子像道路/穿过整个国土"(北岛《结局或开始——献给遇罗克》),"为了祖国的这份空白,/为了民族的这段崎岖,/为了天空的纯洁/和道路的正直/我要求真理!"(舒婷《一代人的呼声》),"我想/我就是纪念碑/我的身体里垒满了石头/中华民族的历史有多么沉重/我就有多少重量/中华民族有多少伤口/我就流出过多少血液"(江河《纪念碑》)……这种诗歌的贵族化立场,必然需要一种有分量的语言方式与之相适应。密集的"意象抒情"策略和文雅复杂的"书面"语言,于是就浮出水面,泛起"朦胧"的迷雾。

现在就可以解答王小妮诗歌的问题了。"王小妮最初的诗,自然而然地带着一种普通百姓般的真诚,而缺少那种极易引来评论的贵族

---

[1] 罗振亚:《后朦胧诗整体观》,《文学评论》2002年第2期。

式优雅。"[1]正如徐敬亚所言，相对于"朦胧诗"的贵族姿态，王小妮的诗歌采取的显然是一种平民立场。王小妮没有把自己当成一个高高在上的诗人，她只是很平静地将自己视为普通老百姓中的一员，一个平常人。因此，她的诗歌所呈现的往往是普通人的生存状态，而缺少"朦胧诗"那种民族、国家意义上的宏大主题。也许对王小妮来说，这些主题离普通人的日常生活太远了，人生飞扬的一面之下该有一些沉稳的底子，王小妮要把这些质朴的底子用诗歌的针线绣出来。而平民的语言必然是日常的"口语"，必然是一种家长里短的"事态描摹"。所以答案找到了，正是王小妮所保有的质朴可贵的"平民"立场使她的诗歌呈现出"透明"的品质。

"朦胧诗"与该时期王小妮诗歌的区别，似乎可以用俄罗斯诗歌中"象征派"与"阿克梅派"的区别来昭示："象征派诗人以'隐喻性'带给读者的是混沌的反光，是狄奥尼索斯的癫狂。'阿克梅派'诗人推崇的则是阿波罗式的鲜明、严整、热爱平衡、坚定、轮廓分明、界面清晰。"[2]王小妮"透明"的诗质所追求的是一种明晰的美。

"诗歌像心灵一样透明"，写诗写到这个份上，还能苛求什么呢？

二、"悲剧"——对"反讽"的疏离（"第三代"诗歌时期的王小妮）

被称为"美丽的混乱"的"第三代"诗歌，作为一场诗歌运动肇始于1986年《深圳青年报》和《诗歌报》联合推出的"现代主义诗歌大展"，而作为一股默默生长的诗歌潮流则是在"朦胧诗"时期就已萌芽了，甚至某种程度上可以视为是从"朦胧诗"内部裂变出来的。最先向"朦胧诗"抛出白手套的不是别人，恰恰是写出《中国，我的钥匙丢了》的朦胧诗人梁小斌，他的那篇《诗人的崩溃》宣告了决裂开始。而如前文所述，在此数年之前，王小妮的诗歌写作就已显示出了"第三代"诗歌的特质。

---

(1) 徐敬亚：《一个人怎样飞起来》，《我的纸里包着我的火》（王小妮著），春风文艺出版社，1997年版，第6页。
(2) 周启超：《白银时代·俄罗斯文学研究》，北京大学出版社，2003年版，第52页。

虽然1986年王小妮从"朦胧诗"自然而然地卷入了"第三代"诗歌,但她与"第三代"诗歌在诗学取向上还是有距离的。"第三代"诗人喊出"打倒北岛,PASS舒婷",其诗歌的枪口明显对准"朦胧诗"这一靶子,他们内心有着深深的"影响的焦虑",诗学的追求更大程度上沾染了现实的意气用事。从杨炼的《大雁塔》到韩东的《有关大雁塔》,"第三代"诗歌反叛"朦胧诗"的意图昭然若揭,相比于"朦胧诗"的民族、国家宏大抒情的贵族姿态,"反文化""反崇高"的平民立场得到张扬。由此带来的是琐屑平庸的日常生活经验大量进入诗歌,"反讽"的技艺得到诗人们的青睐,他们醉心于用"调侃、幽默诙谐、玩世不恭"的油腔滑调来展示人生,诗歌之舌迅速由"重"而"轻"。借用巴赫金评价拉伯雷小说的话来说,整个诗坛陷入了一场肆意的"狂欢节"。而时刻保持自身独立性的王小妮则避免了她同时代人所陷入的窠臼。由于对诗歌的虔诚,由于对内心诗学律令的坚贞,由于对自身判断力的笃信,王小妮在周围一派狂欢的喜剧氛围中奏出了"悲剧"之音。

(一)俄罗斯诗歌的回响

"随着价值沦丧……看来是唱挽歌的时候了……但更多的人却更为神速地进入了一个'反讽的时代'——细究起来,倒不是因为他们已具备了足够的智慧及历史反省精神,而是'反讽'已成为一种'时尚',一种在今天必须去'追求'的东西。"这是王家新《在悲剧和反讽之间》中的一段话,拿来形容"第三代"诗人的诗歌是那样贴切。"第三代"诗人集体性地走向"反讽",这种诗歌思维使他们敢于对一切崇高的东西进行调侃,在他们眼中没有什么是神圣不可侵犯的,存在的禁忌被庸常的生活所消解。当一个诗人不是按照自己的内心去写诗,而是将个性泯灭于群体之中,那么他的写作就是"媚俗"!而王小妮抵抗了时代对她的诱惑,"在悲剧和反讽之间",做出了果断的选择。

这一点我们可以在那场声势浩大的宣告"第三代"诗歌在诗坛登场的"1986年现代主义诗歌大展"中见出端倪。由徐敬亚、孟浪、曹长青、吕贵品编的《中国现代主义诗群大观1986—1988》为我们保留了当时的盛况。在这本有非非主义、他们文学社、莽汉主义、撒娇派、病房意识等各色"反讽"风格的诗歌选本中,王小妮有六首诗入选:

《爱情》(1985年2月)、《面对它的时候，我正做另外的事情》(1986年1月)、《我爱看香烟排列的形状》(1988年3月)、《那样想，然后这样想》(1988年5月)、《晴朗漫长的下午怎样过》(1988年5月)、《半个我正在疼痛》(1988年5月)，首首都透出了一种"悲剧"之痛。

> 那个冷秋天呵 / 你的手 / 不能浸在冷水里 / 你的外衣 / 要夜夜由我来熨 / 我织也织不成的 / 白又厚的毛衣 / 奇迹般地赶出来 / 到了非它不穿的时刻 / ……我本是该生巨翅的鸟 / 此刻 / 却必须收拢肩膀 / 变一只巢 / 让那些不肯抬头的人 / 都看见 / 让他们看见 / 天空的沉重 / 让他们经历 / 心灵的萎缩[1]

"那个冷秋天呵"，开篇第一句就一下子揪住了读者的心，轻轻的一句叹息却让人感觉仿佛有千钧重。诗人有太多的无奈和苦衷，"我本是该生巨翅的鸟 / 此刻 / 却必须收拢肩膀 / 变一只巢"，最终在爱情面前无私地选择了牺牲自己。

> 它看着我。/ 目光四散，/ 它同样也看着 / 别的人们。/ 它用双手 / 皇帝般地 / 任意按满哪张桌子。// 我突然起身，蟹一样乱七八糟地走，/ 它也被迫 / 仓皇乱动，/ 我顿时明白，/ 被它紧紧按在手下的 / 是什么！[2]

这首充满迷幻色彩的诗中，"疼痛"的语言直接现身，让人触目惊心。诗人道出了她感知到的存在处境："恶"的无处不在。它霸道、横行无忌，它甚至化身成诗人的潜意识在监控诗人的内心，而从"它抬头的时候，我就低头"到"迎着它的目光静站"，诗人完成了内心的蜕变，学会了由回避到坦然面对。

> 半个我里蹦跳出黑火。/ 半个我装满了药水声。// 你伸出双手 /

---

(1) 王小妮：《爱情》，《中国现代主义诗群大观1986—1988》(徐敬亚、孟浪等编)，同济大学出版社，1988年版，第25—26页。
(2) 王小妮：《面对它的时候，我正做另外的事情》，《中国现代主义诗群大观1986—1988》(徐敬亚、孟浪等编)，同济大学出版社，1988年版，第27—28页。

一只抓到我／另一只抓到不透明的空气。／疼痛也是生命。／我们永远按不住它。⁽¹⁾

"半个我"很突兀的意象,从诗中推测或只是一次牙疼事件,却使诗人感受到一种内在的分裂感。诗人领悟到"身体原来,只是一栋烂房子",而"我们不健康／但是／还想走来走去"。对敏感的诗人来说,"疼痛"是活着的一种宿命,它让你更加真实地活着,更加珍爱这个世界。

总之,这首仿佛滴着血的诗歌,无疑最深切地传达出王小妮的"悲剧"风格,在"第三代"诗歌的整体狂欢中显得如此刺眼。

那么凭借什么,王小妮守住了这份寂寞?我在其中听到了"俄罗斯"诗歌的回声。

在小说《1966·你的普希金正在锅炉里》⁽²⁾中,王小妮塑造了一个极端热爱"普希金"诗歌的青年,在那个压抑的年代里他却不得不忍痛烧毁心爱的《普希金抒情诗集》。可以知道,这本普希金诗选应该就是平明出版社于1955年出版的查良铮翻译的《普希金抒情诗集》。"我过得孤独而忧郁／我等着,是否已了此一生。"⁽³⁾反复吟咏着普希金的这句诗的青年陷入了与普希金一样的困惑。而在组诗《普希金头像》中,王小妮借由大雪之中普希金头像的滚落,表达了对诗歌在我们这一时代的孤独境遇的感慨:"头像突然掉下去／又冷又老的普希金眼睛里含着雪。／搬运工吃力地滚动铜块。有谁能这样干脆／把诗和诗人彻底分开。"⁽⁴⁾王小妮一再显露的对普希金的缅怀绝非偶然,有理由相信借由"普希金",俄罗斯的"悲剧"诗歌精神在王小妮身上得到了继承。徐敬亚在评论王小妮的《一个人怎样飞起来》中说:"她具有十二月党人妻子们在大风雪中奔赴千里万里的信念与勇气!"徐敬亚在拿"十二月党人妻子"来比附王小妮的时候,他的脑海

---

(1) 王小妮:《半个我正在疼痛》,《中国现代主义诗群大观1986—1988》(徐敬亚、孟浪等编),同济大学出版社,1988年版,第544—545页。

(2) 王小妮:《1966·你的普希金正在锅炉里》,《作家》1998年第1期。

(3) 普希金:《"我耗尽了我自己的愿望"》(1821年),《普希金诗选》(查良铮译),译林出版社,2000年版,第120页。

(4) 王小妮:《普希金头像》(1999年),《半个我正在疼痛》,华艺出版社,2005年版,第134页。

中是否闪耀过阿赫玛托娃、茨维塔耶娃的身影？

前文，笔者将"朦胧诗"与该时期王小妮诗歌的区别比之于俄罗斯诗歌中"象征派"与"阿克梅派"的区别，也正是这个意思。就笔者的阅读感觉来看，王小妮"第三代"诗歌时期的作品与属于"阿克梅派"的阿赫玛托娃有着惊人的相似。翻开阿赫玛托娃的诗集[1]，那种与王小妮相似的女性浓重的生活气息扑面而来，语言朴素而灵活直如说话，看看那些诗题：《一周来连一句话我也没有说过》《"所有这一切唯有你一人能识破"》《我再不需要我的双腿》《"今天他们不曾带信给我"》《我看见海关上褪色的旗帜》《我崇仰窗子上的光》《你为什么佯装成……》《"我一到那儿，疲乏就消失"》……如果把它们混在王小妮1988年的诗集《我悠悠的世界》中，真是难分彼此。因为它们与王小妮的诗题何等相似：《不要把你所想的告诉别人》《一走路，我就觉得我还算伟大》《有人悲怆地过生日》《我守候着你想哭泣的时候》《不要帮我让我自己乱》《让这个人快乐吧》《晴朗漫长的下午怎么过》《不能让空气出现孩子味》……

没有直接的证据表明王小妮受过阿赫玛托娃的影响，她们的相似可能源于她们共同的导师——普希金。阿赫玛托娃就是一个普希金的崇拜者，她的那些充满受难意味的诗作深得普希金的真传，如长诗《安魂曲》。由于历史原因，20世纪50年代的"中苏蜜月"阶段，"普希金"在我国有着崇高的地位，有大量译本出版，[2]五六十年代的青年学子也往往有着浓烈的"普希金"情结。[3]到了"文革"时期，"普希金"虽被禁，阅读文本匮乏，但因以往热销过而成为文学青年的秘密读物，就不足为奇了。根据前面的分析，出生于1955年的王小妮在"文革"时期应该有过阅读普希金的深刻体验。与北京那帮能够见识到黄皮书、白皮书等众多"现代派"书籍的幸运儿相比，浪漫主义的"普希金"无疑成为居于外省的王小妮能接触到的屈指可数的阅读文本之一，而

---

(1) 比较全的是马海甸、徐振亚译的《阿赫玛托娃诗文集》（安徽文艺出版社1999年版），但笔者私心以为还是王守仁、黎华译的《阿赫玛托娃诗选》（漓江出版社1987年版），质量更胜一筹。
(2) 参见张铁夫：《普希金与中国》，岳麓书社，2000年版，第102—103页。
(3) 参见沈云霞：《普希金与当代中国大学生》，《普希金与中国》，岳麓书社，2000年版，第347页。

"第三代"的诗人往往教育层次较高,对于各种外国现代派见多识广,年龄关系,"文革"的记忆不深重,浪漫主义的普希金只能被他们弃如草芥。只有在这个意义上,我们才能理解王小妮"悲剧"诗风在"第三代"诗歌中的异峰突起。

(二)超性别写作

这一时期的王小妮与时代主潮的错位,还体现在女性诗歌内部。王小妮的"悲剧"诗风与"女性主义"诗歌的"自白"风格形成了某种对峙。虽然"自白"风格也敞露了"悲剧"的意味,但是二者在内质上有着鲜明的区别。王小妮诗歌中的"悲剧"风格体现的是用个体存在去揭示全人类存在的痛感,而"女性主义"诗歌的"悲剧"风格却是立足于女性这一特殊族群之上的。

"女性主义"诗歌在当代诗坛的崛起,肇始于翟永明的《女人》组诗及序言《黑夜的意识》:"作为人类的一半,女性从诞生起就面对着一个完全不同的世界,她对这世界最初的一瞥必然带着自己的情绪和知觉,甚至某种私下反抗的心理。她是否竭尽全力地投射生命去创造一个黑夜?并在各种危机中把世界变形为一颗巨大的灵魂?"[1]翟永明借由将女性独有的"不断泯灭和不断认可的私心痛楚与经验"召唤到诗歌中,从而构筑出一种全新的女性诗歌。这一拓展了女性诗学的努力无疑是积极的,然而在翟永明的召唤之下,应者云集,原本散兵游勇式的女诗人被集聚到这一"女性主义"的旗帜之下,诗坛上迅速刮起一股黑色旋风,唐亚平的《黑色沙漠》、伊蕾的《黑头发》等诸如此类的"黑女人""黑裙子""黑乌鸦""黑圈套"层出不穷,女性诗歌板结一块。

如果初期的"女性主义"诗歌在拓展诗歌见证存在的版图上有所建树的话,那么随着这种"躯体诗学"的折旧、损耗,"女性主义"诗歌渐渐堕入误区。一些女性书写者往往流连于对本我的自恋式镜像投射,或是对女性经验进行浮泛的意象拼贴和组装,而抽空了"女性主义"诗歌赖以存在的内在撕裂感,即翟永明所言的"不断泯灭和不断认可的私心痛楚与经验"。由于这种集体性的仿写、摹写,"女性

---

[1] 翟永明:《黑夜的意识》,《磁场与魔方——新潮诗论卷》(吴思敬选编),北京师范大学出版社,1993年版,第140页。

主义"诗歌的写作资源被过度开发,一种提升的可能性业已被耗尽。所以,在进入20世纪90年代之后,"始作俑者"翟永明不得不进行转向,将诗歌写作从"女性主义"狭隘的鸟笼里释放出来,翱翔于更广阔的天空。"女性主义"遂趋于式微、解体,女性诗歌却由此从"黑夜"走向"白昼"。

令人不可思议的是,这么一股发生在女性诗歌内部而又辐射到整个诗坛的诗歌潮流,同为女性的王小妮竟然充耳不闻,毫不为所动。她的诗歌书写竟然直接超越了女性诗歌的"性别书写"阶段,致使20世纪90年代女性诗歌的"超性别写作"需要在她这里寻找源头。

崔卫平以她对女性主义的敏感,敏锐地意识到王小妮诗歌中人称使用的一个问题,即出现于王小妮诗歌中的第三人称,总是"他"而非"她"。对于这个疑问,王小妮坦言:"如果使用'她',是不是等于我放弃了更广大的自由?我从没想过使用'她'。"[1]对于王小妮来说,她的诗歌所面对的是整个人类存在的境遇,她的诗歌抱负不允许她将诗歌局限于"女性"这一狭小的范畴之中,她一直在追求诗歌最大的包容度、最大的自由,而像"性别写作"这种作茧自缚的事情,她是绝对不会去做的。王小妮说她从没想到过使用"她",可见对于那种狭隘的诗学观念的警惕已经融入她的血液,成为一件非常自觉、自然的事情,她一再强调的"透明的诗容量无限"也正是这个意思。

所以我们看到王小妮这一阶段的经典之作——诗集《我悠悠的世界》(该自印诗集作品全部收入诗集《半个我正在疼痛》),通过放弃对女性躯体隐秘经验的书写,所达到的却是女性诗歌前所未有的敞开。如果说"女性主义"诗歌塑造的是一个神经质的受伤害的女性,那么住在王小妮诗歌屋子里的则是一个平凡普通的家庭主妇——一个女人。"性"和"人"的偏重差异,导致了"女性主义"诗歌和王小妮诗歌的本质区别,"让我安详盘坐于世/独自经历/一些细微的乱的时候"(《不要帮我,让我自己乱》)。王小妮诗歌中的女人是个充满人间味的普通女人,她有她的喜怒哀乐,有她"乱"的时候,但这些"乱"是"细

---

[1] 王小妮:《1996年笔记》,《诗探索》1997年第1期。

微"的,没有"女性主义"诗歌那样的歇斯底里:"我独来独往,充满恐惧／我不可能健康无损／众多的目光如刺我鲜血淋漓。"(伊蕾《独身女人的卧室》)拿《我悠悠的世界》和《独身女人的卧室》比较会看得更加清楚。《独身女人的卧室》所塑造的是一个极端封闭的空间——卧室,窗帘遮掩、门房紧闭,给人一种室息感。而《我悠悠的世界》所塑造的是一个温暖、宽敞的家,适合诗人"皇帝那样走来走去"(《那样想,然后这样想》)。《独身女人的卧室》,如题目所示,主人公是个痛苦的、渴望异性的独身女人,是一个受荷尔蒙驱使的受伤害的女性形象。而《我悠悠的世界》,如题目中"悠悠"所透露的,是一种闲静、悠缓的所在,主人公是个既能抽时间写诗又会做家务的家庭主妇。《独身女人的卧室》中卧室"如果需要幸福我就拉上窗帘／痛苦立即变成享受"的狭隘行为功用,导致女主人公不断撕心呼喊"你不来和我同居"。而考虑到诗集《我悠悠的世界》写于1988年王小妮与徐敬亚两地分居时期,其中女主人同样响彻着一句话"你走以后……":"你走以后／世界的质地突然生硬。"(《注视伤口到极大》)"首要的是你不在。／首要的是没有人在。"(《那样想,然后这样想》)……考察这不同的两句话,我们会发现前者明显是在呼唤"你来",女性的荷尔蒙气息扑面而来,抒发的是女性的闺怨和对男性的指责,因此更多的是"生存"意义上的;后者则突出的是对"你走以后"这个"质地突然生硬"的世界的敏感,正是这种孤独的状态使诗人察觉到了世界隐秘的本质,因此更多的是"存在"意义上的。

  由此看来,"女性主义"诗歌的"悲剧"风格是普拉斯[1]式的,而王小妮诗歌的"悲剧"风格则是阿赫玛托娃式的,这是两种不同女人的"悲剧"。

---

(1) 西尔维亚·普拉斯(1932—1963年):美国自白派代表诗人之一。诗歌充满了自传意味,倾心挖掘女性内心的隐秘经验,作品有着一种神经质和歇斯底里的疯狂。普拉斯生前只出版过一本诗集《巨人》(1960年),曾经发表过一些短篇小说,死后出版的遗作有:自传体小说《钟形坛》(1963年)、诗集《爱丽尔》(1965年)、《涉水》(1971年)、《冬树》(1972年)、《西尔维娅·普拉斯诗集》(1981年)。她的人生极具悲剧性,1963年得知丈夫休斯有了外遇后,于一个冬夜吸煤气自杀,死时刚过三十岁。她仿佛用自己的死,实践了她写下的诗句:"死／是一门艺术,和其他万事一样。／我干这个出奇的好。"1981年,由休斯编辑出版的《普拉斯诗全集》获得了当年美国诗歌成就的最高奖——普利策奖。

三、"抒情"还是"叙事"——谁去谁留?("个人化写作"时期的王小妮)

"谁去谁留"是欧阳江河20世纪90年代一部诗集的名字,但我更愿意将其视为现代汉诗进入20世纪90年代所遭遇的一个困境症候:"抒情"还是"叙事"——谁去谁留?

跨过海子这一先锋诗歌死亡或再生的临界点,20世纪90年代的先锋诗人们为一个梦寐以求的"个人化写作"时代的来临而欢呼。似乎标志着诗歌进入20世纪90年代,就进入了一个前所未有的"自由王国"。"个人化写作"这一诗人和批评家合谋的产物,意指一种"拒绝普遍性定义的写作实践,是相对于国家化、集体化、思潮化的更重视个体感受力想象力的话语实践"。(1) 显然,这里的"个人化"是相对于20世纪80年代的集体性、运动性写作而言。但是审视20世纪90年代诗歌的实际情形,与"个人化写作"这一概念所指涉的,无疑是极不相称的。这一概念的可疑之处就在于它是诗人和批评家合谋的产物,夸大了20世纪90年代诗歌的"个人性"意味,充其量只是一种一厢情愿式的主观想象。综观20世纪90年代诗坛,诗人们并未趋于一种独立的"个人"立场,而是延续了20世纪80年代拉帮结派的传统,分化为两个似乎势不两立的流派:"知识分子写作"和"民间写作"。一种认同的焦虑促使诗人们对号入座,诗坛被整合得泾渭分明。而另一个可疑点在于,20世纪90年代诗人并未发展出某种带有"个人化"印记的诗艺,而是一窝蜂地聚集到"叙事"的大旗之下。"叙事"似乎成了一个"真理在握"的话语制高点,像那个史蒂文斯的"田纳西坛子"(2) 使所有的诗人向它围拢。

在这样的背景下谈论无门无派、独来独往的王小妮,我想指出的是一个诗人的边缘立场可能维持多久?"抒情"诗歌是否已经过时?

---

(1) 王光明:《在非诗的时代展开诗歌——论90年代的中国诗歌》,《中国社会科学》2002年第2期。
(2) 《田纳西的坛子》是美国诗人史蒂文斯的经典之作。其中有这样几句:"我把一只圆形的坛子/放在田纳西的山顶。/凌乱的荒野/围向山峰。/荒野向坛子涌起/葡萄在四周,不再荒凉。"一般把这个"坛子"理解为一个权威秩序的象征,一个上帝一样的角色。

（一）"叙事"的限度（"不可能性"）

新诗中的"抒情"与"叙事"之争已不是一个新问题，早在20世纪30年代末、40年代初中国诗坛就围绕"抒情的放逐与否"展开过小范围的争论。[1]1939年，当整个民族陷入抗战的大兴奋中时，诗人徐迟写了一篇题为《抒情的放逐》的短文，提出战争已经"炸死了抒情"的论断。而紧接着，诗人穆旦在给卞之琳《慰劳信集》所作的书评中，针锋相对地指出"我们需要'新的抒情'"。实际上二者的主要分歧集中在对"抒情"一词内涵的不同理解上。徐迟文中对"抒情"显然取了狭隘的理解，在他那里，"抒情"似乎是一个不言自明的东西，其基本内涵是一种造作的感伤、风雅，特别是流连于山水田园的牧歌情调。而穆旦对"抒情"的理解就宽泛多了，区别于徐迟眼中"抒情"内涵的预先给定性，穆旦更加珍视"抒情"内涵的不确定性，即一种流动性。它是随着人类经验的拓展而不断发展的一个开放的概念。回到当年的历史背景中，新诗中的抒情一脉并未死去，死去的仅仅是其中一部分矫揉造作的个人幻梦的表达，而更为强大的"抒情"气质却在当前的战争背景中吸取了能量，面对与以往截然不同的现实，新诗所需要做的是一种"抒情能力"的延伸，以穆旦为代表的"九叶诗派"倡导的"现实、象征、玄学"的综合正是这样一种"新的抒情"的实践，它的成效如何，现在已经看得很清楚了。

在20世纪30年代末、40年代初的历史大背景下，这个问题的提出，充分暴露了诗人们的内心焦虑。诗歌在这个时代何以承担起自己的职责？实际上，无论是徐迟"放逐抒情"的口号所表露的对"抒情"的不满，还是穆旦"新的抒情"对"抒情"内涵的扩充，都指向了新诗发展的一个"瓶颈"，即在与以往截然不同、风云变幻的现实面前，诗歌需要新变，需要创造出一副消化现实的"好胃口"。在这个意义上，我们才能理解何以徐迟会提出"抒情的放逐"这么一个惊世骇俗的口号；同样在这个意义上，我们也会更能理解穆旦提出"新的抒情"论的理论意义和现实意义。"九叶诗派"诗歌凸显的"现实、象征、玄学"

---

[1] 关于这次争论的梳理，详见姜涛：《一篇札记：从"抒情"的放逐说起》，《从最小的可能性开始：中国诗歌评论》（肖开愚、臧棣等编），人民文学出版社，2000年版，第321—347页。

的综合,将"抒情"带入了一个新境界,而深受穆旦推崇的艾青则无疑成了"新的抒情"论的模板,它们都在证明新诗依靠"抒情"手段仍然可以对现实做出有效的"发言"。

但是这样一种将"抒情"综合化的倾向,也暗示了新诗走向"叙事"的症候。注意到20世纪40年代卞之琳创作《山山水水》、冯至创作《伍子胥》,他们是否也出现了类似的隐忧:诗歌在容纳、消化现实的能力上比不上小说?诗人转向小说创作,在20世纪80年代也出现了一个高潮,像韩东、朱文、海男、林白,历史的循环似乎在暗示我们一种"叙事"的企图(小说正是"叙事"的一种极端表现),而这一点被20世纪90年代的中国诗坛变成现实。

"叙事"一词在20世纪90年代诗歌中的凸显,直接带出了一整套盘根错节的话语:"从不及物到及物"、"从情感到意识"[1]、"诗歌是一种特殊的知识"[2]……"及物性"意味着诗歌涵盖现实的容量在放大,"意识""知识"的指谓则突出了20世纪90年代诗歌构造复杂诗意的技术性特征,两者丰富和发展了现代汉诗的传统。

"抒情"是向内的,而"叙事"更带有攻击性,指涉诗与现实之间的关系修正。作为一种诗歌新的构建手段的增强和诗意新的可能性的探寻,"叙事"的凸显具有浓厚的20世纪90年代特征:它的初衷源于一部分有抱负和良知的诗人对不断商品化的社会现实的不满,对这个纷乱无序的现实的重组、解构使他们的写作带上了悲壮的"抵抗"意味。于坚、伊沙所代表的"民间写作"在20世纪末浮出水面,无疑正归因于这一"叙事"诗学的扩张。它对20世纪90年代的意义在于:一是诗人摆脱过去那种意识形态幻觉的集体叙事,而趋向了写作的主体性,即一种"历史的个人化";二是诗人通过叙事在诗歌中包容大量日常场景和对旧的诗歌材料进行新的处理,从而获得对现实发言的能力,并形成了新的诗歌美学。[3]

---

(1) 臧棣:《90年代诗歌:从情感转向意识》《关于90年代诗歌的话题》,《中国诗歌:九十年代备忘录》(王家新、孙文波编选),人民文学出版社,2000年版。

(2) 臧棣:《诗歌:作为一种特殊的知识》,《中国诗歌:九十年代备忘录》(王家新、孙文波编选),人民文学出版社,2000年版。

(3) 参见陈均:《九十年代部分诗学词语梳理·叙事》,《中国诗歌:九十年代备忘录》(孙文波、王家新编选),人民文学出版社,2000年版,第399页。

然而"叙事"诗学是一把双刃剑,它在给中国当代诗歌带来转机的同时,随着影响力的日益辐射,也给诗歌的本体建构带来了一定的损伤。

它的"及物性"特征使诗歌切入现实的空间大为拓展,但是它在诗歌中的过度应用却陷入了与"新写实主义"小说相同的困境:琐屑、平庸的日常生活经验不加节制地流入诗歌,致使诗歌的体积无限膨胀,几与现实平行。就像一位评论者指出的:"对形而下的'此在'的过分倚重,使一些诗歌有时淡化了对蕴含着更高境界的'彼在'的关注,因缺乏对灵魂和理想世界的介入而流于庸常平面,只提供一种时态或现场,而无法完全将生活经验转化为诗性经验,叙事含混哆嗦,结构缠枝绕蔓,臃肿枯燥,文体模糊,污损了诗性的简洁和纯正。"[1] 而对诗歌"意识性""知识性"的强调,则使诗歌堕入了技术主义的迷津,条分缕析的操作性疏离了代表诗歌本体意义的情感性、心灵性。见识一下洪子诚的《在北大课堂读诗》中选的张枣的《悠悠》和臧棣的《菠菜》,你对诗歌会不得不产生一种望而生畏的感觉,什么时候读诗已经变成了一种折磨人的烦琐的猜谜游戏,而不是一种能够撞击你的情感、震撼你的心灵的艺术享受了?

这里提请我们注意的是,"叙事"作为一种诗歌手法远非一些诗人所想象的那么简单。诗人们要时刻警惕诗歌堕落成对现实的临摹,因为诗歌是一种创造,是现实在心灵中的重新生成。另外,诗人利用"叙事"构造复杂诗意的时候,必须学会区分"词语的复杂"和"关系的复杂"。"布罗茨基在一篇访谈录里谈到弗罗斯特和艾略特的不同,说后者的复杂是一种词语上的复杂,比如'我的开始是我的结束'或'我的结束是我的开始'之类的绕口令,而前者的复杂是一种关系的复杂,是一种深刻的复杂,体现着人生沉甸甸的体验内涵。"[2] 以弗罗斯特为祖师的中国"叙事"学徒们需要特别注意这一问题:"叙事"不是堆砌物象、罗列事态,而是沉淀而成的厚重的人生经验和智慧。

而"叙事"诗学对当代诗歌更大的冲击,还不在于上述问题,而是

---

(1) 罗振亚:《朦胧诗后先锋诗歌研究》,中国社会科学出版社,2005年版,第187—188页。
(2) 参见周伟驰:《当代诗的局限》,《激情与责任:中国诗歌评论》(臧棣、孙文波、肖开愚编),人民文学出版社,2002年版,第289页。

关系到诗歌本身致命的文体问题。"叙事"化追求在20世纪90年代诗歌中的泛滥，使诗人们竞相在诗歌中填塞对话、陈述事件、描摹场景。正如耿占春所言："在肖开愚、孙文波等人的作品中，明显地增加了日常的情境和情节，增加了戏剧化与对话性。这样的诗人是注意力的给予者。它显示了诗人的好胃口，要及时地消化掉从现实世界中冒出来的一切非诗意之物，但也许它会成为新的狭隘性的一种表现。"[1]"叙事"无所不在，它的大量侵入使诗歌无可避免地趋于散文化。

"叙事并不能解决一切问题。叙事，以及由此携带而来的对于客观、色情等特色的追求，并不一定如我们所预想的那样赋予诗歌以生活和历史和强度。叙事有可能枯燥乏味，客观有可能感觉冷漠，色情有可能矫揉造作。"[2]"叙事"仅仅是建构诗意的手段而已，而不是唯一的手段，在这样的前提下理解，西川的话也许别有深意，"叙事不是指向叙事的可能性，而是指向叙事的不可能性"[3]。

（二）"抒情"的坚守（"可能性"）

"诗，是一种思维的极致。在绝大多数人都'这样想'的时候，偏偏个别的人，固执不懈地'那样想'——这种人先天地、悲剧性地获得了写诗的血。"[4]王小妮就是这样一个如此安静的诗人，在20世纪90年代"个人化写作"的风潮中，她沉默不语，却比那些以此自诩的喧嚣者更深刻地实践了"个人化"。在诗坛一片"叙事"的呐喊声中，王小妮却依然固执地高擎"抒情"的大旗。

王家新在《当代诗歌：在确立与反对自己之间》中说："这种带有叙述性质的写作，导致了诗歌对存在的敞开，它使诗歌从一种'青春写作'甚或'青春崇拜'（郑敏语）转向一个成年人的诗学世界，转向对时代生活的透视和具体经验的处理。"[5]可见90年代中国诗坛的"抒情"与"叙事"之争，在特定的语境下被放大成两种写作模式的对峙：

---

(1) 耿占春：《群岛上的谈话》，《诗探索》1994年第1—2期。
(2) 西川：《九十年代与我》，《中国诗歌：九十年代备忘录》（孙文波、王家新编选），人民文学出版社，2000年版，第265页。
(3) 同（2）。
(4) 王小妮：《王小妮谈诗的几段文字》，《我的纸里包着我的火》，春风文艺出版社，1997年版，第223页。
(5) 王家新：《当代诗歌：在确立与反对自己之间》，《夜莺在它自己的时代》，东方出版中心，1997年版，第99页。

"青春期写作"和"中年写作"。

"中年写作"意指一种成熟、开阔的写作境界、严格的写作要求和复杂、深入的诗歌建构手段。[1]这一在20世纪八九十年代之交转型阶段提出的命题,乃是随着20世纪80年代一批诗人渐次进入中年,并敏感地意识到自身的"生存处境和写作处境"而出现的。其一方面意味着一种写作状态,当一个诗人进入中年,他已经具有相当的阅历,对于生活、世界、存在的一些牢不可破的看法已经确立,他的写作更多依靠的是经验、理性而不是激情、才华;另一方面,"中年写作"也同样意味着对诗歌写作难度的标高,进入中年的诗人们有意识地使自己的写作与早年有所区别,将情感冷凝向内里、深处挖掘,转向新的语言方式的探索以构造更复杂的诗意。

它的提出同时建构出了另一个与之相对立的概念"青春期写作"。"青春期写作"显然被认为是"不成熟的""幼稚的"。"青春期"作为一个借喻,似乎意味着:"对生命自发性的倚恃和崇信、反叛的勇气和癖好、对终结事物的绝对真理的固执、自我中心主义的幻觉……"[2]它的根本弊端在于"以最富于诗意的方式悬置了诗歌本身"[3],典型如海子的这一类浪漫、激情的抒情诗风就被很自然地归入"青春期写作"的范畴。换句话说,"青春期写作"成了"中年写作"所要涂擦的对象。某种意义上,这似乎又是当代诗歌的一种"影响焦虑"在作祟。20世纪八九十年代之交,海子的逝世以及他光芒四射的激情诗歌写作,使大多数诗人都产生了一种错觉,仿佛抒情式的诗歌已经随着海子的逝去而耗尽了它全部的可能性。

"叙事"在20世纪90年代的凸显,一个重要的理由就是要对这个瞬息万变的世界做出全面的发言,最大限度地敞开诗歌的诗性空间。但是除了少数几个优秀的诗人,大家似乎都忽略了穆旦的提醒:一种"新的抒情"。如前文已述,西川提请我们注意"叙事并不指向叙事的可能性,而是指向叙事的不可能性"。孙文波则更直截了当地指出叙

---

(1) 参见陈均:《九十年代部分诗学词语梳理·中年写作》,《中国诗歌:九十年代备忘录》(孙文波、王家新编选),第398页。

(2) 刘翔:《尴尬时代的抒情诗歌》,《诗探索》2002年第1—2期。

(3) 唐晓渡:《九十年代先锋诗的若干问题》,《唐晓渡诗学论文集》,中国社会科学出版社,2001年版,第112页。

事只是"将诗歌引向具体、准确的一种方法,而不是目的",并称其为"亚叙事",而"亚叙事实质上仍是抒情的""它是用于对陈旧的抒情方式的矫枉过正"。[1]孙文波更加接近于穆旦的看法,他把自己的"叙事"努力归入了构建一种"新的抒情"的蓝图之中。

而相较于西川、孙文波的辩证,很多诗人却一味地选择了沉溺于"叙事"。在20世纪90年代集体转向叙事的氛围中,纯正抒情诗的创作似乎被认为是不合时宜的过时货,被一些所谓的先锋诗人所摒弃而不屑为之。套用欧阳江河的话说,它"失效"了。事实上放眼古今中外,好的抒情诗永远不可能失效,它不应该作为一种"青春期病症"而被一举抹杀。整个世界诗坛为我们奉献了多少高贵的抒情诗人:埃利蒂斯、狄金森、曼杰斯塔姆、阿赫玛托娃、聂鲁达,以及充满所谓"青春期病症"的狄兰·托马斯……"抒情"或者说"青春期写作"并未阻止他们成为世界级的大诗人。

20世纪90年代关于"叙事"的单向度强调,正在使诗歌堕入一种新的二元论的窠臼之中。"叙事"和"抒情"并没有高下之分,两者完全可以互补。"叙事"的诗歌,对现实的容纳量大,更多地依靠诗人处理现实素材的智性思考和技法;而"抒情"的诗歌,依赖的是诗歌的心灵性,它是诗人的心灵单刀直入读者心灵的艺术,容易唤起共鸣。事实上,"中年写作"逃避不了抒情,而且一种良好的"中年写作"往往源于对抒情与叙事的有效平衡。在20世纪40年代"中年写作"的先声——冯至的《十四行集》里,那种对叙事与抒情的处理就卓有成效,它有效地促成了诗人内在经验的凝定,堪当20世纪90年代"中年写作"的范本。

从这个意义上,王小妮的价值显露了出来。当无数人唯潮流是举、弃"抒情"而另觅新欢的时候,她却始终如一地坚守着"抒情"这门古老、笨拙的手艺。就像一个磨铜镜的手艺人,在她不知厌倦的重复摩擦中,诗歌放射出了夺目的光辉。

抒情,并不拒绝叙事。王小妮的诗歌从创作之初就具有"叙事"的色彩,她在朦胧诗时期的那种事态化抒情策略即是一斑。问题的关

---

[1] 参见陈均:《九十年代部分诗学词语梳理·叙事》,《中国诗歌:九十年代备忘录》(孙文波、王家新编选),第399页。

键是何者主导,是"叙事"带着"抒情"走,还是"抒情"带着"叙事"走。王小妮无疑深谙此道。20 世纪 90 年代以来,她创作出了一系列抒情诗歌的典范之作,"叙事"与"抒情"融合得天衣无缝。组诗《看望朋友》(1992 年 1 月—1993 年 6 月)、组诗《会见一个没有了眼睛的歌手》(1996 年冬)、组诗《和爸爸说话》(1996 年 10 月—1997 年 10 月)、长诗《在重庆醉酒》(2001 年 6 月,2002 年 3 月)、组诗《十枝水莲》(2002 年春,2003 年初)、《月光白得很》(2003 年)……真是篇篇血泪、字字珠玑。特别是那首《十枝水莲》,为她赢得了 2004 年的第二届"华语文学传媒大奖年度诗歌奖"。而在我看来,她最出色的作品要数 1999 年写作的《我看见大风雪》(1999 年 5 月),这首为她赢来极大声名的长诗,足以进入 20 世纪 90 年代诗歌最优秀作品之列。(1)

> 我离开城市的时候 / 一件大事情在天空中发生。/ 千万个雪片拥挤着降落 / 这世界 / 再没有办法藏身了。// ……谁和谁缠绕着。/ 漫天的大风雪呵 / 天堂放弃了全部财产。/ 一切都飘下来了 / 神的家里空空荡荡。// ……我想,我就这样站着 / 站着就是资格。// ……我站在寒冷的中心 / 人们说寒冷是火的父亲。而我一直在追究寒冷的父亲是谁?// ……在洁白的尽头 / 做一个低垂的牧羊人 / 我要放牧这漫天大雪。// ……谁是寒冷的父亲 / 我要追究到底。// 雪越来越低 / 天把四条边同时垂放下来。/ 大地慢慢提升 / 镶满银饰的脸闪着好看的光。// ……愿望从来不能实现 / 天和地被悲伤分隔。// ……为什么让我看见这么多。// ……许多年代 / 都骑着银马走了 / 岁月的蹄子越走越密。/ 只有我还在。// 是什么从三面追击 / 我走到哪儿,哪儿就成为北方 / 我停在哪儿,哪儿就漫天风雪。// ……时间染白了我认识的山峰 / 力量顿顿挫挫 / 我该怎么样分配最后的日子 / 把我的神话讲完 / 把圣洁的白 / 提升到所有的云彩之上。
>
> ——《我看见大风雪》

---

(1) 除《月光白得很》之外,其余诗歌皆见于诗集《半个我正在疼痛》。

这首诗中，抒情主人公置身于茫茫大雪之中，白色在擦洗着内心深处的黑，她看见了父亲，看见了过往，人间的疼痛在她眼前掠过又盘旋。一幅幅画面在我们眼前展开，但诗人动用的不是叙事，而是抒情，是情绪在带着回忆的话语走动，她让我们看到了一场久违的大雪，它在诗歌中下得如此缠绵、淋漓尽致。而当你掩卷，你不得不问自己，这还是一场雪吗？这分明是诗人内心的风暴，她在把她生命中的"疼"撕碎了撒满整个天空给我们看。试问这诗坛，有几人拥有像王小妮诗歌这种纯粹、透明的抒情风格？在这样的诗歌面前，再去讨论"叙事"和"抒情"的优劣问题，那将会显得多么可笑。

王小妮重新标高了"抒情"在当代诗歌的价值雪线，她的诗歌写作实践证明了手段在最优秀的诗人那里从来都不是问题，重要的是对于诗歌的信念，用一种最适合自己的方式表达诗心，"抒情"还是"叙事"。■

我们不能活反了

王小妮研究集

在诗歌创作的竞技场上，有两类写作者比较容易引起人们的关注。一类速度和爆发力惊人，他们往往禀赋超常，才情横溢，一出手就可以在诗坛立腕扬名，哪怕之后迅即消隐；一类则属于"马拉松"型，他们的耐力与韧性均佳，既跨越较长的时空范畴，又能使高潮不时迭起。王小妮兼具两种能力，相对而言后一种能力更为突出。20世纪80年代初，她刚操起缪斯的琴弦，就以《我感到了阳光》《风在响》《碾子沟里蹲着一个石匠》等文本，对瞬间的眩晕感和北方农人的坚忍性格进行了纯净的描述，在当时隐约蕴藉的时尚之外别开新花，其素朴清朗的抒情个性不时逸出朦胧诗的苑囿，说不上如何耀眼，却也风光一时。而后，在同期起步的诗人们或搁笔从商，或转场海外，或改弄其他文体，渐次逃离的情境下，王小妮一直痴心依旧，坚守诗歌的精神家园，视之为灵魂栖息的净土、抗拒现实对人的物化和俗化，终成一只盘翔于诗空的"永远的青鸟"，并且近二十年来其理想历久弥坚，其诗歌气象非凡，越写越好，她的写作经历和骄人实绩打破了诗歌永远属于年轻人的迷信，也为诗坛留下了无尽的悬想和启迪。

"只为自己的心情去做一个诗人"

那种以为个人化写作时代推助、成就了王小妮的观点，是一种严

飞翔在"日常生活"和"自己的心情"之间   罗振亚
——论王小妮的个人化诗歌创作※

※ 原载《当代作家评论》2009 年第 2 期。

重的误读。事实上,是个人化写作影响了王小妮,还是王小妮在某种程度上引发了个人化写作,尚可商榷。因为诗坛在1989年后才出现明显的断裂和转型,而王小妮早在20世纪80年代中后期即确立了个人化写作的诗歌立场:"只为自己的心情去做一个诗人"[1],1988年后这种立场越发坚定与自觉(所以本文重在论述王小妮1988年以来的诗歌创作)。

20世纪80年代中期,诗坛群星闪烁,诸侯四起,充满"美丽的混乱",可王小妮却正在精神上饱受坎坷心理戏剧的折磨。爱人徐敬亚的《崛起的诗群》事件铸成的那场"社会雪崩",使她经历了短暂的心理迷乱,写下《恶念如洞》《谣传》《定有人攀上阳台,蓄意篡改我》《有孬人在迎面设七把黑椅》等诗,这些诗作从阴郁怪诞的题目、不安虚空的情绪,到善恶转换的视角、尖锐冷漠的语汇,都不无西方超现实主义诗歌的色彩,和诗人此前的"阳光"形象判若云泥。但是,"凡是最非人的一刻/痛苦便使灵魂四壁辉煌"(《完整》),清醒、柔韧的主体心理个性,和"哪怕只有一分钟/我也和你结成一个家庭"(《家》)的爱情,让她在1988年就彻底从那个"冷秋天"中穿越而出,获得《一走路,我就觉得我还算伟大》的那种自明而自信的飘逸感,进入了平和、达观、睿智的境界。苦难的精神炼狱,给诗人的生命思维添了几许沧桑,但也意外地"挽救了一个行将渺茫的朦胧诗人"[2],为她实现艺术涅槃,再度问鼎创作的黄金期提供了可能。

在商品经济与大众文化甚嚣尘上的非诗语境中,王小妮同样面临着一个噬心主题的拷问:写还是不写?如果写该如何保持写作的有效性?她有过强烈的心理震荡,搁笔五年。待到1993年重出江湖时,已悟透诗的堂奥,方向感更强。她认为女诗人绝非什么"女神""圣女",而是和普通人没有根本区别,诗也不像大家说的那样可以陶冶性情,写诗只是一种生存方式和自娱性的行为而已。所以能把自己定位为家庭主妇和木匠一样的制作者,首先是妻子与母亲,一个游走在灶台、卧室和超市间的平凡女性,"一日三餐/理着温顺的菜心/我的手/漂浮在半透明的白瓷盆里。/在我的气息悠远之际/白色的米/被煮

---

(1) 王小妮:《重新做一个诗人》,《作家》1996年第6期。
(2) 徐敬亚:《王小妮的光晕》,《诗探索》1997年第2期。

成了白色的饭"(《活着》)。做完家务琐事的间隙,才坐在桌前"写字",把自己变成"意义只发生在家里"的"不工作的人",觉得"诗写在纸上,誊写清楚了,诗人就消失,再回到日常生活之中,做饭或者擦地板"[1]。这样就协调好了诗与日常生活的关系,既平淡充实,毫不矫情,又在高度物化的空间里保持了心灵的独立性。

有了如此的主体定位,"中国、大众、当代诗歌、当代处境"那些"大词大意思,和个人关联太少的大东西"自然"不适于个人关注"[2]了,因为王小妮要做一个没有背景和企图、完全自由的只对自己感觉负责的诗人。而异于"大词大意思",和个人心情和感觉离得最近的是什么?无疑就是身边的事物,每天具体的日常生活。在这一点上,王小妮和那些精神高蹈的诗人不同。由于古典诗歌理想的浸染,那些诗人心中已绾成一个"生活在别处"的精神情结,总觉得诗意存留在古典田园的记忆中,和钢筋水泥、汽笛虹霓支撑的现代文明格格不入。而王小妮却以为"诗意就待在那些你觉得最没诗意的地方",待在周遭俗事、俗物构成的"此在"琐屑中;并且"在看来最没诗意里,看到'诗意',才有意思,才高妙"[3];"诗歌本不需要'体验生活'。我们活着就永远有诗。活着之核,也就是诗的本质。手拿着本质,还左顾右盼什么?"[4]在她那里诗和生活原本是合二而一、浑融无间的。在这种观念支配下,她置身于巴士、煤气、电缆、卡拉OK和米饭、自来水、菜叶等织就的异化情境之中,从没想到拒斥,更没想到逃离,而是能和它们和平共处,悠然自得。在对"此在"世界的关注和抚摸中,体会浓郁的人情味儿、生活的价值和意义,在形而下的物质表象里发掘被遮蔽的诗意,在最没诗意的地方建构晶莹剔透的诗意空间,甚至宽宥了生活的一些缺陷。只要浏览一下诗的题目,就会发现它们凡俗、日常得可以。《我拿到了所有的钥匙》《一个少年遮蔽了整个京城》《看望朋友》《坐在下午的台阶上》《会见一个没有了眼睛的歌手》《十枝水莲》《等巴士的人们》《一块布的背叛》《致鸟兽鱼虫》……远离宏大、神圣题

---

(1) 王小妮:《木匠致铁匠》,《现代汉诗:反思与求索》,作家出版社,1998年版,第361页。
(2) 王小妮:《诗不是生活,我们不能活反了——答〈南方都市报〉记者田志凌问》,《半个我正在疼痛》,华艺出版社,2005年版,第224页。
(3) 同(2),第223页。
(4) 王小妮:《我的纸里包着我的火》,春风文艺出版社,1997年版,第233页。

材的诗,不再像天边的云、雾中的花那样缥缈。白菜、土豆乃生活中熟视无睹、习焉不察的俗物,但诗人却从中激发出了诗意。她"看见遍地大白菜/向我翻开了/鲜嫩青脆的心。/抱白菜的人全部向后仰倒了/抚着他们的/是一片半透明的薄金"(《抱大白菜的人仰倒了》),字里行间透出一股欣喜,对田里劳作者自然安详生命状态的认同宛然可见;看到土豆诗人"高兴成了一个/头脑发热的东北人""身上严密的缝线都断了……没有什么的打击/能超过一筐土豆的打击",是啊,生活在高度发达的都市,哪一位精神沧桑者思想深处不充满挥之不去的漂流感,不刻骨铭心地忆念故乡的土地和往事?面对如亲戚、邻居、熟人一般的"土豆"自然会亲切、高兴异常了,那卸去冷静伪装后的本真心态流露,再现出诗人悲喜交加的复合情愫。王小妮就是这样,在这种人间烟火琐屑和平淡的穿梭中,被日常生活的丝丝缕缕,甚至是一些无关紧要的事物感动、感发,发掘令人意想不到的诗意,以一颗朴素之心和"低语"的方式,展开与世界、现实的对话,平静地书写自己的生命状态和世俗感受,审视都市现代人之间的冷漠、隔膜,人对自然、环境的悖反,以及她对万物存在的体恤和尊重,对世界的理解。这一方面表明她超常敏感,能从偶然、倏忽即逝的感觉中捕捉诗意因子;另一方面,诗中气定神闲的平和、从容、恬淡和自然,透露出摆脱"骄娇"二气的诗人主体在精神上已达本色淳朴的修炼化境。如《在安静里失眠》一诗从题目看似是被失眠所苦者肉体和感觉状态的书写,可诗人却能在静默中安然悟到,"为什么总是出现没法入睡的夜晚/安静让人们把什么都看见了",烦躁的失眠夜转为难得的福分,诗人因之进入宽广博大的智慧境界。对一般失眠者难以忍受的森林里的风声、空荡的长廊和细瓷互相碰撞的身影,也因和诗人安静宽容的心态浑融,走向了历史和时间的深处,宁静的背后凸显了诗人的坚韧。

  应该说,诗人以对生活的敏感来表现日常感觉,只为自己的心情做一个诗人的选择,无意中又暗合了属于高度个人化的内视点的诗歌艺术实质。在把诗歌从职业化的困境中解放出来的同时,和朦胧诗充满使命感、崇高意识的情思世界划开了界限,并成为王小妮最终出离、超越朦胧诗的关键所在。但是,如果王小妮的诗仅仅如此还说不上怎样出色,毕竟在20世纪90年代个人化写作已成有识之士的共性选择。她的超拔精妙之处在于，其个人的日常性感觉和体验不是闭锁狭隘的，而总能暗合人类经验的深层律动，贴近个人又能上升为对人类的大悲悯和终极关怀，以及对人类生存境遇的洞穿，最终抵达人类共同性的精神境地。如"让我喜欢你／喜欢成一个平凡的女人。／让我安详盘坐于世／独自经历／一些细微的乱的时候"（《不要帮我，让我自己乱》），写了一个女性具体的心理视境。它没走当时红火的女性主义诗歌路线，因为把个性看得比性别更重要的王小妮压根儿就没强调过性别对立，也就无须做去性化努力，诗中无可奈何的"烦"心理，是诗人瞬间的感觉，更契合了现代人渗透骨髓的普遍的空虚和绝望心理。《那个人的目光》延续了这一精神命题，"我从来不会要求光／就像不要求为我伸过来的手／那是别人的东西"，平静的叙述里隐含着诗人对人心隔膜、世事冷漠现象的感喟，那也是许多人一种共同的心理不满情绪。"我的心里涨满着／再没有人能把空白放在我这儿／再没人能铺开一张空床单／从今天开始／我已不怕天下所有的好事情／最不可怕的／正是那些坏事情。"谁的父母都会生病，最终死去，《和爸爸说话》处理这一题材时那种意念、语言、想象和表达方式，具有鲜明的个人烙印，但它节制感情的意象和情境转化，把诗引入的则是一个更深广的心灵境域，在貌似不经意中把人生的窘境与困境传达得醇厚无比；而面对生死离别的从容姿态，和所带来的凄美的死亡感悟、思想风度，又是那些饱经沧桑的人都十分认同的。也就是说，王小妮的诗歌多从个人的视角、普通的物象和日常的事件出发，但又没像某些女性主义诗歌和20世纪"70后""80后"诗歌那样，或迷失于纯粹个人琐屑和喜怒哀乐的言说，或迷失于肉体狂欢和官感沉醉，或迷失于后现代的语词消费和文本游戏，而能借助书写对象完成对现实、历史和人的命运等问题的思考感悟，道出时代精神内伤的疼痛和自我灵魂的反思，从而放射出诗意的光芒。

日常性的直觉还原

世界在进入创作主体的观照和阐释之前，原本是客观自在的，它并没什么生命或意识可言,人类的感觉最初也基本处于一片澄澈状态,至于既定的文化、历史因素的渗入,都乃是各种教育后天浸淫的结果。正是有鉴于此,海德格尔等人提出诗的本质是对事物的敞开和澄明,诗的产生过程是一个去蔽的过程,它既是对世界的还原,又是对人的真实存在的还原。从这一理论维度看,王小妮的诗歌完成的就是一件还原与去蔽的工作。

谈到王小妮诗的感知特征,有人准确地指出她"理解世界的最基本方式是'看',而不是哲学家的'思'"[1]。20世纪80年代后期,王小妮似乎渐近禅境,生活方式简单、随意、自然,思想沉静,漠然于潮流、圈子,去除了功利之心,世俗的荣誉、地位、金钱和纷争,乃至命运、磨难和死亡都被看淡,所以能以超然宁静的风度和不介入的中性立场,对一切事物进行"远观"。同时,出于对那种"越来越要显得玄虚高深,弯来转去"[2]的装腔作势诗风的悖反,正像于坚"拒绝隐喻"一样,王小妮在某种程度上拒绝修辞,她只用女性特有的直觉,对日常生活中的所见、所想进行还原式书写,很少执意究明对象之外的隐喻、象征意义,更不去追寻对象形而上的文化内涵,甚至不像多数诗人那样在诗中拷问人生的终极价值和目的。这种"文化去蔽"和"第三代诗"的"回到事物中去"理论有许多相通之处。

由于诗人运用静观思维,在场主体的所感同所见之物、之事遇合,在空间上就赋予了王小妮诗歌一个显豁的特征,即"物"的状态和片段澄明通透,有很高的能见度和一定的静态美,所以李震说王小妮的很多诗像内涵丰富而简单明快的"静物速写"。[3]不少人发现王小妮惯用"我看见"的写法,《我喜欢看香烟的排列形状》《我看不见自己的光》《看足球赛》《卸在路边的石头》《今天,我看到很远》《我亲眼看见》《许许多多的梨子》《我看见大风雪》……它们有如一幅幅剔除浓墨重彩后干净、疏朗的简笔素描。如"金属铜也像死去的身体/工人的手上越变越沉。/那个人只能气愤地走/寒冷中头像的卷发在飞扬//头像突然掉下去/又冷又老的普希金眼睛里含着雪/搬运工吃

---

(1) 向卫国:《论王小妮的诗歌》,《云南社会科学》2005年第6期。
(2) 王小妮:《一九九六年记》,《诗探索》1997年第1期。
(3) 李震:《"活着"及其方式》,《作家》1996年第10期。

力地滚动铜块"(《普希金头像》)。偶遇的生活场景,在粗线条的勾勒中,流动而立体地映现在读者面前,促使人对诗歌、诗人的处境与命运产生联想,平淡的生活敞开了自在的诗意。"光／降临在／等巴士的人群中。／毫不留情地／把他们一分为二。／我猜想／在好人背后／黯然失色的就是坏人。//巴士很久很久不来／灿烂的太阳不能久等。／好人和坏人／正一寸一寸地转换。／光芒临身的人正在腐烂变质。／刚刚猥琐无光的地方／明媚起来了。"这首《等巴士的人们》的"物"和"心"的能见度更高,细节、碎片、局部剪贴起来的画面,伴着诗人随意而不无宗教色彩的猜想转换,触及了诗人神秘、怪诞的无意识深层,折射着生活和生命中某些复杂、辩证的本质。王小妮有时在"物"的凝视和出入中抒发自己的情思感觉,有时则与喜爱之"物"主客无间地融合,"物"成了自我的镜像。她诗的园地里,长着许多植物,"稻子"(《到乡下去》)、"石榴"(《我没有说我要醒来》)、"森林"(《今天,我看到很远》)、"蒲草"(《晒太阳的人们》)……《十枝水莲》组诗竟有一种物化的冲动,其中的《谁像傻子一样唱歌》写到,当窗外的声音像"云彩的台阶""鸟们不知觉地张开毛刺刺的嘴""有人在呼喊""风急于圈定一块私家飞地／它忍不住胡言乱语""一座城市有数不尽的人在唱"时,那终于开花的水莲却十分安静,"我和我以外／植物一心把根盘紧／现在安静比什么都重要"。这里的花和人已泾渭难辨,彼此可以互换,水莲那种不事张扬的内敛、简单、安静,不正是诗人的象喻吗?

"我看见"是观察的视角,更是审美的心态外化,它表明诗人是静坐下来后仔细平和地、有距离地观照事物,所以才能以过人的敏锐,捕捉到那些和都市、现代生活同速度同节奏的人感觉不到的瞬间、场景与诗意,将动态的外在世界静态化,把不无沉重和沧桑的生活转化成一种"轻"而"慢"的艺术方式。这从本质上讲是一种对快捷、嘈杂的都市速度感主动背弃的诗学选择。

王小妮诗歌"文化去蔽"带来的另一个突出特征,是常致力于事态、过程的复现和凸显,有一定的叙事品质。王小妮有过相当抒情的艺术季节,转向个人化写作后,为和烦琐平淡的日常生活呼应,为控制"在场"自我的激情喷发,她走上了反抒情的道路,在文本中融入客观事态、心理细节等叙事因素,体现出一定的叙事长度和流动过程,冷静地还原生活和感觉的本来面目,如"骑各色毛驴的人总在前方/我们没可能超过他。/我们走的是路/他走的是张着嘴的山梁。/毛驴转向哪/哪就成了正前方//圆脸的姑娘给我们擀面/更圆脸的姑娘给我们加油/时速一百三十公里/我们穿透半白半黄的山西/真感觉像箭一样。//天黑了雪也紧跟着黑了/我们急着进城/骑毛驴的早在自家院里卸鞍/悠悠地仙人们先睡了"(《我们箭一样要去射中什么》)。该诗基本采用叙述语调摹写游览山西的经历和感受,虽仍有毛驴、山梁、姑娘、箭等意象闪回,但构成诗歌主体、引发读者兴趣的,却是一系列带地域风俗特点的细节和氤氲着人性温暖的事态。"在北京最冷的这一天。/我几乎是/退却着走向了你"……"我看不见温度。/看不见你身体里的病。/穿过/深藏着你的四合院。/在你昏迷的床前/我自己就是散不开的迷雾。//还活着的手背/透着月亮表面那样平软的白光。"(《看望朋友·我的退却》)在这里词意象已向行为事象或句事象转换,诗被演绎为一组细节、一种行为、一段过程,若干具事(动作、子情节)的联络,使诗获得了某种小说化、戏剧化倾向。并且,有时这种心理细节和过程描写已沿着诗人的感觉路线,深入超越浅表意识和经验性情节的无意识领域,微妙而神秘。这是不奇怪的,王小妮多次提及诗就是她的"老鼠洞""安静的躲避处,自言自语的空间"。[1]诗人涉足日常生活,同时又从没停止对灵魂与自我的凝视,所以其心理发掘的精微、深邃自然为一般的诗人所不及。"一走路/阳光就凑来照耀。/我身上/顿然生长出自己的温暖……你从快车道上来/你低着你的头。/唯一的两只手/深插进了口袋。/连太阳和鲜花/都受不了这种插进。"(《一走路,我就觉得我还算伟大》)诗袒露的心理感觉过程朦胧、飘忽,自己生长温暖、生长光,太阳和鲜花受不了"你"傲然的插进,来得随意,转得突兀,那瞬间闪动、诉诸感觉的心理图像,连诗人自己也不一定能恰切地说出它的内涵,但超越光之后的模糊混沌的自明感,诗人意识深处的感觉及过程的敞开与呈现,却蛰伏着自在的诗意。"森林巨大的涡漩/把人连夜

---

(1) 王小妮:《诗不是生活,我们不能活反了——答〈南方都市报〉记者田志凌问》,《半个我正在疼痛》,华艺出版社,2005年版,第217页。

磨成一盏长明灯""空无一人的长蛇形拱廊／铜灯摇荡着如同老蝙蝠……我看见凯旋门正在解散／石头跑回家乡的采石场。"(《在安静里失眠》)万籁俱寂之时,诗人心随深夜出走,大脑中活跃的思绪和影像,实有的、虚拟的、当下的、过去的交织,纷繁而凌乱,想象和幻觉瞬间、片段的浮现和铺展,构成了一个全官感或超官感的"心理格式塔",把诗人多元素、多层次的心理流程渲染得动静兼有,亦真亦幻,其纤细微妙、纵深广博的程度鲜有可比者。王小妮的无意识书写有时犹如梦境,离真实原则相去甚远,但又是感觉中不时出现、符合艺术真实的存在。

　　王小妮诗歌对叙事文学所做的扩张,是事态的,但骨子里仍是诗的。它具备地点、人物、情节、细节等叙事文学的一些要素,但从没将叙述故事或塑造人物作为文本的重心,事态并不完整,情节或细节也多为不连贯的时空片段,并且在细节、过程、片段的背后,诗人时时注意以素朴、平和的心境和情感渗透和照亮。因此说穿了王小妮诗歌是一种情绪化叙事、一种诗性叙事。

　　不论是物和感觉的澄明,还是事态与片段的呈现,书写对象先在面目的敞开、凸显与还原,都在一定程度上使王小妮的诗歌回到了世界之初和感觉的原始朦胧状态,完成了文化去蔽。如为骚人墨客钟情不已的"月亮",曾是乡愁、孤独、纯洁的载体与象征,最富文化包蕴,但到王小妮的《月亮白得很》里,却遭遇了一次彻底的文化清洗和文化变奏,"月亮在深夜照出了一切的骨头。//我呼进了青白的气息。/人间的琐碎皮毛／变成下坠的萤火虫……月光来到地板上／我的两只脚已经预先白了"。只开头一句"月亮在深夜照出一切的骨头",就剔除了附在月亮之上的所有文化积淀,月亮就是月亮,白得很,沉静地照射人间,它的存在不为什么,也没什么言外之响,全诗只是月亮本身清晰的伸展和敞开,自带一种澄明、通透和宁静。至于说诗人的素心观照是否透着一贯的优雅,月光是否闪烁着常有的神性光辉,则要靠读者自己去参悟了。《回家》《晴朗》《最软的季节》等对此在世界的观照,也都抑制象征和隐喻等高层意旨的设定,总体倾向比较淡漠,缺少文化诗的痕迹。

　　我们这样判断王小妮的诗并非说它没有文化色彩或必要的思想高

度。事实恰好相反,她的许多日常性书写,都言近旨远,隐含着人类生活的本质和独特的人性理解,理趣丰盈深邃;只是它们没走哲学的分析道路,而是以直觉化的"看"的方式表现出来的。因为在直觉中,诗人可以"置身于对象的内部,以便与对象中那个独一无二、不可言传的东西契合"[1],透过事物的表层和芜杂,进入本质的认知层面。王小妮的直觉力超常,她抚摸生活中的事象和细节,又能不为其具象所粘连,做出超越性的领悟和提升,在"日复一日、年复一年的生存磨盘里""磨出了生存和诗性智慧的大彻大悟与诗歌精米"[2]。如《十枝水莲·花想要的自由》,从"十张脸全面对着墙壁/我没想到我也能制造困境"的发现,到决定"做一回解放者/我要满足它们/让青桃乍开的脸全去眺望啊",彰显了诗人宽广仁爱的悲悯情怀,也寄寓着对命运、时间、自由等问题的思考。"十个少年在玻璃里坐牢。/我看见植物的苦苦挣扎",和充满隐性困境的人相比,作为植物之花的生长是快乐自由的,其困境也是显性"透明"的,但它们仍不满足不快乐,"最柔软的意志也要离家出走"。从中人们不难悟出,自由,那种天人合一、物我融会的自由是相对而有限度的,自由就是永远不满足。《有意义这东西吗》的质疑,全然是沿着感性的"物化"路子走的,有过体验的读者能够体会到诗的深层旨归:意义在于过程而不在于结果,在于现象而不在于思考,"假设那晶体能成为飞行器/一个人也不能达到他的远方",人一生永远无法抵达理想的境地。至于像"辉煌/是一种更深的洞"(《不要把你所想的告诉别人》),"疼痛也是生命。/我们永远按不住它"(《半个我正在疼痛》)等类似的感悟就更多。它们都没有刻意经营思想,可是在词与词、词与物、物与物的感性碰撞中,仍闪烁出给人以启悟的智慧火花。诗人这种通过直觉静观走近深刻的"看"的感知方式,简单却丰富,直接而锐利,有一种难以仿效的举重若轻之妙。它将主体动作与客体事物自我呈现结合,洞开了世界和灵魂的本性。

---

(1) 柏格森:《形而上学导论》,《西方现代文论选》(伍蠡甫主编),上海译文出版社,1983年版,第83页。

(2) 杨远宏:《水晶的诗光:王小妮诗歌创作论》,《特区文学》2004年第5期。

素朴的力量

　　诗人的每种情思与感觉都呼唤着相应的语言形态赖以物化。而语言是什么？它是诗人的故乡、诗歌存在的居所，它本身就体现存在，就是存在，甚至可以说不是诗歌创造了语言，而是语言创造了诗歌，诗人的使命就是让语言顺利"出场"。那么何谓理想的诗歌语言？在一些人的观念中诗与美乃孪生兄弟，其语言符号应如月之皎洁、花之妩媚，典雅、朦胧、含蓄，才具有现代感。可在王小妮看来，那种所谓的诗的语言总让人感到"假模假样"，和生命、生活"隔阂"。于是她一开始就有意用自然素朴得近乎"土气"的语言对抗贵族性优雅，并且硬是把口语化的路子持续地走到今天，越走越沉稳，越练达。

　　翻阅王小妮的诗，这样的句子俯拾即是，"到今天还不认识的人／就远远地敬着他。／三十年中／我的朋友和敌人都足够了"（《不认识的就不想再认识了》）；"要喊他站起来／看看那些含金量最低的脸／看看他们流出什么颜色的汗"（《十一月里的割稻人》）；"我不愿意看见／迎面走过来的人都白发苍苍。／闭紧了眼睛／我在眼睛的内部／仍旧看见了陡峭的白。／我知道没有人能走出它的容纳"（《我看见大风雪》）……它们是最不端架子的语言，不炫耀知识，不卖弄文采，没有艳词丽句，没有象征与隐喻等高难的技巧，毫无"装"的感觉，技术上不显山不露水，完全是随意的、谈话式的语言，不温不火，煞是亲切，那些大白话的起用更使诗本色天然得一如诗人的性情，但它们却直接、健康、有力，在散淡从容中十分到位地道出了灵魂的隐秘感受，和被理性遮蔽的无意识状态，透着洗尽铅华的明朗与清新，显示出一种无技巧化的力量。应该说一个诗人练就如此炉火纯青的语言已不容易，但如若王小妮仅停留于此也便一般化，因为口语化在戴望舒、废名、纪弦、余光中乃至于坚、韩东等人那里都似曾相识，并已渐臻化境，也多有人论及。王小妮的口语化追求自有她令人刮目的动人之处。

　　因为王小妮的诗具有明白如话、素朴如泥的口语化趋向，加上她多次申明写诗那种一闪而过的东西，不耗时不耗力，速度较快，像《十枝水莲》"没有事先的'要表达',写到哪儿算哪儿"[1],无形中让一些人觉得她写诗是笔随心走,信手拈来,疏于技巧的讲究,和精警深邃无缘。殊不知这是表层的假象。其实王小妮很清楚写诗是在语言刀刃上的舞蹈,她在实践中把寻找词和词、句子和句子碰撞的、那种在刀刃上擦过的感觉都当作享受,"在炒锅的油烟中,她能飞快地抢救出那一闪而过的句子""甚至在黑暗中用左手摸写,以至于把黑暗中的蝌蚪写上了床单"[2],对诗如醉如痴的热爱,使她时刻注意对诗艺的打磨。正因为她不刻意求新又在表现上下功夫,所以诗写得简单但精确,明朗而含蓄,拙朴又奇巧,语义清白却内存丰富,形成了一种貌似清水实为深潭的个人化风格,突出表现为以下三点。

一是能在出色语感的驱动下,迅疾地明心见性,"直指人心",洞穿事物的本质。如直觉力的强弱决定着诗人成就的高下一样,一个人能否成为真正诗人的关键在于其语言感觉如何,优秀的诗人从生命里直接涌动出来的语言未经处理就诗性盎然,徐志摩、韩东等即为范例。王小妮与生俱来的骄人悟性和直觉,使她"在命中被选定做一个诗人"(《告别》),从唇舌之间吞吐出的离感官最近的言语,就能凭借下意识的直感神助,自然呈现出生命的感觉,在瞬间达成语言与生命的同构,洞开事物和心灵的深层、核心所在。"从来没见过／你有这种不可收拾的神情。//透明的物体由上而下破裂／一切瓶颈正断成碎片""你的神情吓坏了我／我真不知道／你的脆弱／为什么会来得这么快"(《脆弱为什么来得这么快》)。无须再去向诗索求什么意图,它充满生命意味的语感,已能让人听到诗人惊诧、怜爱的呼吸和起伏,看到她见对方突然脆弱那片刻的表情和神态,出色的语感即是诗感、生命感。"粮食长久了就能结实／一个人长久了／却要四分五裂／五个我中／总有一个最固执地出列／正朝着乡下走去。"(《到乡下去》)在这里,人和语言已消除利用和被利用的关系,而因相互砥砺渗透合为一体,作者灵魂里喷发出来的才情,使语言固有的因素获得了对事物直接抵达的能量。不是吗？和长久了就能结实的粮食相比,人却时时要

---

(1) 王小妮:《诗不是生活,我们不能活反了——答〈南方都市报〉记者田志凌问》,《半个我正在疼痛》,华艺出版社,2005年版,第222页。
(2) 徐敬亚:《王小妮的光辉》,《诗探索》1997年第2期。

遭遇自我矛盾和分裂的精神苦痛，固执的"返归"冲动是快乐也是折磨。"吃半碟土豆已经饱了／送走一个儿子／人已经老了"（《一个少年遮蔽了整个京城》），不能再平白的口语，不能再单纯的句式，但在自然天成的语感流动中，却把母亲离开儿子的那种失落和怅然传达得无以复加，枯涩中见丰润，的确本色质朴地"直指人心"了。也就是说，直觉式语感因艺术的浸润、推动，已具有"点石成金"的神奇魅力，诗人对它出入裕如的运用，使诗简洁到只剩下灵魂树干的程度。它使诗人的口语化追求超越了生活口语的变相移植，进入提纯升华的状态，在情绪节奏中创造了一种"散文的音乐"，规避了口水化的泥淖。这也正是王小妮在20世纪90年代口语化浪潮中出类拔萃、引领潮头的内在根由。

二是巧妙借助各种艺术手段，虽运用口语却常出人意料之外，造成陌生化、多义性的效果，"极多岔路"（徐敬亚语），颇具现代风韵。口语化充满陷阱，稍不留意就会流于直白，诗意寡淡。针对口语固有的弊端，王小妮接受拟人、远取譬、改变词性、整体象征等一系列技巧的援助，以避免诗意的稀薄，增加感染力。"猜不出它为什么对水发笑。／站在液体里睡觉的水莲。／跑出梦境窥视人间的水莲。／兴奋把玻璃瓶涨得发紫的水莲"（《十枝水莲·不平静的日子》）；"栀子花跑出卖花人的蓑衣／转弯的路口都香了／我没招手花就悠悠地上楼"（《在重庆醉酒》）。拟人手法的运用把水莲的鲜脆、娇嫩和富有灵性写得自然而质感，令栀子花那份柔媚娇美惹人心痒，神往不已。远取譬在王小妮诗中更是大面积的存在，"我从没遇到／大过拇指甲的智慧"（《清晨》），"冷的时间／比蟒蛇还要长"（《故乡》），诗中隐喻的比喻两造——本体和喻体之间的关系距离很远，作者硬性地将它们拷合，又间以通感和虚实交错，陌生而简约，"反常"又"合道"，打破了传统比喻以物比物的想象路线，大胆峭拔得"无套路可循"。在改变词性这一点上王小妮的诗堪称一绝，她对动词的选择十分挑剔，形容词则好易性使用，"我的床上是太阳味了"（《有人悲怆地过生日》），"晴朗，正站在我的头顶／蓝得将近失明"（《晴朗》），"怎么也叫不出／你疼了几年的名字"（《看望朋友·我的退却》），诗中动词、形容词的用法基本都超出了读者的想象范围，谨慎节制，在遏制激情滑动的同时,又提供了诸多的诗意联想方向,加深了诗意浓度。至于整体象征效果的出现和王小妮的拒绝修辞原则并不矛盾,因为正如叶芝在《绘画中的象征主义》一文中所言,一切艺术只要不是单纯地讲故事或单纯地描写人物,就都会有象征意义。这一特质与诗作的悟性发生机制结合,使王小妮的诗时常成为一种充满弦外之响的复调系统,不同人从中会悟出不同的东西。这种整体象征不是作者硬性追求所致,而是源于诗人心性和体验融入文本后的自然生发;落实到字面上的语境具体、质感、透明,而语汇间碰撞、组构为一首诗时,又常氤氲出形而上的象征氛围,俘获一种抽象、高远乃至神秘的审美旨归。如《十枝水莲》即为多声部意趣的复合体,它既是植物的静观,又是母性光辉映射的载体,也可理解为诗人的自我镜像,或诗人借水莲展开的自我和世界、自由和限制之间的思考,水莲为婴儿的生命体,玻璃与水乃困境的象喻——当然作者还能做出另外的解读。《飞是不允许的》也是每句语义清明稳定,全诗却构成高层结构的诗,同样允许对其做出或此或彼、亦此亦彼的诠释。诸多现代性艺术手段的介入,使王小妮的诗歌既充满口语的原汁原味,又韵味迭出,张力无穷。

  三是充满丰富、多元的语言美感,但无不随意赋形,意形相彰。王小妮的题材与手法多种多样,其语言也丰富多元,写实的、抽象的、超现实的兼有,但都能由题材出发选择相应的表现方法,实现意味与形式的共生。如《和爸爸说话》和《在重庆醉酒》就呈现出完全不同的风貌,前者朴素亲切,真的像与爸爸说话一样,去掉了外在的修饰,直接裸露灵魂,体现了王小妮诗的主色调。爸爸是"一个终生都没有得到舒展的人",他病重后为了不增添亲人的痛苦,故作轻松,"你把阴沉了六十年的水泥医院/把它所有的楼层都逗笑了。//太阳每天来到病房正中/在半闭着的窗帘后面/刺透出它光芒的方尖碑。/我认识你有多久了?/和我认识天空上的光明一样长"。作者用这种满溢着生活气息、随意平常甚至有点絮絮叨叨的方式,把父女间的深情,把对父亲的依恋、挚爱和叹惋表现得自然、平和而深厚,给人一种亲历感。而后者则和醉酒的内涵契合,改为另一种姿态,"满眼桑林晃得多么好/雨是不是晃停了?/闪闪发光/从玻璃杯到玻璃杯/我上路比神仙架云还快……朝天门这盒袖珍火柴/挑担子的火柴头儿们全给我跳动。/火种不断钻出水。//是什么配置了笑酒/我一笑/这城市立即擦出了光",其中意识流似的多变视点、思维结构随意的跳跃、怪诞想象的自由无羁,可视为诗人醉酒后断续起伏的思想感觉碎片的载体,外化、折射出了诗人隐秘又活跃的心理动感,通透而有余味,信息密度大,先锋味道浓。王小妮这种多色调的语言,增强了她诗歌整体风格的肌体活力与绚烂美感,开拓了读者多样化期待的视野。

在《从北京一直沉默到广州》一诗中,诗人写道,"在中国的火车上/我什么也不说"。岂止在车上,王小妮在诗坛上也始终是一个边缘的沉默者,从不表白什么,也不拉帮结伙,更不做炒作宣言。进入喧嚣、浮躁、欲望化的20世纪90年代后,一方面人们嘲笑诗人,一方面很多诗人的文学史焦虑日发严重,而王小妮却以一颗平常心,淡化一切,要重新做一个诗人,没有企图地为自己一个人写诗,那种"水"一般沉静的姿态和她的诗歌一道,对诗坛构成了绝妙的启迪。作为女性诗人,她的诗歌内质和视境远非女性诗歌所能涵盖,其更为博大、普泛化的超性言说,对一度"嚣张不已"的女性写作而言不啻一剂清醒的药方。在如今崇尚先锋、努力把诗写得像诗的时尚性潮流中,她返璞归真的素朴向度,既是一种有力的制衡,也将唤起人们对诗歌和生活深层关系的重新思考。置身于诗歌滑坡的尴尬语境,她虔诚地视诗为宗教,以其独创的个人化比喻和语汇体系,为重新认知、表达世界和情感,打开了一条新的途径。至于她诗歌本身那种纯粹的内质、从容的气度、自然的风范,更非一般人所可企及,难怪翟永明发出没有想到朦胧诗里还有王小妮这样出色的女诗人的感叹了。当然,王小妮时而潜入无意识作诗,直觉力过于快捷,也把一些读者挡在了诗之门外。■

我们不能活反了　王小妮研究集

近年来，对王小妮诗歌的研究出现了一些有分量的论文，除徐敬亚的《王小妮的光晕》外，陈仲义、向卫国、耿占春等人都从各自不同的角度对王小妮的诗歌做过评论。不过，有一个方面是大家有所感知却没有深入分析的，那就是王小妮其人其诗与禅文化的深层联系。[1]这不仅仅是观照王小妮诗歌众多角度中的一个，更是牵一发而动全身的、关系到对王小妮深层理解的根本性角度。

在王小妮目前所发表的文字里，未能找到她自述与禅宗关系渊源的文字，因此不敢确定她是否对禅宗典籍感兴趣，是否从知识学上对禅有认识，但这并不能作为否定此种研究角度的依据。就像一个现代中国人，哪怕他没有读过《论语》，我们也不能就此判定他不受儒家影响；一个西方人，哪怕他宣称自己是无神论者，却总能找到其宗教情怀的蛛丝马迹。禅在它一千多年的传播史中已经凝定为中华民族的文化基因之一，它对世界的智性观照方式和诗性体验潜在地影响着中国人的生命形式。它不是特别严格的宗教，不讲究宗教修行的仪式，人称其"释迦其表，老庄其实"，但它实际上又包容和超越了一切宗教。

---

(1) 徐敬亚在《王小妮的光晕》中写道："在组诗《重新做一个诗人》中，她把自己一边缩小，一边放大成一个挑水提担的禅师一样的家庭主妇。"向卫国的《论王小妮的诗歌》以惟信禅师的三重境界说王小妮，认为"王小妮是当世诗人中少有的达到第三重境界之人"。徐文见《诗探索》1997年第2期；向文见《云南社会科学》2005年第6期。

王小妮诗歌与禅文化的深层联系 ※ ——————————————— 李俏梅

※ 原载《广州大学学报（社会科学版）》2010年第3期。

正因为如此，它对于中国人，尤其是对于中国诗人才有一种迷人的吸引力。"一千多年来，它以诗性的深邃神秘，无底洞般地攫摄笼盖中国人，极大影响中国人的观念、审美、出世和思维方式。"[1]对于古代来说，不仅诗中有禅（如王维、寒山、苏轼等），诗论与禅的关系更是密切。皎然《诗式》、严羽《沧浪诗话》中之"妙悟说"，王国维的"有我之境""无我之境"说，莫不因禅的催化而成。这一诗歌与禅骨肉相连的悠久传统，不能不影响到当代诗人。

但是，在显见的层面上，在经历了明显的文化断代之后，20世纪80年代以来，当代诗歌更多地向西方取经，学习艾略特、里尔克、荷尔德林以及海德格尔的诗学，致使我们的确很难发现当代诗歌与属于传统文化的"禅"之间的关系，以至于陈仲义在阐发他的"禅思诗学"时，现代诗人中他仅想到废名一人，当代诗人中他列举了孔孚、台湾地区的周梦蝶与洛夫以及后来成为居士的朦胧诗人梁健。总的来说，他认为现代禅思诗学出现了"断层与失衡"。吴开晋在其《当代诗中禅道精神与现代主义之结合》[2]一文中还阐发了杨炼的《诺日朗》和昌耀的《慈航》等诗的禅意，但不管他有怎样的补充，其实他和陈仲义的看法是一样的，只将那些明显地具有佛禅意象的诗列入讨论的范围。而本文对于王小妮诗中的禅意的讨论将大大超越这个范畴，至于有无佛禅意象不是一个必要的标志。这才是中国当代诗人和禅发生关系的更普遍与更深刻的样式。

一

若一定要从王小妮的诗里找出一些与佛禅相关的意象与语言也是可能的，它们不多，散见于一些诗文中。比如"我坐着／太阳底下一只白瓷壶／久坐不动／成为全身平静的寺院"（《不反驳的人》）；"让我安详地盘坐于世／独自经历／一些细微的乱的时候"（《不要帮我，

---

(1) 陈仲义:《打通古典与现代的一个奇妙入口：禅思诗学》，《文艺理论研究》1996年第2期。
(2) 吴开晋:《当代诗中禅道精神与现代主义之结合》，《诗探索》1994年第3期。

让我自己乱》);"双手合十,又分开／像落在地板上而分裂的／道义剪刀／像交叉失血的白色碎纸机／八月／佛陀催着满天的淡云彩／为你下起白莲瓣一样的大雪"(《和爸爸说话》);"我不动,四壁永远不动……我走动在家里／四壁随我起伏／我永远在我的峭壁里写字"(《重新做一个诗人》);等等。她的某些诗文题目比如《手执一枝黄花》《十枝水莲》等也使人想起"佛祖捏花,迦叶微笑"的典故。但我们没有必要废太多力气去搜罗这些明显的佛禅意象。王小妮对于禅的亲近不必靠这些意象显示出来,而这些含有佛禅意象的诗句也只有放到她的整体创作中才能凸显其意义。

与陈仲义等列举的一些诗人相反,那些诗人大多使用明显的佛禅意象,或描绘清幽虚静的自然灵境,或语涉禅机"参话头",而王小妮的禅味更多是内含的、深层的,从表面看,倒不一定看得出来。她长期生活在现代都市深圳(目前在海口),描写的是日常生活中的所见所感,并不特别清幽,呈现在读者面前的是一种特别简单、平淡的日常生活印象,比如淘米、洗菜、去市场(常常买土豆和青菜),偶有自称是诗人的陌生来访者,偶尔牙痛、失眠,见朋友,"写字",是一种亲切、俗常的居家生活。对于这一点,徐敬亚在《王小妮的光晕》里也不无夸张地进行了描绘:"她,是这个家庭二十四小时的钟点工,是一个全天候的母亲、一位全日制的妻子。她像一位上帝派来的第一流保姆,兢兢业业地看守着无数个电、水、气的开关,管理着五六个不容窥视的房门",那么多隆重的词簇拥着的恰恰是一份最平淡的生活。笔者认为,王小妮的这种生活方式对她恰恰具有禅房的意义。她的日常生活具有双重性,一是这种真实的具有人间烟火味的生活,保证她的诗有人间气息;二是其隔离作用,正因为这种日常生活的简单性、单纯性,使其能隔离外界纷繁复杂、熙熙攘攘皆为利去、熙熙攘攘皆为利来的生活。王小妮在诗中不断表现自己的生活与一般人的不同之处,对于这一点,她是太清醒了。如"每天从早到晚／紧闭家门。／把太阳悬在我需要的角度／有人说,这城里／住了一个不工作的人"(《重新做一个诗人》);"我有声地走近／世界就舒缓地向后退避"(《死了的人就不再有朋友》);"一百六十四天／你到人群中去挤。／变得比我还不伟大。／我干脆不想伟大。／这世界无法清点所有的房子／没人能寻找到我"

(《那样想，然后这样想》)。这表现的是一种退却的生活姿态，这种退却有主动选择的味道，即她并不是因为无法建立一种丰富、热闹的生活而被迫寂寞，这是一种主动的撤退。在另一些诗里，她写"我要一直留在家里／留在人间深邃的角落"，她说"东方帝王／不必看世界""杰出何必要走那么远""不认识的就不想再认识了"，相较于那些尽量地去体验更丰富的生活、取得"经验"的诗人，王小妮走的是一条背道而驰的路，她不是主动地去扩大她的现实生活范围，不是感觉到生命短暂而去急急忙忙地增加各种"经验"，而是要缩小、退却到无人能及的地方，"藏在木条之内""退回到那桃木的种子之核"。当然我们从王小妮的诗篇里也看到深广的人生内容，但是她更像一个被动者，而不是一个主动者，"幸亏／什么都遭遇了我。／一切，都被我／亲眼看见"(《看望朋友》)。她是一个坐在网中的蜘蛛，不期然地当然会遇见世界。可以说王小妮的日常生活恰好构成一个出世与入世之间的桥梁，或者说，它既是入世的，又是出世的，而这一点和禅的核心精神是相通的。禅的核心精神就是对世间的一种不染不离的态度。禅并不主张弃世，相反，它鼓励一种身在世间心灵超脱的生活方式，所以有"大隐隐于市"的说法，人谓"小禅在山林，大禅在红尘，越是红尘万丈，时世纷纭，越是禅机四伏"[1]。但不管是在山林，还是在红尘，禅者都有一种旁观隐逸的心态，他的生活姿态都是既在其中，又在其外的。在其中，所以了解；在其外，所以超脱。从根本上看，禅者和世界的关系也是一种紧张的关系（不然不会生出世之想），但示之以平和的面貌。它通过心性的修炼缓解了或幻化了这种紧张关系，因此它对于世界的体验方式是审美主义的，也是哲学的，而这正是王小妮处理与世界关系的态度和方式。其实从以上所引的一些诗句中，我们也可以看到王小妮与世界的关系有一种内在的紧张却示之以平和的面貌。她不像我们这个时代的很多诗人，将一种与时代的紧张关系推至极处，以至于有剑拔弩张之感，在一种尖锐的对立情绪中，让我们看到一个个痛苦、虚无、自我分裂的诗人形象。也许诗人们真实地描写了他们在这个时代中的生存感觉，也许他们将这种紧张当作诗歌思想张力的源泉之一。总

---

[1] 沈奇：《口语、禅味与本土意识——展望21世纪中国诗歌》，《作家》1999年第3期。

之,这是我们在当代的先锋诗歌里普遍感觉到的一种文化情绪。但是我们在王小妮的诗歌里感觉到的是一种处理诗人与世界关系的东方式智慧。它暗含紧张,但绝对不是短兵相接,而是在一种退却的态度里找到了适意自然的人生方式。关于这一点,王小妮在诗文中多处流露。在《我和他,提着两斤土豆走出人群》里,她说:"我相信,我拿到了我所要。我不用向各色人等微笑讨好。我只转菜市场,人群在这个时代耿耿东进,我却不言不语地向西,因为我的家在西面。""什么是我的需要,我已经知道。我逐渐地把它拿在手上。"

从这里,我们看到王小妮根本的生存态度和生活方式与禅的相通之处。而在这样一种宁静的心态下,王小妮体验世界的方式也是富有禅味的。当禅者从红尘俗世的争名夺利中退隐,他们看到了"一花一世界,一叶一菩提",世界向他们袒露了真正的悠然与美丽,他们得到一种完整、圆融的旁观世界的人生智慧。而王小妮,当她以一个优美的转身"楚楚回到自己里面"之后,她也发现了一个无所不在的诗性世界。有记者在采访王小妮的时候表达了他的疑问:"你现在的生活与诗歌之间是什么关系?平淡的生活里怎么找到诗意?"[1]可是在王小妮看来,她这样简单平凡的生活已经足够,一个真正的禅者能在人世的生活里体验出世;一个高明的诗人也能在最日常的生活里看到生命和时代的核心本质,这大概可以叫作开了"诗眼"。一个开了诗眼的人,满眼是诗,遍地是诗,用不着特意去找一种诗意的生活,因为诗源自内心的感悟与触发。对于王小妮来说,她写诗的时候有诗(《重新做一个诗人》),她不写诗的时候也有诗(《不写诗的日子》);她牙痛有诗(《半个我正在疼痛》),她看到土豆、西瓜、菠萝、青菜有诗,她做家务擦窗子有诗(《一块布的背叛》),享受月光更是有崭新的诗意。一切被她经历、被她看到的事物都有了一层"常人看不见的、蓝幽幽的光晕"[2]。可以说她打开了一个常人意料之外的诗性空间,在最"不诗意"的生活中用语言凭空建立了诗性,令我们在惊奇之余感觉到自己的麻木与盲目。

---

(1) 王小妮:《诗不是生活,我们不能活反了——答〈南方都市报〉记者田志凌问》,《半个我正在疼痛》,华艺出版社,2005年版,第223页。
(2) 徐敬亚:《王小妮的光晕》,《诗探索》1997年第2期。

二

王小妮整个的生存态度、生存境界都是带有禅味的,而深入诗歌的内部,我们也可发现,王小妮基本的诗思方式也是富有禅意的。我们从王小妮一首重要的诗《重新做一个诗人》[1]谈起。在此诗中,王小妮写道:"我的工作是望着墙壁/直到它透明。"这句诗极易引起人们联想到"达摩面壁"。"望着墙壁",是静观,是玄想,是体悟,而"直到它透明"这一超现实的意象即是指直达事物的本质,是对本质的直观,是"顿悟",联系到前面引用过的"我不动,四壁永远不动……我走动在家里/四壁随我起伏/我永远在我的峭壁里写字""不用眼睛。/不用手,不用耳朵",可知这是一首禅味极深的表现诗人心灵与世界关系的诗,其中"心"的作用是第一位的,被推到极致,王小妮所描写的其实并不是"客观"世界,而是经过心灵幻化了的世界,经由世界的基本元素而透视其本质的世界。

《重新做一个诗人》在王小妮的诗中占有特殊地位,这不是一首一般的诗,这是一首表达她根本的诗人立场的诗,它具有某种基本诗学的意义。之所以这样说,是因为遍观王小妮的诗,我们可以看到她基本的诗思方式正与此诗所表现的相同。因为,我们在王小妮的诗中看到她超强的直觉能力。按照克罗齐的说法,直觉不是生糙自然的、无形式的感受,直觉直接就是表现,是一瞬间以一种简捷的方式抓住了那个事物,使之从心灵的晦暗地带提升到凝神观照的世界,它是物象与心象的混融,不能被条分缕析,却比概念更准确圆融地表现了事物的特征,所谓"目击道存"就是这样的境界。唯有敏锐的直觉才能使那些司空见惯的寻常事物"着我之色彩",使之实现陌生化的表达效果;唯有直觉能够一瞬间穿透事物的本质并将其整一地表达。王小妮的诗表现出出色的直觉性,比如,她不说牙齿痛,她说"半个我正在疼痛";她不说蝉的叫声吵人,她说"蝉在高处切我";她不说儿子坐着火车回来,她说"我的儿子骑着两道寒光前进",直接就是色彩、形象与动感的想象还原,各种感觉的瞬间综合。

---

(1) 这里用的是最初发表于《诗刊》(1997年第11期)的版本。

对直觉的推崇是现代诗歌的显著特征之一，但锋利的直觉往往在一个人的虚静境界中容易到来。《文心雕龙·神思》篇曰："是以陶钧文思，贵在虚静；疏瀹五藏，澡雪精神。"诗僧皎然在《诗式》中曰："如何万象自心出，而心澹然无所营。"虚静状态并不是一种什么也不想、什么也不感的绝对虚无状态，那不过是"一段枯木头"的昏沉状态，虚静状态应该说是一种不执着于"前念""妄念"，为当下感悟"清场"，腾出空间，为反映世界的心镜拭尘使其还原为明镜的状态。在虚静状态中，人变得更加敏感，眼、耳、鼻、舌、身、意"六识"连通，全身心感悟周围和当下，直接感知"当下即是"，这就是王小妮所谓的"预知了四周最微小的风吹草动／不用眼睛。／不用手，不用耳朵"的含义。当然这些灵敏的感觉也很容易"挥发"。据说，王小妮有一个"灵感记录本"，就是随手记下这些瞬间就可能消失的感觉的。在长期对于直觉的呵护、修炼过程中，王小妮已经拥有了敏锐地感知这个世界并将之形诸文字的能力，一踩就能"踩到火的中心"。她这样写月光："月光意外地把它的光放下来。／温和的海岛亮出金属的外壳／大地显露了藏宝处／／试试落在肩上的这副铠甲／只有寒光，没有声响。"她这样写台风下的海："最苦涩的惊奇组成深渊／纯蓝变成白／变成黑。／那深渊之底／正从头顶上发出油亮的鼓声。"这些极新鲜的感受与意象反映了处于虚静中的诗人，与宇宙万物进行无滞无碍的交流时的通透境界。

直觉除了需要一种虚静的心境，以致世间万物都以它们清新的样子奔赴你的心灵之镜，其实还需要一种与智慧相关的"悟性思维"。诗人赵东理表达过这样的一种观点："现代生活繁杂多变，是多重矛盾的混合体，没有经过智性修炼的直觉很难精确地捕捉到恰当的意象。当今诗歌，绝大部分产生于先天的直觉，这导致现代诗歌始终在较低的层次徘徊。词句华美但软弱无力，很难提升到一个新的高度。对直觉进行禅宗式的苦修是进入现代诗歌的重要途径，从这里出发，诗人们才能领略到日常生活所包含的更深的复杂意味。"[1]王小妮诗歌的直觉，正表现出与智性合一的特征，本身就有一种思想的穿透力。比

---

(1) 钱超英、赵东理：《把现代诗歌的门槛抬得稍微高一点》，《花城》2008年第2期。

如"一呼一吸地活着／我的纸里包着我的火",就是对自己生命状态和人生美学的高度概括;"半个我正在疼痛",既是实写,又是人生的常态;"洒在花上的水／比谁自己更光滑。／谁也得不到的珍宝洒落在地""除了雪,没有什么能用寂静敲打大地""我用三天时间改一首诗／试了十几种出路／剑兰在这三天里败了／而桂花刚开／清脆的白菜才买回来"。有十分耐人寻味的思想,但这思想又无法条分缕析,好像只能以体悟的方式在体悟中还原,而无法化成概念的表达,或者说任何概念的表达都是不完全的,不到位的,有损于原诗的,这是直觉的最高境界,也是诗思的最高境界。就像禅悟,做到连悟的痕迹都没有了,那就是最高境界的悟了。当然,不是王小妮的每一首诗都能达到这样的境界,有些诗,悟的言筌理路还是看得很清楚的。比如,写喜鹊、鲜花、木棉、拖拉机等的一类诗(《喜鹊只沿着河岸飞》《我喜欢不鲜艳》《拖拉机跑得真快》《城里的木棉开了花》等),解构了这些事物过去的文化意义,即在目前的语境中,喜鹊与报喜无关,鲜花与光荣无关,木棉与英雄无关等。耿占春在《失去象征的日常世界——王小妮近作论》[1]里对之做了精彩的分析。诗人敏锐地感觉到时代语境的变化使某些事物的传统象征意义失效了,也可以反过来说这些细小事物象征意义的丧失使我们骤然看到世界已经不是原来的世界,在"去象征化"之后如何建构意义是我们面临的课题。这是诗人的深刻之处。但诗人特别"善于"发现这一类事物却又使这些诗落入了某种思维惯性。

直觉与悟性思维的结合,还使王小妮的语言呈现出非常内敛的风格。王小妮的语言是真正具有东方神韵的语言,她懂得轻的艺术,也懂得藏的艺术;明明是掷地有声的话,她的语气却是轻描淡写;她藏锋敛光,平易里有尖锐,柔软里有坚硬。她的语言是一把软刀子,或者说是庖丁解牛的那把刀,肉落而无声。她使用语言如同"在漆黑里从容地用剑／试试各种弧光",但她偏爱那种又干净又浅近,仿佛小学生就掌握了的词语来表达决不肤浅陈旧的意思,她使用的是文字里的"中国功夫"。

---

(1)　耿占春:《失去象征的日常世界——王小妮近作论》,《文学评论》2007年第2期。

三

王小妮的诗与禅的内在相通之处不只如此。体现王小妮的诗和禅的核心精神相通的还有一点，那就是王小妮诗里诗外所表现出来的"我"。读王小妮的诗，你会发现一个由于找到了自己而变得气定神闲的"自我"，这个"我"，外表平静，而你感觉到的却是一种有着巨大蕴含的平静，像一个深海，由于底气十足而显出平静的外表，可是内里却有千山万壑，用她自己的话说就是随时"生风生雨"。宗白华在《艺境》中这样表达对禅的理解："禅是动中的极静，也是静中的极动。寂而常照，照而常寂。动静不二，直探生命本质。"(1) 王小妮正是如此。因为内心宁静，所以敏锐和精细；因为把握了自己，所以从容淡定，不会迷失在时尚里（包括诗歌时尚和价值时尚）；因为饱经世事，所以目光清澈，智慧澄明。记者田志凌采访王小妮时说："读你的诗，能体会到一种非常通透和超然的感觉，我甚至觉得你有一种佛性，大彻大悟，又很淡然。"(2) 这种感觉是很准确的。所谓"佛性"，在佛教经典里的解释也不过就是"自性"，自己的觉悟，自我的获得，"一切众生都是佛，只是众生找不到自己的本性，找到了就不是凡夫，个个是佛，众生平等"，而王小妮属于找到了自心、自性的人。就拿诗歌写作来说吧，陈仲义在一篇诗论中称王小妮总是在"有意无意地疏离这一女性写作主旋律。旁若无人、自行其是，她既不是性别最早的觉醒者，也不是淋漓尽致的旋舞者……显得有些落落寡合，但正是这一写作个性与宿命，倒成了'角色还原'——另一写作维度的领头羊"。陈仲义是在女性诗歌的系列中评价王小妮的，其实岂止是女性诗歌，从朦胧诗到现在的整个当代诗歌，她哪个潮流也不去凑热闹，哪个队伍也不加入，她退却，退却，直到发现自己，直指本心，从潮流中退却的过程即是一个自我参悟，守住自心的过程，结果发现了另一个诗的天地，随手是诗，遍地是诗。在写诗的价值取向上，她多次强调她的写作与外界无关，是自己自觉自愿选择的一种生活方式。

---

(1) 宗白华：《艺境》，北京大学出版社，1989年版，第164—165页。
(2) 王小妮：《诗不是生活，我们不能活反了——答〈南方都市报〉记者田志凌问》，《半个我正在疼痛》，华艺出版社，2005年版，第219页。

外界对于诗歌的冷漠不能停止她的写作，外界的赞誉和奖项也不会扰乱她的平静，她不是为得到评论家的表扬而写，不是为"写得越来越好而写"，纯粹是为自得其乐，为自己的生命需要而写。而在意识到诗本身对于自我生存的意义后，王小妮极大地淡化了诗人的身份。可以说在当代诗人里，王小妮真正做到了对于诗人身份的"平常心"。很多诗人之所以内心愤愤不平，好像整个世界亏欠了他，很大程度上与对于诗人身份的"执迷"相关，他们时刻背负着诗人的架子在生活，而王小妮却对诗人身份与诗的关系早就做了"破我执"式的反思。她说"诗写在纸上，誊写清楚了，诗人就消失，回到他的日常生活之中去，做饭或者擦地板，手上沾着淘米的浊水……这世上只有好诗，而没有诗人"（《木匠致铁匠》）。在王小妮看来，诗人身份是暂时的，是隐匿的，真正的诗人是神都找不到的，因为他总是从诗人的瞬间状态复原为常人，不能不说这种对于诗人身份的反思是颇有禅意的。当然我们说，王小妮之所以多年以前就做出了如此富有禅性智慧的反思，与诗人在社会生活中地位的边缘化相关，诗人的思想不是凭空产生的，总是寄生于一定的社会历史情境，而禅作为以智慧超脱现实功利、获得心灵平衡的一种思维方式被诗人拿来缓解身份焦虑，是非常自然的。

　　读王小妮的诗，你感觉到一个中年人、一个老人和一个儿童相混合的诗人形象。老人般的睿智、平和通透与孩子般奇妙的想象力同时生长在王小妮中年的身体里。我们惊奇于王小妮在年轻的时候就开始平和，我们同样惊奇于王小妮随着年龄的增长却永不衰退的对于世界的敏锐感受力。这是一个人长期自我修炼的成果，是人生的美学胜利。也许正因为这一点，这个总体上给人感觉含蓄谦和的人不时会冒出诸如此类的诗句："一走路，我就觉得我还算伟大"（同名诗）；"我站在哪儿，哪儿就是天边"（《到乡下去》）；"我走到哪儿，哪儿就松软如初"（《出门种葵花》）；"这世界能有我活着／该多么幸运"（《我爱看香烟排列的形状》）；"睡醒了午觉／我发现／在这个挺大的国家里／我写诗写得最好"（《紧闭家门》）；"幸亏什么都遭遇了我／一切都被我亲眼看见""现在我自己拿着自己的根，自己踩着自己的枯枝败叶"（《最软的季节》）。这些诗句显示了一个这样的抒情主人公形象：一个从容的人，一个自信的人，一个参透了悟了世情却一尘不染的人，一个"天上地下，唯我独尊"的人。

四

尽管已在上文列举到王小妮的诗深潜的禅味，但笔者依然要说，王小妮的诗与一般禅言诗是有着根本的区别的。这里说的禅言诗指的是它的根本旨趣是为说禅宗佛理的诗，这里面最典型的是一些禅师或和尚的诗，他们常常有为印证某个佛理而写诗的取向，禅言诗因此而显得枯燥，没有生活气息，并带着一股想要开导人的功利气息。那些写得比较好的禅言诗往往超越了这种理趣范围，而表现出真正的人生情趣，比如古代寒山、现代苏曼殊的诗。现代诗歌里也有禅言诗，现代禅言诗表现出两种趋向，一种是禅理，如孔孚的《定心石小坐》："文殊问我：／如何？／／我回答／以脚"之类；一种是禅境，往往是一种清虚空幽的意境，如废名《十二月十九夜》："深夜一枝灯，／若高山流水，／有身外之海。／星之室是鸟林，／是花，是鱼，／是天上的梦，／海是夜的镜子。／思想是一个美人，／是家，／是日，／是月，／是灯，／是炉火，／炉火是墙上的树影，／是冬夜的声音。"可王小妮的诗基本脱离了这种明显的可以辨认的禅性标志，她一不说佛理，二不写山林野趣，三不想开导别人，她最终表达的是一种相当个体化的人生体验，这种体验或者吻合某些禅理禅趣，或者并不吻合。比如，我们在她的某些诗篇里，依然能发现一个充满内在激情的王小妮。她这样写对于台风的渴望："救生员／不要阻止我／我要到海扬起来的身前去。／我要用手／碰一碰那全身暴跳的水。""一双摸盐洗菜的平凡之手／也暗藏了号角。""天和地／同时打开一面镜子／我只是去会见另一个／抖动的我。"对台风的描写写出的是平静外表下内里的生命激情。她有时也会表达自我的分裂："粮食长久了就能结实／一个人长久了／却要四分五裂""太阳正切开我的中轴线／我被迫／一分为二地站起来"。所以，总的来说，王小妮要表达的是一个真实的自我，而不仅仅是达到了某种定慧境界的我。于坚说得很对，王小妮是一个"人生的诗人"[1],而不是一个宗教的诗人,因此,王小妮比一般的宗教诗人更博大,更有一种生命气息。文学与宗教保持一种若即若离的关系比较好。哪怕他是一个教徒,他的目的也只是阐发人生,而不是阐发教义。教徒也有一个自我挣扎、寻找心灵归宿的过程,信仰的力量是用来探索自己、完成自己的,信仰不是用来做结论的,这才是一种真正的诗人态度。王小妮的诗比一般禅言诗更宽广、更有生命的活力的地方就在于此。也许正因为并没有有意地去迎合、执着于某种禅理禅意,王小妮的诗才往往在更高的层面上表现出与禅的真正相通,若说是禅,可称得上第一义的禅了。禅家有言"不学佛时方成佛,非参禅处即参禅"[2],即是此种境界。

结语

王小妮的诗,表面看起来与禅相去甚远,但是细细体悟,无论是其对世界的体悟方式,还是基本的诗思方式、语言方式以及诗中透露出来的自我,都与禅深层相通,但又与一般的禅言诗有着明显的距离。而这恰恰是中国当代诗人与禅发生关系的最一般与最可能的方式,是传统文化对于中国诗人依然具有潜在影响的力证,我们相信正是这一点,将使中国当代诗歌培育出真正的中国气质和神韵。

从 20 世纪 80 年代至今,中国当代诗歌普遍向西方现代主义诗歌取经,不但将西方诗歌的某些技巧搬过来了,连西方现代主义诗歌的意识形态也搬过来了,体验世界的方式、观察世界的视角无一不深透着一股西方现代主义的绝望气息。正如诗人杨子最近在他的诗集《胭脂》的后记中所说的:"有时我会抱怨当代艺术中阴森森的鬼气——无论架上绘画、行为艺术还是现代舞,全都充斥着梦魇的味道,甚至死尸的味道。这梦魇像一道符咒压在人们的心上。我的诗歌也没有摆

---

(1) 于坚:《说说王小妮》,《诗潮》2006 年第 1 期。
(2) 萧天石:《禅海蠡测剩语》,《禅海蠡测》(南怀瑾著),中国世界语出版社,1994 年版,第 247 页。

脱这样的命运。"[1]岂止是杨子，很多有名无名的诗人，我们都可以从他们的诗中读出一种现代主义的焦虑、绝望、精神分裂的味道，一种艾略特、里尔克、奥登的模仿气息，不能说这些诗不好，相反，我们应该看到当代诗歌学的进步，至少在思想的深刻性以及现代体验的包容性方面大大超过了之前的当代诗，包括朦胧诗。尽管如此，我们还是感觉到不满足，那是因为无论在思想方式和表达方式方面都没有找到真正的自己，还是在一个西方的面具下说话，这个面具夸大了某一部分的体验，又隐匿了另一种体验。但在王小妮的诗中，由于一种与禅的深层相通，我们看到了具有真正的中国作风与中国气派的现代诗，某些现代气质的思想锋芒也许明显地受西方的启发，但从整体上讲，那种喧嚣、愤怒、精神分裂的气质不见了，相反，沉静、从容、睿智成为王小妮的主导风格和气质。她并不强化诗人与世界的紧张关系，也不以这种紧张为唯一的表达资源，相反，她不外露，不嚣张，她以一种与世界和谐相处的美学方式表达了自己的个人立场，应该说，王小妮的方式是更智慧、更大气的，具有一种真正的中国文化精神。在当代，真正的大诗人必须在融合中西方文化精神与气质上表现出他的天赋，"以此或可消解西方意识形态、语言形式和表现策略对现代汉诗的'过度殖民'，以求将现代意识与现代审美情趣有机地予以本土内化"[2]。王小妮显然具备这种天赋，她的诗正是在这一点上显示出对于当代诗歌的意义。■

---

(1)　杨子：《胭脂（后记）》，海风出版社，2007年版，第251页。
(2)　沈奇：《口语、禅味与本土意识——展望21世纪中国诗歌》，《作家》1999年第3期。

我们不能活反了　王小妮研究集

一

　　1995年，王小妮从吉林迁居深圳已有十年，离职在家也有一年之久。作为中国沿海开放城市的"首席小提琴手"，深圳成为古老中国步入全新时代后被倾心哺育的摩登长子，连年接受着追逐淘金梦的百万雄师前来朝拜。南迁的王小妮在这鼎沸的喧声中却独显出一份安静的力量。一边是邓小平时代渴望大展宏图的新国民，一边是若即若离于朦胧诗派的沉默写作者，在20世纪90年代行将过半的时刻，就像她在这一年写下的一首组诗的名字一样，她决定"重新做一个诗人"。组诗《重新做一个诗人》包含《工作》和《晴朗》两首短诗，其中第一首《工作》是以这样的句子开头的：

在一个世纪最短的末尾
大地弹跳着
人类忙得像树间的猴子。

　　王小妮对深圳这座特区城市有她独特的认识，不仅因为她每天早上下楼去买一份《南方都市报》，不仅因为她像所有家庭主妇一样穿行在市井人潮中，也不仅因为她可以从丈夫徐敬亚口中听到外面的消

米与盐：家庭诗学的两极
——以王小妮为中心 ※

张光昕

※ 原载《东岳论丛》2013年第7期。

息……重要的是，王小妮不合时宜地成为这个发达社会主义时代中的抒情诗人，一个地道的"闲人"。"把太阳悬在我需要的角度／有人说，这城里／住了一个不工作的人。"(《工作》)自从 1994 年辞职赋闲在家，王小妮真正成为一名职业作家，"在一个世纪最短的末尾"，远离职场生活的她可以用更加沉静、细腻和豁达的心境来安坐家中，一边煮饭烧菜，一边侍弄笔墨。她每天透过房间的窗户，来观察这座先锋城市，揣测未来的中国。因为这片"大地弹跳着"，永无休止地震荡着每一个人的价值观，让"人类忙得像树间的猴子"，气喘吁吁地从事着自己"伟大"的"工作"。他们中间或许诞生了日后嫁风娶尘般的产业"巨子"，而与这些"巨子"们比邻而居的王小妮，却在自己的"工作"中把双手解放了出来：

而我的两只手
闲置在中国的空中。
桌面和风
都是质地纯白的好纸。
　　　　——《工作》

随着诗人群体在迅速崛起的市场经济面前节节溃败，在中国改革开放的最前沿，解放了双手的王小妮获得了一个直立行走的姿态。她不像那些周转于财富"树林"间的"猴子"们，喋喋不休、疯狂急躁，争先恐后地从一个枝头跳到另一个枝头，生怕一不留神掉到地上，暴露了他们无法直立行走的事实。所以"猴子"们只能赋予他们的双手以应接不暇的劳碌感和政治经济学意味的胜利光环，从而形成一种双手的拜物教。相比之下，王小妮早已站在了她自己的大地上，她单薄的身形笔直地伫立，从达尔文主义的角度来看，这个默不作声的女诗人比那些劳碌的"猴子"率先获取了一副人的尊严。做人就是要做想做的事。"解放"了的王小妮率先守望的是自己的家庭，按她的话说就是："我让我的意义／只发生在我的家里。"(《工作》)徐敬亚对妻子王小妮每日的"工作"做出了较为真切的描述："她，是这个家庭二十四小时的钟点工，是一个全天候的母亲、一位全日制的妻子。她像一位上帝派来的第一流保姆,兢兢业业地看守着无数个电、水、气的开关,管理着五六个不容窥视的房门。一日三餐,她和顺地从她的天空之梯上按时走下来,在菜市场、洗衣机和煤气炉之间,她带着由衷的母性,为她的两个亲人烧煮另一种让双方心里温暖的作品。在这一切之后,她才是一个世界上全职的诗人。"(1)

与那些信奉双手拜物教的"邻居"们相比,王小妮的两只手"闲置在中国的空中",她的动作仅仅与她那间房子有关,并没有多少改天换地的宏伟抱负;而与众多渴望优雅生活的知识女性相比,她又承担了全部的家务琐事,哪里称得上是什么"闲人"?盖尔·卢宾(Gayle Rubin)发现了一处马克思主义政治经济学光环里的盲点,认为妇女在剩余价值的实现过程中功不可没,却长期处于一个隐蔽的角落。她指出,马克思在计算劳动力再生产的成本时,倾向于将这种测定基于商品数量上,比如着眼于食品、衣服、房屋、燃料这些维持工人健康、生命和力量的必需品上,但这些商品必须被消耗才能实现维持作用,并且用工资买来时它们是不能直接消耗的,所以必须对这些东西进行附加劳动:食物要烧、衣服要洗、被要叠、柴要劈……这些家务劳动在提供剩余价值的劳动者再生产过程中充当了关键成分。按照社会传统分工,家务劳动通常由女性承担,却拿不到工资,所以剩余价值的实现过程中,女性的贡献良多,却吃力不讨好。(2)王小妮似乎不愿像人类学家那样把自己的地位想象得如此悲惨,她坚信自己降落的这片田野必会迎来丰收,因为当她一旦从家务事中赢取闲暇时,她眼前的"桌面和风",都会为她铺展开一张"质地纯白的好纸":

淘洗白米的时候
米浆像奶滴在我的纸上。
瓜类为新生出手指
而惊叫。
　　——《工作》

---

(1) 徐敬亚:《王小妮的光晕》,《诗探索》1997年第2期。
(2) 参阅[美]盖尔·卢宾:《女人交易——性的"政治经济学"初探》,《社会性别研究选择》(王政、杜芳琴主编),生活·读书·新知三联书店,1998年版,第27页。

站在弗吉尼亚·伍尔芙（Virginia Woolf）的角度看，王小妮充满母性的家务劳动让她拥有了"一间自己的屋子"。如同母亲哺育婴孩那样，王小妮的这间屋子弥漫着一种令人舒心的米香，因为"淘洗白米的时候／米浆像奶滴在我的纸上"。由于米浆和奶的混同关系，王小妮把家务、育儿和写作三重责任叠加到一起，让妻子、母亲和诗人三重身份在同一间屋子里彼此融合，让米香、奶香转化为纸香、书香，她似乎早已宣称："我要写诗了／我是／我狭隘房间里／固执的制作者。"（《应该做一个制造者》）王小妮把诗人定义为一个"制作者"，在她自己的房间里，写诗其实与淘米煮饭这样的家务劳动一样，成为日常生活中必不可少的环节，它们都带给人们创造的欣喜。并且，王小妮还仿照《创世记》的口吻，写出过这样的句子："我写世界／世界才肯垂着头显现。／我写你／你才摘下眼镜看我。／我写自己时／看见头发阴郁，应该剪了。／剪刀能制作／那才是真正了不起。"（《应该做一个制造者》）王小妮赋予书写一种创世的神力，在"中国的空中"，她用闲置的双手缔造了她的王国，"我悠悠的世界"（王小妮自印诗集名）从此诞生了。在这个充溢着创造力的小天地里，王小妮的泛灵论发出了声音："瓜类为新生出手指／而惊叫。"

诗人的手并不像她的"邻居"们那样轮番拼命地抓紧树枝，后者之手尽管徒生拜物教的假象，却实际上悬系着"巨子"们的身家性命，他们必须抓牢抓紧，日夜担心；前者之手触碰着平凡而有形的圣物，不但解放了自己，而且焕发着创造的光泽："从市上买回来的东西／低垂下手／全部听凭于我这个／灰尘之帝。"（《那样想，然后这样想》）"灰尘之帝"——王小妮给了普天下熬成黄脸婆般的家庭主妇们一个精彩绝伦的命名——在她们自己的房间里，这些女人丝毫不逊色于亚历山大或者拿破仑。在这个长长的创造者行列中，有人创造历史，也必须有人创造每一天的日常生活："古人英明／让精神活到了今天。／但是他们没有说明／怎样过下午。"（《晴朗漫长的下午怎么过》）

二

一个人怎样度过自己的下午时光？这是一个实实在在的问题。就像米饭要实实在在地填进我们每一个人的胃里，换取身心上的饱足一样，那一分一秒在我们手边流逝的时间，在这间安静的房子里，通通流到了王小妮的纸上，流进她语言的容器之中："一日三餐／理着温顺的菜心／我的手／漂浮在半透明的白瓷盆里。／在我的气息悠远之际／白色的米／被煮成了白色的饭。"（《白纸的内部》）毋庸置疑的是，在这个悠悠世界里，作为"灰尘之帝"的王小妮的最大功绩，就是对米性的征服。在由"白色的米"煮成"白色的饭"的过程中（《晴朗》即描述了发生在这期间的一次神游），一定有什么东西在她心里一过，一定发生了一些不寻常的事情，否则王小妮不会"每天从早到晚／紧闭家门"（《工作》）。这个谦卑的"灰尘之帝"一定要让意义发生在她的室内，就像她的写作并不特别地意指着什么，而只是写，写想写的东西，让写的意义也发生在她文字的四壁之内。

在王小妮的作品中，这种意义很大程度上由米（米饭、米香、粮食）的价值来体现。女诗人在自己的房间里，可以仿照泰勒斯（Thales）说出一句：这个世界由米构成。从饮食传统来看，米是中国人不可或缺的粮食；从营养学和能量补给角度看，它能够在一定时间内维持正常人的生命，在空间建构上填充、壮大着人的身体。同时，它也锻造了中国人的民族性格，培植了普通老百姓"民以食为天"的平实信仰。人对粮食保持着天然的依赖和敬畏，从而让米的意义来自日常生活的每一个细部；反过来，米的巨大能量也切切实实地填满了这个世界，它柔和的光晕和清淡的香气盈满了诗人的整个房间。米所散发的白色光泽给人以宁静、充实之感，它似乎是可以吃的"珍珠"。在水和热的作用下，米饭变得绵软可口，适合人的舌头和胃肠，也深得大脑的欢欣。它入口几近于无味，经过慢慢品咂后会产生淡淡的香甜，并不以浓烈的味道刺激人类的感官。甚至在造字法上，"米"字的构成喻示着它的内在品格有一种向四面八方弥散的趋势，换句话说，米存在一个中心，那些以中心为原点的辐射线，同时又形成了对外界的拒斥和对中心的保护。或许正是因为这一点，米（粮食）才成为重农主义时代里自然经济的核心价值,形成一门写作的家政学。

简言之,米维持着一种日常化的生存价值。首先,它代表着人们对空白日子施以填充的冲动,并灌注以积极成长的营养价值,即它热衷于灌输生活以意义;其次,它代表着人们在无味的生活中咀嚼出的微弱糖分,进而使平淡生活本身向人类绽放出一种柔美的、亲和的魅力,让安定感和沉静感油然而生,给迷醉于这种微甜的人们一种幸福的想象;最后,它还代表着一种封闭式、有边界、自给自足的生存维度,它渴望编织巢穴、划定空间、寻求庇佑,从本能上召唤了家庭的诞生,并且让人们在家庭之内的日常动作都在米的调遣下展开,围绕这一价值核心组建一种家庭诗歌话语,在这个由米的梦想构筑的安乐窝中,人们得以栖息、感受、沉思并参悟生命。

由此,我们似乎可以发现,王小妮的写作正体现着一种返璞归真的米性。在她所关切的生活空间范围内,这种米性写作正试图回答诸如"人怎样过下午"这样的问题,它培养了在家中"工作"的诗人对待生活的一种态度,这种态度引导着王小妮在不露声色的谈吐中寻找答案:

关紧四壁
世界在两小片玻璃之间自燃。
沉默的蝴蝶四处翻飞
万物在不知不觉中泄露。
我预知四周最微小的风吹草动
不用眼睛。
不用手。
不用耳朵。
　　——《工作》

在这片封闭的天地之内,"我"与周围的世界达成了一种敏感、微妙、超越感官的联系。王小妮试图用她特有的米性气质来建立一种全新的世界观。这种世界观要求首先确立它的边界,即要将四壁关紧,排斥一切外部侵扰,在这个相对整一独立的空间内,"世界在两小片玻璃之间自燃""我"用沉默应对一切变化,不断地退入内心,逐渐探索自身与外物的交流方式。这种类似禅宗的修行原则也规定了诗人自己的"三不":"不用眼睛。/不用手。/不用耳朵"。"我"宁愿把一切感官声色置换为一纸空无:"从今以后/崇高的容器都空着。/比如我/比如我荡来荡去的/后一半生命。"(《不认识的就不想再认识了》)唯有此时,"我"的一小块悠悠世界得到了净守,"沉默的蝴蝶四处翻飞/万物在不知不觉中泄露",我才在这分寸立锥之地上获知了整个宇宙的消息:"外面就是旷野吗。/走来走去我十平米的/寂静生活。/苍白/像一朵好棉花/骤然震响。"(《骤然震响的音乐》)

王小妮依靠这种米性写作来谋划一种室内生活,这种看似封闭的驻守和清修让诗人在弃绝日常感官之后,竟然获得了让她重新认识世界的"超感官":"门外的人极其耀眼/坐在家中/暗处看人看树/都格外清楚。"(《一个话题》)诗人拥有的"超感官",并非祈求于玄奥的神力,而正是一种审视生活的角度,一种米性感受力,它来源于我们的常识世界。就像我们离经叛道地将一只苹果施以横切,结果奇迹般地看到了一颗五角星一样。"那一团幻觉/穿透四壁/正慢慢飘荡向我。/走来了我悠悠的世界。"(《紧闭家门》)所以,米性写作自始至终是运作日常生活的一种手段,是诗人擅长的口语化写作,那些平易清澈的词句正是她吞下纯白香软的米粒后吐出的真理。它提供了诗人衍生自家庭的一种视角,让人可以品味到这均质空间内的微弱甘甜,告诉我们过好一个下午的具体方案:

每天只写几个字
像刀
划开橘子细密喷涌的汁水。
让一层层蓝光
进入从未描述的世界。
　　——《工作》

每天只写几个字,比起很多奔波于室外的事业打拼者,这是一项异常轻松的"工作",轻松得就像用刀划开橘子皮。孰知这简单的"几个字",却可以带领人们进入一个"从未描述的世界"。"一层层蓝光"

守候在那个世界的入口处,更加增添了这块未知领域的神秘性(在《晴朗》中,这种蓝光出现在了"我"头顶上方的天空中)。作为人类文明史上最早的书写工具,刀成了笔的原形,因而刀的特性从一开始就埋藏在了我们的书写行为当中。诗人的"工作"是从事写作,而写作,就意味着有东西像橘子皮那样被划开,这东西有时是一个"未经描述过的世界",有时则可能就是诗人自己:"粮食长久了就能结实。/一个人长久了/却要四分五裂。"(《到乡下去》)写作就是这样一把双刃刀,在划开眼前事物的同时也划开自己。作为肩负家庭主妇重任的女诗人,王小妮在"擦玻璃"这项极为平常的家务活中,发现自己安乐的陋室正在被一把更大的刀划伤:"什么东西都精通背叛。/这最古老的手艺/轻易地通过了一块柔软的脏布。/现在我被困在它的暴露之中。"(《一块布的背叛》)室内要维持它的整洁,诗人就把玻璃擦亮,而"我没有想到/把玻璃擦净以后/全世界立刻渗透进来"(《一块布的背叛》)。既然在王小妮的房间内,家务劳动和写作早已混同在一起,那么"擦玻璃"就成为写作的一种预兆和日常映射:玻璃擦净后,世界像开闸后的洪水一样倾泻而入。同理,写作一旦达到内心的明净,便走向了自身的极致状态,它在划开一个未知世界的同时,也划开了写作所固守的家园,一种被米性悉心呵护的家园。最古老的手艺,既指背叛,也暗示着写作。于是,不安的诗人在室内看到:"窗外,阳光带着刀伤/天堂走满冷雪。"(《工作》)

敏感的王小妮意识到了米性写作的危机,这种对本质主义生活的呼唤,对古典式、秩序化生活的渴望,都只能在一定的条件下,在一个有限的范围内(比如室内)才能得到满足。在现代社会,家庭并不是由四面密不透风的墙组成的一个自足领域,构筑家庭边界的材料已不再是传统的砖石,而是通体透明的玻璃。这种精通背叛的玻璃房间,打扰了女主人冥思静修的梦想,王小妮本希望通过米性写作在她自己的房间里"无声地做一个诗人"(《工作》),然而,这项"工作"做来却没那么容易,下午永远不可能绝对的安静,米性写作要进行下去,必将迎来对自身的背叛:"不为了什么/只是活着。/像随手打开一缕自来水。/米饭的香气走在家里/只有我试到了/那香里的险峻不定。/有哪一把刀/正划开这世界的表层。"(《白纸的内部》)在铮明瓦亮的玻璃房间内,带着刀伤的阳光倾泻无余,这个由米构成的世界在阳光下微微颤动,一心希望在米性世界里"一呼一吸"的女诗人终于发现,"在我的纸里／永远包着我的火。"(《白纸的内部》)

三

组诗《重新做一个诗人》第二首的题目叫作《晴朗》,一个清澈、爽洁而纯粹的名字,一个属于室外的名字,一个属于下午的名字。下午的"晴朗"犹如一次珍贵的抵达,它开始于午后一场宁静的梦幻。与每一个平淡无奇的下午一样,此刻,米香袅袅,盈满了整个房间。正像王小妮在《工作》中描述的那样,一把暗藏在生活卷轴里的神秘匕首,"正划开这世界的表层""像刀／划开橘子细密喷涌的汁水"。这一切"险峻不定"都在米饭的香气中悄悄地崭露出了端倪:

在米饭半熟的时候
云彩退下去。
我看见窗外
天空被揭开
那是神的目光。
　　——《晴朗》

煮饭无异于一次降神节。白色的米在小锅里变得蓬松绵软,造物主发觉了,也让此时此刻的云层在天地这口大锅内越积越厚。室内,米饭的香气愈加浓郁,步步攀升的甜度让煮饭的人心思迷离,坠入如棉的云雾。胶着的煮饭时间正好来一场"米饭的酣梦",洁白的米粒开始由硬变软,进而达到人们的舌头和肠胃所适宜的程度。米中的微弱糖分在梦乡的摇篮里逐渐被放大了无数倍,这让米在女主人神志迷蒙间成为一种沁甜的尤物,成为另一种蜜糖。就在"米饭半熟的时候""世界的表层"被划开了,厚厚的云层顷刻间消散殆尽,一个煮饭的人也完全进入了这场"米饭的酣梦"之中,熟睡在这一大片酽浓的甘甜之上："靠在黑暗里注视你。／看见你落进／睡眠那只暗门。／看见你身上／缠绕了叮咚的昏果子。"（《我走不进你的梦里》）在这梦里，女诗人像平常那样望着窗外，这一次，她确认，"天空被揭开／那是神的目光"。在《新约》中，神的登场都以云的出现为先兆。上帝经常驾云降临，或是隐蔽在云后，以声音示人。而这一次，沉睡在"米饭的酣梦"中的诗人确信，在她那间庸常无比的房子里绝对看不到的景象出现了：神的目光将会向她显现。

王小妮，这个久居室内、俗务缠身的家庭主妇，这个在金钱时代决定重新做一个诗人的平凡女子，此刻究竟看到了什么？神的目光真的从天上投射下来了吗？被揭开的天空，被划开的世界表层，与那"半熟"的米饭之间究竟隐藏着怎样的秘密联系？罗兰·巴特（Roland Barthes）忍不住拐弯抹角、眉飞色舞地提示我们："身体的最动欲之区不就是衣衫的开裂处吗？……依精神分析的贴切说法，恰那断续是动欲的：两件衣裳的接触处（裤子和套衫），两条边线之间（颈胸部微开的衬衫，手套和衣袖），肌肤闪现的时断时续；就是这闪现本身，更确切地说：这忽隐忽现的展呈，令人目迷神离。"[1] 也就是说，作为天空的霓裳，云朵的退去正袒露出一块开裂处，那是天空洁净润泽的肌肤，一小块可爱的蓝。也就是说，对身体完全的包裹是欲望的幽闭，相反，完全裸露的身体又导致欲望的遁逃。那经由开裂而呈现出的、边界分明的一小块肌肤才刚好是欲望诞生的地方，就像我们在衣衫的开裂处一下子瞥见了我们心中的神，让我们手舞足蹈：

放下火焰
我跑向百米之外。
我要到开阔之地
去见见它。
一个坐在家里的人
突然看见了的奇迹。
　　　——《晴朗》

---

(1)　[法]罗兰·巴特：《文之悦》（屠友祥译），上海人民出版社，2004年版，第18页。

列维－斯特劳斯（Levi-Strauss）考察发现，南美洲的神话思维中存在着两种类型的火：一种是天上的、破坏性的火，另一种是地上的、创造性的火，即烧煮用的火。[1] 就像米饭的"半熟"与天空"被揭开"存在着秘而不宣的神学相似性那样，这里，在锅底被女主人"放下"的"火焰"，也极有可能就在"我"转身离去之际升到空中，充当了"神的目光"，成为一种万能的破坏之火，一把巨大的匕首。在这里，依照这种神话学的转换规则，卑微的煮饭之火由一种日常能指迅速膨胀为一种超强能指，一个庞大的父亲之名。"我"等待去见识的那个即将到来的、来自上天的"奇迹"，也极有可能就是我用刀划开过的、橘子般大小的、喷涌着细密汁水的那个"从未描述过的世界"。作为一个经年累月"坐在家里的人""我"不遗余力地再现着圣灵降临时的场景，演绎着对室内语法的背叛："我"冲出了家门，跑向"百米之外"，来到"开阔之地"，迫切地想要见识那番难得的"奇迹"。神的出现对"我"构成一种诱惑，它激起了每一个普通人身上对凡俗生活超越的梦想，让我们平日灌满了米饭的身体里分泌出一种超验的甜，酝酿出一种销魂般的醺醉。这种甜和醉的梦想的起源正是米，因而它们依旧是室内的米性价值的延伸。"米饭的酣梦"让日常的米酿成了沁人心脾的甜酒，伴着一层层蓝光，把煮饭的诗人融化、缩小，送到一个橘子般大小的未知世界跟前：

晴朗
正站在我的头顶
蓝得将近失明。
我看见盲人的眼睛
高高在我之上。

无处不是深色的忧伤。
　　——《晴朗》

---

(1) 参阅 [法] 列维－施特劳斯：《神话学：生食与熟食》（周昌忠译），中国人民大学出版社，2007年版，第251页。

"米饭的甜梦"继续向野渡无人处漫溯,"我"被梦中的天神带进了这片空旷的世界。浩瀚无际的晴朗,诱人失明的瓦蓝,高高在上的盲眼,无处不在的忧伤。像刀挥向圆润的"昏果子"那样,这一系列言辞成为"我"对这个"从未描述的世界"的首次描述,犹如处女的初夜那般刻骨铭心。一边是狂喜之痛,一边是浓烈之甜;一边是绝美之红,一边是失明之蓝。两种同质的巅峰体验,最终不过是一次对忧伤的命名。盲人最终成为"我"在这未知世界里的神:"你却永远看不见甜/看不见那些嚼石榴的人。/把牙齿错动得刀尖那样快。/我把你放到树的高度/滔滔滔滔地/替那些被吸掉了眼睛的果实们/唱歌吧。"(《没有了眼睛的石榴》)在这里,盲人身上的神性光辉成为米性写作禀有的"超感官"的又一次胜利。作为米性价值的延伸,甜在这种情形下实现了它的最高意义:甜即忧伤。它是米性价值的终极产品,是室内诗学的表现形式;它发源于室内,却在室外的一处空旷之境实现了自己全部的意义;它通常诉诸沉默,以梦幻的气质表现世界,往往在世界的高处亮出自己性感的腰身;它分明地指向深不可测的过去,指向人类的童年(不乏甜蜜而哀伤),营造着一个诗人的古典之梦;在这种意义上,诗和诗人是合二为一的,他们共处一室,不分彼此,诗人在安详的巢穴里吟唱着自身:"深密的森林布满交叉小路。/大地无门无锁在云下走动。/世界已经早我一步/封闭了全部神奇之门。"(《我得到了所有的钥匙》)

四

煮饭的"我"深陷于"米饭的甜梦"深处,被定义在日常维度中的那个常态的"我"跟随米饭沉沉地睡去,让生活之甜与梦境之甜水乳交融,联步走向一处诗歌的极境。在那片致命的蓝光之下,"太阳正切开我的中轴线/我被迫/一分为二地站起来"(《我没有说我要醒来》)。正当现实之我迷醉于甜蜜的忧伤之际,"我"身上另一部分灵魂,却被那个突如其来的超强诱惑、那个万能的上天之火所唤醒,被高高在上的失明之神轻轻引领,走出家门。"我"渴望神创造的"奇迹"能够赋予这部分自我以崭新的尊严:"用不疼的半边/迷恋你。/用左手替你推动着门。/ 世界的右部 / 灿烂明亮。/ 疼痛的长发 / 飘散成丛林。/ 那也是我 / 那是另外一个好女人。"(《半个我正在疼痛》)这个屹立在旷野上的诗人,仰望着天空,等待神迹的发生,正如等待着耶稣(Jesus)的箴言:"你们是世上的盐。盐若失了味,怎能叫他再咸呢。以后无用,不过丢在外面,被人践踏了。"[1] 在这个十足的宗教场域中,一场"米饭的酣梦"中,一个压抑的欲望之我,瞒着熟睡的现实之我,被一个高高在上的超验之我,以一个父亲之名被解放出来。作为诗人身上的另一半灵魂,这个无名之我在这场午后的降神节上得到了神的定义:"我"成了"世上的盐"。

与随处可见的米不同,盐自古以来被人们视为一种珍稀之物,它的出现构成了对米性价值的背叛和超越,为人们带来了味觉上的新鲜、惊奇和迷恋,它代表了日常生活中的脱序时刻,神性莅临的瞬间,代表了人在这种特殊时刻体验到狂喜、震颤和销魂的状态,是生命力异常充沛的时刻:"我听见 / 浆水动荡有声。/ 这是植物们才有的兴奋。/ 晴朗 / 我想看到你的深度。/ 除了天气 / 没有什么能把我打动。"(《晴朗》)作为室外的自然属性,天气,就是云朵的开裂处一只妖娆的精灵,在它所有流变的形态中,晴朗是最为深邃、极乐的诱惑。"我"正是在那晴朗的一刻瞥见了神迹的显现,在那神圣的刹那,在浸泡在忧郁的甘甜中的那半边身子旁边,一个精通家政的女诗人在她的另一半身体上发现了属盐的命运:

晴朗
好像我写诗
写到最鲜明菲薄的时候
脆得快要断裂。
一个人能够轻手轻脚
擦他的眼镜片
但是不能安慰天空。
　　——《晴朗》

---

[1]　《新约·马太福音》5:13。

晴朗是一场室外的狂欢,是大自然庄严的盛典。晴朗就发生在距我的房子"百米之外"的"开阔之地",一贯持守在室内的"我",正是被一种"神的目光"诱惑至此,成了这场盛大仪式的主角之一,成为一个置身室外的室内主义写作者。晴朗的天空蓝得深邃迷人,上天那把万能之火像盲人的眼睛一般忧伤莫测,"我"默不作声地接受了这一切"奇迹"的降临。就在这个奇迹般的时刻,在"我"的身上发生了一种不可思议的微观化学,让"我"的身体分别生成被均匀分开的两部分价值:"我"的一侧灵魂继续受米性价值的支配,沉浸在一场漫长的"米饭的酣梦"当中,源源不断地分泌着一种旷世的甜;而另一侧灵魂则被这刹那间降临的神圣时刻所唤醒,被"神的目光"点化为"世上的盐",它构成了我身上清醒的部分,这部分属盐的命运必须具备面对室外风景的现实精神和无畏的斗志。因此,在晴朗天气的召唤下,一种盐性冲动激活了"我"这另一半灵魂,让"我"夺门而出,奔向室外:"我要携带生长着的伤口／优美地上街。"(《注视伤口到极大》)

发生在"我"身上的这种微观化学生成了诗人灵魂的二重性:一方面,一个诗人,他／她的一部分写作受米性支配。米性写作是一种室内价值,每一个写作者身上都具备这种气质,他／她把战场安置在室内,进而去描述、勘探一种安静的生存状态。这种米性写作会根据诗人自身的气质和对时间和生活的理解,而逐渐增加写作的深度和浓度,就像米饭入口后在舌头上发生的化学反应一样,米性开始释放出自身的甜,这种甜是生活赋予的,从事这一类写作的诗人,他们的工作就是通过个人之口(或手)努力品尝出我们母语中固有的这部分甜,所以此类写作要求不断地深化这种化学反应,好让生活不断地分泌出语言之甜。甜的事物最易腐败,这让从事这类写作的诗人倾向于成为一个颓废主义者,比如波德莱尔、兰波等诗人,都在用他们个人沉沦的命运和无可救药的忧郁书写一部甜的诗歌史,因此,诗与诗人牢牢黏合在一起,组成一幅忧郁的图案。这种甜或忧郁,要么待在最卑微、隐匿之处,比如在室内,比如潜意识里,他们用沉默和冥想来与墙壁、与本我交谈;要么高高地盘旋在澄明瓦蓝的天空深处,成为一种神性关怀,一种绝尘无上的美,让我们溶化在其间,让我们弃绝感官，用一对盲眼做鸟瞰世界之状。以甜为圭臬的诗歌写作让诗人停留在自己的梦想中，并且长睡不醒。他们希望在每一次旨在提取甜的语言炼金术中制造出一种纯粹的诗，它将忧郁、敏感、脆弱、绝美发挥到一种极致状态，因而也必须供奉在无人之境，摒除一切世间的杂质。

另一方面，诗人的写作在盐性支配下呈现出别样的风景。这种盐性写作一般发生在室外，因而是一种室外价值。它致力于实现写作对现实生活、对外部世界的介入，正如萨特（Sartre）指出的那样："我在说话时，正因为我计划改变某一情境，我才揭露这一情境；我向自己，也向其他人为了改变这一情境而揭露它；我触及它的核心；我刺穿它，我把它固定在众目睽睽之下；现在它归我摆布了，我每多说一个词，我就更进一步介入世界，同时我也进一步从这个世界冒出来，因为我在超越它，趋向未来。"[1] 盐的供给来自外部世界，因此它成为这种介入式写作的一个隐喻。写作对介入性的需求就如同生命体对盐的需求一样，都是必不可少的重要成分，所以盐在这种意义上构成了诗人的焦虑，成为对外部匮乏的一种诗性反应。所以，盐具有激活性，是有效的防腐剂，于是能拒绝甜带来的腐朽气息；它是积极的，是安静的反面，是生活的噪声；它让人们记住外面的世界是咸的，是对甜味的永恒压抑；它维持着一个细胞的渗透压，维持着生命体基本的生理机能，就像适当的焦虑维持着一个人面对世界时的正常心理机能。在这种情况下，诗人必须首先做一个普通人，去应对这个世界带给他／她的所有琐碎、繁杂、不悦之物。"头像突然掉下去／又冷又老的普希金眼睛里含着雪。／搬运工吃力地滚动铜块。／有谁能这样干脆／把诗和诗人彻底分开。"（《普希金头像》）正是这种充满焦虑的盐性写作，让诗与诗人在这个不纯的世界上分道扬镳。在这种状态下，诗人必须摆脱自己身上固有的诗人气质之后再来写诗，因而写出的必定是关于这个混浊世界的不纯之诗。

---

(1) ［法］萨特：《什么是文学？》，《萨特文学论文集》（施康强等译），安徽文艺出版社，1998年版，第81页。

五

王小妮常说"半个我正在疼痛",其实正是她这半边苏醒的灵魂在经受盐的洗礼,而另外一半灵魂沉吟在一片发甜的世界中。这位乐于家政的女诗人就是在这两种写作趣味的关照下决定"重新做一个诗人"的。米性写作和盐性写作构成了王小妮诗歌小宇宙中的双子星座,陪伴她度过每一个漫长的下午。"好像我写诗/写到最鲜明菲薄的时候/脆得快要断裂。"在诗歌越来越被别人遗忘的时代里,"诗以重金属的质量脱离了手,又以菲薄透明的雾气形态快速散落"[1]。王小妮在自己极具个人化的写作中,道出了她亲身体验的"疼痛"和"断裂"中所透露的微言大义。作为希望将写作进行到底的女诗人,她必须像一位精确的化学分析师那样,懂得如何驾驭她写作中的米性和盐性、室内和室外、沉默和噪声、合体和分身等成分之间的调配比例,才可能在写作中把握忧郁和焦虑、颓废和激进、梦想和现实、过去和未来之间的诗学平衡。然而我们在这种诗歌微观化学上的探索和发现,只是对人类的世界观起作用,只能在通过改变语言的过程中锻造一种全新的世界观,就像"一个人能够轻手轻脚/擦他的眼镜片/但是不能安慰天空"。诗人只负责道出可能发生的事情,对于眼前这个糟糕的世道:

诗人永远毫无办法。
我穿过秋天的软草
回去看锅下的火。
——《晴朗》

我们卓越的女诗人、无限热爱家居生活的室内主义写作者,如今似乎彻底从这场"米饭的酣梦"中醒来了,她觉得这场酣梦做得太久,她着急要回家"看锅下的火",她在这个下午最重要的工作其实是给丈夫和儿子煮饭烧菜。对于室外的一切事情,她也毫无办法。诗人需

---

[1] 王小妮:《重新做一个诗人》,《倾听与诉说》,鹭江出版社,2006年版,第295页。

要回到自己的家中，正像存在需要回到语言的家中一样。因而，王小妮的诗歌写作暗示我们，一门家庭诗学似乎有望得以确立。家庭诗学不同于游吟诗学，后者固然成为诗人这一角色在任何时代里必然的命运之书，它夸张地彰显着人类在世界面前虚荣的主体性和强力意志，然而却极度淡化了人类接受庇佑的迫切渴望，忽略了人在生理和心理上的柔软质地；与此不同的是，前者在充满了人间烟火气息、弥漫着米香菜香、交织着宁静和聒噪的家中，供奉了诗人最地道的灵魂。人在本性上需要这种庇护，尤其在上帝死后的日子里，家庭有望担当起这一神圣的职责。这种传承可以帮助我们理解隐秘的室内（煮饭和积聚米香之处）与空旷的室外（神性莅临之处）之间的相似性，家中的煮饭之火与上天的失明之火具有同一的本质。

家庭诗学同时呈现出了生活之甜和世界之咸，这两种在家庭生活里最为熟悉的味道，构成了家庭诗学的两重基本精神向度。家庭诗学在高纬度上展示为忧郁问题，由糖（米的极端形式）来表征，糖是人体内可以制造的成分（人体内分布着糖原），所以它喻示着诗人对于诗歌本身的专注，这一过程原则上可以在室内进行；与之相对，家庭诗学在低纬度上展示为焦虑问题，由盐来表征，就像生活在热带的、整日汗津津的人们需要补充必要的盐分一样，他们的意义需要向外界获取，因而可以被视为一种室外价值。家庭诗学在空间上大致表现为室内和室外两部分，而在心灵地理学上又可以在高纬度和低纬度上分别建立各自的意义。无味的米经过诗人心灵的咀嚼生成了生活中的甜，这是生活深处的意义，是述思的过程，它发生在诗学空间的两极：室内（个人沉思空间）和开阔之地（神性空间）；同时，沉静的生活也需要被唤醒、被震悚、被激越，人类需要在自身之外寻求意义，否则我们无法获得力量应对这个复杂世界，这是述行的过程，它发生在诗学空间的中间地段：人声鼎沸的室外，一片公共空间。但这片公共空间却与诗人的个人空间在频率上永远不能达成一致。

> 当路人都扬起了脸
> 云像一群黄鱼漫过来了。
> 短短的晴朗

只是削两只土豆的时间。

——《晴朗》

当晴朗消失的时候,路人才开始扬起脸,而诗人早已回到家中,动手削第二只土豆。或者可以说,家庭诗学就是土豆的诗学:"可是今天／我偏偏会见了土豆。／我一下子踩到了／木星着了火的光环。"(《看见土豆》)在两只土豆之间,一个诗歌宇宙获得了它的第一推动力;家庭诗学就是和爸爸说话的诗学:"记忆的暗房从支柱中间裂开／泄出来的只是简单的生理盐水。"(《这一天》)"爸爸!／今天我把你最喜欢的／三只西红柿和一团白棉糖／摆放到风霜经过的窗台上。／像等待一只翠鸟到来／我要把你的血一点点收集。"(《谁拿走了你的血》)"爸爸"是家庭中的爸爸,家庭里曾经的精神,就像上帝是众人的父亲一样。那么多年里,他站在我们头顶,像生有巨翅的鸟,庇佑着我们,给我们一个安宁的巢穴。多少岁月过去了,他老了,眼花了,干枯了,记不清事情了,渐渐失去了体内的糖和盐,却把生活的甜和记忆的盐留给了我们,把家庭的衣钵交给了我们。我们知道,在这个温暖的小家中,在四壁之内,始终飘荡着我们的神;家庭诗学就是"重新做一个诗人"的诗学,对于王小妮来说,她的起点和终点,都将是家庭。在家庭的关怀之下,我们终于看清,米是沉睡的盐,在米性写作中,诗与诗人合一,此刻的诗正指向自身;盐是被唤醒的米,在盐性写作中,诗与诗人发生分离,此刻的诗指向了外部世界。家庭诗学就是在米和盐的相互渗透中指导我们在这个时代里如何写作,如何重新做一个诗人,或者如何能够有滋有味地去度过眼前这个本来无色无味的下午。相信热爱家庭和诗歌的王小妮也会同样赞同这种设想吧。■

我们不能活反了　　王小妮研究集

在《一个人怎样飞起来》这篇文章中，徐敬亚对王小妮做出了全面的评价，[1]诗人、妻子、母亲、工作者等多重身份在她身上自如地转换着。按照一种机械的说法，她像是一架配置精良、拥有敏锐的感受力的双方向的转换器。作为"诗歌"与"现实"这两种"仪表"的中间环节，她找到一套属于自己的精神参数来进行转换。她是一个杰出的"译者"，她懂得如何把现实经验、点滴般细微的生活细节"译介"到诗歌的领域，同时在家庭中、在课堂上又把诗歌"译介"到构成日常现实的细节和经验之中。从而表现在诗歌中的"感知图式"在督促、纠正着感知，伟大的诗歌传统向诗人发出了要求，鼓励她为事物的秩序发现和寻找新的可能性，从而给阅读、感受、思考，甚至只是庸常的生活带来一种被刷洗的清新感，给生命带来要振奋起来的触动和决心。她本人就像她的诗歌，一半永远地在向另一半走去，或迎面或相悖。在1988年，她已经捕捉到并进一步明晰了"我"的分裂性、可逆转性和可相互"译介"的特点，《半个我正在疼痛》就是这种思考的诗歌方式的杰出表达，它直观、锋锐，在疼痛感基础上对身体进一步抽象和分类，使"界限"感更具体也具有了说服力。"疼痛"是"我"身体左右之分的一个衡量要素。在"疼痛"对"我"的参与和对比中，"我"

---

(1)　参阅徐敬亚：《一个人怎样飞起来》，《诗选刊》2005年第1期。

一半永远地在向另一半走去，或迎面或相悖　　　　　　　　　　　梁小静
　　——王小妮诗歌简论※

※ 原载《星星·诗歌理论》（中旬刊）2013年第8期。

的一部分丧失了感知能力,这一部分物化了,成为你抓到的"不透明的空气"。这是延顺着疼痛而来的知觉。"疼痛也是生命。／我们永远按不住它。"在"我"的一部分失去了生命的特征时,疼痛却壮大了,它自身已经具备生命的力量在侵犯"我"。但作为一个"始终迷恋反力"的人,王小妮努力在将疼痛向反方向弯曲。这就像她所写的一些执拗而作为反力存在的想法一样:"我们不健康／但是／还想走来走去。""疼痛闪烁的时候／才发现这世界并不平凡",这就是内心的那种"反力"在起作用,在帮助弯曲、过渡。"疼痛的长发／飘散成树林。／那也是我／那是另外一个好女人。"这已经完成了辩证式的转化。王小妮不甘于单一方向力量的横冲直撞,她自身成为一种力量,迎上这股反力,靠自己的冲击在流向中造成漩涡、曲折、回环和岔口。

这首诗也为我理解"诗歌和现实在王小妮那里转换的可能性"这个问题带来了新的关注视野。作为一个读者,我携带着自身经历过的细节、经验去阅读王小妮的诗歌,惊奇于平静的日常瞬间在她的诗歌里掀起的一阵阵持续的波澜,这是她在诗歌意志、诗歌生命的壮大中,情感、智力不断运转的结果。王小妮曾说:"一个诗人,关键不在于他是不是写了,而在于他是不是不间断地想。"外在的场景、事件在物理时间中消失后,又被她的诗歌意志"唤了一次魂",又重新以抖擞的、富于个人气息的面貌出现在她的笔下。《应该做一个制造者》同样写于1988年,这一年,因为种种原因,她与丈夫徐敬亚分居南北,孤独成了她的另一半。作为日常的和精神的伴侣,他远在两千公里外,一切来自他者的、异于我的、外在的慰藉和寄托,从她的世界中被抽走了。孤立的自己,自然而然地成为她关注、分析的对象。这一时期的诗作,观察的视点从外在向自身聚焦。之前的诗歌,已隐隐约约含有这样的意识。《守护别人时,疾病对我见异思迁》《一瓶雀巢咖啡,使我浪迹暗夜》《11号台风》《虾的姿势》等1988年之前的作品,外在物事对自我的参与感很强,这一时期,对自我的认识还没脱离对外在的依附,情感和认知,自我与外在显示出驳杂、含混、不精纯的特点,不像她1988年的诗歌,有一种意念的坚定,对感觉有清晰、彻底的把握。就像徐敬亚所说:"她的人格,找到了稳定、安详的根基。她的艺术天空,在长达几年的混浊阵痛之后,化成一片澄静的天空。"在

《我的纸里包着我的火》这本诗集中,她将1986年的数十首诗辑录为《面对它的时候》和《垂手而立》,《守护别人时,疾病对我见异思迁》就是其中的一首。这首诗在对他人疾痛的分担、承受的表层意愿之下,有另外一种气质不断冲出来,这种气质成为这首诗阅读直觉上的主导:

疾病走进来,
低着头,缩手缩脚,
比人还和气。
可以断言
它不会再去寻找别人,
我定会令它一见就生出情义。
我本已
枝杈蔓生,
由我欣赏那
不为人知的怪花,
活着,就恰好
进入它的花瓣之中

毫无疑问,王小妮是一个富于人文关怀的诗人。但这首诗表达的不是她的人文气质,而是她自身与疾病的关系,这也是一个隐喻式的说法。她在讨论痛苦与自身的关系,"我"有某种特殊的气质吸引着这朵"怪花"。在后来的一首诗《我爱看香烟排列的形状》中,她写道:"这世界能有我活着/该多么幸运。/伸出柔弱的手/我深爱,并且托举/那沉重不支的痛苦。"这是相同的气质分次流露。当痛苦在人群中选择你时,痛苦是幸运的,因为有一种"欣赏、托举、深爱"的姿态迎上了它。这是王小妮气质的一股侧流,与之袅结在一起的是她基于对"无法预知"之物的冲动。正如上文所说,对内在自我的认识还没有脱离对外在之物的依附,在这里,"疾病"也是她所渴望的能冲击进自我生命的一种外来之物,这种外来之物开拓着自我的可能性,它是耕开自我不可知的那一部分的犁。《一瓶雀巢咖啡,使我浪迹暗夜》

这首诗中也有一把同样的犁:"在我胡思乱想的时候,／那黑褐色的东西／正在黑暗中／轻轻旋动自己的黑盖。"超现实主义的写法,正好隐晦而又精当地表现了主观愿望。"绝没想到,喝了／变化来得快又透彻。／胳膊忽然变成巨翅／我已是浪迹黑夜之鸟!""咖啡"在这里可作为一种隐喻来读解,它使我变形,从而使我拥有了新的认识自己的能力:"俯身来到我的床边,／我触到自己的绵绵噩梦。／我要叫,／却满嘴鸟语。""许多的羽毛／都带来寒冷。我对这黑褐之物说:／让我变回人吧,／你立刻走!"在这里,王小妮的诗歌与精神分析学中梦的解说不谋而合。梦是无意识的流露,无意识是自我之中不容易被认知的那一部分。"我"变成的黑褐色的鸟让"我"触到了"自己的绵绵噩梦",这是自我认知的一种变形。《在错杂的路口,遇上一个错杂的问路人》这首诗沿承上一首诗的黑暗意识(在这一时期,王小妮似乎对黑暗有特殊的敏感度),这个错杂的问路人"他的手全黑无色""他"是黑暗的化身,遇见"他"之后,"每一面墙壁／都高唱着黑色之歌,／天上,全部是手"。在这里,"黑暗"并不一定是借助于色彩的政治隐喻。它像是自我的生成物,"你的路,就是我的路!"人的意识之海中,无意识就是海平面之下的那一大片黑暗、不可知之物。这首诗没有让这把犁深入意识的土壤内部,"我"不知道什么原因"仓皇逆逃"。

  1988年,这把外来的犁在逐渐缩小,从自身长出了一把更有力的、有着笔直方向的犁。这一时期的诗歌注重向自我内部的挖掘,挖掘出来的都是稳定的力量。这些诗作曾被结为一本油印集,命名为《我悠悠的世界》。在这段时间,她被暴露在孤独之中。在孤独中,她平时被遮掩或隐匿的部分就不受阻碍地逸出来,或者说,新的自我在形成。《应该做一个制造者》《通过写字告别世界》《紧闭家门》等作品,是她通过诗的方式对写作的一次最集中的思考,是她坚定品质的表现。她这种坚定,徐敬亚已经准确地描述过:"王小妮,从来都不是柔弱的女人⋯⋯为了坚守正义,她具有十二月党人妻子们在大风雪中奔赴千里万里的信念与勇气。在人格与人文的判定上,她的'善''恶'盾牌,敏感而强硬。"在最孤独的时候,她与诗歌间的血缘也许更加亲近,有一条精神的动脉涌动着语言的新鲜血液,循环在她与诗歌之间,她与诗歌几乎构成了一个肢体。在这期间，她对"写"有了更加坚定的信任。

> 我写世界
> 世界才肯垂着头显现。
> 我写你
> 你才摘下眼镜看我。

《一走路，我就觉得我还算伟大》是一首气势很壮的诗，尤其是第二节："我和我的头发／鼓舞起来。／世界被我的节奏吹拂。／一走路／阳光就凑上来照耀。／我身上／顿然生长出自己的温暖。"《我看不见自己的光》这首诗在有意识地寻找自己安详、稳定的根基，弥补了《一走路，我就觉得我还算伟大》一诗中气壮而理虚、壮而不实之感。

就这样，在20世纪80年代末的时候，王小妮的自我已逐渐成熟，她逐渐找到了自己的内核，这让她面向世界的目光稳定而有焦点，有了焦点，就有了源于明晰的自我的秩序和意义，这时，新的主观性就具有了人文的和历史的基础。在《死了的人就不再有朋友》这首诗中出现了一个富于暗示意义的意象："背后涌现出一棵丰厚的核桃树。／只看见／柔润智慧的树影。"这个突然出现在诗歌中的意象，是她的内在之核的象征，也是形象的写照，带着她精神上的显著特征：丰厚、柔润、智慧。核桃因其类似于人类大脑的形状，而直指人的精神活动。

王小妮诗歌中植物意象的阶段性变化，也是一个值得注意的诗歌现象，尤其是在对自我进行发掘式的描述时，她偏爱于植物意象。在《寻找一个人》这首诗中出现了"我的罂粟，／只有到了晚上才耀眼"，《守护别人时，疾病对我见异思迁》中写道"我本已／枝杈蔓生"，在《应该做一个制造者》中有"我的手臂很快成熟／脸上生芒"，《半个我正在疼痛》里有"疼痛的长发／飘散成丛林。／那也是我／那是另外一个好女人"，包括上文提到的"核桃树"的意象。在其中包含着每一时段她对自我认识的偏向和对自我期待的不同。整体上经历了从复杂、模糊到澄明的变化过程，这种对自我的指涉与植物自身所具有的意味是相符的。同时，越是后期，对植物意象的选择和运用就越剔除了性别的暗示。毫无疑问,"罂粟"因为它的花朵色泽鲜艳,气味芳郁,瓣片多皱,在隐喻性别时趋向于女性、阴性。普拉斯曾写过一首《七月里的罂粟花》,"瞧着你那样闪烁我感到／绵绵无力,多皱,鲜红,就像人的嘴唇,／刚刚流过血的嘴唇。／血淋淋的小裙子!"就显示出了罂粟花与女性之间近乎天然的关联。当以"核桃树"作为自身的隐喻时,原本性别上的暗示已经被中性的代表智慧的联想义取代。"麦子"与"罂粟"相比,它的指涉范围显然不包括性别。王小妮写作中的这种倾向,代表了当代中国女性诗歌写作的一个共同的特征。她主要是作为一个诗人发展出自己的写作个性,而非决定性地因性别而具有。女性写作者始终作为一个群体、一个现象被研究者关注,这是一个研究事实、学术事实,在研究中也逐渐发展出一系列专门针对女性写作、女性诗歌的学术问题。女性诗歌的研究始终与女性主义捆绑在一起,而不能正常地参与到一般的诗歌问题研究中去,我想这是对她们诗歌关注中的薄弱之处。同时,在研究一般的诗歌问题时,没有把这么大数量的女性诗歌的优秀的作品作为阅读、研究的基础,得出的结论会因为论据不充分而缺乏全面的说服力。

  王小妮为世界准备了"充分的自我"去面对它,消化它,其间她做出了无数次的尝试与调整。上文分析过的性别的调整便是其中一个重要的方面。徐敬亚在文章中写道:"她最反对以男人与女人来划分世界。她从来不愿进入'女诗人'狭隘的创作领域。"相对于男性诗人,女性诗人身上的性别负担更为沉重。也就是说,在当代社会,男性更加中性化,确切说是:男性懂得如何表现得中性化,因为在中国古典文学传统中,有写"宫体诗""闺怨诗"的诗歌传统,这些诗大部分又是由男诗人创作出来的,他们有进行综合的历史基因和现实的期待。相对于男性,对女性的社会学意义上的性别期待要远远超出诗学意义上的期待,在社会学意义上是实用的、称得上美德的特征,还没有充分地转换成一种有效的写作资源。并且在女性的诗歌写作中,生理上对气质的支配要大于诗歌对气质的支配。20世纪80年代时,王小妮曾做出的一个努力是,把社会学意义上是实用的、称得上美德的特征,转换为一种有效的写作资源。这时候,她流露出了一些性别意识。

男人们迟疑的时候
我那么轻盈。
天空和大地
搀扶着摇荡。
在烟蒂里深垂下头。
只有他们的头,才能触到
紫红色汹涌的地心。

男人们沉重的时刻
我站起来。
太阳说它看见了别的光。
用手温暖
比甲壳虫更小的甲壳虫。
娓娓走动
看见烟雾下浮动许许多多孩子。

我讨厌脆弱
可泪水有时变成红沙子。
特别在我黯淡的日子
我要
纵容和娇惯男人。

这世界能有我活着
该多么幸运。
伸出柔弱的手
我深爱,并且托举
那沉重不支的痛苦。

到了20世纪90年代,她在《白纸的内部》又对自我进行过一次反观和描述。有关性别的任何信息都隐匿了,不再提及性别,一些不涉及性别指涉的词描绘了"我":"在我的纸里,／永远包藏着我的火。"

这里是"反力"而不再是性别让她的诗新颖、展现出她的写作个性,"纸"与"火"各自有一种力量,阻止、冲破、平衡、释放、内外、反差,这两种物质的组合代表了她自身的分裂和可逆转性。

西蒙娜·薇依曾在《引力与魅力》中说:"遵循引力的力量,这是最大的罪。"在薇依的整本书中都渗透着有关配重、均势和纠正的概念——使现实的天平向某种超然的平衡倾斜。希尼认为薇依这种源于基督教思想与情感的观念,也可以用来阐释诗歌活动。诗歌对现实的纠正就是诗歌对现实引力的克服,诗歌在创造一种反力以放在天平上,天平的另一端是"现实"。"这种现实也许只是想象出来的,但却有重量,因为它是在实际情况的引力范围内想象出来的。"现实作为"引力"的表现或结果,与诗歌构成一种平衡的力量。缺乏诗歌的反力,现实就缺乏一种纠正的力量,"这一诗歌纠正效果源于它是一种一闪即逝的另类存在物,一种对于遭摒弃的或不断受到环境威胁的潜质的顿悟"。

而这段话与王小妮曾提到并在诗歌中实现着的"反力"的诗歌观念,是隔着时空距离的遥远而契合无间的回应。"反力"的最终的效果是纠正和平衡。作为把现实"翻译"给诗歌的杰出的"译者",她的动力来自以诗歌的想象力创造一种新的现实,来纠正那单独地受到引力、惯性力量支配的不显示出"公平"的现实。"如果我们知道社会的不平衡的方式是什么,我们就必须尽我们所能去加重天平上较轻的那一边……我们必须形成一种平衡的概念,并随时准备像公平那样站到另一边,而公平是'从征服者阵营跑出来的逃亡者'。"王小妮就是从作为引力存在的性别期待、作为惯性的社会规范和最小的伦理期待等这些现实中的"征服者"的阵营中出走的,出走到了天平的另一端,纠正它的偏倚。正如王小妮本人所说的:"诗是现实的意外。""在平淡中,在看来最没诗意里,看到'诗意',才有意思,才高妙。现在的世界太现实。人天生就应该有奇思怪想。"在《上课记》中作为教育者出现在阅读视野中的王小妮,她在课堂上把诗歌引介给一群群的青年人,我想是基于这样的"确信":"诗歌是一种心态,而不是一种世态。我们要么在内心怀着希望,要么不怀希望;这是一种灵魂的尺度,并且在本质上不依赖于对世界的观察或对局势的评估。"

　　王小妮的诗歌一直在变化当中，创造力和想象力带给她的愉悦与读者的愉悦是一种连锁反应，诗歌无法失去它基本的自我愉悦的创造力、它在语言过程中的欢乐以及对世界万物的表现。作为诗人，王小妮在释放着对现实的译介和纠正的功能的同时，也在回应着另一项迫切性，那就是把诗歌纠正为诗歌。她是词语的洞悉者，她迷恋它们的力量，诗歌伦理的实现在她那里落实为词语的安排，语言是其诗歌建立权威、施加压力的手段，因此在多个方向上，她的诗歌都是可期待的。■

我们不能活反了　王小妮研究集

在生命诗学烛照下，中国当代先锋诗人一度吟述形而上的品质，在意识、潜意识撞击与接引中，借词语表达个人化情绪、情感。因此，朦胧诗写作渐行渐远后，个体鲜活性和自我意识获得前所未有的诗性想象。但高蹈精神诉求非现代诗写作的唯一内容，现代诗歌写作日益关注社会历史性，罗振亚将其总结为21世纪的写作趋势："诗人学会了承担，使写作伦理在诗歌中大面积复苏……愈加注重从日常生存处境和经验中攫取诗情，最大限度地寻找诗歌与当代生活之间的对话、联系。"[1]关注王小妮诗歌社会性不仅可发掘诗人的前卫意识，且有利于读者体味此类现代诗，具有现实意义。王小妮诗歌以探求个体心灵诉求的"自闭"写作为主，但并未忘记朦胧诗潮初衷，除诗集《我悠悠的世界》外，"个人化历史想象力"实践方式始终渗透在诗歌中——"诗人从个性主体性出发，以独立精神姿态和话语方式，处理生存、历史和个体生命中的问题。在此，诗歌想象力中既有个人性，又有时代生存历史性"[2]，是自我意识对象化表征。耿占春认为王小妮置身社会历史语境展开日常叙事，在象征革命基础上解释社会真实。[3]杨柳

---

(1) 罗振亚：《"乱象"中的突破及其限度：21世纪诗歌观察》，《天津社会科学》2011年第1期。
(2) 陈超：《个人化历史想象力的生成》，北京大学出版社，2014年版，第10页。
(3) 耿占春：《失去象征的世界——诗歌、经验与修辞》，北京大学出版社，2008年版。

论王小妮诗歌写作的社会敏感性
——幽婉游移的"个人化历史想象力"※   陈国元

※ 原载《东北农业大学学报（社会科学版）》2016年第2期。

以《远去的飞机》《飞的感觉》等作品为媒介，提出王小妮作品嘲讽时代技术象征物，具有反思现代性意味。[1]范云晶从日常写作角度观照诗人调和"现实与诗意、个人与责任矛盾"的能力，认为这是21世纪介入现实的方式，观点虽未展开，但为社会性写作研究提供了较好启示。[2]社会敏感性写作在王小妮诗歌中占较少部分，因此目前研究成果相对薄弱，通常只作为整体论文中的部分，未形成体系。本文在此基础上，从王小妮朦胧诗写作着手，以作品为经、时间为纬，交织出诗人社会敏感性的写作网络，挖掘王小妮诗歌的沉默成分，试图揭示充溢在诗人身上既介入时代又超越时代的多重可能性，解放诗歌充盈社会性的坚硬部分。

一、社会敏感性实现境域：从朦胧诗潮到"中国腹地行"

"文革"结束后，社会舆论环境相对宽松——《今天》问世，朦胧诗写作及论争成为思想解放的代言。此氛围下，1979年王小妮正式开始具有实在意义的诗歌写作。虽然新时期诗歌的自我意识构建起源于朦胧诗，"自我意识从感性和知觉世界的存在反思而来，并且，本质上是从他物的回归"[3]，但此时"我"更多是从前期政治态度中解放的"我们"。批判社会、关注大我、控诉历史在北岛、杨炼等作品中，呈示出来。部分文学史及诗歌选集将本时期王小妮归为朦胧派诗人，但其作品并不符合严格意义上的朦胧诗的历史内涵范式，甚至游离于该流派之外。相对于其他朦胧诗人将"大我"思想诉诸语言的社会历史性写作，王小妮独守"我"观底层的见证诗学。"个人化历史想象力"为20世纪90年代后期诗歌想象力维度开辟了道路，是"诗人对既往诗歌写作方式某种程度的'颠覆'……根本原因是为了解决语言与扩大经验之间的紧张矛盾关系，使诗歌话语更有力地在生存和历史语境

---

(1) 杨柳：《从个人的场景到社会的场景——读王小妮〈有什么在我心里一过〉》，《海南师范大学学报（社会科学版）》2010年第1期。
(2) 范云晶：《贴地飞行与良心写作——新世纪诗歌介入现实的一种方式兼及王小妮》，《星星·诗歌理论》2013年第6期。
(3) 黑格尔：《精神现象学》，贺麟、王玖兴译，商务印书馆，1979年版，第131页。

中扎根"[1],所以此时王小妮以超前姿态打开了诗歌写作的未来之途。

相对于"我"与他者、"我"与"我"的写作而言,王小妮写作是"我"与社会、"我"与世界的互动,是自我意识将社会作为他物的反思方式。王小妮未将自我视为精神领袖,异于北岛"诗思的深邃,常以格言警句甚至训诫宣谕的面目出现"[2],无"那是自由写在大地上／殉难者圣洁的姓名"(北岛《黄昏:丁家滩——赠M和B》)等饱含政治色彩的文字;异于舒婷"以情感推进为始,哲理升华为终这一浪漫派模式"[3]的典型抒情逻辑,无"要是没有离别和重逢／要是不敢承担欢愉和悲痛／灵魂有什么意义／还叫什么人生"(舒婷《赠别》)之类对生活的指点迷津;异于顾城"进行自然的人格化和人格的自然化的双向建构工程"[4],无"花白的草多么可亲;／土地呵,我的老祖母,／我将永远在这里听你的歌谣"(顾城《就义》)之类以对自然的情感倾泻暗示风雨年代的物我共鸣;异于杨炼"激情、思辨加想象的聚会"[5],无"我相信灵魂／因为信念永无灭亡"(杨炼《灵魂的回声》)的高亢气概。"读他们的诗感觉到有'一代人正在走过'的历史进程感"[6],作为"文革"后的诗界珠贝,此类激扬文字能够更鲜明地表达受压抑后的情愫。置身于此,王小妮似乎仅点燃微弱烛光,在《我感到了阳光》后便以旁观者姿态沉稳地观望社会。王小妮不体现弄潮儿情绪流,而是体现沉寂思想者对底层的思虑,写下《早晨,一位老人》《地头,有一双鞋》《风在响》等关注工农民众的诗作。王小妮的社会敏感性写作虽然不是人参与社会建构,而是以局外人的视野见证社会,却胜似"局内人"的疼痛体认。

1984—1989年,王小妮致力于"自闭"写作,在封闭空间建造独树一帜的"我悠悠的世界"。1993年以长诗《看望朋友》复出后,"自闭"虽仍是创作特点,但在朦胧诗时期体悟的社会性重返诗作现场。

---

(1) 陈超:《个人化历史想象力的生成》,北京大学出版社,2014年版,第20页。
(2) 陈仲义:《中国朦胧诗人论》,江苏文艺出版社,1996年版,第41页。
(3) 同(1),第69页。
(4) 同(1),第105页。
(5) 同(1),第199页。
(6) 徐敬亚:《崛起的诗群——评我国诗歌的现代倾向》,《朦胧诗论争集》,姚家华编,学苑出版社,1989年版,第256页。

"个人化历史想象力"是"知识分子写作"省思社会的想象维度,也是王小妮社会敏感性的表达方式。20世纪90年代,"王小妮仍'超然'于'放逐与游离'的不归之路,正是在这真实与琐屑的生活细节中,在这日复一日、年复一年的生存磨盘里,王小妮才从平静的碾磨中磨出生存和诗性智慧的大彻大悟与诗歌精米"[1]。诗人此时从封闭家门走向广袤的世界,可借"中国腹地行"概括其生存空间变化。"中国腹地行"非准确概念,不仅指王小妮夫妇游走中国腹地——云南、贵州、广西等地,亦包括诗人海南大学的授课经历及对底层民众生活的感知。《中国腹地行》《上课记》《上课记2》等诗歌语言无法转述的文字是解读社会敏感性的辅助资料。"中国腹地行"作为新时期王小妮见证诗学的主要来源,标志出诗人对世界的理解由耳闻变成目睹,克服了诗作体验空间的狭小局限,获得了更深邃地体悟社会的机遇。"了解体验真实的民情,使我感到兴奋"[2]"行走,让人心境宽阔,增加了更多'看见'的可能"[3]。1999年,王小妮夫妇启动了"中国腹地行",此后创作出《我看见大风雪》《在雪天去山西》《在海岛上》《在重庆醉酒》《致不想和富人站在一起的大学生》《2点28分的鸣响》等优秀长诗、组诗。生活空间的扩展为诗人提供了更丰富的素材,诗歌篇幅、内容均变得厚重,在繁杂境遇里更有力地探讨了生活的可能性、现实性,揭示了存在的残缺性。

二、社会敏感性体验实践:"求真意志"的精神传释

社会敏感性是诗人介入时代的印证,是有责任感的思想保守"求真意志"的佐证。"求真意志"是诗人"个人化历史想象力"写作以海德格尔"真理"方式处理时代素材的精神归宿,"真理如何生成的另一种方式是思想家的探询,作为存在的思考,用其有价值的提问命名存

---

(1) 刘慧:《映照大风雪之镜——浅析王小妮〈我看见大风雪〉》,《现代语文(文学研究版)》2007年第6期。
(2) 王小妮:《中国腹地行》,北京十月文艺出版社,2006年版,第10页。
(3) 何平、王小妮:《"首先是自由,然后是写诗"》,《当代作家评论》2008年第5期。

在"[1]。王小妮一直遵循求真意志,以个人对社会的包容力自觉坚守良知呼告,没有时代"代言人"的精英意识与领袖气质,"求真,作为一种'意志'出现,保证了诗人与读者平等坦率的深度对话、磋商,而非自诩为真理在握而训诫读者"[2]。

(一)善意感知与痛惜悲剧

王小妮1979—1983年的诗作饱含对"善"的领悟,但因丈夫徐敬亚的《崛起的诗群》及《圭臬之死》引发文艺界批判,王小妮夫妇曾告别文坛并陷入困境。1984年,"善"变成"恶"的呼告,后者更引人注目:"自1983年起,生存的残酷渗透,使她的诗增加了人的善恶意识。1985年后,她的诗由质感的人文,进入冷漠的荒诞。1986年起,呈现神秘的冷静。"[3]总体观之,王小妮社会性写作主流情绪由"善"至"恶"转化,但实质上善痛共生方为更精准评价:对"善"的刻画中饱含痛惜之情。该思想在王小妮20世纪80年代的作品中呈现显著,作为以多重思绪写作的诗人,善痛互融写作风格绵延至今。"善"是王小妮"最初的真诚与清新"[4]的情感主导方向,但内蕴自我判断力:"在中国重建人文秩序的前夕,王小妮以天资敏感与善良,充当农业文明救赎者。她把轻柔的善意之光,倾泻在曾沐浴过的纯朴民心与自然之中。她,从来不是一个温吞吞的灵魂!即使在最早期的那些诗中,连她的善良与同情,也含着尖锐的刀刃。"[5]纠葛的互否力用多向度情感牵引出复杂维度的文学精神,王小妮对朴实乡情及底层人的理解是善与痛惜悲剧的感悟之一。

碾子沟里蹲着的石匠有石头颜色般的着装、石头形状般的身躯,但朴素和瘦骨嶙峋不是悲剧,令人悲哀的是"眼光跟石头一样呆滞"(《碾子沟里蹲着一个石匠》)以及石匠整体"一尊石像"的形象。当被顾城喻为寻找光明的眼睛变成停滞不动的石头时,祥林嫂般"间或一轮"的可悲性一览无遗。"叮当,叮当"是石匠重复劳动,也是"催我快一点离开"的因素之一。通过三次重读声音,诗人激发读者对山

---

(1) [德]海德格尔:《诗·语言·思》,彭富春译,文化艺术出版社,1991年版,第59页。
(2) 陈超:《个人化历史想象力的生成》,北京大学出版社,2014年版,第41页。
(3) 向卫国:《诗就是生活——王小妮简论》,《诗歌月刊》2006年第3期。
(4) 徐敬亚:《不原谅历史》,东方出版中心,1997年版,第249页。
(5) 同(3),第251页。

沟中的石匠西西弗斯般重复悲剧生存境遇的痛感。只有"他讲到那个石匠，/嘴角划出笑纹。/他讲到那个姑娘，/眼里闪动着慈祥"，能够撩拨石匠"心滚烫滚烫"的美好寓言，使之"一生与那个瞎话为伴"，这是被绝望遮蔽的幻梦。诗人同情石匠，于是"催我再回头一望"，望了又望充满诗人对无辜石匠的善意，亦满载痛惜与无奈。善意与悲剧在《早晨，一位老人》中化成"像棵病松"般"弓着背"的老人。"背粪筐"的老者像一幅静态画、一个艺术品，如海德格尔评述凡·高的《农鞋》："艺术品肯定是制作物，但是所表达的东西超过自身所是。"[1] 垂暮之年的老者，终身劳动只换取"病松"般弓背的身躯和贫穷的生活。老者是20世纪80年代农民群体的代表，"捣碎"了诗人的心，也表达了时代悲剧。这是诗人借刻画个体操作时代素材的表现，是个人观群体之体验。在朦胧诗潮中，工人也是王小妮善与痛惜的表达对象。《年轻的工人》中，王小妮改变写作惯性，刻画了一个充满力量的年轻工人。诗人赞扬年轻工人有较强的自尊心：他宣布"他不是工人"，在与自然和现代化机器共同"走动"的八小时工作时间内，认为自己不是"粗人"，而是"音乐家"——城市的光荣建造者。"人，除开两只脚以外，还需要一个精神支点"[2]。荒诞且噬心的是，阳光青年最终败给"像机器那样做工"导致的"疲劳"和"烦躁"以及尊严丧失的残酷现实。当他"回到两个朋友"——"音乐"和"苦闷"中时，主观情感在诗文中戛然而止，痛惜感却长久回荡。年轻工人曾积极向上地表现主体对尊严的召唤，却无法得到他者认同，这是尊严毁灭的悲剧，亦是典型的工人群体悲剧。

作为社会敏感性的体现，善与痛在王小妮诗歌中相得益彰，《农场的老人》《送甜菜的马车》《十一月里的割稻人》《乡村十首》《太阳真好》等作品均展示了此情绪。《在海岛上》中《卖木瓜的女人》言尽金钱时代的痛切感：女人"颠颠地一路捧着她的乳房"。木瓜不仅是经济来源，甚至是女人身体的一部分，生命与金钱融为一体。女人初始形象是有六只乳房的"荒诞怪物"，暴雨中"把身体缩得很紧／六

---

(1) [德]海德格尔：《诗·语言·思》（彭富春译），文化艺术出版社，1991年版，第23页。
(2) 王小妮：《家里养着蝴蝶》，新疆青少年出版社，2006年版，第123页。

只木瓜全都藏进瘦小的怀里",此时读者的心酸感油然而生。木瓜融进女人的生命,女人不惜在暴风雨中受伤也不放弃生计之源,此时金钱胜似生命,这是人异化为金钱奴隶的悲剧。城市打工者更悲惨,粉刷者像卓别林在《摩登时代》中那样机械地劳动,"终生重复做一件小事情。/在临死前的那一刻/还想让灯塔更白"(《白色灯塔》)的木讷为生存涂抹了凄凉色彩,启示人关注打工族因繁复工作造成的思想呆滞、精神麻木的"时代惨象"。

王小妮书写善意中掺杂痛惜悲感体的味贯穿创作始终,这些悲剧因无法规避的矛盾所致,诗人只有选择离开方可暂求心灵安慰。因此,善痛互融的写作方式一方面表达了诗人敏锐思考捕获的情感体验,另一方面提示了正常人充满矛盾的生存现实。但将沉痛书写成文字后,因善与痛相依相偎难以躲避,又使人倍感疼痛。

(二)反思城市现代性与批判乡村异变

自以李金发等为代表的象征主义诗歌兴起后,中国现当代诗中多数作品探索人的精神维度以"展示个体生命和通过个体生命揭示生存"[1]。王小妮在形而上的灵魂探索之外不主故常,对城乡保存敏感性。"我觉我始终对中国乡村有兴趣,我想知道农民现在的生活,这和我十四岁下乡,后来又插队一定有某种关系。"[2] 王小妮出生于长春,生活在深圳、郑州、海口等地,但七年乡村经历成为她自1979年以来持续书写的题材,成就悖论性写作经验:短暂的乡村插队生活与长期的乡村写作实践的悖论,以及批判城市现代化和乡村变异现状的悖论。"个人化历史想象力"寻求异质包容力,要求诗人通过独立思考获得历史意识和当下关怀,对生存、个体生命及文化之间真正临界点和困境语言具有深度理解和自觉建构意识;能够将诗性幻想和具体生存真实性作扭结一体的游走,处理时代生活血肉之躯上的噬心主题。[3]

王小妮关注城市细节体验,但除《北京的风沙》《雨中的北京》等少数作品直指城市名称外,她呼吁不将生活多年的城市直接入诗。涉

---

(1) 陈超:《自序》,《20世纪中国探索诗鉴赏》,河北人民出版社,1999年版,第2页。
(2) 王小妮:《王小妮答记者问》,《当代小说》2001年第1期。
(3) 陈超:《个人化历史想象力的生成》,北京大学出版社,2014年版。

猎城市写作时,人本主义思考敲打着诗人的敏感性。"对于城市,我的感觉显然迟钝,中国的城市几乎都是差不多的样子,个性化的东西正在被'现代化'所淹没。"[1]城市成为剥离原生态的破坏力量,甚至某种意义上成为称赞乡村的反面教材(王小妮并非一味颂扬乡村)。城市"现代性"体验是王小妮城市写作的主题。提及城市,王小妮描述道:"有人说,这城里 / 住了一个不工作的人""我在这城里 / 无声地做着一个诗人"(《重新做一个诗人》),"半天喘一口气的慵懒城市"(《在墟市上》)。诗人对城市的厌烦、失语可见一斑,甚至有"城市飘摇起一只死头颅"(《台风》)的恶心感。

王小妮厌倦城市的原因之一是现代性发展造成的恐惧感,"人们用双腿驾着马达走……所有的人,原因不明地 / 带着电逃窜"(《世界可怕的快》),表达了与翟永明《在古代》一样的对现代化交通设备的批判。快节奏生活带来物质的丰富,也带来情感枝节的省略与更多急需处理的事务。众多繁复的"事情到我这儿就乱了",诗人不眷顾快速生活,因为打破了"我在习惯生病以后 / 棉花般的生活"——柔软、平静、轻盈的生活。生活不因交通工具先进而快乐,却变得像"逃窜"一样紧张忙碌了。城市现代化使生存空间与环境发生了质变,人在钢筋、水泥建造下无法建构温情,于是"我是搭地铁来的 / 好像有人日夜提醒我 / 我应该在地下走 // 在世界板结的皮肤以下 / 谁也不关怀谁"(《从地下穿越国土》);"铁路就是典型的断头台"(《火车经过我的后窗》)是对现代化交通工具令人惊悚的评价;现代世界中,"双层旅游列车"被称为"没有天堂地狱上下连通的那一种"(《火车经过我的后窗》),接受服务如同在天堂与地狱的混沌中周旋。人类改造自然时,"把全部石头都一一敲碎 / 弄出一个花花世界后 / 主人一样坐在水边。// 地球仍然椭圆又起伏 / 白天疯转晚上也疯转"(《水的世界》)。柔软的水未能抵御人类借助石头造成的破坏,"水的声音在水面上消失"的悲剧却演绎在人类欢笑的场面中。"现实主义反映城市生活,其他文体可能反映不同的生活经历"[2]在诗人身上得到印证。

---

(1) 王小妮:《王小妮答记者问》,《当代小说》2001年第1期。
(2) [英]迈克·克朗:《文化地理学》,杨淑华、宋慧敏译,南京大学出版社,2003年版,第67页。

王小妮的城市诗文有意识流般令人费解的意象跳跃、远取譬，主张以最少的语言表达锋利的思想，用细节表达城市人的心境并反思与批判现代性。

徐敬亚这样评价王小妮初期乡情写作："略带狡猾的农民，曾经以清贫的表情，轻易打动了她的怜悯。"[1]十几年后，乡村嬗变成为王小妮诗歌中对社会认知情感演变的对象之一。因此，"个人化历史想象力"模式具有随历史语境变化的适应性，并非一成不变地规训诗人的情绪。21世纪为获得金钱而劳动的异化乡村成为20世纪80年代贫困乡村淳朴乡情的"离经叛道者"。乡村是"中国腹地行"的重要组成部分，"我在乡下看见了另外的东西……过去，我以为中国的农民相当尊敬爱护着徒弟，1999年到2000年我见到的中国乡村完全不同。另外，还有乡村里恶劣的人和人的关系，其乐融融的场面少了"[2]。乡村不再是20世纪80年代时留给诗人的唯美印象，悲剧也非简单地因贫穷和繁重的劳动铸成。在商品经济的潮涌下，农民工入驻城市，淳朴乡情被金钱异化，对金钱的占有欲导致乡村变异。与城市写作不同，王小妮用笔下变异的乡村感慨具体地方的农民境遇。"文化地理学从地理角度研究文化，着重研究文化怎样影响我们的日常生活空间。"[3]王小妮诗歌也因地理转向产生出关切点的拓展。从地理角度观之，21世纪后，王小妮纵横南北、穿越东西，但"文学作品不仅是简单地对地理展开深情描写，而且提供了认识世界的不同方法、揭示了一个包括地理意义、经历和知识的广泛领域"[4]。在诗歌中，王小妮非散文式地做纪实性记录，也不借助如于坚那样的口语写作叙事性，而用"红土""龙脊梁""广西"等地理特征和名称为媒介，深入劳动者生活，将社会批判性公布于世。

农民曾是《地头，有一双鞋》中可爱、健康的形象，如今则是"他望月亮的眼神／现在正直直望着外乡游客的钱袋"之类被商品化了的

---

(1) 徐敬亚：《不原谅历史》，东方出版中心，1997年版，第259页。
(2) 王小妮：《王小妮答记者问》，《当代小说》2001年第1期。
(3) [英]迈克·克朗：《内容简介》，《文化地理学》（杨淑华、宋慧敏译），南京大学出版社，2003年版，第1页。
(4) [英]迈克·克朗：《文化地理学》，杨淑华、宋慧敏译，南京大学出版社，2003年版，第72页。

守财奴。更有甚者，果农将赚钱用的苹果树视作"在这人间最有钱的亲戚"（《为什么要剪那些苹果树》）。农民无广博的人文认知，赚钱工具便是亲人。金钱是评价人际关系的标准，能为之谋利之物就是亲人。"男人站在半天上／他说树死了他也不活了"（《为什么要剪那些苹果树》），金钱的地位甚至高于生命。在《背煤的人》中，农民工做着最危险的工作却将安危与疲惫搁置一旁，只顾用已混浊的眼睛向钱看，心灵也混浊了。"四张百元纸钞"就可以使人放弃一切注意力和思索——"对于背煤的人／我和我的世界是不存在。／除非我是钞票"。当生命成为金钱附属品时，一向主张以静默方式观察世界的王小妮也不自觉地发出呐喊："这时候，观察就是残忍。／我已经不常感觉饿，不常感觉冷，不常感觉黑／不能再做个不知悲悯的人。"（《背煤的人》）

"我们必须很谨慎地假设文学可以让我们直接感受到某一地方的风土人情"[1]，这句话不仅适用于王小妮的诗歌写作，同样适用于冯骥才的"津味儿"市井风俗、王安忆的上海弄堂、阎连科的耙耧山脉、福克纳的约克纳帕塔法、巴尔扎克的巴黎外省等地理性小说写作。用科学性印证文学作品的真实性并不明智，在对异变乡村的思索中，应关注诗人因历史语境变化而对乡村态度的转变，以此体认诗人的忧患意识和富有弹性的社会敏感性。

（三）入世情思与去意识形态化

王小妮曾说："我想保全我自己，我注定是无法和体制正常相处的人。"[2] 因受到徐敬亚影响，王小妮在20世纪80年代中后期曾封闭自我；1993年，再次开始居家的写作生活。虽然其间曾在海南大学任教，但最终回归了专属空间。由于生活在体制外，王小妮对不可公度事物的社会敏感性体现在静观体制的客观审视姿态上。"好诗必敢于、善于轻灵地揭示人的心理状态：人与人之间的关系、社会现实。"[3] 王小妮探询自我意义的欲望比关注社会境遇的欲望更强烈，但启动"中国腹地行"后，社会体会愈加深刻：强烈的生命意识回归了现代经验，诗

---

(1) [英]迈克·克朗：《文化地理学》，杨淑华、宋慧敏译，南京大学出版社，2003年版，第59页。
(2) 钟刚、王小妮：《我注定和体制无法相处》，《南都周刊》2012年3月29日第11期。
(3) 王小妮：《我的纸里包着我的火》，春风文艺出版社，1997年版，第222页。

人冷静、克制地描述体制内的生活方式和生活实况，实践了"在贫乏的时代里做诗人意味着，去注视、去吟唱远逝诸神的踪迹"[1]。"我期待着无法预知。这完全是一句老老实实的话。我给外人看起来像个平稳的人，实际上非常讨厌四平八稳的生活。"[2]王小妮以静默的外表和个体经验通往世界，发挥"个人化历史想象力""在所谓'个人话语'和'公共话语'间找到平衡，使诗作同时饱含具体历史语境和个体经验张力，构筑宽大而又具体真切的视野"[3]。

商品经济时代，王小妮像努力谋求利益的人一样对金钱怀有敏识性，却是从旁观者的角度冷静地观看而非积极参与。诗人看见被金钱异化的背煤人，看见割稻人"含金量"最低的脸，看见琐碎人间有"没有交费，没有买票，没有上税，没遇见冷眼的守门人"（《早上》），也目睹"银子已经贬值／就像盐已经贬值／我站在金钱时代的背面／看着这无声的戏怎么／收场"（《月光之三》）。黄昏本是自然馈赠人类的美景，但在崇尚金子的时代，黄昏因呈金色而丧失本意："这是一个完整的消费周期，金子每天放风，每天溜出金库一次……风暴中倒掉的树，恐龙一样翻着绿色的鳞片／黄昏全把它们打扮成了摇钱树，这几天，钱比什么都流行，人被金子抱住了，这黑暗前的假象，玻璃是同谋，变形的哈哈镜。"（《黄昏》）

王小妮的入世姿态还表现在对人类破坏生态的忧患意识上。2010年，诗人看到早上"有霾也有光。／万物都快速归位／我对我说，这还是那个人间吗"（《早上》）。同时，人类暴殄天物而毁坏了生物链，"心已经坏掉了，只剩胃肠了"（《吃蜂房》）；自然以禽流感等"回馈"人类行为，因此"天最后把大恶降下来，只降给了几个胃口好的"（《不好了》）。人破坏植被导致沙尘暴，"贪婪也要经常坐下来盘点"（《北京的风沙》），因为"风过去，钱财也过去"。人类以牺牲自然为代价换取利益，最终又以金钱乃至生命为筹码归回自然。生态环境对人类的报复，也是人类在为自省缺失的贪婪买单。

---

(1) [德]海德格尔：《诗·语言·思》，彭富春译，文化艺术出版社，1991年版，第30页。
(2) 王小妮：《王小妮答记者问》，《当代小说》2001年第1期。
(3) 陈超：《新世纪诗坛印象：诗歌精神与当代言说》，《当代作家评论》2012年第2期。

"缺乏诗歌反力,现实就缺乏一种纠正力量。"[1] 王小妮通过诉求安静、敏悟喧嚣的社会敏感性写作,贡献给文学界真实且具有先见性的诗歌,但作品社会批判力不似阎连科的《风雅颂》《炸裂志》等高亢,仅以旁观者的目光审视世界,客观显示生活本真,并适可而止地将评判的权力留给读者,体现"个人化历史想象力"应是有组织力的思想与持久生存经验深刻融合的产物,是意向度集中而锐利的想象力,既深入当代又具有开阔的历史感,既捍卫诗歌本体依据又恰当发展实验写作的可能性。此类诗具有巨大的整合能力,不仅纯粹且自足,同时将历史和时代生存重大命题最大限度诗化。[2] "诗歌在语言中产生,因语言保存了诗意原初本性"[3],话语是诗句基本的表达方式。诗歌史上郭沫若、徐志摩等人均形成了独特的话语风格,王小妮却非如此,话语追随着情感表达的需要。如此随性为形成多维度写作提供了条件,也为诗歌表意方式多样性做出了贡献,同时使之难以归属某个具体流派。

在以往的当代诗歌中,社会敏感性依附于考量意识形态。劳动者在意识形态话语中常是激情洋溢的形象:"我们用可以流淌成河的汗水,／赛过坚钢硬铁般的毅力,／为祖国写下了第一部／辉煌的石油工业的历史"(李季《玉门颂》),拥有钢铁般臂膀的石油工人是光辉时代的创造者;"小伙子夏天在果园度过,／一边劳动一边把姑娘盯着"(闻捷《苹果树下》),健康的爱情与劳动联结为人称道。王小妮则选择以日常叙事表征社会敏感性并消解意识形态,即"日常性的直觉还原"[4]。

去意识形态化非王小妮的话语特质,"拒绝隐喻"的第三代诗人走得更远。王小妮游走在象征性词语与失象征话语方式之间,将革命话语权去蔽,从"大词"中寻求社会批判效应,反映当下社会价值观和道德取向。同时不放逐诗意,保守了读者对诗歌陌生化的阅读诉求和神秘接受心理。

---

(1) 梁小静:《一半永远地在向另一半走去,或迎面或相悖——王小妮诗歌简论》,《星星·诗歌理论》2013年第8期。
(2) 陈超:《个人化历史想象力的生成》,北京大学出版社,2014年版,第19页。
(3) [德]海德格尔:《诗·语言·思》(彭富春译),文化艺术出版社,1991年版,第69页。
(4) 罗振亚:《飞翔在"日常生活"和"自己的心情"之间——论王小妮的个人化诗歌创作》,《当代作家评论》2009年第2期。

三、余论

在北岛、杨炼、舒婷等以收工姿态出版诗集、总集并成就朦胧诗经典地位时,王小妮以娓娓而谈的劲道平稳地行进在诗坛上——在诗歌内容上以对社会、生活的敏识力,尊重心志地吟述心灵、歌吟社会,以诗文揭露本真感知,以文学光辉表达对社会的感恩和挑剔。王小妮"只为自己的心情去做一个诗人"[1],其社会性写作同样如此。诗人对人间善恶融为一体的认知,对生存环境多重变化的感受,对去意识形态的感受力等,将多向度复杂的人性以诗歌精神为媒介展露出来,体现了"先锋诗在时代生存双重压力下,不屈地重新焕发历史命名能力和艺术创造活力"[2]的"个人化历史想象力"。从社会性视域观照王小妮的诗歌意蕴,揭示其创作追求和诗文实践,彰显知识分子的敏识力对民众的客观性关怀,探求诗人敏感的心灵内容并还原其多维度,是探究王小妮诗歌社会敏感性的意旨。本文专注于王小妮诗歌社会敏感性的中国经验写作,未涉及欧洲行体味,由于行文需要,刻意规避了组诗《穿越别人的宫殿》等作品,有待后续研究。同时,"个人化历史想象力"视野下的社会敏感性写作仍是现当代诗歌写作的趋势,具有普遍性诗学价值。王小妮是该趋势的前卫实践者之一,具有超前意识。在此基础上,如何将此写作方式作为诗歌思潮问题展开讨论具有一定的现实意义。■

---

(1) 王小妮:《手执一枝黄花》,东方出版中心,1997年版,第291页。
(2) 陈超:《个人化历史想象力的生成》,北京大学出版社,2014年版,第18页。

我们不能活反了　王小妮研究集

第二辑

光与影

我们不能活反了　王小妮研究集

王小妮是典型的内倾直觉型诗人。关于诗,她说过这样一段话:"我想我自己的诗应该走这样的路:一个是语言返回自然,用大量的口语入诗;还有一个是追求意象的直觉感,也就是可见性;另外就是结构上的,反对矫揉造作,寻求意识的近于原始性的流露,最后就是加强诗的内在容量,加强诗的凝固性、浓缩性……"(《诗探索》1980年第1期《请听听我们的声音》)这段夫子自道,是我们进入王小妮诗歌便捷的门径。

这是一首纯粹的未经理性加工的感觉诗。诗人将生活中常常遇到的场景重重嵌在文字中,这美丽的"十秒钟"便对我们造成了陌生感。伴随这陌生感到来的,还有"发现"的惊喜。哦,生活是这么生动,我们放过了多少美丽的"十秒钟"啊!直觉主义心理学美学大师柏格森认为,人的直觉具有强大的穿透力和洞察力,它使我们能置身于对象的内部,迅速与对象中那个独一无二、不可言传的东西相契合。这种直觉能够透入实在和生命之中,体验到最深刻的现实。抛掉柏格森论证中的某些玄秘主义成分,我们不难发现他几乎是道出了一个现代艺术的真理——在相当普遍的情况下的真理。

《我感到了阳光》正是仰仗了直觉使全篇情趣盎然,"我从长长的走廊/走下去……"这一节是铺垫是反衬,"长长的"与后面的省略号告诉我们,诗人在昏昧中走了许久。"——啊,迎面是刺眼的窗子/

"十秒钟"
——读《我感到了阳光》※ 　　　　　　　　　　　　　　　　　陈超

※ 摘自陈超:《中国探索诗鉴赏辞典》,河北人民出版社,1989年版,第280—281页。标题为编者所加。

两边是反光的墙壁／阳光，我／我和阳光站在一起！"诗人突然走到了阳光喷射的地带，雪亮的窗子和墙壁开始刺激她。

　　下面的感觉是在瞬间完成的，是猝乎而至的。"暖得人凝注了脚步／亮得人憋住了呼吸／全宇宙的阳光都在这里聚集"，这一瞬间诗人的感觉里只有阳光，阳光……这不是强调，而是直觉的真实。常人是都有过类似体验的，不过轻易地将它放过了。"——我不知道还有什么存在／只有我，靠着阳光／站了十秒钟／十秒，有时会长于一个世纪的四分之一"，这里对阳光的感受融进了对生命的感受，"体验到了最深刻的现实"。这一瞬的感受具有强大的穿透力，使诗人顿悟了光明的力量，永恒的力量。而这并不是联想和推论，只能是忽然到来的暗示。诗人丰富的直觉感受将这"十秒钟"永远留在记忆中了，她终于"冲下楼梯，推开门／奔走在春天的阳光里"，这是直觉的力量掀动了她生命的绿涛，带着这直觉，她去奋斗和开拓。

　　这首直觉型的诗来得自然、纯真，它不像某些诗那样神经质地折磨自己，力求折磨出奇特的"直觉"来。那种直觉是虚假的，哗众取宠的。真正的"直觉"就应该是诗人生命中可遇不可求的"十秒钟"：不可重复的一次性的高峰体验！■

我们不能活反了

王小妮研究集

1988年1月至8月，王小妮写出了她十分重要的一部诗集《我悠悠的世界》（油印）。这部由四十多首诗组成的庞大组诗，是她最终由朦胧诗人升华为纯粹的现代诗人的标志。她创造了只属于她自己的、另一个完整的世界。

一、王小妮自画像

在王小妮编织的诗歌世界里，她以两类形象面向自我，面向人们。

（一）旁观者

"可能这个世界／只是安排我来注视的。"

最初，这种尴尬的身份或许并不是王小妮自愿选择的，而是外面那个冷漠的、缺少人道主义的世界胁迫出来的。随着外面那个虚无世界的日益物化，王小妮仿佛也甘心如此地位，并自以为傲了。

（二）自乱者

"没人知道／我坐我站／都是一样乱／我是一个自乱者。"

当王小妮长期沉溺于自我有限的生存空间和无限的心灵空间时，她几近于一个会思考的躯壳：

"让我安详盘坐于世／独自经历一些细微的乱的时候。"

王小妮诗歌世界解析
——评王小妮诗集《我悠悠的世界》※ 　　　　　　　　　　朱凌波

※ 原载《诗潮》1990年第2期。

二、王小妮的三个主观世界

"有一团幻觉／穿透四壁／正飘荡向我／走来了我悠悠的世界。"

在王小妮主观自制的世界中，一切相对的标准，如真与假、痛苦与快乐、黑暗与光明、抽象与具象、人与物等都迷失了，变成了一片混沌的透明……因此，用正常的思维方式去感觉她的世界，只能是徒劳而可笑的。她的诗歌世界有不可译性，但我还是不自量力地试图为她的诗歌世界总结出三大特征：唯心、超现实、受动。

（一）唯心的世界

1. 狂想性

"诗意全部苍老／中国字已经长胡子。／写诗的人脚指头也有胡子。"

常人的幻想已无法使王小妮的幻象世界得到扩张，她的精神已被狂想膨胀，并产生了奇特的诗化效果。

2. 妄想性

"我要到榕树尖上睡／我要到电话线里睡／我能创造出我自由的方式／离开不能喘息的软床。"

这种妄想既是对日常生活的厌倦，也是逃避。

3. 回忆性

"我看见我病得太重／全因为喜欢上／从浪漫时节飘来的／一只降落伞。"

这首诗可以看出王小妮由一个抒情诗人（朦胧诗阶段）质变为一个现代诗人的心理历程。正是对现代城市文明的反抗和突围，使她的浪漫主义流失殆尽。应该说恰恰是那种异化人性的力量，压迫出了一个现代诗人王小妮。

（二）超现实的世界

1. 冥想性

"表已经停摆／那是我！／是我拍打夜的重门。／我生不出翅膀来了。／现在，故事中断／天壁挂满闷钟。"

这极像超现实主义画家达利的一幅画，静谧、怪诞、魔幻。

2. 臆想性

"露在外面／很危险。／我是一个被迫的反光者。／／白天。在城市闪光的木鞋上。／我成为众目睽睽的脚趾。／脚趾在心里盼望／那种朦胧如漆的日子。"

王小妮像一位久居幽室的禅者,又像一个被迫害狂,恐惧外面世界的光(阳光和目光)。只渴望置身于黑暗里,受自我的精神之光沐浴,方才安宁。

3. 梦幻性

"梦举着一张黑手。／四面敲响了低音鼓。／世界见到我走来。／它的翅膀开始喧哗浮沉。"

在王小妮的主观幻象世界里,梦是她的重要领域,真实得阴冷,真实到恐怖。

(三)受动的世界

1. 关于自然

"我和我的头发／鼓舞起来。／世界被我的节奏吹拂。／一走路／阳光就凑来照耀／我身上顿然生长出温暖。"

在王小妮的世界里,真实是一种主观真实,一切都以她的感觉为轴。王小妮的生命被动,是一种人与世界对等的被动。这种以静待动的全面接受,恰恰是一种真的被动。诗人的伟大不在于她是否直接改变世界,而在于她以幻想和梦诗化世界。使人变得更接近自然,使自然更具人格。

2. 关于生命

"通过屏幕／球员们注意到他。／球星们挤坐一只球／与他对视／运动场上从来没有这样／崇高寂静。／废钟忽然滚动。／／运动和不运动／都是严酷的问题。"

这是对社会表象和生命本质双重穿透后,通过一种幻化手法来暗示在时间的永恒审视下,生命存在和生命运动的悲剧。

三、王小妮的自恋情结

"从今以后／崇高的容器都空着。／比如我。／比如我荡来荡去的后一半生命。"

王小妮的自恋情结充满了清高的空虚。既有智者的超然，又有守望者的执着。心净是精神的最高境界，也是现实中最无力的生存方式。在王小妮的自恋情结中，她只专注于内心，专注于内心的宇宙。因此，王小妮独特的艺术世界是很难进入的。像一个美丽的魔瓶，散发着无形的引力……

1. 自闭

"我们创造／我们的房子。／乐悠悠地无窗无门。"

2. 自慰

"上了路／我就觉得我还算伟大。／／我现在／恰恰被我自己所动。"

3. 自信

"能制作的人／才是真正了不起／／我是我狭隘房间的固执制作者。"

这是创造力的自信。诗已成为诗人不能脱离的手杖，诗已成为诗人的最后避难所。

4. 自负

"这世界能有我活着／该多么幸运。"

5. 自大

"睡醒了午觉／我发现／在这个挺大的国家里／我写诗写得最好。"

6. 自贞

"太阳永远在尘土下面。／而我将苦难绵延／直到男人足以自立的年代。"

王小妮的自恋情结既有性别角色的分配，也有传统文化的承担，更是东方女性和母性双重牺牲精神的结合。

7. 自虐

"我要携带许多伤口／优美地上街。"

8. 自逐

"你捏得我手痛。……／杰出的一帮人／围着一只大蜻蜓／嗡嗡嗡嗡。／他们说漂洋过海实在痛快。／在黑处收回我的手。／杰出何必走到那么远／／告别有无穷的方式。／我要厮守／从小就艰难学习的这些字。／她的蓝光日夜都在。"

　　王小妮的自恋情结，表现为一种对人类终极价值的关注和优秀精神的超越性。脚下的土地、身上的肤色，使她别无选择。艺术品是无国界的，艺术家却是有国界的。汉文字已成为她生命的扩展触角和替代形式，这种文字充满了文化之根的纠缠和血液的芬芳。王小妮对汉文字的依恋，不仅有对陌生国度、陌生语言的恐惧，更带有艺术家的偏执情绪。"山不在高，有仙则灵。"他人流浪他乡，她在自己的家园里流浪，在自己的灵魂中流浪……

　　9. 自歌

　　"我不会在四十岁倒毙。／我向我自己欢呼。"

　　王小妮的自恋情结表现为对生命悲剧的主观升华，带有绝望的神经质。

　　10. 自圆

　　"是我的海永远不测／颠簸到哪里／都伸给你能唱歌的手。"

　　王小妮的自恋情结包括生命中生与死两部分。歌唱生命也歌唱死亡。死亡像大海一样神秘、永恒、邈远，在蔚蓝的中心向人类伸出诱惑的不可抗拒之手……

　　11. 自寂

　　"不要给我形容外面／东方帝王／不必看世界／／你让你的皇帝安息吧。"

四、无所不在的"你"——世界

　　王小妮近期（注：指1988年）作品中的"你"，几乎无所不在，成了无法摆脱的"影子"。这个"你"，也许最初只指某一个具体的人，但后来，已经泛化为世界的象征，并成为王小妮特殊的语言方式。

　　1. 又近又远之间

　　"能在晦暗的早晨／为你明媚／可是我走不进你的梦里。"

　　王小妮与这个"你"的关系，亲近得遥远，熟悉得陌生。孤独是一种状态也是一种权利。人渴望理解，但最终发现人与人根本无法达到彻底的沟通。

2. 说与不说之间

"不要走过去。／不要走近讲坛。／不要把你所想的告诉别人。／语言什么也不能表达。／其实没人想听你的话。"

面对这个世界，语言是最苍白无力的。说出来的永远没有不说出来的多，说出来的已经与心里想的不一样。语言是最尴尬和最窘迫的，没人想听或只是装出来听的样子。面对这个世界最好的方式也许就是沉默。

3. 变与不变之间

"你我各自坐着一只石凳。／海多宽多阔。／凳子们的对话永无改变。"

个人都是孤立的，谁也不能替代谁，人与人永远存在着距离。

五、王小妮的超感觉

王小妮的诗歌，由于专注于主观幻象的自造世界，形成奇妙的女性感觉方式，已经超出常人的界限，达到了澄明、辉煌、响亮、芬芳的境界，为中国现代诗盛开了一枝绝美的"带雨梨花"，增强了现代诗的张力和透明度。

1. 声感

王小妮的声感响亮、悠扬，充满了物我对话、物我张力。一切无声的物体在王小妮的超感觉世界里都能发出响音，使物质世界洋溢着生命力：

"你不能／这样削响梨子。""看人强有力地踏响麦田。"

2. 光感

王小妮的光感灿烂、辉煌，在她的超感觉世界里，人和物质都成了发光体，世界在光辉中上升：

"灿烂地撞到我身上。四壁的霉斑／为我的坐势悠悠闪亮。"

3. 色感

一切物体（人和世界）经过了王小妮的超感觉穿透后，都渗出透明而新鲜的原色：

"我看见宇宙因此／一节一节／变成真的蔚蓝。""我的脚步／孔雀一样幽蓝地雀跃。"

4. 味感

在王小妮的超感觉世界里，一切芳香起来：

"我的床是太阳味了。""世界顿然跟一棵小米兰那样／匀称芳香。"

5. 象感

在王小妮感觉奇特的世界里，物质的形象已非表象，而是本质类的一种幻象，即主观意象的投影：

"世界是些裸露的白牙齿。""你选择的圆眼镜／使苦难也圆润含混。"

6. 鸟感

在王小妮的超越感觉的世界里，鸟象已成为王小妮自身的拟本体象征，鸟语已成为她的拟本体语言。她的生命与鸟的生命本质上类同：

"鸟满身自由。""鸟说看见了／鸟的方式／从来都是乱语纷纷。"

7. 疼感

在王小妮的感觉中，疼痛是生命最清醒的时刻，是精神最悟性的方式：

"疼痛也是生命""创伤在早晨走来。／红翅膀扇动墙壁。／伤口明亮／我眼前出现一只拱门"……

那由明亮伤口为起点的拱门，充满了血色与象牙合成的光泽。从那扇门中，悠悠地走出了一位独一无二的、完全蜕变了的朦胧诗人。

1989年3月　于黑龙江■

我们不能活反了

王小妮研究集

作为诗人，我倾向于王小妮是接近于布罗茨基在评价安娜·阿赫玛托娃时所说的那种纯粹"发生出来"的诗人，既无家族谱系又无显见的"发展过程"的诗人。布罗茨基说："这类诗人是带着已定型的语言和他独有的敏感出现在这个世界上的。"因此，当王小妮从20世纪80年代初期开始她的诗歌写作，虽然，这些诗歌后来被徐敬亚苛刻地认为"如果王小妮停在80年代初——她甚至还不是诗人，不够诗人"，但徐敬亚也不得不承认其中"含有更多的，本体意义上的真诚。这一点，对今天的王小妮也仍然重要"。因为，王小妮未来写作的诸种可能性，特别是对事物和世界本性的迷恋、逼视与抵近，所谓的"让我看清物质"的写作追问在此已经具备。当我们读着王小妮20世纪90年代写下的这些诗句："阳光走在家以外／家里只有我／一个心气平坦的闲人／一日三餐／理着温顺的菜心／我的手／漂浮在半透明的白瓷盆里／在我想向很远的时候／白色的米／被煮成了白色的饭。"（《被白纸包裹的人》）当我们把这样的诗句和她80年代写下的"一连九年／没遇上大灾／粮食没减，也没增／村里人和往常一样生活／不过，他们／是怎样过来的"（《有这样一个小村》）放置在一起，就会发现王小妮那与生俱来的敏感、安静与微弱贯穿于她的整个写作，这在20世纪八九年代的汉语诗歌中是异乎寻常的，这种写作有些像维·希姆博尔斯卡所描述的："现在是诗人关起门来待在自己家的时候了，他

世界的创建和坚守
——王小妮写作描述 ※

何平

※ 原载《当代文坛》1992年第2期。

应当去掉身上所有的打扮，去掉那些美丽的姿态，也不必采用什么诗的道具，一个人静悄悄地等候着自己的发挥，等候着那一张没有写字的纸，这才是最重要的。"现在我们是否可以说置身20世纪八九十年代汉语诗歌写作的特殊语境，王小妮坚守的是一种边缘的、朴素的写作，去除世界的遮蔽，去除心灵的遮蔽，人和世界的相遇与对话、谛听与倾诉是基于一种平等、本真的境地。而时至今日，我们对这种朴素的写作的认识应该是相当肤浅的。因为，毕竟它只代表着我们时代少数人的写作。

我们习惯于按代来划分文学史上的作家，严格地说，王小妮是朦胧诗一代的诗人，其写作背景语境是20世纪汉语诗歌写作最为喧嚣、驳杂的阶段，朦胧诗以降，女性诗歌，新诗潮，直至当下的知识分子写作，而这一切应该都和王小妮的诗歌写作有割不断的联系，但当朦胧诗人以峻急的姿态批判和控诉时，王小妮却沉入时代、事物的核心，去聆听并还原、去接近并彰显喧闹中的平静，这时的王小妮"闭上眼睛／用想象去问候／推开我们蓝色的木板门。一个善良的好人的问候能够穿透一切星夜，／使石头和道路都熠熠发光"（《问候》）。因此，某种程度上，诗人歌唱的世界是省略与偏颇的，想象与虚拟的，甚至凌越现实世界之上。但即便如此，我以为像《有这样一个小村》，放在当下，在同类题材中依然有其超前性。庄稼人视点的引进，不仅使知青题材单一的视点被突破，更重要的是诗人试图敞亮一种动荡中的恒常，而这种恒常往往是世界事物得以存在的最为朴素、根性的东西。还有《我感到阳光》《风在响》，等等。

需要进一步指出的是，批评界在考察新时期诗歌时，不仅要观察朦胧诗，还应考虑女性诗歌写作。对王小妮的漠视显然暴露出我们批评的局限，相信许多人重读王小妮的诗歌都会产生类似翟永明的感觉，"还有一位'朦胧诗'时期的诗人，在我看来，眼前就已超过她同一时期的其他诗人——王小妮，她近期的写作令人惊讶不已"。何止是近期，20世纪80年代中期在女性诗歌最为躁动之际，王小妮就平静地说："我们头上，那个巨大的谜团，我不作为女人或者别的什么身份感受到它，我只是坐在桌子前面的人。"就在这个时期她写下了《不要帮我，让我自己乱》《半个我正在疼痛》《亮夜》这些让人产生一种阅读的疼痛的诗歌,疼痛来源于涉世之深,和世界摩擦与对立之后的失重与迷乱,一方面,想象的、虚拟的世界被现实打碎,世界不再是省略与偏颇的,它是如此的悖谬与乖张;另一方面,未来以不预知的形态在远方发出诱惑的声音。因此要抵近世界、事物的根性就必须穿越迷津和障碍,就必须忍耐,承认世界与事物的悖谬与乖张,在忍耐中坚持自己的判断与承诺。而我们知道女性写作同样注定要对女性走进身体的失重与迷乱(对于女性写作,因为走进身体而导致的失重与迷乱,可参阅同期伊蕾、唐亚平、翟永明的写作)做出承诺与回答,艾云就曾提出这种质疑。事实上,从20世纪80年代中期开始,王小妮就以她的写作实践回答了这一问题,对王小妮来说,失重与迷乱是片刻的,她很快就以内心的丰富来坚守住自己对世界本质进行披揭的写作追问。

我曾经尝试以高歌和低语两种写作姿态描述20世纪汉语诗歌的写作,指出低语的姿态在20世纪汉语诗歌写作由80年代之前的遮蔽状态进入90年代的浮出水面。而相对于20世纪80年代高歌的姿态,王小妮的低语无疑被遮蔽着,她只能居于边缘去倾听与言说,而这一切有可能使王小妮能够以异于他人的姿态传达出我们的时代、我们的处境的声音。可以这样说,十年的诗歌写作,王小妮已经创建了自己的世界,在这样的世界中事物向存在敞开并被揭明了。

一方面,王小妮的诗歌写作超过她同时期的其他诗人;另一方面,"今天,有什么东西跌落得像诗这么快!"(《重新做一个诗人》)所以说,王小妮不仅要作为一个异体对抗自身以外的各种法则,比如深圳,王小妮说:"深圳,像一个魅力过人的精灵,裙角和袖管都缀满了光彩。"(《愉快的降临》)"我身处的这个城市,原来是这样追逐时尚,投靠潮流,没了这些,它将倒提着行囊,空空如也吗?"(《看完了球》)"一个在太阳的火焰下,正惶惶行进着的深圳人有什么声音使他突然间驻足,屏息,静听。有什么动力能使他向另外的方向折返,放弃原有的目标?在公元1994年,唯有股市行情。"(《股票升了》)这是一座躁动、欲望、物化的城市,一座真正现代意义的都市。侧身其间的人们"不再愿意细说自己的内心,更不想为他人去悉耳静听"(《倾听与诉说》),人与人之间隔绝、冷漠。此时此际,"想被全城人都翘首看见的东西,只有定时通知、定点燃放的焰火"(《重新做一个诗人》)。没有无法预知,没有了出人意料的震惊,甚至没有往事与怀想。世界被遮蔽着,"平静远离了/像无主的桅杆伤心而去。/我被困在乱海/狼烟,我该向谁求救?"(《世界可怕的快》)与此同时,我们惊异地发现王小妮反而没了20世纪80年代中期的迷乱,显得心气平坦,诗人坚定地说:"我贯穿城市要看清这一切。"值得一提的,就在这时,诗人还要以相同的力量对抗来自诗歌内部的压迫,而这一切对于王小妮而言却是一个契机,诗歌在世俗世界跌落,"在诗换不到一抹银子粉末的时候,它还不能自由吗"?也正是在这样的时候王小妮决定重新做一个诗人,"我在亮穿透的地方/预知了四周/最微小的风吹草动/那是没人描述过的世界/我正在那里/无声地做一个诗人"(《工作》)。极富意味的是王小妮同时开始了一般人眼里世俗化的散文、随笔写作。

诗和散文的转换与选择是许多东西方写作者,特别是诗人经常遭遇并且思索的问题,既然我们选择作为诗人的王小妮的散文、随笔写作的视点进入我们的观照、审察,那么显然这也是无法绕开的问题。在这儿我们是否可以稍稍偏离我们的话题,梳理一下东西方诗人对这一问题的思索。说实话,相当长的时间里,许多中国诗人和批评家倾向于认为诗和散文的转换和选择,源于诗情枯竭或者是作家对于世俗生活的不同态度。换句话说,这几乎是承认诗和散文作为对峙的两种文体样式有其独有、不兼容的创作机制,特别是前一种观点一定程度上降低了散文在文体模式对峙中的品格。而另有一些人,尤其是当下诗和散文写作"两栖"的年轻诗人们,像钟鸣、陈东东、庞培、张锐锋等,则倾向于以为"只有诗人才会通过其散文写作重新发明散文,并把这种被重新发明的散文赋予诗歌"(陈东东)。其立论几乎因袭了布罗茨基在《诗人与散文》中关于散文与诗歌地位的观念,布罗茨基认为"诗歌的地位高于散文",从原则上说,诗人的地位也优于散文作家。

西方文学史对于这一问题的思考同样由来已久,惠特曼、瓦莱里、帕斯捷尔纳克、帕斯、博尔赫斯、布罗茨基等人均从不同角度给出不同的回答。值得注意的是,以下的说法为我们审视王小妮对于诗和散文写作的转换与选择,提供了借镜与启迪,布罗茨基说:"如果这里不是茨维塔耶娃,那么,一个诗人的转向散文,就可以被视为一种文学上的 Nostalgie de la Boue(对卑俗的眷念),一种与写作的群体融为一体,最终与众人相同的愿望。但是,我们这里谈论的是一位从一开始起就明白该往何处走或者将被语音领向何处的诗人……散文绝不是茨维塔耶娃的避难所,不是一种解脱——心理上的或风格上的解脱——方式。对于她来说,散文是对孤立的环境,亦即语言的可能性明显的拓展。"类似的表述体现在王小妮这儿是"我绝不写风花雪月,散文必须有真切,实沉之核"。"诗像细网,在很多年中,阻碍了我心中一些坚硬、粗粝的东西,诗没让他们通过。今天,我解放他们。"所以,由诗转向散文,对王小妮来说,同样是一次诗从传统家园的出走,因此,"它带来的解放是本质的。原来,你只是杯子中一些将要发霉的水。突然,杯子碎了。你散落在地上。崩裂、流淌、四溢,天下的路都敞开给你。身心为水者,一定重新体会了自己自由流畅的生命"(《我期待着无法预知》)。因此,王小妮的诗和散文恰恰构成一种文体意义上的互文和衍生,获得解放的不仅是散文,同样是诗自身。"写第一行诗的那人与接着写的这个人不断地进行对话",诗人是多侧面的,多层次的,是诗的,同样是散文的。"哪怕只写五行字,也依旧保持自我的多样性,保持我与其他的我之间的对话。取消多样性就是自相摧残。"(帕斯)

  回到前面的问题,20 世纪 90 年代重新做一个诗人,其对抗性可以预想,作为对自己创建的世界的坚守,王小妮提出"知识分子"的概念,应该说,同样的概念,王小妮意义的知识分子更多不是西方从葛兰西到韦伯、福柯等的技术性分辨,更多是实践行动意义上的。因此,我们论及于此,也减省许多概念的缠绕与梳理,而直陈其事。王小妮认为"知识分子"界定的标准在于"对外在世界保持一种理想主义和形而上的心态。同时,行为纯正并以此标准活着,自省自悟"。从这里出发王小妮开始省察自身和人类的不完美,甚至有罪,从而回到自身,强调"人是单独行动和思索的动物",因而"守护自己的内心,以自己的力量完美它,以自己的种子覆盖自己的土地,用自己的手擦亮自己的玻璃房子"(《玻璃的房子》),事实上,这也是王小妮散文中反复追问，同样也是其写作中可以阐释的部分。而正因为"我让我的意义／只发生在四壁的静想之中"（《工作》），这种省察和强调才是真正有效的。我们以为如此的认同、宽宥自身的渺小性与真实性，王小妮剥离了启蒙运动以来知识分子过于膨胀或扩大了的社会角色，在回到事物本性的同时，认识自己，回到自身，最终完成一个写作者对自己世界的创建和坚守，而这恰恰是我们前面倾向于以为王小妮的写作是一种朴素、本色的写作的原因。看来，这样的写作，不仅需要在去蔽去遮中返璞归真，更需要在事物、世界本真的悖谬与乖张面前忍耐、坚持并做出判断、承诺与担当，这是否是一种真正意义上的"个人化"写作？■

我们不能活反了

王小妮研究集

这是一个流行开放与突破的时代,在经济、贸易、外交上是如此,在人类与自然的关系和边界上是如此(我们已经突破了地球。1949年我们在政治上突破了长江,最近我们从自然状态上彻底突破了长江,相比于一个将要建起的水电站,长江将从历史上的天堑退居次要的地位)。在文学上也是如此,文学的"突破美学"流行于几乎所有作家的写作。有人说,中国当代的文学试验在十多年内走完了西方百年的历史,也许是吧,突破的结果。

革命、开放、突破、不破不立、破旧立新乃是过去一百年的中国主题,从刀架在脖子上的革命和破旧立新到美学讲师对着作家班的研究生说,"你这篇东西没有什么新的突破",我发现革命的纲领已经演变成美学教程上温文尔雅的陈腐教条。美学上的先锋派今日寂寞得很,在二十年前,读者的知解力或许还跟得上卡夫卡式的幽默,但在今日,他们确实是不好意思承认关于德里达的美学语录的引用只令他们感到自己是白痴。

我们已经突破得够多的了,"是否可以把自己的园地整理好?"(艾略特)文学就是为了不断地突破吗?没有突破的文学就意味着作家的危机吗?文学要突破到哪里去?某某形式那里?某某奖那里?这种天经地义的"突破美学"颇值得怀疑,其实如果细究起历史,它的出处恐怕不是美学而是革命,在20世纪有多少革命原则在泥沙俱下中混进

王小妮·"基本情绪"※　　　　　　　　　　　　　　　　　　于坚

※ 原载《当代作家评论》2000年第2期。

美学，变成了美学本身啊。

所以我发现，在此普遍媚俗于"开放""突破"的时代，美学的真理倒是在"原在"之中。真正的诗歌并不害怕有一趟时代的列车在那里催促，"快走，再不走要过时了，没有座位了"，真正诗歌的时间是不动的，像李白的时间一样不动。它不动，一块沉底的石头，它要守着自己的园地。在我看来，优秀诗人的特征恰恰是不动，而不是突破。不动是因为他有一块自己的园地，他不需要通过突破、扩张去证实自己，不动在动荡中是自信与自尊的表现。一首诗好不好，不是因为它突破了什么，而是它如何写，如何感动。突破不是诗歌的根本，诗歌的根本是存在，存在是不动的。

"如果缺少了基本情绪，一切只是概念和语词外壳撞击而成的嘎嘎乱响而已。"（海德格尔）

我讲以上不言自明、本属常识的废话，只是为了去除遮蔽，谈谈王小妮的诗。她是一个我所说的"不动"的诗人，她在朦胧诗的边沿上，可有可无。先锋派不屑与她为伍（虽然徐敬亚一直在为先锋派摇旗呐喊），命名于20世纪90年代的女性诗歌的名单里没有她，而在写作风格上，好像她也是开始就是结束。20世纪80年代与90年代相比，好像也没有摇身一变，脱胎换骨，王小妮就是王小妮。不变的是诗歌的质量，是诗歌中的"基本情绪"。"单调的手风琴实际上是寓意丰富的'沉默的方法'。"（吕迪格尔·萨弗兰斯基）

大诗人的灵感来自"基本情绪"，一般的抒情诗人的灵感来自个人情绪。"基本情绪"乃是非个人化的，但也不是所谓"时代的"，时代过去了，基本情绪依然存在，这就是王小妮多年前发表的《我感到了阳光》何以依然感人的原因。

二十年前的《我感到了阳光》，情绪饱满，语言直接透明。"啊，迎面是刺眼的窗子／两边是反光的墙壁／……我不知道还有什么存在／只有我／靠着阳光／站了十秒钟。"最近发表的《我看见大风雪》（我以为这是20世纪90年代最优秀的作品之一）依然透明，依然是基本情绪，并未见她向"后现代"或"深度意象"突破。"我离开城市的时候／一件大事情在天空发生／千万个雪片拥挤着降落／这世界／再没有办法藏身了。／……漫天大雪啊／天堂放弃了它的全部财产／

一切都飘下来了／神的家里空空荡荡。／……时间染白了我认识的山峰／力量顿顿挫挫／我该怎样分配最后的日子／把我的神话讲完／把圣洁的白／提升到所有的云彩之上。"王小妮不是突破,而是到位,她的诗歌比二十年前面目更为清楚,相对于周围的诗歌,她确实是一种突破,这个突破的过程其实只是一个"到位"的过程。开始就是突破,突破的不是已在的、现在的,突破其实是诞生、生长。这个时代崇拜技术,日常生活是如此,诗歌也是如此,但王小妮的诗歌中,看不见技术,技术被诗歌的"基本情绪"所粉碎,人类为什么需要诗歌,因为它是技术之一吗?如果诗歌不是技术,它就不存在突破的问题,王小妮不需要向别的什么突破,她只是"到位"而已。∎

我们不能活反了

王小妮研究集

很久没有看星星了。

意识到这一点，黏稠的冷汗在这个5月末的夜晚忽然如因沉睡千年而羞怯莫名的岩浆一般涔涔而出，很快浸透了并不算太单薄的短袖汗衫。我由此知道，今夜，又将无眠。

一颗星星到底能走多远？当两百年前那个名叫康德的德国老人把人类头顶上的灿烂星空和心中的道德律令并举为世间两种最伟大的事物时，这个疑问就跟着出现了。如今，面对诗人王小妮，面对王小妮的诗歌，她又像一道散射五彩的雨后轻虹，一下子迷乱了我的双眼。

是的，一颗星星究竟能走多远？当我开始发问时，其实已经知道，这是一个无解的方程。

然而还是要问。因为，此刻，我所正面对的，是王小妮，当今中国诗坛上最为独特，独特到平凡境界里的一颗诗星。

独特到平凡，绝不是有意谈玄，不是做文字游戏，王小妮和她的诗歌，完全当得起这样一个评语。

二十多年前，也是一个5月天，或许稍后一点吧，感觉比现在燠热一点，在千年铁塔的风铃声中，我第一次读到了王小妮，读到了《我感到了阳光》，读到了《风在响》，那是一个十七岁的大一学生第一次感受当代诗歌的洗礼。

"沿着长长的走廊／我，走下去……∥……阳光，我，／我和阳

一颗星星能走多远
——解读王小妮※　　　　　　　　　　　　　　　　　　　　　　李少咏

※ 原载《星星》2003年第6期。

光站在一起。"然后,"——我不知道还有什么存在。/只有我,靠着阳光,/站了十秒钟。/十秒,有时会长于/一个世纪的四分之一!"

那真的是一次灵魂的洗礼,而且时隔又将近四分之一世纪之后的今天,我仍然有点骄傲地发现,我还没有把这些阳光的碎片忘记,它们,或许可以说就是我当年的成年礼。它们的那种直指人心的深刻与美丽对于一个十七岁的少年而言,绝不亚于毛利少年接受三名成年男子挑战的力量的确证和墨西哥少年负巨石泅渡海峡的勇武的成年宣言。

跟着,《碾子沟里蹲着一个石匠》《地头,有一双鞋》《生日·叶子·你和我》陆续走入我不断寻觅的眼睛。我也因而真正记住了一个名字,一个真正的诗人的名字,像乡下邻居家拖着长辫在青绿原野上奔跑或漫步采摘野花的小妹妹一样清纯可爱(请原谅我的不恭的恭敬)的名字:王小妮。

因平凡而独特,因不事矫饰朴素自然而直达诗的本质:纯粹、神秘、率真而直呈,这便是初入诗坛的王小妮。超卓的直觉感悟能力与未经雕琢的童真天性成全了她,让她一开始便敲到了诗歌圣殿大门上的第三枚铜环。沿着这样一条路走下去,几乎所有的人都相信,她会在中国诗歌的聚义厅中占据一把不小也不大的交椅,在自己头上戴上一顶小小的桂冠。

但她不满足于自己。与世俗世界中一顶也不能说不美丽的诗歌桂冠相比,她可能更愿让自己成为一颗无垠星空中的神秘星辰,在被人追寻中独自体会接通了经验与超验、物性与神性而使它们融为一体的欣悦与快乐。

这种接通的最佳途径,是从喧嚣的外部世界抽身,退回自我内心。某种意义上说,这是一种隔断与撕裂,内部的疼痛可想而知。因为,正如一位同样身为女性的当代智者所言,回到自身犹如让倾听回到自身,这听即无话,即倾听和声音的阻断,即断裂的可隐匿的声音本身成为倾听。它横跨在经验和超验之间的门槛上,因而成为既是痛苦也是欢乐的固守,也才可能是神性的。同时,也只有历经这样的断绝与撕裂返归自身,"一个诗人才能真的发现物性的秘密,哪怕一个秘密,并用独特的敏感使物性自身的秘密显现为命名,这样的诗人,才成其为诗人"(萌萌《我听一只手的低语》)。

王小妮的断绝与撕裂是成功的(我知道这是一个多么拙劣而不敬的表述,然而我不能找到比它更好的表述),大约是从1984年、1985年开始,她被迫或者我更愿意认为是自觉地一步步向自我内心退守,甚至从外在生存形式上也开始退守,直到成为一个没有职业的"职业"诗人,直到今天。

在这期间,王小妮一边自我放逐于诗坛,几乎断绝了与外界的一切联系,"通过写字告别世界""不认识的就不想再认识了",一边以自我内心的渴望与发现为动力,写出了一批数量虽然不多但质量绝对上乘的诗作。如被徐敬亚称之为"比原始人头盖骨还要稀少""与每一根隐隐作痛的肋骨平行呼吸着"表达"灵魂深处的叹息"的《爱情》,"把内心深处的正义与良知,珍藏着,以失败者之手在内心里把它高高举起""几百个字组成的短短诗行,代替了全部战争中的勇气,也代替了基督发出的全部饶恕……"

还有《不反驳的人》《这样想然后那样想》《雨中》《一块布的背叛》《我并没有说我要醒来》,还有长诗《看望朋友》,那是她的第一部长诗,忧郁、伤感,带有重金属的幽暗而坚韧的明亮与质地。在这些作品中,她以一双柔弱的诗人之手,把一些平凡而又神秘的事物托举在生命的上空,词语的上空。她已经开始在浩渺的星空中真正以一个诗人的姿态飞翔起来,此时的诗人是骄傲的:"这世界能有我活着/该多么幸运。/伸出柔弱的手/我深爱,并且托举/那沉重不支的痛苦。"(《我爱看香烟排列的形状》)

诗人的确是值得骄傲的,因为,"人在家里/什么也不等待。……//日和月都在天上/这是一串显不出痕迹的日子。/在酱色的农民身后/我低俯着拍一只长圆西瓜/背上微黄/那是我以外弧形的落日。……//一呼一吸地活着/在我的纸里/永远包藏着我的火"(《白纸的内部》)。

最玄远神秘最能够切入人的生命本体内部的妙理与哲思寄寓在了最浅白平朴的文字当中,其强烈的浸润性和强劲的穿透力反而更加轻易地透过纸面穿越我们的眼睛进入了我们的大脑,我们的灵魂。在这里,诗人以一种神秘而不可知的方式,"不用眼睛/不用手/不用耳朵"(《重新做一个诗人》),在我的大脑和灵魂中,树立起一座活色生香无形却有质的美丽建筑,从而把一种更为本质化的时间和空间植入了我的生命,我们的生命。

而王小妮以自己的方式飞翔起来从而接近上帝和神性事物的努力并不止于此,于是在1998年以后,我们又读到了组诗《和爸爸说话》还有眼前这几首同样带有经典性意义的短诗。

以平凡的文字写出震撼人心的关乎亲情、爱情、友情的文字,从一开始就是王小妮的强项。《爱情》的沉郁苍凉,《雨中》的细密、婉约与敏感,《看望朋友》的语言词汇与对生命本体追问的天衣无缝的融合,都鲜明地体现出王小妮式的"使日常的奇迹和活生生的事物得到升华"(瑞典文学院对1995年度诺贝尔文学奖得主希默斯·希尼的评论)的风格特征。到了《和爸爸说话》,这一特点表现得更内在然而也更细致更鲜明了。诗歌要写的是对只能在心里与之单独对话了的逝去的父亲的无限追思,却不是简单地像一般人都会选择的那样站在黑暗、绝望或悲痛那种整体主义立场上面对爸爸的死亡,而是经由许多动人内在的心灵细节,将死亡那深入人心的创痛暗示出来。

"这么快,/我就见到了/你连手都举不动的晚上……""你是一个执意出门的人。/哪怕全人类/都化妆成白鸽围绕在床前/也不能留住一个想要离开的人。/谁能帮你/接过疼痛这件礼品/谁能帮你卸下那些冰凉的管子?""病床下面虚设的/是一双多么合脚的布鞋。/而你,在见到我的每一个早晨/都拿出大平原一样的轻松。/你把阴沉了六十年的水泥医院/把它所有的楼层都逗笑了……"

没有惯常的隐喻,也没有虚幻的抽象,晚上是"手都举不动的晚上",床下"一双多么合脚的布鞋"是"虚设的",以至爸爸的虚弱是"连一层薄棉花也不能承受",然而就是这样一个爸爸,还能在见到诗人女儿的每一个早晨,"都拿出大平原一样的轻松""把阴沉了六十年的水泥医院/把它所有的楼层都逗笑",还要在亲人们面前,"自己学着庄子虚幻的仪态/悠悠地远去""自己优美地鼓动起/一身瘦到了最后的黄云彩"。当然,也正因此,爸爸才成了"真正的爸爸",而且让女儿明白了,"什么是爸爸"。

这样的文字,是绝对直指人的内心的,它们也真的能够使我们在这个喧嚣、繁乱、焦虑的世界上经由诗人们对生活中的疼痛、寒冷还有希望的目击与体验，感受我们以为已经缺席了的像大地般坚实又充满温情的美丽诗性。

《我要种一片自由的葵花》《一个人轻易地改变了一座城》《晚上的海被我看见》，所有这些诗歌，这些分行的诗性文字，也同样让我们感受到了诗性力量的无所不至的浸润与沐浴。面对这样的文字，我忽然想到了一句也许不该在此时此刻说出的话，那是一个智慧女性面对另一位智慧女性的文字时说过的一句话：

"不敢与你同哭！"

一颗星星到底能走多远，我不知道；我只知道，在同时代许多优秀的和不那么优秀的诗人已经纷纷从诗坛销声匿迹，或者固守于往日的荣誉与花环之下徘徊不前的今天，王小妮还在走，几乎是孤身一人，还在走。而行走本身，本就也是一道无比美丽的生命风景呵！

2003 年 5 月 26 日晚　于河南大学■

我们不能活反了

王小妮研究集

诗人王小妮的写作跨越多种文体，她对不同文体的写作拥有相当清醒、自觉和有趣的界分意识：

> 小说使人成为一个编织女工。要按照心里设想好的花样，把它们一点点完成。散文和随笔是对一个人生命的直取和损耗。只有诗，是一种哺育。它绝不掠夺，又充满了意外的喜悦和陡峭。
> ——《一九九七年笔记》

在另一个地方，她又用一种仿佛得自神助似的、蕴含丰富而充满灵性的文字，这样谈论诗：

> 看见耶稣在海的表面上自如行走，众人惊恐地呼号，手足无措。写诗，就是在思想之海那最锋利的边缘上行走，在水那最薄的皮肤上，飘然如同神子。
> ——《诗是什么》

诗是在思想之海有如刀锋般的边缘、在水的最薄的部位的一种滑行，锐利、痛快、澄明、通透，但也因此而立足异常艰难，充满了高危性。虽然诗人从中获得很大满足，感到极大快意，有很高的自由度，但这种飘然就如神子般的、精神上的极度自由的快感，是无法或者干脆拒绝与人分享的。诗人以外的众人对之只能发出惊恐的呼号，做出茫然不知所措的反应，而无法进入与诗人一起共享的界面。王小妮对包括诗在内的人际交流和分享，根本持怀疑态度，这一点下文将详细谈到，这里暂且先不予展开。在王小妮看来，让她心醉神迷的诗，主要是用来表达、宣泄她内心和精神的自由的，你要与她一起分享则比较困难。她在诗里有很深的隐蔽性，为了说明这种隐蔽性，她甚至动用了老鼠的洞穴作为喻象：

有一天，我很不经意地和别人谈话。突然冒出一个想法：我似乎是一只老鼠，而诗是我最后、最牢靠的老鼠洞。老鼠活在这世界上多么不容易，天敌无数。尽管外面再险恶，这只老鼠有了深于别人的洞，不至于一生惶惶。
　　——《诗是什么》

她认为诗更多地具有独享性，不希望其成为群体性的东西。她称自己是一个"游离者"：

作为一条巨大的履带之外的游离者，我自己退出来。让它像一条河那样在身边流动，我，只和自己的感受在一起。
　　——《诗人的空间》

她不愿意将自己在诗中直截了当地和盘端出，并且正因为拥有这样高度的自我隐蔽性，她反而感到内心无限自由。正是凭借了诗的那种将人排拒在外的、壁立千仞般的"陡峭"性，诗人的身心才为一种"意外"的"喜悦"所充盈。一方面是把自己拼命地往深里藏，一方面却又从中获得很大程度上的自由感。诗人因内敛而变得自如，复又以封闭而获得放达。诸如此类，在局外人看来绝难通融的一些悖论性因素，却在王小妮这里达成了一种几近完美的和解。散文跟作者之间则没有那么多的隐蔽性和游离性在那里横亘着，依照王小妮自己的说法，"散文和随笔是对一个人生命的直取和损耗"。比起诗来，它们之间的关系要直截了当得多。也就是说,王小妮的散文不像她的诗,时刻都在想方设法提防着我们的进入和分享,对我们说来,应该更具亲和力。那么好吧,且让我们先从王小妮的散文、随笔入手,看看她在里边说了些什么,说了哪些涉及她内心的、属于她较为急切的、想直截了当说出的想法。为了尽可能地说清楚这些想法,她非常较真地做了各种各样的角度调整,动用了千姿百态的故事和喻象。以下是我将略显芜杂的读后感稍加梳理之后的一些概括:

一、对沟通、交流的有效性的深刻质疑

翻开王小妮的文集,对沟通、交流深感疑虑的话语几乎触目皆是、随手可拈。

> 人和人讲话,必须发出声音。声音是许许多多的变体,要两个不同的人在复杂的变体里找到共同,那是难上加难。

> 我每天可以写八千字,但是我往往不想和另外的人说一句话。我不想说话。因为写字是好的,是单向的、简易的、唯一的,我可以自由把握驱使的。我不想寻找同路人……活着,本来不是一件强求的事情,不是捆绑纠集的事情。凡是你的东西,都在你自己的口袋里,谁也拿不走。为什么要呼叫共同呢?
> ——《同也不同,学也不学》

> 对于我,这个世界就是我,或者别的人。两类……
> 我不可能了解他们的动机,更不可能进入他们的内心。
> ——《关于诗歌的笔记(之五)》

不光是我与他人之间,也不光是人类之间不可能相互达成沟通和了解,即便是神通广大、全知全能的神祇出场,也照样歇菜。在王小妮的眼中,神之于人类,在对人的沟通、交流和理解方面,最终也只是

节节败退，一无作为。

> 神是最想钻进人的内心，而且是最顽强不懈的家伙。不过，神已经一步步退却了。人们对神说的和对自己说的，完全是两套。应酬像吃饭一样成为直觉，神退到它的高位上去，再感伤也没有人同情他。人只同情人自己。
> ——《关于诗歌的笔记（之五）》

这里的说法，跟我们所熟知的《圣经·创世记》中的说法有很微妙的差异。《创世记》说，人类之间的心思本来颇能沟通，为此他们曾经合计筹谋建造一座城和通天塔，以便直接上达天界。但上帝对凡界草民此一有可能直接危及它独一无二神圣威权的举动大感恼火，它立即设法变乱他们的口音，使其从此语言互不相通，以致人类再也无法同心协力去办成任何一件能危及它威权的事。《创世记》中的人类本来是相通的，只是由于懵懂之中过于张扬和佞妄，以致忤逆了神的意志，才落得个彼此沟通能力终被褫夺的下场。神则全知全能，法力无边。而在王小妮的寓言中，人与人之间，其实与生俱来就不具备任何真正意义上的相通性。在理解人这一点上，就连神也同样无计可施，窝囊得很，以致遭人讥讪。此外，横亘在人和神之间的无从沟通，还有出于人的诸如不够诚信之类的所谓人性缺失方面的原因：人对神所说的与他对自己所说的，是完全不一样的话，以致神不仅无法沿循人对它所说的话进入人的内心，并且适得其反，如果它听信了人的话，那么它对人的了解，反而只会比它还没有听这些话之前距离人的真实状况更为遥远。那么，这种导致人神不相通、源自人的诚信的缺失，是否也要为人类无法真正沟通的局面承担一定或全部的责任呢？

> 我永远在人群之中，别人说什么都行。我是口头上的协和者，但是，谁知道我的内心。
> ——《关于诗歌的笔记（之五）》

别人说什么都行！显然是带点负气的口吻。这固然是对沟通、理解不存任何希望之后的一种单方面的放弃，一种无可无不可的淡然和漠然，但又何尝不是一种口是而心非或口非而心是的心口不一态度、一种不诚信？"但是，谁知道我的内心？"口气中俨然泄露出某种埋怨的情绪。你到底想诘难谁，责备谁？但你又能诘难和责备谁呢？你就这么随口敷衍着别人，连自己都说不清自己赞同和反对的究竟是什么，哪句话是认真的，哪句话只是随口敷衍、当不得真的，那别人又凭什么来识别、判断它们是出于真心还是假意？又凭什么信从或否弃它们？像这样的心不在焉、缺乏足够诚信地驱遣语言，最终无人可以抵达你的内心，使交流沟通归于失败，你说，责任在谁？究竟该由别人来承担，还是更多地应该由你自己去承担？

人内心的过于芜杂、城府太深，或者生性喜欢故作深奥、故弄玄虚，可能也是致使沟通困难乃至无效的原因之一。

> 中国人的心里乱草蓬蓬。由于他们把该讲出来的事情都埋藏在心里，这使得他们有了异常平坦的面部，好像永远是平定坦然。很难了解到他们的心里是高兴或者沮丧，魔鬼和天使可能同时睡在一个人那儿……中国人的内心相当肥沃，它可以在一天之中同时生长出五种杂草。
> ——《深蓝凹陷的眼睛——读〈洋教士看中国朝廷〉》

> 有一部分人，毕生都喜欢把事情弄玄弄晕，把简单明了的事情，搅得高深吓人。他们永远像田鼠那样热心于打地洞，好像人非要钻进他们特设的幽闭迂回的洞穴里才能交谈。
> ——《木匠致铁匠》

"追忆逝去的时光"，与往昔的"自我"重获沟通与和解，这对普鲁斯特说来固然艰难，但也不是绝无可能，否则，他也不会举毕生之力留下皇皇七大卷的鸿篇巨制了。"归去来兮，田园将芜，胡不归？"人一旦成为天涯游子，是否真的还能重新回到自己的故乡？这对荷马史诗中的奥德赛同样也未构成根本的问题，否则也就不会有《奥德修斯纪》的流传后世了。然而，它们在王小妮这里，恰恰都成了难以逾越的障碍。

正如赫拉克利特在公元前 500 年光景时所说，"人不可能两次踏进同一条河流"，当离开故乡的游子重新踏上故土的时候，他会发现眼前物是人非，早已不复是自己心目中的那个故乡：

> 我要看的，肯定被掩藏起来了。存在过的东西，就不可能绝对消失。是谁使它们藏匿？我找不到另外一个我。他们把我关于我的一切东西都消灭了……满街满街，没有一个人面熟。可能在我离开的这十年之中，他们把面相都涂改了，这城，这人群都改头换面。他们设想好了，要对一个背离了它的人，冷漠相待。
> 　　——《一直向北》

为此，王小妮还借题发挥，将不愿为五斗米折腰、宁可回故园去梳理瓜棚豆畦的古人陶渊明着实奚落了一通，责备他一厢情愿，责备他貌似清醒的糊涂：

> 我对陶渊明说：没有你这么糊涂的人！你以为你离家了，田园还给你保留着，还给你荒芜着，你还想回到你的园子里，种瓜种豆，种黄色的菊花吗？你的田园早已经没了。
> 　　——《一直向北》

这样看来，导致王小妮对人与人、人与世界之间的沟通不抱多少希望的原因，除了人在诚信上的缺失外，似乎还有其他一些因素。譬如，世界的构成中所包含着的那种瞬息万变的变化："为道也屡迁，变动不居，周流六虚，上下无常，刚柔相易，不可为典要，唯变是适。"（《周易·系辞下》）人置身在"唯变是适"的世界洪流之中，彼此互为认知的主体和对象，任何一方的细微变化，都有可能导致原有认知结构和认知结论的过时和失效，时时需要重新做出调整。而这样的过程，由于大千世界永无休止的变化而变得飘摇不定，致使人与人以及人与世界相互之间的认知和沟通的有效性，都不能不因此而显得极为短暂和有限。

但其实，导致你无法真正重返故乡的原因，还不全在于外部世界面目全非的变化，问题也可能出在游子自身内部。即便家乡一如其昨，依然故我，但当离家多时的游子以他那早已在游历中不知不觉发生了很大改变的眼光来重新打量他的家乡，此时此际的家乡，究竟又能在多大程度上与昔日的那份家乡影像彼此叠合呢？

人的认知并非一片镜面那样的直接映象，人对事物的认知无不受制于主体感知眼光、知识视野与理性情感的认知水平，主体的任何微妙的差异和变动都有可能导致认知对象映象的相应改变。按照康德的说法，我们所能认知的，都是经由人感性形式到知性范畴规整过了的认知对象，至于未经认知者规整过的，始终处在自在自为的"物自体"状态的事物本身，则不构成我们的认知对象，是认知所无法完全抵达的。康德曾为此放言，物自体不可知。《六祖坛经》所载"不是风动，不是幡动，仁者心动"的公案；青原禅师以山水作譬促人开悟，所谓初习佛禅，看山是山，看水是水，参悟禅理，看山不是山，看水不是水，及至开悟，看山仍是山，看水仍是水。这些我们所熟知的禅宗公案，不也都讲到了认知主体构成的差异和变化所造成的认知对象性质上的差异和变化吗？在佛家看来，世间诸相皆是虚妄，皆因人之"所执"所致。若见诸相非相，即见如来。所有外界的变动不居，其实都是人变动不居的内心投射到外部世界所造成的幻觉和假象。人一旦明白于此，他也就了悟了真谛，有望摆脱变动不居的轮回之苦。王小妮真的就对此一无察识？那倒也不是。事实上，她对主体在认知中所施与对象的根本性影响还是有所察识的：

> 有人想重见事物的原貌吗？旧事，还会有原貌吗？我回想任何一件旧事情都飘忽不定。哪怕再想追寻真实，再不想篡改它，它也不给我展露原貌。人变了，原貌紧跟着就变了。记忆，是永不定形的。
> ——《同也不同，学也不学》

她还曾经谈论过，导致人与世界无法真正沟通的根本性障碍，是横亘在人与世界之间的那种显而易见的不对等性：世界是一无限的存在，人则是一有限存在物。有关世界的问题及其答案就如同世界本身一样，也是无限的，而人的思想则不得不时时受制于人本身的有限性。面对有着茫无际涯的问题和答案的世界以及世界上的万事万物，拥有有限思想的有限的人必然会遭遇到捉襟见肘、勉为其难的局促，一种庄子所说的"以有涯随无涯，则殆矣"的尴尬：

> 一只梨熟了，落在地上。蚂蚁和猴子马上各自形成它们的说法。人自以为是思想的动物，所以，习惯了去思想梨的坠落过程和梨的目的。像人这么确凿清晰的动物，当然永远抓不到那渺茫的无边的答案。
> ——《走吧（之十四）》

不过，像这样可以引申到对主体的反思的文字，在她那里并不多见，往往只是偶一念及，更多的场合，她还是喜欢在客体、对象、他者那儿去寻绎原因。

二、致思的向度

是否可以说，在对沟通和交流表露出她所特有的深重疑虑时，王小妮似乎更倾向于采取一种笛卡尔式的立场？

"我思故我在"，是我在对周边的一切，对世界，对人做出质疑，我不接受任何人为先验、现成地提供给我的事物、观念、秩序、体制、价值、意义……尽管这些现成之物在别人看来是那样地自然、正常和理所当然，但其中未必就不隐含着对世界和人的真实状况的虚假意识形态的成分（鲁迅笔下的狂人，不正是以"从来如此，便对吗？"这一毫不躲闪的犀利质问，表明他一眼即已看穿狼子村众人所视之为理所当然的道理，其内里不过是对真实现实所做的虚假意识形态的扭曲）。就算它们确实没有什么问题，并且相当不错，我可以接纳它们，那也不是作为现成的结论，而是作为需要重新加以考量和论衡的问题，是作为展开我自己的思考的一个出发点，而不是由它来代替甚至终止我自己的思考。"我思故我在",不正是要凭借这份不为外在种种习见、成见、权威、传统所威慑和迷惑,决计将一切重新放置在理性的法庭上重新审视和批判的清醒头脑和弘毅勇气,使"我"由以确证自己的真实存在,获得真正的主体性?我有权重新审视一切,我有能力于无疑处见疑,揭穿虚假意识形态的种种虚妄。此种权利和能力,在我是神圣不可让渡的。但是,请注意,在"我思故我在"的精神视野里,对一切重新做出审视和批判的审视批判者本身,其存在的真实性与否,却是不容构成疑问的,否则,"思"的一切,即所有的质疑和批判,便将面临"皮之不存,毛将焉附"的尴尬,陷入被从根基上拔除和颠覆的危机。"我思故我在"式的所谓理性精神,须得对自我主体拥有绝对的信念。怀疑和批判的锋芒不可用以对准自己。确信主体真实性的毋庸置疑,是它的基石性前提。读王小妮的诗文,里边的主体自我似乎总是无须反省的。倘若你要质询,何以人际交往和理解的有效性竟会如此稀薄和脆弱?那原因一定是在他人或对方身上。譬如诚信上的缺失,譬如过于工于心计,再或者是心智上的差异过于悬殊,以致话不投机无从理喻。

再譬如,上面已说到过的,妨碍或者说阻挠游子真正重返故乡的因素,也不外乎诸如故乡变得面目全非、人情变得冷漠,等等。

总之,原因和责任一定是在主体自身以外,很少或几乎不会从主体自身那里去寻索。不过,对诸如此类看似难辞沟通、交流失败原因渊薮之咎的这些"他者",王小妮又通常怀以恻隐之心并对之多有恕辞。她会告诉我们,这些"他者"之所以会单方面回绝与主体"我"之间的沟通、交流,或者总是在沟通、交流的过程中充当致使整个过程终归无效的因素,那也是因为事出有因,是因为他们总也摆脱不了受制于现实中的被动命运的结果。那个当年在集体户吵架中与人对泼小米粥,如今挤在高粱秸编的席棚下倒卖西红柿的老女生,何以会断然拒绝"我"对她真实姓名的指认呢?何以会有那么些返城后生活依然艰难的知青,决计不再前去参加当年的同伴,如今发了迹的小科长、小经理们发起的一年一度的聚会,而宁可选择巨大的缄默和空白性的存在呢?理由简单得不能再简单,那仅仅是"害怕在二十几年后再一次感到内心的被羞辱"(《派什么人去受难》)。也就是说,他们也绝不是致使沟通沦为无效的最初和最终的肇因,事实上,是我们这个永远也不可能进化得完美、总给人留下无限缺憾的现实世界,在一手阻隔着人与人、人与世界之间真实有效的沟通:

> 没有什么链条能把不同的人连接起来。连接的人只有血脉、利害、苦难和思想。无论牧人的栅栏多么坚固,无论山羊们挤在一起发出多么近似的叫声,最终,它们只可能是歧路上的亡羊。
> ——《同也不同,学也不学》

因而主体似乎无须反省。无论是作为个人主体的自我,还是作为群体性主体,主体都无须担责。因而在所谓理性的法庭上,审视者、批判者之于他所审视、批判的对象,各自所享的权利,从一开始就已规定好了他们之间不对等的差序等级。以足球作譬,好比由一方球员同时兼任裁判,彼此进球是否算数,全凭你单方面裁定。这样的评判,公平性和公正性是悬而未决的,思想的彻底性也可能因此成为疑问。

鲁迅对尼采是尊崇的,当年刘半农送他的对联:"魏晋文章,托尼思想",鲁迅是默然认可的。但鲁迅与尼采又有一个非常关键的分界。尼采对自身是一直深信不疑的,他对自身思想的正当性和庄严性,从不认为有加以反思、质疑的必要,有问题的是身外的世界。是身外的世界出了毛病,并且病入膏肓,因而需要痛下针砭,颠覆整个现成价值秩序,予以重新估定。尼采的怀疑和批判是内外有别的,他从不将自己对象化。尽管他不遗余力地反对古希腊以来的逻各斯中心主义,但他的反理性本身仍然是笼罩在笛卡尔主义之中的,是同一文化语境内的"反理性"。尼采抨击整个世界,但他对自己作为抨击者的正当性,对自己据以做出抨击的立足点,对抨击者自身,是从不质疑的。鲁迅则不同,他不仅对外在的世界及其秩序持疑,并且把持疑者自身,同样作为反思和质疑的对象加以追问,并不无条件地认可其理所当然。

> 抉心自食,欲知本味,创痛酷烈,本味何能知?
> ——《墓碣文》

持疑者对自己也是持疑和质问的。

于浩歌狂热之际中寒，于天上看见深渊，于一切眼中看见无所有，于无所希望中得救……
——《墓碣文》

从任何所谓的确定性存在中，都可以找出它不确定的一面。一切皆不足恃，包括主体本身在内。不苟且于"光明"，同样，也不安命于"暗夜"，最终，这个不苟且、不安命行为的指令的发出人本身，也是无立足之地的："我将向黑暗里彷徨于无地。"（《影的告别》）既然他追根究底是一无凭借，那么他依据什么来发出和实施上述的行为指令呢？由此，上述指令和行为的真实和有效性，也便立即成了须得追究的问题。

鲁迅的怀疑和批判是彻底的，在指向客体、他者的同时，也指向自己。鲁迅临终时说，"我也一个都不宽恕"，所指涉的对象，一定也包括自己在内，否则他就不是鲁迅了。

晚近十数年间，在中国大陆渐见影响的后现代理论虽然评骘不一，但诸如福柯、德里达等人对主体自我意识不免时常也会蹈入的种种虚妄之境所做的摘发，对于认知我们的真实处境，还是提供了有价值的警示和有意义的推进。从这个意义上说，鲁迅思想的彻底性则具有超越时代的前瞻性。

戴东原治学，原是承续清初经学家实事求是的精神，他在与友人论学书中讲道，"学者不以人蔽己，不以己自蔽"。这前半句的"不以人蔽己"，可以看作王小妮写作的主要内容之一，她努力在做，并且做得相当出色，不过说到后半句的"不以己自蔽"呢，似乎暂时尚未进入她的精神视野。从已有的写作来看，王小妮较少或几乎不认同儒家传统所特别强调的"反求诸己"的回心返视的角度，她的写作较少采取将主体自我与外界、他者同时放置在怀疑和批判的平台上加以审视和追考的思想立场，质疑和批判似乎基本上还是单向度的。

三、对完整性的诉求

> 专司解牛的庖丁,有什么可以荣耀和自夸呢?牛就应当有皮肉包藏着骨头,有一身黄白相间光滑柔韧的皮毛。它低着头,在草地上进食,尾巴甩着蝇虫。牛是自由自得的生命,而庖丁只是看见那些骨缝儿。他的前襟染血,他的眼睛里生了大病。
>
> ——《木匠致铁匠》

对于千古吟诵的庄子"庖丁解牛"寓言的意义,王小妮心中疑窦丛生。显然,那个眼睛里只装满了可供卸解的牛的骨肉分界部位,却再也见不到完整、自足、自由自在的牛的生命本体的庖丁,曾经是庄子用来演绎他"技进于艺,艺进于道"精义的一个动人喻象,但现在,他在王小妮的眼里,却成了完整性遭遇毁灭性损伤的直接的责任承担人,一个令人可气可厌的形象。王小妮对性别的界分和区隔持有她相当独特的立场,这使她在当代女性诗人和写作者中显得格外地"异类"。她并非有意要这样违拗女性性属的众意,更非有意以标新立异来耸动听闻,而是顺从内心的本然意志所做的回应。晚近二十余年,随西方女权思潮导入国门,以女性话语和立场显示其有别于男性的生命自悟,从而改变女性在男权文化语境中历史性的"失语"和受抑状态,一直是中国先锋女性尤其是女性写作者们的一个相当热门的话题。在对父权制的历史文化结构和男权思想结构进行全面解析,对众多学科的基础和前提性概念提出质疑并形成冲击的过程中,女性主义逐渐展示出它所独有的思想锋芒。可是,王小妮却一见到"女性"话题就有发怵之感:

> 一九九五年,我最怕两个"话题",一是"抗战",二是"妇女"。
> ——《木匠致铁匠》

对同一性属的人们那么热衷谈论的话题,她何以要如此反感呢?加以"腹诽"也就罢了,又何至于要公开声言呢?她就那么不怕忤逆时尚、触犯众怒吗?仅仅是一个有个性的诗人、写作者特立独行的精神立场,在驱使她刻意做出这种不愿随顺大溜的表态吗?当然不是,她是基于严肃认真的思考才做出这一表述的。而在这思考的背后,则是王小妮不惜以一己之力对完整性予以维护的执着努力:

我一贯轻视那些以女人性别自耀或自卑的人。我希望女人被当作人,而不是在前面冠以"女"字来另论。
——《木匠致铁匠》

学者、批评家崔卫平从北京写信,提醒她注意到一个问题,即在她的诗中,使用的人称全部只有"他"而非"她"。王小妮如此作答:

这个我从来没想过,不是着意的,是很自然地写了"他"。

人都是复杂的变体。在诗的大气氛里,我完全不自觉地运用了一个形象不断转换的"他"。可能"他"还包括了述说者我,一个性别不定的中性人,或者说只是一个人。

如果使用"她",是不是等于我放弃了更大的自由?我没意识到,但我从来没有想过使用"她"。但是,我一贯坚持认定:我,是全部人群的一小部分,我一贯想要关注的,也是全部的人群。
——《关于诗歌的笔记》

我属于人类整体,我的属性与整体息息相关,而无从从整体的分裂状态,即从偏居一隅的局部那里去寻绎解释。

今天,一个最重要的私人事件,就是保护和捍卫自己,让自己还是完整如初的个体。
——《关于诗歌的笔记》

在王小妮看来,站在人类完整性的立场上,群体和个体(或私人)之间,是不应该存在什么根本性矛盾的,这里隐然出现了一道裂隙。不妨稍稍回应一下前边梳理过的内容。从逻辑上讲,既然从人类整体性立场出发,个体和群体之间不存在根本性矛盾,那么彼此间的相通应该也不存在根本性的困难,但正如前面已经梳理过的那样,在谈到人际沟通的问题上,王小妮却是个态度相当决绝的怀疑论者。也就是说,在王小妮那里存在着两套思路:在对人际的相通性持疑时,她采用的是彼此异在、断裂、单子式的,无整体性可言的观点;当她警觉到对女性性别差异的过于倚重有可能造成人的精神视野的狭窄时,她却又动用起对整体性的诉求来作为自己思想的援奥。她似乎还来不及顾及,这两者之间其实横亘着一道难以弥合的裂缝。

大自然之于王小妮的亲和力,我们在她的诗文中是显而易见的,但王小妮在好几个场合表示,她对风景名胜、观光旅游之类,其实并无多少好感,至少不像常人那么在意:

> 我坐飞机从来不太留心下面的景色,总把靠窗的位置让给别人。我宁愿睡觉,脚底下爱过长江就过长江,爱过黄河就过黄河。
>
> ——《一直向北》

她还为此专门写了篇文章,干脆取名《远离名胜》,里边这样写道:

> 我坐在花坛那儿细想,想到了青城山的雨雾。我这么多年没爬过一个名山名楼,在青城山脚下,我怕扫了众人的兴,也爬了十分钟石阶。等同伴都超过我上去烧香了,我就转下来。
>
> 有一年在重庆,存心地气那些见了大山大川就激动的人,我故意背对着长江说,不过一条脏水,我倒是要好好看看这城市。其实城和川都没有什么可看。连古人都明白,今是而昨非。什么东西能不变呢?不变的只有少数人的顽固内心。他们写下的只是当时刻、当地点的感觉。时刻马上走远了,那地点还能为某个人而存留吗?

那又是为什么呢?这个王小妮真够殊出我们意表的!其实,王小妮看轻风景名胜的理由并不复杂,同样也是基于她对整体性的执拗诉求。在王小妮心目中,风景名胜总是在那里不管你愿不愿意,一股脑儿地将有关自然风物、历史古迹的命名、意义、想象，先验地、单方面地强加给你。

名胜是人为的先验。它告诉你，到这儿就能看到什么，体会到什么。比如站在风陵渡就看见了民族的精神。登上了长城就翻动了炎黄的历史。它单向地告诉你，这是名胜，了不起，你必须升起某一种崇高的情感。

这种单方面（单向）的强加，不仅无助于完整意义上的交流和对话的建构，反而是在那里拆解完整性。人与自然、人与历史的完整有效的交流和沟通，须得主客体间互为依存，是彼此对等和自由的关系，所谓的"相看两不厌，唯有敬亭山"（李白《独坐敬亭山》）是也。单方面的、强加式的风景名胜，在无形中取消乃至剥夺了主体的自主性的同时，其实也取消和剥夺了自然、历史的自主性。这种处置风景名胜的做法，只是把自然和历史当作被动、沉默的物质，须得听任他们随心所欲地命名和驱遣，得由他们来为之代言，难怪王小妮要对之退避三舍了。至于完整意义上的人与自然、历史的相处又该如何呢？用哈贝马斯的话讲，只有当人类把自然放置在与自己相平等的地位，把自然视作鲜活的、自己会言说的生命，而不是被动、沉默的物质，我们才有可能倾听、接受自然的语言，才有可能避免凝视／被凝视、代言人／沉默者、主体／他者的关系，而建立对等、完整的对话关系。

比起对外部世界完整性的诉求，王小妮似乎更执着于对人内心完整的维系和珍重，她最不忍心看到的场景之一，便是那种有可能对内质意义上的完整性造成伤害的行为。无论出于有心还是无意，一概不忍卒睹：

……春天，我在电视中看见了诗人食指。他在朗诵一首早年由他写的诗。当时，我在心里感到一种恍惚不清的难过。诗已经走到了今天，真正要做到的是保护诗人内心的安静和完整。诗人是不可以被推倒前台来赞颂的。在被误认为偶像之后，诗人一定受到伤害。
——《关于诗歌的笔记（之七）》

在王小妮心目中，白洋淀时代的食指与那首诗是个完整的整体，现在，时过境迁后的食指已不复是当日写诗时的食指，且不说他已住进了与世隔绝的精神康复机构（京郊的某个偏僻小院），即便他思维、心理一如其常，他也已经不复是那个写诗的食指了。正如王小妮所提示的那样，此时此际的食指已经被人"偶像"化。这"偶像"化显然是经由"误读"之手型塑而成。误读的结果，是诗人食指被从他自身真实的整体中抽绎、剥离开去。真实的食指只是怀着自然的天性，而不是怀着意欲成为偶像的心愿去抒写。一经对他做出偶像化处理，那便是对诗人内心真实的损伤，是对其内在完整和纯净的割裂。王小妮格外看重诗的自然自足。在坚持诗的自足、完整性上，甚至不惜选择做一个视交流为可有可无的、一个有点走极端的本质主义者或自然主义者。诗是自足的，甚至无须通过交流即可独自存在。为此，她在给我们讲述唐代两位高僧书法家、诗人的同时，也对他们最终未能臻达她心目中的至境而不无抱憾：

> 怀素和寒山，是两个分别潜隐在寺庙深山中的退避者。假设他们再向深远的境界修行超度一步，看淡了用一些短毛去蘸墨写字，看淡了在墙头竹管上题写诗句。今天的人就看不到怀素的字和寒山的诗！他们自生自灭，并不是不自然。有东西温暖在他们的内里，像血液运行在蓝紫色的管道里。血，并不是非要流出来不可。应当有类似超一流的东西存在，能被比怀素、寒山更高深、清远的人感觉体验……而诗在心里翻动和抄写到纸上之后，不可能完全相同。诗到了纸上，已经失去了可能性。像离开了秧苗的草莓，开始了背离它新鲜本性的过程。
> ——《关于诗歌的笔记（之七）》

她对表达过程中必然会带来的诗人内心诗意的种种损耗耿耿于怀，对诗心的完整性得以表达的不抱希望，可以看作对古代老子"道可道，非常道；名可名，非常名"思想（庄子的得意忘言、得鱼忘筌之说，以及延至魏晋玄学的言意之辩，都是基于老子思路的衍生性命题）的一个现代承续。老子的"道"是世界的整体性的浓缩，道生一，一生二,二生三,三生万物,从这一整体性中生发出千姿百态、无限丰富的大千世界。人用以表达的语言,按理说,理应参悟和领受这种天地至理,与万物的真实本质直接相通,并以此确立、调整自我在世界中的定位。语言一经命名,就有意义在场,并且呈现真实。可事实并非如此,我们从语言和表达那里所能看到的,往往是整体性的破碎、异化的景象。此种情形不仅未在现代有所矫正,反而变本加厉,成为现代性困境之一。譬如在索绪尔的语言学体系那里,语言不再内在于原初那个整体性之中,而是在一个自我封闭的结构中构筑空中楼阁,丧失了与世界、意义直接沟通的能力。话语不再传达事物的本质,只是作为人类主体间约定俗成的规则,成为一种任意的指涉,而在这种人类主体自我缠绕的视野中,起支配作用的是体系和规则本身。这样,体系和法则遂把丰富、完整的世界,变成了被抽象、统括、归化和收编为一个个从特定认知模式派生出来的抽象的、残缺不全的对象。情况也正像本雅明所说的那样,现代性即意味着一堆支离破碎的废墟文化。本雅明由此将发掘、拯救、整合已在现代性中破碎、损坏了的那种总体性和完整性,作为自己义不容辞的思想的使命,他倾其全力,专注于拨开历史和现实的重重蔽障,重新进入或回到事物、人、世界的真实内核的工作。本雅明最喜欢的格言之一是:"本原即目标。"

从王小妮的行文中我们找不到她接受有关现代性理论直接影响的蛛丝马迹,那么她似乎是无师自通,是凭借一己的朴素直觉在那里从事追本溯源、返璞归真的清理工作。基于对本原性的追求和对整体性的维系,她认为,与诗意诗心的表达相比,诗意诗心本身才是第一性的。当表达对本初、完整的诗意诗心来说,既是一种呈现、敞开,又是一种遮蔽、限制,甚至扭曲的时候,出于优先保有本初性和完整性的考虑,她宁可就此阖上表达的门户,不愿将诗心诗意付诸任何文字。且让它们就此存留于诗人内心吧,就算"养在深闺人不识",其于诗心诗意本身又有何损呢?

> 一个诗人,关键不在于他是不是写下来了,而在于他是不是在不间断地想。很多的想法,都在风动叶落之中漏过去。
> ——《关于诗歌的笔记》

其实诗只是存在于一个人的身上。谁见过一棵苹果树会把它的果实结到其他乔木的枝头上去。

——《关于诗歌的笔记》

对完整性的诉求，王小妮有王小妮的朴素、直率，甚至相当可喜的洞见。不过，揆之以本雅明"辩证的洞见"，我们似乎还可以做出若干引申。按照本雅明的说法，其实并没有一个"现成"的"本原"事先放置在那里，在等待着你去回归或诉求。事实并非如此。在本雅明看来，本原和完整都是历史性的概念，而不是从实证的、纯事实的角度所建立的概念，要那样的话，只能看到自然力量的静态回归，并有可能将暂时和过渡性的东西视作永恒不变的法则。也就是说，再现本原和完整，仅凭直觉还是不够的，还得，或者说更须有待于一种辩证的洞见。用本雅明略带晦涩的话语讲，是要在历史进程中，通过释放本原中更高的潜能而使之现实化，最终达到对历史的扬弃和救赎。也即是领悟事物在本原状态上与总体、整体的那种根本关联，那种一体同生的性质，将历史进程中种种试图损伤、遮蔽、摧毁这种总体性、整体性的异化力量和企图，从它们身上一一剥离剔除开去。这就意味着要对各种虚假意识形态所提供的、看似自然的秩序，不断做出福柯意义上的"知识考古"，从其秩序的裂隙入手，揭穿其人为编码的性质，终止其虚假意识形态的虚妄性（这种虚假意识几乎笼罩了现代生活的所有方面，表现为对现实的无条件认同和肯定，与之构成虚幻的和解，从而掩盖真实的矛盾，致使人在这样的处境中意识不到自己被同化、被压抑的命运，完全丧失反思批判能力），以便引进解放的机制，而不是仅仅抓住和撷取事物零碎、片段、偶然的存在样态。事物的真实性不在于它们个别的存在，而在于它们与本原，即总体性、整体性的内在关联，在于这种内在的统一性，在于它们根本上对总体、对整体、对"道"的承载和体现。■

我们不能活反了　王小妮研究集

王小妮的《闪电之夜》一诗秉承了她一贯的"平白、流畅、深刻"的诗风，体现出她于日常现象中"直抵时代核心问题"的敏感，但本文将放弃通常基于社会历史批评所提炼的美学特征，而尝试运用新批评方法对这首诗进行文本细读。在细读中，将搁置这首诗在王小妮身上所附加的一些信息如"朦胧诗作者""女性""2005年""新时期""新世纪"等文学标签，从直抵时代核心问题撤回到直抵诗歌语言问题，切入诗歌的文本与词汇，循着诗形的结构序列，探究这首诗本身所呈现的表层与深层的诗意世界。

　　通读全诗，可获得"凌厉尖锐"的第一印象，诗中强烈的画面感、电影式的镜头切换与光暗变化所带来的视觉冲击，造就了诡谲、冷峭、暗黑的美。

　　最初奠定了这种凌厉尖锐感觉的就是诗歌的题目，诗题《闪电之夜》包含的两个关键词"闪电"和"夜"，正是本诗最重要的两个意象，也是全诗的诗眼、诗心。它们都是客观存在的自然现象的名称，且从逻辑上来讲并无必然的联系。作为客观事物，前者的特征是短暂而明亮，后者则是漫长而黑暗，可见二者的自然属性呈现截然相反的状态。题目中"闪电"与"夜"之间修饰与被修饰的关系，构成了"短暂—漫长""明亮—黑暗"两组矛盾。这两组矛盾可作为理解全诗的基点，也是诗歌张力产生的来源。同时，若把全诗视作一幕戏剧，"夜"因为

光与暗的交错
——细读王小妮诗歌《闪电之夜》※　　　　　　　　　　　　　薛媛元

※ 原载《星星·诗歌理论》2009年第12期。

具有辽阔广远的特征,可理解为大背景和舞台,而"闪电"这个不安定因子则在构筑了舞台背景的同时,又作为角色参与了演出,在诗歌意韵流动过程中充当了最重要的推动因素。参与演出的其他角色、诗人、诗歌的叙述者,则承续着它的推动,按照诗歌章节顺序逐一出场。

诗歌第一节以一句简洁到位的"闪电之夜让人着迷"开启全篇,奠定了全诗的诡谲基调。从句式上来说,这是一个普通的陈述句,似乎在冷静地道出一个客观事实。虽然句子本身言语确凿,但仔细玩味则可发现其结论十分值得怀疑。这种模糊效果主要因"着迷"一词而来。"着迷"一词具有很强的主观意味,尤其是前面以"让人"二字修饰,进一步动摇了整个句子的可信性。"人"的指代颇值得玩味,它有两种可能:普遍意义上的"人类"或单纯指本诗的叙述者。本诗人称指代基本在第一人称——"我"和第三人称——"人"之间切换,如果将"我"理解为主观,"人"便可以理解为客观;如果将"我"解读为个体,"人"就应当解读为群体。指代的不同会造成含义上的极大偏差,造成"复义"的效果。但无论作哪一种解读,"着迷"一词无疑都提供了相当重要的信息,带有一种暧昧的充满魔力的暗示与诱惑,提领着下文进一步的解释。

诗歌的第二节承接第一节展开场面上的解释,虚幻的"着迷"在这一节中落实到具体的承载意象之上。如将第一节看作序幕,第二节可视为戏剧的正式开始,一个个意象陆续登场:"有些异象跟着雷来/跟着光来/很可能还跟着几只鬼。"这一节所展开的画面紧凑而喧闹,依次出现的角色有"异象""雷""光""鬼"等。无疑这是对雷电发生的一瞬间情形的描摹,但是,这些角色出场顺序又被打乱。若纯粹按照时间顺序排列,应当是"光""雷""异象""鬼"。经过顺序的调整,这组词语以虚幻始,以虚幻终,而客观存在同时又带有原型意味的实体名词则被嵌在中间,并位于介词之后,处于次要位置。"异象"这一缥缈的词语担任主角,被提到句子前部加以强调。"雷"与"光"(在这里光即可理解为闪电)是"异象"的先导者,"鬼"是"异象"背后的暗影和随从,前者的存在确凿而明白,后者则是模糊和不确定的,尤其"很可能"三字,进一步虚化了本已是虚幻存在的"鬼"的形象。"异象"是什么,文本中暂无任何交代,只能通过"有些"一词得到关于数量的信息，而其规模和壮观程度，则能从它的先导和随从中略窥一二。"雷"与"电"无论在东方还是西方的神话中都是相当高位的存在：在东方，中国神话中的雷神一说是华夏始祖伏羲的父亲，与共工、祝融并列的十二巫祖中也有雷电巫祖在列；在西方，希腊神话体系中雷电是宙斯的武器，而基督教文化体系中雷电则是审判日天门打开之后的第一批开路奇象。以如此高位的雷电仅作为先导的异象的壮观程度，在这里得到侧写。将先导雷电理解为神性一方的代表，那么随从"鬼"则代表魔性的一面。由此可见，这里的"异象"应是超越这二者之上，涵括天国、地狱、人间的宏大壮观异象。这一节中的一系列侧写，似乎预示着一个光辉灿烂到极点的意象的出现，使读者不由急切地开始下一节的阅读。

然而诗歌下一节并没有继续执着于大场景的铺排，而是转换定格为"我"的个人视角，"人"的意象开始出现："我或有或无／一会儿消失，一会儿又出现。／谋杀的闪光里藏着飞快缝合的手。"此处的"我"，与其说是叙述者，不如说是为强调主观感受的真切而特意设置的第一人称视角，与下文的第三人称视角"人"呈现一种对应关系。"或有或无"与"一会儿消失，一会儿又出现"都是对夜间闪电发生期间的状态精练平实的速写，它不是简单的近义词重复：前者更倾向主观，因为"我"是始终存在的，不存在"有时无"的情况，也不存在从"有"到"无"的转变，"无"是黑暗带给人的一种焦虑，是此境况下人对自身存在的怀疑；后者虽然视角未变，但在择词上要客观得多，忠实于人的视觉感受，而且从节奏和音调上来看比之"或有或无"的短促险仄，"一会儿消失，一会儿又出现"则带着让人长舒一口气的悠长平缓，这种句式结构颇符合中国人的阅读习惯。但"谋杀的闪光里藏着飞快缝合的手"一句出现后，则呈现出一个耐人寻味的反讽现象："谋杀"从社会意义上来看，应当理解为一个负面的词汇，用这个词来修饰倾向正面含义的"闪光"，可见叙述者对"闪电"所持的保留态度。"闪电"的另外一个原型意义就是审判，中国有"做了坏事，天打雷劈"之说，西方也有撒旦在叛乱之后被霹雳打入地狱的故事，作者对有杀伐意义的闪电的保留态度，也是对这种审判的质疑。相对而言，"黑暗"这个通常意义上的中性偏向负面含义的词，在这里却被喻为

"飞快缝合的手",可以读出几分肯定的因素,立于"人"的保护者的位置。再回想之前"或有或无"中的"无",黑暗带给人的虚无感和对自身存在的怀疑感都被削弱了几分。对光与暗态度的反复与暧昧又构成了一对矛盾,可以透露出对矛盾双方都不信任的因素。相对于第二节宏大场景的迷幻,第三节的个人视角带给读者的是一种冷静清醒的澄明感。

  诗歌第四节承接第三节的"一会儿消失,一会儿又出现"进行进一步特写:"人坐在黑暗中／消失的时间很长／出现只是一眨眼。"此节最重要的一点变化是视角的第二次转换,第一人称"我"被置换成无感情色彩渗透其中的"人",刚才的审视者现在成了被审视的对象,呈现"坐"的姿态。"坐"这个动作含义很丰富,首先它是不设防的姿势,在恶劣环境中常给人以无助、认命的感觉;其次它也是蓄势和过渡的姿势,在"坐"的静之中蕴含着动的潜力;它还是思想者的姿势,在闪电打亮的一瞬间,"坐"着的"人"会带给人一种雕像般的视觉冲击。"黑暗"是"人"的环境,从诗歌的题目开始,这个词就呼之欲出,至此终于明确点出。"黑暗"也是象征意义极其复杂含混的词,容易使人产生"邪恶""阴谋""痛苦""死亡"等一系列联想,但同时,它也与"独语""反省""宁静"等含义密切相关。在本节中,"黑暗"是宽广的、包容的,对"人"呈现出一种保护者的姿态。但是,这种保护是非常容易被打破、容易被威胁的。"消失的时间"虽然"很长",但充满了紧张感,似乎长时间的"消失"全部都是为"一眨眼"的"出现"所做的准备。"消失"与"出现"、"很长"与"一眨眼"的对比,加强了诗歌的张力,也加剧了上一节中就隐隐透露出的不信任感。

  第五节延续着第四节的旁观视角,但视野由个人、扩展到了群体,诗节的容量也扩大到了之前几节从未有过的程度,进入了全诗的高潮。此节的画面非常凄艳:"所有的黑衣人,所有的忍者。／没见匕首,没见受伤／只有突然深的裂缝／突然出声的一条惨白。／天啊,伤口合拢得太快了／它不可能被看清。／说谎的少年最快地闭紧没血色的嘴唇。"承载众多的"黑"的意象继续向下延续,由背景浸染到背景之中的人物。被特别强调的"黑衣人"与"忍者"的群体中"黑衣人"的身份无法确指,但因其与必须隐姓埋名地生存、以暗杀间谍等活动为主要生活内容的忍者并列,应可判断它并非指代一切穿黑衣的人,而特指具有隐匿性质的特殊行业从业者,后文的"匕首"也做出了这方面的暗示。下一句中"伤"一字含义的解读是理解这节诗歌的关键,在解读前需要先厘清它周边的语境。接下来的两句"没见匕首,没见受伤的"与"只有突然深的裂缝"又造成了一对表面上无法解决的矛盾:虽然"没见受伤",但"裂缝"却不是"突然出现",而是"突然深",加深意味着先前就曾存在,即之前的"伤"是被黑暗掩饰了的、"不可见"的;骤然发生的闪电并非创造了伤痕,而是将其暴露,使其猝不及防地"突然出声"。"突然出声"与"一道惨白"在这里都具有双关含义,前者实指与闪电伴生的雷声,虚指伤口被暴露被扩大加深之时无法避免的惨叫;后者既无情地揭示了伤痕的闪电,又指出了伤痕本身:对于"黑暗"以及在黑暗中生活的人们而言,光明自己就是一种伤痕。此外,二者间又存在着微妙的通感修饰关系,即"惨白"在被"出声"修饰的同时也对"声音"有潜在的修饰,造成凄厉而绝望的声音回响效果和情绪波动效果。所以,读者在读到紧接着的二字"天哪"时,很容易情不自禁地由心底发出的同样感慨,行为上与叙述者达到了同步。不过叙述者的感慨并非来自伤痛,而是来自"伤口合拢得太快了"的现实,正因如此,才是"不能被看清"的内痛。最后一句"说谎的少年最快地闭紧没血色的嘴唇"作为一个闪电情景再现的特写,其"说谎"一词点醒了"黑"的另外一个特质——不可信,这个词使前文的一切信息和叙述的合理性和可靠性都受到了质疑,同时也留给我们一个无解的悬念:说谎的是暗之"少年"还是光之"嘴唇"? 抑或两者是共谋,无论是光还是暗,都是不可信的?如果说黑暗隐藏了伤,光明是否又夸大了伤呢?于是,"伤"一字的含义渐渐明了,就是"真实"。在诗歌内涵随着紧张的连续画面推展开时,读者对答案的渴求也被提升到一个前所未有的高度。

  但是在紧张的顶点进入最后一节,答案却并没有呈现,叙述节奏反而跟着舒缓下来,叙述者的声音回到了第一人称:"我知道,这会儿我还存在。/可是我完全不知道/在我以外的全部。"在第二节之中"我"出现的"或有或无"的怀疑与迷惘,此时已经有所减弱,但并不彻底,因为此语境下"我知道"三个字的刻意强调,带给人一种自己努力说服自己的做作感。同时"不确定"的信息也通过"这会儿"一词传达给读者,而"这会儿"之后会如何,文本没有给出答案。"可是"一词的转折,使稍微缓和的情绪节奏再一次紧张起来,"完全""全部"二词的绝对意味再一次加强了这种张力,被如此强化的情绪体现在词组"不知道"之中。对"未知"这种一切恐惧之根源的大力渲染,有效地加重了渺茫、彷徨、危机等情感,惊心动魄而又回味绵长。整首诗至此戛然而止,其真正要表达的内涵也渐渐澄明:在矛盾与失真的世界里,渺小的个体永恒地生存在怀疑、彷徨、恐惧的状态之下。

王小妮的《闪电之夜》在"序幕→全景→个人1→个人3→群体→特写→个人1→全景→淡出"的镜头推进过程中,从最平常的自然现象中挖掘出深刻的寓意,通过看似无意组织的词汇文本,使作者对世界的认知自明地传达给读者,而读者也同时享受着与诗人夜中闪电一般的心灵沟通。以新批评之法对这首诗的词语逐一拆解并细致解读,既可以领略到词语编码的诗性魔力,也可以观照到诗人精神世界的某些图像。■

我们不能活反了

王小妮研究集

空间

英国作家麦克尤恩在短篇作品集《最初的爱情,最后的仪式》中写道,"维度是知觉的函数",我们可以换一种更简便的说法:视角决定看法。显然,这将引语从三维立体化过渡到了二维平面化。如果采用数学思维,将两者扩大到合适的程度(即采用最小公倍数的方法),我们可以得到一个三维坐标系,这一坐标系从维度的横轴和知觉的纵轴无限伸展,这个框架结构从平稳性的角度来讲是安全的,就像三点可以确定三角形这一稳定结构一样,空间交叉的两个平面可以从最大方位构建一个空间。

"平衡"一词具有强大的语义包蕴性。从几何的角度说,平衡意味着两个端点,找到平衡意味着找到两个端点的中点。这种折中的方法并非几何学所独有,从亲缘关系的方向,当从空间几何的角度来反观平面几何,我们发现平衡并不单纯地含有一个平面,而是两个平面的交合;相反,如果我们背离了学科间的亲缘关系,从心理学的角度来讲,平衡所折中的两个端点就是个人的内心空间和外部世界之间的关系,从物理学的角度来讲,就是两种力量进行拉锯式守恒。这样,"平衡"一词的语义开始发生动摇,更加明晰地倾向于"稳定"。"平衡"的过程性动词特征,开始沿着时间性过渡到"稳定"这一状态性

双头鸟的平衡术
——王小妮《十枝水莲》的诗歌空间 ※

李大珊

※ 原载《名作欣赏》2011 年第 1 期。

形容词。

"稳定"是"平衡"的目的,"平衡"与藏匿其后的"稳定"则成为诗歌空间得以建立的基础。当我们从横纵两个空间方向进行考虑的时候,毫无疑问,诗歌空间得到最大限度的扩展和延伸。如果从人的角度而言,出于对空间未知性的恐惧,我们需要对某一空间的下限和上限进行明确的标示,通过这些标志我们可以确定这一空间的状态是无限上升,抑或是局促不变。

空间是维度的延伸,同时也是诗人对世界的延伸。诗人通过对世界进行不同维度的思考,构造出不同维度的诗歌空间。当我们观照客观世界的时候,在每个人的思维世界中保留下来的都是形态各异的主观思维空间。世界上每一个个体都是独立的建造者,个体思维正在不断对主观生存空间进行建造,维度数量决定了空间的复杂程度。从宏观的范围上讲,整个世界不过是无数个相对独立的个体空间的无限集合,那么诗人便成为这无限集合中的子集,在整个诗群地势中呈现出不同的地貌特征。

空间的下限标志

(一)水的地貌特征

王小妮的诗歌呈现出一种独特的地貌特征,并在此基础之上开辟出自己独有的诗歌空间。在《十枝水莲》中,王小妮将空间的基础设定为"水",并在水的基础上将空间的高度设定为"流水"。从作为基础的"水"上升到"流水"的高度,正是逐步脱离时间性,将整个空间上升到超验的过程。"子在川上曰:逝者如斯夫,不舍昼夜。"孔夫子把时间当成本体,以"流水"作喻,"流水"在二维平面内的位移成为古人对抽象时间体认的具体显现。王小妮将流水的时间性进行了空间抬升,并在时间性之下,对生命的地貌进行了精心的描画。

(二)双层楼房式对称结构

《十枝水莲》由六首诗组成,六首诗之间形成一种螺旋回环式的诗歌空间结构,后三首是前三首在空间上的上升式,全诗形成双层楼房式的空间对应关系。为了表明诗歌上的空间对应,有必要对六首诗的题目进行整理,它们分别是:"不平静的日子""花想要自由""水银之母""谁像傻子一样歌唱""我喜欢不鲜艳""水莲为什么来到人间"。在论述《十枝水莲》平衡性的时候,如果我们仅从诗歌中所采用的偶数意象或形式,如"十枝水莲"或构成《十枝水莲》的六首诗来说明整体上是平衡的,或从奇数上说明某首诗歌是失衡的,未免显得草率。在组诗的最后一个部分,王小妮写道:

怎么样沉得住气
学习植物简单地活着。
所以水莲在早晨的微光里开了
像导师又像书童
像不绝的水又像短促的花。
——《十枝水莲·水莲为什么来到人间》

这一节有两个句子,前一句是问句,后一句是由"像"连接的关系句。两个句子用"所以"连接,整节诗形成一种问答结构。从诗歌的叙述时间来看,此时的"水莲"已经进入生命的尾端;从诗歌的文本时间来看,诗人将全诗的时间状态拽进了虚无之中,"水莲"进入纯精神状态,"所以"水莲在"早晨的微光里开了"。很显然,"开放"回答了前面的"怎样"。其后紧跟着的由两个"像"引导的关系从句,它们是对全诗所营造的空间结构的诠释。"像导师又像书童",无论"导师"或"书童"都属于第三人称,应划归为他指范畴。从这个范畴来讲,诗人并没有与"水莲"达到同一,依然是共同存在的两者。后一句"像不绝的水又像短促的花",营造出两个不同的意象:"不绝的水"和"短促的花"。"不绝的水"刚好是诗人在全诗中所营造的空间高度,即"流水"的高度——它超脱于时间性。"短促的花"则与前一意象对立,它内含于时间性。这一对立的结果是:诗人在后一意象中包含了人类的生命因子,这种生命因子,即生命的时间性,在"花"与"人"中共存。共同生命因子的并存,说明诗人与"花"开始同构,两者在超验层面成为统一体。从这个角度说,两个比喻句形成一种递进式的空间平衡，即生活上的同一性和超验生命上的统一性。纵观全诗，前三首和后三首则呈现出现实生活与超验生命的空间平衡。诗人与"水莲"从分离走向合一，逐步将诗歌空间向上抬升。六首诗呈现出双层楼房式的空间上升结构，第一层为前三首，第二层为后三首。两个部分在水平空间上同构，在垂直空间上存在着对等的上升关系。第一首对应于第四首，第二首对应于第五首，第三首对应于第六首。

（三）水是基础

诗人从"水"的基础地势上升到"流水"的高度，让"水莲"超脱于时间，成为精神性存在。"水"的地势呈现出低地特征，即现实生活的杂糅状态。这种杂糅状态成为空间上升的基础，也成为脱离时间性达到超验的基础。

王小妮在诗中营造出了谱系庞大的"水族"，例如"水莲""水银""流水"，这些意象，主要集中在以内含于时间性的生活为主要内容的前三首诗中。从组诗的第一首开始，诗人和水莲就包含于时间性之内，"不平静的日子"成为本诗的总基调。以一个问句开始："猜不出它为什么对水发笑。""为什么"的语义指向可以是"发笑"，也可以是"它"，这种困惑感直接挑明了"水莲"与"水"的关系，也成为诗人与"水莲"逐渐统一的开始。在下一节中，诗人并没有从"水"开始，而说"站在液体里睡觉的水莲"。"液体"作为"水"的上位词，成为一个杂糅概念，扩大了"水"所涵盖的语义范围。从"水莲"之于"水"到"水莲"之于"液体"，这一过渡所达到的语义效果更多存在于已知和未知的差异之中。使用"液体"这一上位词概念，强化了"水莲"对生活的未知状态和探索欲望。诗人以对生命和生活的探索状态开始，并在本诗结尾处展现出一种对生活的呼喊状态：

不是个平静的日子
军队正从晚报上开拔
直升机为我裹起十枝鲜花。
水呀水都等在哪儿
士兵踩烂雪白的山谷。
水莲花粉颤颤

孩子要随着大人回家。

——《十枝水莲·不平静的日子》

"水呀水都等在哪儿／士兵踩烂雪白的山谷",呈现出图像的交叠;两个图层的出现,成为诗人对心理空间的绝佳表达。在同一个时间范畴内,诗歌呈现出两种不同的意象族群,一个族群为外部世界,如"军队""晚报""直升机""士兵",另外一个族群为内部世界,如"鲜花""水""水莲花粉"等,两个意象族群形成两个平行的图层。在两种图层的相互交叠之中,浮现出找寻与呼喊的姿势。这种姿势不仅成为"找水"的状态,更成为"回家"的状态。此时"鲜花"被"直升机"上升到某种物理空间的高度,并造成其对世界的俯视。在这里,诗人同样没有使用"水莲",而是采用了"鲜花"这一上位词,上位词的出现直接涵盖了下一句提出的"水莲",词语在语义上的升高,导致"水莲"更加贴近于诗人自我。当我们从"鲜花"注意到"水莲花粉"的时候,也应注意到诗人对于"士兵"的动态描写,即"踩烂"。"踩烂"的语义直接指向"雪白的山谷",同时交叠着"水莲"意象。两个意象的交叠,让"士兵"处于中性状态。如果说诗人所处的内部世界和外部世界都呈现出对生命的呼喊状态,即"找水"的状态,那么"士兵"在找的同时也呈现出破坏者的姿态,整个世界进入毫无头绪的忙乱之中。但就在整个世界处于疲于奔命、慌张混乱之时,诗人返回了自我的生活世界,甚至直接进入"水莲"的内部世界,"水莲花粉"与"士兵"处于同一种慌张状态之中,"回家"在这时候成为必需,只有"回家"才能让世界静止。

(四)上位词的方向

第二首《花想要的自由》所表达的并非单纯的静止状态,而是自由。这首诗同样以问句开始:"谁是围困者／十个少年在玻璃里坐牢。"对于这样的提问,诗人自己做出了回答:"是我放下它们／十张脸全面对墙壁／我没想到我也能制造困境。"显然,诗人将水莲放在瓶中,并给水莲制造了所谓的"困境"。诗人对这困境也有自己详细的描述:"水不肯流／玻璃不甘心被草撞破。"所谓的困境,就是无法让自己得到挣脱,被围困者既无法让自己退出,也无法改变环境。当然,我们在这里要说的并不是困境如何尴尬,而是说造成困境的条件:一个是"水不肯流",另一个是"玻璃不甘心被草撞破"。在这样的困境中,"最柔软的意志也要离家出走"。诗人在这里并没有肯定是否要回家,而是规定了"离家出走"的方向。在本诗的第二节,诗人写道:

> 我看见植物的苦苦挣扎
> 从茎到花的努力
> 一出水就不再是它了
> 我的屋子里将满是奇异的飞禽。
> ——《十枝水莲·花想要的自由》

水莲"出水"这一动作无疑是向上的,但要上升到什么高度呢?答案是"飞禽"的高度。"飞禽"飞翔的地点为"我的屋子",而诗人包括水莲所做的一切都在一个空间范围之内,即"屋子"之内。水莲"离家出走"的行为成为诗人自我"离家出走"的缩小化。现在返回"水莲"面对的困境,"水不肯流""玻璃不甘心被草撞破",物理空间的静止,让水莲的自救行动只能是向上的。诗人自我和水莲意象逐渐并行,诗人所处的物理空间和水莲所处的物理空间也开始并行。

> 顽强地对白粉墙说话的水莲
> 光拉出的线都被感动
> 洞穿了多少想象中没有的窗口。
> ——《十枝水莲·花想要的自由》

"窗口""白粉墙"这些属于"屋子"范畴的意象,同样作用于水莲的自救行动。诗人在时空上"回家",此时变成了精神上的"离家",并呈现出一种"眺望"的姿态,这既是水莲也是诗人的姿态,它产生的直接原因依然是"水不肯流"。"水"成为脱离时间性的绝对困境,既围困了诗人自己也围困了水莲。诗人对"水"的态度不再是"呼喊",而是"超越"与"脱离"。值得注意的另一个状态是:"水"虽然存在于生活的物理层面,可是它造成的围困状态却脱离了时间层面,进入绝对的状态。"水"的困境可以直接扩大并延伸到每个生存个体的范围。

(五)水的质地

诗人的自我形象和水莲达到融合,出现在《水银之母》中。这首诗为我们呈献出最详细的"水"的地貌特征,这得益于诗人对"水银"的发现。"洒在花上的水/比水自己更光滑",水与水莲完成了主动与被动之间的转换,水因为洒在花上,转换了自己的质地,从而显露出"水银"的特征。同时,水莲因突破了水的围困,在最大限度上改变了水的质地。

坏事情从来不是单独干的。
恶从善的家里来。
水从花的性命里来。
毒药从三餐的白米白盐里来。
——《十枝水莲·水银之母》

诗人将花称为"水银之母",花在逐步突破重围的过程之中产生了水银,也在最大限度上改变了水的质地。水一方面给水莲造成绝对困境,又在另一方面留下了水中珍宝"水银"。善恶交融、美丑互交的状态,成为水的绝佳地貌。《老子》有云:"天下皆知美之为美,斯恶已;皆知善之为善,斯不善已。故有无相生,难易相成,长短相形,高下相倾,音声相和,前后相随。""水"的状态就是万物混杂的基础,水的地貌特征就是在围困与被围困的状态中呈现的。"水莲"与诗人自我呈现出杂交合一的状态,水莲成为诗人的象征,而意象融合的过程也是诗人逐渐融合于生活的过程。水的地貌特征向生活的地貌特征延伸,呈现出杂糅的物理层面。然而"水"依然处于低地而不是高地的状态,是王小妮在诗歌空间内构筑出的一切建筑的基础。值得注意的是,时间依然流动在善恶混杂的生活表面,诗人超越的是生活,不是时间。

空间的上限标志

（一）流水的高度

说到流水，必然要涉及一个动力源问题，流水何以流动，又要流向何方。前文已述，流水成为水的高空状态，由于脱离了时间性而高悬于生活之上。流水的本源依然在于水，流水不过是脱离时间性进入绝对状态的水，水的动能来自水莲。在《水银之母》中诗人写道："水从花的性命里来。"花的生命律动呈现出水的流动姿态，反过来说，水之所以脱离时间性而成为流水，其动力来自花的生命律动。在这种相互作用之中，两者相互成全。

在后三首诗中，诗人的自我与水莲意象达到了融合，这种融合让诗人扩大了视域，获得一个特殊的视角——水莲的视角。这个视角让诗人得以从水莲的角度观看外部世界发生的一切。在赢得这种视角的同时，诗人和水莲逐渐摆脱时间的物理特性，进入脱离于时间性的超现实之中，即飞升到流水的高度。

（二）视线的中点

今天热闹了
乌鸦学校放出了喜鹊的孩子。
就在这个日光微弱的下午
紫花把黄蕊吐出来。
　　　　——《十枝水莲·谁像傻子一样唱歌》

参照《不平静的日子》的最后一节，我们可以感受到，这时候的世界又陷入混乱和僵局之中。"紫花"将"黄蕊"吐出，动作伴随色彩的交错，水莲经历了生命的峰值，进入物理时间的衰败期，而水莲的衰败成为花蕊又一次离家出走的直接原因。

鉴于组诗的前三首和后三首的对应结构，我们将《不平静的日子》与《谁像傻子一样唱歌》放在一起进行对比分析。诗人在这两首诗中所采用的意象群发生了大幅度的变化，从之前的"军事"意象转变为"自然"意象，而意象群的转变同时成为诗歌视线距离的转变。视线距离在逐渐变近，诗歌视点从停留在"军事意象"的远景范围移动到"屋子"的近景范围的中点。"鸟"出现在诗歌之中，成为积极人世的代表。

>谁升到流水之上
>响声重叠像云彩的台阶。
>鸟们不知觉地张开毛刺刺的嘴。
>　　　　——《十枝水莲·谁像傻子一样唱歌》

"谁"作为疑问代词放在诗句的开始，我们并不知道它所指代的究竟是什么。可以肯定的是："谁"所处的位置是在"流水之上"，流水暗含的时间性受到威胁，有些事物进入永恒。如果让这一句成为下一句的状语，我们就会看到"鸟"对于这一事实表现出的聒噪动态。"毛刺刺"这一形容词修饰的是"嘴""不知觉"是"张开"的状语，这两个修饰语的使用包含着两个最为直接的语义：鸟处于屋子的外部世界，却又与诗人的生活环境相关，这种相关性造成鸟对诗人生活空间（屋子）的距离感；鸟在外部世界处于不自觉状态，这一状态并不发生在"屋内"，而是发生在"屋外"，也就是说，鸟的空间位置与"飞禽"（《花想要的自由》）的空间位置是不同的。"鸟"处在与"水"相平行的位置，"飞禽"则处在与"流水"相平行的位置。明确了这两点，"鸟"成为与"水莲"相对的意象，成为与诗人相隔的外部世界的代表，就没什么奇怪的了。我将其所代表的称为"聒噪的瞎子"，他们是在外力的作用下胡乱鼓噪、影响视听、忽略内心声音的世人，王小妮则直接称他们为"傻子"。第四首诗的题目为"谁像傻子一样唱歌"，反问句式即是自问自答，"傻子"成为"唱歌"的施动者。

>一座城里有数不尽的人在唱
>唇膏油亮亮的地方。
>天下太斑斓了
>作坊里堆满不真实的花瓣。
>　　　　——《十枝水莲·谁像傻子一样唱歌》

施动者并非是个人而是群体,这种群体景观逐渐成为本诗的背景。"天下"一词极大地扩充了诗歌的背景幅度,诗人对这种群体景观的颜色描述是"斑斓",在此诗人交错了背景层、颜色层、声音层。图层的交杂糅合,让诗歌再次进入"不平静"的混乱状态。为区别于前文,在图层水平交叠的过程中,诗歌的视点也进行了移动。

我和我以外
植物一心把根盘紧
现在安静比什么都重要。
——《十枝水莲·谁像傻子一样唱歌》

在本诗的最后一节,诗人将视点移动到了"屋子",这是距离诗人最近的一层空间。"我和我以外"与"植物一心把根盘紧"之间的关系是并列式,而非领属式,这一点在于助词"的"的缺失。"我"与"我以外"形成并列关系,且直接与"植物"形成对比。诗人将自我与"鸟"所代表的外部世界对立起来,但这并不等于和"植物"建立对等关系,诗人将自己放置在一个中间位置,这一位置的占据,一方面形成了对"鸟"的世界的归属,另一方面也形成了对"植物"世界的认同。中间成为过渡的代名词。"鸟"的世界开始双向运动,一面是"胡言乱语"的外部世界,这种世界是"斑斓"的、"不真实"的;另一面是"植物"所在的"安静"的屋内世界。诗人在承认自我应归属于"鸟"的同时,又显露出应该走向"植物"的趋势。

(三)双头鸟——否定词的隐形衣

随着物理时间的流逝,"水莲"进入生命的否定状态,这种状态从生物角度上呈现为"暗紫"色。时间与生命长度成正比例向前奔驰,"落花随着流水"(《十枝水莲·我喜欢不鲜艳》)。此刻"水莲"出现另一种状态,即"不鲜艳"的状态;诗人的自我意象也开始分裂,分裂为"不存在"的状态。按照反义词的法则,如果我们说"不存在"等于"虚无",或说"不鲜艳"等于"枯萎",只会得到谜底的一半。否定词在否定语义之时,也向我们展示出词语的肯定部分,否定副词"不"预示了词语的中性状态。

> 水啊水
>
> 那张光滑的脸
>
> 我去水上取十枝暗紫的水莲
>
> 不存在的手里拿着不鲜艳。
>
> ——《十枝水莲·我喜欢不鲜艳》

　　这是诗人第二次对"水"呼喊,第一次是在《不平静的日子》中。"水"成为生活混乱动荡的表征,这种表征在《花想要的自由》中给生命带来了绝对困境。当然绝对困境存在于低地表面,并没有脱离时间性,而且只对下位词起作用。这节诗再一次发出了对"水"的呼唤,值得注意的是,水的质地得到改头换面的转变,"水"从原来的混乱动荡变成了"光滑的脸"。前文已述,水与花呈互动状态。这时候的"水"显然不再是低地之水,而是"流水",它处于高地,流水的时间性则让水莲在生命的尽头飞升到超时间的高度。玛格丽特·杜拉斯在《情人》中写道:"与那时的面貌相比,我更爱你现在备受摧残的面容。"时间对于真正的感情来说,从来不是问题。时间的流动性给"水莲"造成"不鲜艳",另一个语义则是"鲜艳"。"鲜艳"在否定副词中得到了完美的遮盖,正如时间导致"水莲"枯萎的表象,遮盖了"水莲"进入永恒状态的实质。如此,诗人在《谁像傻子一样唱歌》中提及过的疑问代词"谁"(谁升到流水之上/响声重叠像云彩的台阶)也将得到回答,回答的语义指向并不单一。"谁"一方面可以指向"水莲",另一方面可以任指,以达到对"水莲"的否定。总之,"水莲"在物理时间上的枯萎,成为它在精神时间上的"鲜艳"。

　　诗人对自己也使用了否定词,她称自己为"不存在",按照否定词的隐形用法,"不存在"背后的语义指向是"存在"。如果我们说"水莲"通过时间达到非现实的"鲜艳"状态,那么诗人自我则通过空间达到"存在"状态。

> 农民一年四季
>
> 天天美化他没去过的城市

亲近他没见过的人。

——《十枝水莲·我喜欢不鲜艳》

与外部世界开始产生隔阂，人的生活逐渐成为依靠交通运输工具连接的一个端点和另一个端点。"农民"和"士兵"（《不平静的日子》）一样，都处于混乱盲目的找寻状态之中，区别在于，"农民"的找寻偏重于盲目，而"士兵"的找寻偏重于混乱。弗洛姆在《爱的艺术》中提到，人与人认识到相互之间的区别，因而相互陌生。外部世界中的人从"存在"到"不存在"的过程，即开始产生隔阂和陌生化的过程。当隔阂发展到一定程度，人与人之间的陌生便会扩大到不存在。无怪乎王小妮在诗中写道："这种时候凭一个我能做什么？／我就是个不存在。"从"鸟"的世界（外部世界）来看，诗人呈现出虚无状态；从"屋内"世界（自我世界）来看，诗人却是一个地地道道的存在物。视角上的分野让诗人成为一个骑在钟摆上的物体，向左摆向"鸟的世界"，成为"不存在"；向右摆向"屋内世界"，成为"存在"。值得注意的是，诗人的摆动特征，并没有取消她对"外部世界"也即"鸟的世界"的归属。如果取消了这种归属，也就没有必要提出"存在"与"不存在"的问题。除去时空因素，诗人与"水莲"在流水的高度上达到了统一，"不存在"的内部视角和"不鲜艳"的时间特征，让诗人和"水莲"得到了双重解放。弗洛姆认为，现代社会的规格化生产，在让人获得认同感的同时，也让个体在集体中达到最深程度的同化。这种同化被弗洛姆称为"罗网"："一个被围困在罗网之中的人如何才能不忘记他是一个人，只存在一次的人，只有一次生存的机会……"按照生活"罗网"的说法，诗人和"水莲"面临着同样的困境。摆脱困境的方法，恰如诗人在《花想要的自由》中所言，"顽强地对白粉墙说话"，直到"光拉出的线都被感动／洞穿了多少想象中没有的窗口"。诗人要达到的结果即所谓的"不存在"和"不鲜艳"，这一目的并非物理意义上的挣脱，而是要通过与生活互动，让生活"变得光滑"，洞穿物理意义上的"白粉墙"，进入"自由"的生命状态。

（四）上位词的空间高度与时间

王小妮诗歌的空间高度与词语的语义范围呈正相关趋势。她要达到的广泛意义,绝大部分都使用原本意象的上位词进行表达。如在《花想要的自由》中,"我的屋子里将满是奇异的飞禽""飞禽"出现在屋内世界中,与后文出现的"鸟"呈现出不同的语义特征。"飞禽"在担任"鸟"的上位概念的同时,包含了更多语义特征,获得了整个诗歌空间的上限高度。在《谁像傻子一样唱歌》的最后一节中,"我和我以外/植物一心把根盘紧/现在安静比什么都重要",在这里,"植物"所包含的语义与单纯的"水莲"并不相同,最明显的区别在于二者的行动环境迥异。"植物"是从"鸟的世界"(即外部世界)来说,"水莲"则作用于屋内世界。如果"水莲"仅作用于诗人,"植物"作为"水莲"的上位概念则明显上升到了更高的空间高度。

诗人在《水莲为什么来到人间》一诗中,魔术般地将诗歌整体全盘放置在与时间的拉锯战之内。如果说与这首诗相对应的《水银之母》依然处于饱受时间磨砺的生活之中,那么,《水莲为什么来到人间》则呈现出对时间的剥离状态。作为诗歌的题目,"水莲为什么来到人间"是一个特指问句,回答的总方向是原因,内容带有不确定性,然而可以确定的是:"水莲"所处的地点是"人间"。"人间"这一确定因素的出现,在带来下降趋势的同时,也直接升高了"水莲"所处的初始位置。"水莲"从初始位置到终极位置的运动过程,是在与时间的拉锯中实现的。从物理时间上讲,"水莲"行将就木,"天光将灭/它就要闭上紫色的眼睛/这将是我最后见到的颜色"。"水莲"度过了自己的物理周期,进入生命的黑夜之中。

花不觉得生命太短
人却活得太长了
耐心已经磨得又轻又碎又飘。
水动而花开
谁都知道我们总是犯错误。
怎么样沉得住气
学习植物简单地活着。
所以水莲在早晨的微光里开了
像导师又像书童

像不绝的水又像短促的花。

——《十枝水莲·水莲为什么来到人间》

  诗人在最后两节诗歌中，对在物理时间中灭亡的"水莲"进行了复活。这两节诗所采用的意象，依次分别为"花""植物""水莲"。前面已经分析过"水莲"与"植物"的诗歌空间高度，"花"的诗歌空间高度则从水莲的初始高度开始，停留在空间的中心。"花"这一意象在与第六首相对应的《水银之母》中也出现过，"洒在花上的水／比水自己更光滑""水从花的性命里来""花"集合了"水莲"的语义特征进入精神高度。"花"更大程度上居于时间之下，作为一个相对于"水莲"来说的抽象概念，象征了人的生命高度。

  在倒数第二节中，从物理时间的角度看，"花"和"人"的相同之处在于，二者都截取了时间中的一段作为自己的生命时间。当生命的速度开始加快，人在相同的生命路程内所经历的时间开始变快，生命的频率在现代社会"规格化"生产中则变得单薄。"水"与"花"对等于人和生命。"水从花的性命里来"以及"水动而花开"的双向运动，说明人与生命处于相对运动中，人在生命的物理时间中不断进行与生命的磨合运动。

  前文已经分析过最后一节对于全诗结构的呈现，这里从语义的角度，我们可以看到诗歌的高度再一次被诗人抬升到了"植物"。人与生命的磨合运动之关键，即"沉得住气／学习植物简单地活着"，诗人自我与"植物"获得了超越于时间的统一性。当"植物"的空间高度上升到超脱于时间的高度，即"流水"所处的空间高度的时候，"水莲"在"植物"的下位空间里获得了复活。

王小妮的相对论

  纵观组诗，王小妮在构筑她的诗歌空间标志上呈现出相对性。每一横向层面的构建都是相对的，都是以另外一层面为基础。诗歌在"水"与"流水"这两个层面上确定了诗歌空间的下限和上限，确定了诗歌空间得以构建的纵向脊柱。在确定了空间的总体范围后,诗歌又以内含于时间性和超脱于时间性为确定点,建造了三个不同的时间层。

按照时间层的所属范围,诗人以上下位概念的语义范畴为基准,从下至上依次确定了"水莲""花""植物"三个不同的空间高度,诗人的自我形象不断与这三个不同的空间高度发生关系。从生活(水)的混杂状态开始,诗人的自我形象就在外部世界(鸟的世界)的远景状态和内部世界(屋子世界)的近景状态来回摆动。"鸟"在外部呈现为鸟的具象状态,在内部上升为"飞禽"的状态,而"鸟"的状态停留在"水莲"的时间性之中,"飞禽"的状态则处于"植物"的超越性之中。诗人最佳的位置,是在这个空间内找到一个合适的中心(平衡点),即"花"的状态,"总是犯错误"(《水莲为什么来到人间》)的状态,在这种状态下诗人才能与生命(水)进行一种相互磨合的运动。毫无疑问,这个状态并不是静止的,而是不断向"植物"与"流水"的超时间性飞升,这种飞升的状态将无限持续,王小妮在这首诗中所营造的空间也将无限度扩大。基于诗歌在横向空间上的固定和纵向时间性上的延伸,诗歌的空间获得两个层面交错式的平衡与稳定,诗人的自我形象也在诗歌空间的中心点获得了最大限度的自由。■

我们不能活反了

王小妮研究集

王小妮的诗歌并非如其名字那样：柔媚、温馨，相反，她的诗作总是透射着桀骜不驯的个性。她以某种令人"难忍"的姿态，在传统女性的温婉之外赋予诗歌某种激烈的表达，阅读者更像是在陡峭的诗行中感受词语的侵袭。

她将语言搅拌起来，变成一把手术刀，锋利的刀口划开诗歌的世界。接着又以忧郁和优雅的方式低吟悲怆的记忆，产生与诗意相关的所有意象的律动。但是，她的诗意绝非停靠在喧哗和骚动的浮华的表层，在那看似复杂的诗意的尾声，她总是以缓板的方式将思绪复归于另类的柔婉和低回之中。

锋利：非女性的婉约

王小妮似乎不善于抑或不喜欢柔婉，尤其是在诗歌中，她更愿意把那些原本柔婉的世界描绘得惊险无比，制造出相对紧张的气氛。即便是在描写那些于传统诗歌中本该以温婉的方式进行书写的意象时，她依然选择以别样的角度和非女性的婉约来表现只属于她自己的诗意世界。

在《我就在水火之间》二十二首组诗中，她将锋利铭刻于诗歌的

锋利　忧郁　低回
——王小妮近年诗歌述评※　　　　　　　　　常如瑜

※ 原载《名作欣赏》2012年第5期。

字里行间:"月亮在深夜照出了一切的骨头。"(《我就在水火之间·月光白得很》)王小妮的月光不是柔和的,抑或充满浪漫的,它呈现出另一种力量。在白惨惨的月光之下,诗人看到的既不是"月照花林皆似霰"的柔婉和哀怨,也不是"疑是地上霜"的耽于沉思和想象,而是如刀锋般锐利的月影。身处那月光中,连气息都变得"青白"。在死一般的沉寂里,惨白的月光映照出污浊的人世——"没有哪个生命／配得上这样纯的夜色"。因而,在月光的背后,是死亡的意象,在荒诞和绝望中映照着诗人的灵魂和对世界的理解。她拒绝虚饰的温柔或甜美,直白地描摹死亡及其背后的象征,诗人甚至以反抗的姿态表达内心的愤懑。诗人让读者看到了波德莱尔、马拉美,或是兰波。月光沿着诗人的灵魂通向一个并不美好的世界,但却是一座真实的、令人不容置疑的世界,那不是童话般充满奇迹和幻想的世界,而是冰冷的如月光般犀利的现实。

月光笼罩之处全都是死亡以及同死亡有关的幻想。对死亡的描摹是王小妮诗歌中最为锋利的部分。但是,死亡的意象并非是死板、单一的,它时而表现为华丽柔媚,时而表现为调侃和玩世不恭,尤其是后者,王小妮喜欢将死亡的意象配以谐谑。这样的描绘更展现出一种锋利。《在雪天去山西》的开篇即显示出诗人的果决:"山西还死着／河南并没有活过来。"她出乎意料的大胆,犀利地横扫北方的冬天,从河南一路向北到达冰封雪盖的山西,这里没有令人浮想联翩的皑皑白雪的胜景,只有"多年的霉斑飞扬"。诗歌几乎划破了北方的伤口,并且在上面撒盐,诗人消解着所有关于北方的雪的颂歌。只有那"漫山遍野藏着削面片的小姑娘"透射着尴尬的诙谐,映照着困苦的思索。

在这刀锋般的诗歌中,承载死亡的全是城市。在诗人眼里,城市以及它所象征的文明没有任何吸引力,它是不能够平等地"安放"[1](诗人盼望着安放那些孩子、老人、女人、流人以及灵魂)生命的地方。无论是月光下的城市,还是白雪覆盖的城市,或是其他类型的城市,它们全都通往绝望和死寂。在这方面,王小妮从来不曾留情,她永远站在城市的对立面:"我让一座城失望"(《在雪天去山西·夜里住进

---

[1] 王小妮:《安放》,山东文艺出版社,2007年版,第211页。

候着马的城》),她绝不会如一些诗人那样,热衷于描写城市的激情或是给予城市以生动和希望。她消弭了一切同激情和热烈有关的情愫,只留下令人惶恐的直白和锋利:"在我居住的这个城市里,人们不再愿意细说自己的内心,更不想为他人去悉耳静听。"[1]

忧郁:艰涩与苦难

苦涩的细节描绘着诗人的感受。王小妮眼中的世界绝非是甜美的,至少在她诗歌中,世界的表象充斥着迷离的、艰涩的光影,即使是记忆也总被冠以令人尴尬的景象。她的记忆中似乎没有太多明快和令人感到温馨的场面,因此,王小妮很少在诗歌里塑造一些虚浮的感动,她更愿意将内心的体验转化为艰涩的忧郁和苦难的意象。

《十枝水莲》既是王小妮近年来所写的最为优秀的组诗,也是她独一无二的、抒写忧郁的作品。她看到的绝非常人所见的水莲,而是"苦苦挣扎"的水莲。它们静静地躺在水里,那是属于诗人的十枝水莲,诗人感受到它们的痛苦,就像感受到自己的痛苦一样。她凝视着它们,并给予对方以幻想的权利。读者永远无从了解那诗歌中每一个意象的真正意义,甚或连诗人自己都遗忘了它们最初的象征——"猜不出它为什么对水发笑。"(《十枝水莲·不平静的日子》)她表现出令人惋惜的、朦胧的醉意。水莲似乎是具有生命的精灵,它们是"站在液体里睡觉的水莲/跑出梦境窥视人间的水莲"(《十枝水莲·不平静的日子》),它们拥有知觉和感受,只不过它们的感受令人忧虑和疑惑。它们尽可能地压抑灵感,并把关于人世的记忆埋藏于看不见的水面之下。

诗人以险峻的方式表现忧郁:"我要做一回解放者/我要满足它们/让青桃乍开的脸全去眺望啊。"这忧郁辗转投射着小女人的诗情,她在不经意间表现出的柔弱混合着某种尴尬。那是充满艰涩的批判,她不惜赤裸裸地批评人世和生命的误区:"花不觉得生命太短/人却

---

(1) 王小妮:《倾听与诉说》,鹭江出版社,2009年版,第138页。

活得太长了。"(《十枝水莲·水莲为什么来到人间》)王小妮对花的领悟充满了悲剧色彩,她在这首诗中罕见地以温婉的方式勾勒了水莲的魅影:"水动而花开……水莲在早晨的微光里开了/像导师又像书童/像不绝的水又像短促的花。"(《十枝水莲·水莲为什么来到人间》)这女性的温柔在忧郁的水面上浮动,那水莲便是诗人自己。诗人的哀怨以坚毅的方式呈现,诗人的思索在水莲的摇曳中开放。她看到的永远都是美丽背后的阴影,所以她不喜欢"鲜艳":"我去水上取十枝暗紫的水莲/不存在的手里拿着不鲜艳。"(《十枝水莲·我喜欢不鲜艳》)这纯粹的、冷静的、略带阴郁的色泽是诗人灵魂的写照。她在这组诗歌中不断前进,最终走向安宁:"现在安静比什么都重要。"(《十枝水莲·谁像傻子一样唱歌》)

在忧郁的诗行的缝隙之中,王小妮对苦难的表达显得异常含蓄。这比那些直白地释放内心压抑的诗歌要优雅和从容得多,只是这样的优雅裹挟着厚厚的悲伤,表现得令人难忍和怜悯。十枝水莲的世界原本是平缓和安宁的,只是它们不慎跌落到不相干的人间,滑落入苦涩而复杂的世界,就像"被嵌入、被囚禁在现实之中"[1]的诗人。不幸的,水莲的苦难与诗人内心的苦痛正相吻合。对此,诗人是这样回应的,她"看看左右"说"我正要彻底打扫一下地狱"(《九月所见·色彩斑斓的田野像鹰飞起来》)。或许,她真的能够清理出一片免受苦难、值得赞誉的净土。

低回:复归的魅影

如果王小妮的诗歌仅仅停留在令人难忍的层面上,那么,她的诗歌便不会收到那么多的共鸣。在非女性的温婉与尴尬的苦涩之外,她还将备受其语言蹂躏的阅读者们推向往复、徘徊和留恋的境地。

近年来,王小妮在诗歌创作上步入了反思的阶段,她逐渐趋于理性和安宁,无论是语词还是意境都逐渐偏向于深沉的思索。她在这一

---

(1) [德]海德格尔:《荷尔德林诗的阐释》,孙周兴译,商务印书馆,2000年版,第75页。

阶段的创作就像一条河流逐渐走向低回。她的诗歌也不再如前期的创作那样彰显着执着,而是步入优雅的殿堂,在舒缓的节奏中徐徐吐露真实的情愫。2003年,王小妮得到华语文学传媒大奖后,她的创作更加趋于内心的平静和某种潜在的娴雅。事实上,这些特征原本不属于这个桀骜不驯的女诗人,她是在突破自我的束缚之后,从世界的一端走开去,就像她最初选择走向某种"偏执"一样。当然,她并没有因此而完全背离最初的记忆,比如,她对20世纪70年代的回忆,[1]那些混合了复杂情感的记忆。所以,即使在诗作中,这个世界以及它所塑造的生活依旧可以被还原为"挣扎"。不同的是,她在表达那些"挣扎"的时候开始出现某种转机,她不再仅仅用坚硬的壳来包裹诗歌。就像《十枝水莲》以及塑造类似意境的诗歌所表现的那样,王小妮开始流露出她对世界的另一些理解。

正如批评家耿占春所说:"王小妮是一个凭着直觉写作的诗人,她似乎并不关心理论,但她具有一种社会的敏感性,她可以在只关心日常的世界和日常的事物时,出人意料地直抵时代的核心问题。"[2]但是,在她后期的诗歌中,这种感悟似乎被隐匿起来。从20世纪90年代走出来,王小妮在诗歌中也不再仅仅以决绝的方式来塑造意象。但是,她并没有因此而减弱对世界的认知。她借助意象的表层来覆盖对生活的体验,其结果是让诗意变得更让人沉醉,尤其是在如《半个我正在疼痛》这样的诗集中,她敏感的精神似乎更能够引起读者的共鸣。对于诗人而言,这样的评价便显得尤为贴切和生动:"与许多诗人的不同之处在于,王小妮对事物和世界的描述,乍一看几乎是纯净无染的,是一幅调子洁净而愉快的素描,但她的声音中总是有一种话语因素提醒读者其中失去了东西。"[3]诗人显然更愿意隐瞒其中的真实性,并让所谓真实的世界变得如虚幻的假象般令人难以捉摸,最终是为了实现她的复归。

正因如此,王小妮诗歌的象征性并没有因为她的低回而有所改

---

(1) 王小妮:《七十年代记忆片段》,见《七十年代》(北岛等主编),生活·读书·新知三联书店,2010年版,第457页。
(2) 耿占春:《失去象征的日常世界——王小妮近作论》,《文学评论》2007年第2期。
(3) 耿占春:《失去象征的日常世界——王小妮近作论》,《文学评论》2007年第2期。

变,她将自己变身成为诗中的魅影,她的灵魂能够轻松地徘徊于诗歌的世界之外,让失去象征的世界重新在诗歌中聚集。当所有汇聚起来的意象通过诗歌的窗口再次开放的时候,诗歌便实现了"使隐喻成为发现生活意义或赋予其意义的一种力量"[1],这力量的伟大之处正在于王小妮的转变及其自我的外显。王小妮的"力量"不仅仅存在于那些锋利或忧郁的诗行之间,它们还隐匿在她从容的倾诉和令人赞叹的舒缓的节奏当中。

小结

"诗歌要传达什么?"[2]这样的问题似乎正适合寻觅王小妮诗歌的魅力。总的来说,王小妮的诗歌是排斥愉悦感的,有些作品甚至刻写着艰涩。她也从未想过用诗歌来满足陶醉。但是,她的诗行却能够使人沉思,尤其是当阅读者的思绪陷落于她的诗意的底层的时候,更能够为其意象的世界所感动。因而,很难以某种特定的风格来描述王小妮的诗歌,她的作品总是在令人诧异的情境中呈现自身的魅力。■

---

(1) 耿占春:《失去象征的日常世界——王小妮近作论》,《文学评论》2007年第2期。
(2) [美]克林斯·布鲁克斯:《精致的瓮》(郭乙瑶等译),上海人民出版社,2008年版,第65页。

我们不能活反了　王小妮研究集

第三辑

透视

我们不能活反了

王小妮研究集

我经历了王小妮诗歌的全部时空、全部背景。

我亲眼看到了一个个字,从白纸里浮现出来,像手冲破水。

一行行白栅栏一样的诗,像小院子似的围着她,像浓荫的城堡,簇拥着她。

她,像街头上任何一个人那样活着,安详地洗衣、煮饭。读一些字,写一些字。她把那些字,从天堂的辞典里,像沙场秋点兵那样轻柔地取出来,巧妙地抽出一丝丝纤细的光。她靠纺织着那些光,额外地活着。她自造了帝王的高傲,用来默默地抵御着漆黑无边的庸碌和盲昧。

她是这个世界上最好的倾听者,一个不反驳的人,一个无声自语的人。

她把一个无比精密的工作室,深深地设置在灵魂的最上方。那些像一幅幅写意画一样的汉字,像她一样柔和、灵透。在用手一撇一捺写出来的笔画中,散发着我妻子那一层常人看不见的、蓝幽幽的光晕。

我离它们这样近,近得像端详着镜子里我自己的容貌。我可能像惠特曼所写的三封自我夸赞信那样承受世俗的误解。更加可怕的是,在与它无微不至的接近中,我可能恰恰承担着一种危险的篡改,我旋转的文体可能会伤害它的宁静,我偏激的目光可能丢开它而进入自我编造。更加细腻地说,在恰巧发生的婚姻中,我个体的判别意识本身,作为它万有引力般的第二个同谋,最终成为被这个圣徒一样的女人所

我的诗人妻子王小妮
——王小妮文学写作编年 ※

徐敬亚

※ 原载《人物》2008 年第 5 期,本文为作者据同题文章改写。

俘获的另一件精神产品。

生活正如流水，我就以流水账的方式，写我的妻子吧。

一个人怎样成了诗人

1969—1978年：一位诗人的诞生

在中国，一个叫王小妮的人写起了诗，可能是这个国家在20世纪六七十年代中一次城市向农村人口倾泻的小小艺术后果。很多艺术家的早期创作，都发端于他刻骨铭心的领域，因为那时，他还不可能学会伪饰。最初的生存，往往蒸凝成一个诗人最早的坦率母题。

生于都市的王小妮，在20世纪60年代末（1969年）那一场大雪中，突然变成了一名农村泥房子学校里的中学生。那些保持着自汉代以来耕种方式的农业景观，使流放般的生存中露出了一种揭开皮肉的生命新鲜。从未听说、从没看到过的天地相映、人畜互怜的自然风貌，不能不使一个初级都市人的意识发生某种倾斜与偏离。

三年后（1972年）重新回到城市，而后（1974年）她从城市中学毕业再一次返回农村，则是由于一种认为青年学生背离农民的时代性不安，还没有消散。

最初的被发现，不是由于诗，而是由于画。在编辑一份知青小报的几年中，王小妮成为那个丘陵县里山野闻名的小小画家与文人。

1978—1982年：赤子七星

20世纪70年代末（1978年），作为被中断了的高等教育第一批"科举式"的受惠者，王小妮离开县城时，甚至还带着一点点成功后的眷恋。而正是在那时，一种全面审视历史与文化的目光，正在中国思想界和高等学府里大面积浮起。在吉林大学，曾经有一个名为《赤子心》的七人诗社，应和着全国几十所大学里的社团波澜，在整整四年中，一天天地培养着未来的诗人们。

1978—1982年，在国家改革的最初进程中，文学的开放、收缩一直与变革同步起伏着。在北岛、芒克创办《今天》杂志之后半年，

1979年5月9日，以徐敬亚、王小妮、吕贵品为核心的《赤子心》创刊。在思想解放高潮期，起步阶段的《赤子心》诗社成员曾达二十四名（占八十人班级人数的百分之三十）。而一种被屡屡视为不祥的艺术倾向，使游疑者纷纷离去，《赤子心》诗社最终成员定格为七人。大学四年中，《赤子心》诗刊共油印出版九期。这个诗社除了为中国现代诗输送了诗人王小妮、吕贵品及评论家徐敬亚外，还产生了邹进、白光、兰亚明等诗人。

在整整四年中，七名特殊年代里的终生志诗的大学生，几乎成了全职的诗人。

小小七星中，王小妮的光，独特而美丽。

她总是埋着头，把老师絮絮的声音也深深地埋进桌面。她站起来，走过我桌子旁，飞快地扔下一沓纸……她又回到了某个小村。她说她还是村里那棵玉米，她还是灶里的那堆柴火……她看见山坡上两个干部模样的人在用火的方式偷吃年轻的黄豆。她看见他们的嘴很黑很黑，他们的镰刀很白很白……她能写得极快！她几乎可以一天写出十几首诗。

她写得极快，改得也极快。收回遭到了满篇攻击涂改的诗稿后，她可以在几个小时之内，把十多首诗几乎全部推翻。她再次飞快扔下的纸上写着：传阅！

1982—1985年：平白、清新的校园诗人

20世纪80年代初，王小妮口语化的句子，显得格外醒目。我最开始就发现，她有一种本领：使用平静而平凡的词语，却把话说得极刁狠，极尖厉，极多岔路！

诗的直觉，是俗人不可逾越的天才素质。但在最初起步时，她与朦胧诗的中坚者之间，的确存在着相当的差距——这差距，不是素质的差距，只是时间与机遇的不同。

因此，王小妮最初的诗，起步于自发于乡野的浓重人文关怀，自然而然地带着一种普通百姓般的真诚，而缺少那种极易引来评论的贵族式优雅，即常规评论家眼中的小气与笨拙。这一时期的代表作有：《碾子沟里蹲着一个石匠》《早晨，一位老人》《地头，有一双鞋》《送

甜菜的马车》……她类似一个天资聪颖的中学生,以深陷自我细节的笨拙的课堂作文,与得益于豪华范文和大师启迪的机遇诗人相抗衡。然而这一缺憾,含有本体意义上的真实,也为她在未来年代更广阔的生长埋下了伏笔。

被后来很多诗集大量选刊的《印象二首》,证明了王小妮早期诗歌达到的抽象高度。《赤子心》诗社都会记得,在1980年春那令她心脏不宁的清明节,在白色的医院里,她曾写出过几批与《我感到了阳光》《风在响》等具有同等水准的短诗。那些杂乱的诗稿,至今还堆在柜子的深处,只有垂老之手,才可能有时间打开它们。

即使在勾画历史车轮的时候,她也用那尖锐细小的形象之剑拨动着感觉。她绝不是一个只能写白色炊烟的村姑。那些平凡句子里深藏着的某种锐利锋刃,使人们感到了她内存的深度。她的本事,恰恰是把复杂含义不费力地塞进一行行浅白句子里的那种轻松。她先天的感觉,恰与诗同谋。我当时感到:她简直就是为了写诗而预先定制的一个灵魂毛坯!

带有救赎倾向的、对农业文明的怜惜,一度使王小妮的诗歌空间过于狭小,使她早期就显露了的、第一流的透明感觉,没有找到更广泛博大的依附。她的飞翔,与得益于流云的鸟儿相比,像受挫于某种依恋的囚室。但她,从来不是一个温吞吞的灵魂!即使在最早期的那些诗中,连她的善良与同情,也含着尖锐的刀刃。那些缝合着城市与乡村的直白表述之针,细而深入。在中国重建一种人文秩序的前夜,王小妮以她的天资敏感与发自内心的善良,创造了一种平白清新的诗感,加入了中国诗歌天空中第一排雁阵。

我并不愿意轻易夸奖别人。但是我知道,在说到王小妮才华的时候,我往往需要控制。这一点,连深知我心的姐姐都曾在谈话中打断并提醒过我(姐姐,我会慢慢学会更加含蓄地爱我的诗人妻子的!)。

考察王小妮诗歌的早期历史,我分明地感到:在她那第一流诗人般的透明感觉中,存在着明显的局限。

回顾往事,我痛感——时间的无情,超过了世上心肠最狠毒者!

1996年在我编选她的《我的纸里包着我的火》时,曾残酷地说:如果王小妮停在20世纪80年代初——她,甚至还不是诗人,不够诗人。

二十几岁的年轻人写出几首不坏的诗，在人类中屡见不鲜。真正的诗人，必须是一个自我闭合的广阔世界，一个饱含特殊哲学与美学意味的心灵。

一个人怎样成了受难者

1982—1983年：自我质疑与中断

是她，突然自己打断了自己！

是她那过于苛刻的人格自尊，中断了它们。

1980年后，她的意识空间以惊人的速度开拓着。智力冲撞的大学、思潮对抗的学术、急遽演变的人文……她像一个超常敏感的海绵体，一天天飞快地越过自己界限的横杆。当那些诗引起一片喝彩时，她感到了一种近于侮辱的误解——她曾对我说过："我感到了一种套路……我可以按照这样写很多，但我一首也不想再写了。"

那本来是一条通向小小桂冠的平坦之途，但她阻挡了自己。这曾使很多对她寄予愿望的人，包括善良的关注者，大失所望。由于艺术和人格上的双重背离，王小妮与声名显赫的桂冠，一天天相互地、加速度地背道而驰。

显然，她认定了一条更为曲折的路。她把另一种真诚，深深地包裹在注定遭受冷漠的内心。像一个互动着的画面——硕大的背景正从她身上移去，另外，她自己也在飞快地逃离。分崩与离析，仿佛命中注定。她，撕裂了自己为人称道的诗歌外衣，正是她的灵魂在逐日羽化般增长。

一个诗人，一步步爬上正统的殿堂，或是退缩着保持在野的姿态，绝不单纯地取决于艺术。那是两种完全不同的人格的驱使。

几乎与此同时，另一种破裂的危险，一次外部的袭击，正朝她降临！

略带狡猾的农民，曾经以清贫的表情，轻易地打动了她的怜悯。王小妮过于秩序良好的童年与少年，使她在细小的波动与敏感中，一直保持着一种孩子式的善意与平静。"文革"中，由于年龄小，自高空压下来的时代重闸，反而没有给她造成更多的个人性伤害。而高等教育的恢复，竟使她偶然地成为一个时代的受惠者。

受惠，按照一种契约，至毕业止。

一个阴影，从此开始追随。

1983—1984年：忽然的阴影

她仅仅成为"危险"丈夫的影子。但在她供职的长影职工大会上，她却无辜地被作为"半个"危险者而直接进入一个省份文学罪责的统计数字之中（1983年）。在随后对《崛起的诗群》的大规模批判中，她被惊呆了。

她虽然懂得人类历史上的一切文字冤狱，但她仍然无法不被身边的恶行所震动——明晃晃的欺骗软刀、频频暗示的威胁幻影、白纸黑字上指鹿为马的从容、人性中的突然背弃与静观告密……这些她从来没经历过的冷酷概念，带着突然的失序闯入她的生存：她那先天的、如针尖上行走的感觉，足以使她在一瞬间推翻全部真理而进入荒谬。

> 那个冷秋天呵！
> 你的手
> 不能浸泡在冷水里
> 你的外衣
> 要夜夜由我来熨
> 那一件又白又厚的毛衣
> 奇迹般地赶出来
> 到了非它不穿的时刻！
> 那个冷秋天呵
> 你要衣冠楚楚地做人
> ……
>   ——选自《爱情》

她的真挚中，带着<u>一丝丝</u>颤抖，带着孩子一样深深的疑惑与不平。

她拿起每一个词时,都不是为了装腔作势地修饰一朵花,而是为了编织一个自己的篮子,以承受那无力再承受的灵魂重压!她用血作为水泥浆汁,浇铸着一行行竖立的路标,她只是为了支撑自己快要倾斜的肉体与信念。这种诗,不可能是油滑才子和乖觉才女们的智力游戏。它是一滴滴精选出来的血,是沿着眼泪爬上去的圣洁之峰。

应该垂泪鼓掌的是:历史伤害一个诗人,可能意外地打破了她诗的一种僵眠状态。它在制造人间苦难的同时,可能恰恰送给诗一根根飞起来的羽毛,尽管这羽毛上会滴下带血的泪水。常人身上的伤痕,总会脱痂总会痊愈,而诗人发达的泪水却永不会干涸。她那带着深深划痕的精神丝绸,不安地起伏着,在比常人更加疼痛的精神之病的翻滚中,她将孕育出心中强大的反力,从而把一种可怕的不安气息,通过伤心的渠道,无形地注入时代。

这是生命本身在改写着一个人的诗。她进入荒谬,怎么可能是矫情与做作?

　　我本是该生巨翅的鸟
　　此刻
　　却必须收拢翅膀
　　变成一只巢
　　让那些不肯抬头的人
　　都看见
　　让他们看见
　　天空的沉重
　　让他们经历
　　心灵的萎缩!
　　　　　　——选自《爱情》

任何天才的文字编造,都不能给一个女人这种切肤的疼痛和坚毅!几年前,这只手,曾像儿童一样勾描出一条条轻灵的游丝,是什么使它骤然化成了滂沱大雨之下沉甸甸的棉絮?一种悲壮的酸楚,倔强而危难地立在生命的悬崖。她,仍然柔软,但那温和的水,已经凝成了软铅……我终于相信了曾经读过的、历史上那些用苦难真情蘸着血写下的诗篇。后代人的血性,已一天天被猥琐的存活杀伤与过滤。在20世纪,灵魂深处的叹息,比原始人的头盖骨还要稀少。这种与每一根隐隐作痛的肋骨平行呼吸着的诗,与那些笑嘻嘻拿出去发表评奖的一行行字,怎么能同日而语!

第一次读这首诗,我首先为"诗"这种艺术感到骄傲!在苦难像鹅毛大雪一样降临时,谁能够解脱我们?什么艺术,能与它的柔弱与坚强相比?几百个字组成的短短几行,代替了全部战争中的勇气,也代替了基督发出的全部饶恕……在善与恶的对抗中,王小妮以她无法模仿的软韧之剑,更击中了对手那步步后退着的良心!她把内心深处的正义与良知,珍藏着,以失败者之手在内心里把它高高举起。

诗人,它的肉体在代替着自己的灵魂受难,而它的灵魂却在代替其他的肉体超度。那灵魂常常越过了它本身的伤疤,而把放大了的恶毒呼吸,喷向全体人类。这不是灵魂的高尚,也不是肉身的狭隘,更不是形而下的报复——这仅是历史唤醒诗人的另一种不友好的方式,也同时是诗人作为证据,交付给人类文明法庭的一滴真实眼泪。

因此,苦难对于诗人的提醒,任何勋章也不能代替。

在不幸降临之时,我也曾伏在我的肉体上哭泣,但我现在却简直庆幸:回头凝望那走过来的人生崎岖,我宁愿发自内心地为凶手们追赠变了形的奖杯。

这是生命本身在改写着一个人的诗。她进入荒谬,怎么可能是矫情与做作?

《爱情》写于1985年3月。她在回忆我被批判的"那个冷秋天"时,破例地把《爱情》直接作为标题——"爱情"这个充满世俗意义的词,王小妮从来不喜欢。即使在散文中,她也从不使用。可以用电脑搜索一下王小妮作品,直接对我使用"爱情"这两个字,可能仅此一次。我的名字徐敬亚,在她的诗中除一首由我本人修改了题目的《徐敬亚睡了》之外,一律是"你"。

王小妮,从来就不是柔弱的女人。虽然在人群中她从来都是在沉默中倾听,从来不参与人间任何世俗的争夺,但她的思维格外清晰。为了坚守正义,她具有"十二月党人"的妻子们在大风雪中奔赴千里万里的信念与勇气!她的身上丝毫没有女人那种思绪的混乱与纠缠,没有把自己作为低等动物向男人献媚或故作高深的或卑或亢的作态!在人格与人文的判定上,她的"善""恶"盾牌,敏感而强硬。我个人只能用"烈女"这个不恰当的词,伪装地顶替她的这种人文价值的力度,虽然她最反对以男人与女人来划分世界——她从来不愿进入所谓"女诗人"那些狭隘的创作领域。在当代,没有一位女诗人经历过这种旁观般的精神炼狱,并反而用艺术深爱着它!

最初的王小妮,写出的,是"善"。

她的诗,弥散着青年知识分子内心深处的善意之光,它带着一个诚实机敏人的真挚与诚恳,也带着那个时代耿直的忧患。她的诗,浮动出一层早晨空气一样的清新。

接下去,她该怎么写呢?

1985—1987年:诗风大变

正在一天天旺盛不息地发出生命熊熊火光之时,二十几岁的王小妮,突然地、无法选择地经历了一次炼狱!一场自天而降的恶毒之液,发着某种咝咝断裂的威胁,猛然地泼上了她安详拂荡着的火焰嫩苗……一股惨白的、含着消防气味的浓烟,从她身后滚滚升起!

诗的背后,归根到底站着一个人。那是一个真实的、负载着全部灵魂辎重的肉体——世俗的眼睛,在专注肉体时,极易忽略从它里面缥缈出来的灵魂。而另一种形而上的书呆子目光,常常忘记了灵魂之烟之所以能袅袅升起,是因为它下面有一团生存的火焰在燃烧。那火光,可以照亮整个天空,但是,任何一盆肮脏的水,都能轻易地将它熄灭……

它如此惨烈。它所带来的惊愕,足以使刚刚建立起来的整个世界剧烈摇晃。这是一个超常惨烈的化学反应——对一个诗人的破坏,可能导致某种夸张了的效果。与人间更多的不平相比,它其实算不得太重的创伤,但它却触到了最真诚、最敏感的人类痛点之上。正由于她把万物看得过于善良和美好,她六月的心中,才骤然飘下了漫天大雪!

此后,王小妮诗风大变。

1985年这个国家的人们上班后的第一天——1月3日,我一个人乘火车离开长春,除了王小妮,整个吉林省没人知道。一直到那一年

4月,她带着两岁的儿子到深圳,在三个多月分离的时间里,王小妮写了十八首诗——《车站》《苍老》《家》《方位》《独白》《告别》《冬夜》《爱情》《三月》《日头》《岔路》《晚冬》《完整》《用手》《圣日》《深巷》《图画》《满月》,这些诗的词语都平静、淡白,但情感都孤独,色彩都灰暗。

罪恶,从另一个侧门,打开了一个人的全部智慧。如果没有那一道突然的阴影,王小妮20世纪80年代中后期的诗,不会蓦然出现一种陡峭高墙般的险峻。正是从生存的意义上、生物的意义上,王小妮才具备了继续高飞的足够理由。在一些以各种方式得宠了的朦胧诗人们一天天意识低落时,她抚着伤痛,横贯时空地飞过了中国诗歌灰色的天空。持续的苦难,终于挽救了一个行将渺茫的朦胧诗人。

20世纪80年代中后期,王小妮从朦胧诗的阵营中分化出来,她那苦涩而飘逸的诗,并不是凭空而来,其现代意识正是萌芽于苦难。

1986—1987年:凶险的岁月

苦闷永远与诗歌同行。从北方到南方迁徙,十分不顺。

平静的生活,在深圳只有一年零几个月。

1986年,是王小妮诗歌最凶险的一年。那一年,她写的全是"恶"。

她笔下的善,步步后退。那善,似乎已无力、无意与恶对抗。不怀好意的万物,螃蟹一样在她的纸上爬行。荒唐人世,像制幻剂一样腐蚀了美丽自然的一切轮廓……世界骤然狰狞,秩序纷纷散乱,所有的直线消失,畸形的脸从每一个夜色的深处渗透出来……那一年,她的句子中,风吹草动,阴气逼人!

只要看一看王小妮那一年诗的部分目录,就可以借用她的一句诗——"写出来,心中就已经悲凉"——

如:《谣传》

如:《告别冬夜》

如:《深巷》

如:《有孬人在迎面设七把黑椅》

如:《听力全是因为胆怯才练出来的》

如:《定有人攀上阳台,蓄意篡改我》

如:《一瓶雀巢咖啡,使我浪迹暗夜》

如:《鸟所炮制出来的巨型悲剧》

如:《选在黯淡的早上登船,产生怪诞念头》

如:《我会晤它,只是为了证实它惯于骗人》

……

回想一下20世纪80年代初,王小妮那些像泥土清新、露珠滚荡一样的诗,不是让人感到恍若隔世吗?

一个人怎样飞起来

1988—1992年:平静的日子

我和王小妮离开北方来到中国最南方的新城,至今二十三年。

又一次威胁生命的慌乱之后,她确定性地获得了该城普通市民的身份,一段和平的日子终于来临——左手携着幼儿园大班的儿子,右手牵着一个没有身份证的"三无"丈夫,王小妮开始了20世纪90年代的生活。

旧的背景骤然抹去,眼前奔走呼号的生存繁荣,空气中布满了舌根音和古人声,电视剧频道里呈现着国家界线以外的画面。

繁荣,它的另一个名字可能叫荒凉——一座每天上演焦急、贪婪的城市——在诗人眼中,它同时具备了另一座空旷农场的全部条件。诗之受难者像无家可归的波希米亚人,在吵闹中享受着另一种无可比拟的巨大宁静。

北方的苦难、南方的威胁……都已化为灰色的沉寂。曾划过闪电的天空,如今只剩下两颗丢失了对手的太阳……这是自得其乐的光源,它把全部的热,憋藏于惨白的圆弧,它的光只照耀自己。

王小妮,先天具有一种排斥群体的性格。过去的年代,不但在时间上消逝,更在空间上被她的一双手推向了更远方。割断向天空发出的一切电波,收回向远方朋友们放出的风筝。王小妮像清风一样活着,像村前静静的流水那样围绕着自己家园。

她,更在游离者之外,在所谓的官方、民间的圈子之外。她,只是在抽象的意义上热爱着人群。终于,她找到了一种与他们最深、最远,也最近、最无间的距离方式——写字。

苦难,在它迎面而来时,脸孔上一片迷惘。当它转过身去之后,它的名字可能叫飞翔。

走投无路之后,一个人才可能缓缓离开地面,把道路指向第三维天空。

1988年1—8月:莫名的黄金期

1988年,突然成为王小妮诗歌的一次黄金期。

我至今不明白。那时,精神与生存的苦闷并没有过去。在横跨两年的秋冬和夏末,我断断续续地往返南北,她一个人守着南方的家,心情并不好。那一年,她却写出了最飘逸的诗!

1988年1月至8月,王小妮写出了她20世纪80年代最优秀的一部油印诗集《我的悠悠世界》。这一年王小妮三十三岁。

仅仅是她的诗歌题目,也足以让人热爱。那些题目本身几乎说出了我想说的全部人文内容——

第一辑:《不要把你所想的告诉别人》《一上路我就觉得我还算伟大》《死了的人就不再有朋友》《不要帮我,让我自己乱》《我看不见我自己的光》《你绿了以后,我就什么也不想写了》……

第二辑:《半个我正在疼痛》《这样想,然后那样想》《紧闭家门》《晴朗的下午怎样过》《通过写字告别世界》《不反驳的人》……

第三辑:《二十六日不送朋友去印第安纳》《不认识的人就不想再认识了》……

开始,她还让世界拉着她过去的一只手——后来,她的神经一点点松脱——终于,她全部抽回了自己!

在被很多朋友记住的那首著名的《不认识的人就不想再认识了》的诗中,三十三岁的王小妮写道:到今天还不认识的人/就远远地敬着他/三十年中/我的敌人与朋友/都已经足够/从今以后/崇高的容器都空着/比如我荡来荡去的/后一半生命……

那就是她的世界,是她仿佛一点目的也没有的、荡着秋千的悠悠时空。

《我的悠悠世界》，这部写作期只有八个月、由四十五首组成的油印诗集，是王小妮诗歌创作上的第一个真正的高峰。其艺术成就，超过了她前十年创作的总和——它不仅超越了王小妮20世纪80年代初那些清新而生硬的、略带小小文学匠气的早期"善"诗，也超过了其20世纪80年代中期那些尽管充满了荒谬但却同时略带观念意识的"恶"诗。从生命的意义上说，其立意大气磅礴，与整个世界平起平坐。从语言的意义上说，自然流畅、不加修饰的风格已初步形成。

可以说，这部诗集，标志着王小妮已经彻底脱离了朦胧诗全部的美学观念，走向她自己的独路。

1982年至今：妻子与母亲

在我把一个女人几乎推崇为一个圣徒的时候，王小妮，恰恰正深深地陷落在一个她全心热爱着的家庭之中。热爱，是一种由不尽琐事组成的温暖泥淖。

她，是这个家庭二十四小时的钟点工，一个全天候的母亲，一位全日制的妻子。

她像一位上帝派来的第一流保姆，兢兢业业地看守着无数个电、水、气的开关，管理着五六个不容窥视的房门。一日三餐，她和顺地从她的天空之梯上按时走下来，在菜市场、洗衣机和煤气炉之间，她带着融化了的由衷母性，为丈夫与儿子烧煮她另一种温暖的作品。在这一切之后，她才是一个世界上"全职"的诗人。

每天早晨，她准时地，像朝着虚空招手一样，从那只我钉制的大信箱里，取出仿佛来自天外的一叠叠报纸、杂志。黄昏时，她一边暗念着她心中那些美丽的祈祷，一边用缓慢的步伐，去菜市场用纸币换回绿色的植物与动物的肉块。

她把一间百米之屋，作为净化性灵的唯一寺院。她如同只饮少量净水的圣徒，在干旱的西奈山上，吸着大海遥远的湿气。她在自制的真空中写作。抽去了世俗的空气，她的头脑里，被自制的液体装得满满。

一张皱巴巴的纸，被王小妮贴上厨房的墙壁。在炒锅的油烟中，她能飞快地抢救出那一闪而过的句子……她把儿子开玩笑一样书写封面的"妈妈灵感本",真的放在了枕头下。她莫名地具有在黑暗中写字的本领,尽管写出来的字第二天常常无法辨认。她甚至在黑暗中用左手摸写,以至于把那黑暗中的蝌蚪写上了床单。

我们,都是凡人。

让每一个写作者无比遗憾的是:在令人向往的美妙思想空间下,我们每一个人必须日夜拖着、守着一个疲惫无比的身躯。

在我的视野中,没有一个女人比王小妮有着更少的庸俗!没有一个女人像她那样躲避着金钱内部包含着的阴影。在今天的中国,她尤其不是一个眼红与怂恿的妻子!她那样执意地追逐着精神,一而再再而三地伸出那置生存于不顾的手,试图把一个维护家庭基本衣食的丈夫,拉回到她那白纸的天堂。她的性格中,有一种喜欢寒冷、清癯、倔俏的怪癖,像喜欢瘦瘦而孤傲的骨头。

我在1996年股票惨败后写过:

> 在偶然的机会中,抽象的财富曾向我靠近,但在那一局翻了盘的围棋赛中,一个也许是必然的"倒脱靴",使我重新回到了那最初的、辽阔空白的章节。我热爱精神,也热爱着那顺流而下的财富。我至今仍怀念我那稍纵即逝的轻易成功。我宁愿在传闻中继续过那富足的日子……而王小妮,在发出同样的世俗遗憾后,内心里却生出一种悄悄的幸灾与乐祸。她的性格中,有一种喜欢寒冷、清癯、倔俏的怪癖,像喜欢瘦孤的骨头。

即便在我后来房地产策划的屡屡成功中,王小妮也从未放松执意拉回我的手。一个天性并不勤奋的农夫,每到地头转折、休憩时都遭到妻子一次次的回家劝阻,极大地打击了这个家庭的季节,并减少了果菜收获。坐到自家的炕头上才发觉,财富怎么能如实兑换和谐与快乐,有谁能像一对患难夫妻那样一生中一起整天整天地度过了许多许多懒洋洋的时光。

1993—1996年:走向成熟

1993年,在沉寂数年之后,王小妮写出了沉郁、伤感的长诗《看望朋友》。

那是她的第一部长诗,可能是她一生中最重要的作品之一。对那个在京城里生着重病的朋友,她寄托了停笔几年后的人文积郁。

之后,在1993—1996年中,王小妮的代表作是六篇组诗:《活着》《回家》《白纸的内部》《得了病以后》《睡在脸上的猫》《重新做一个诗人》等。

这一时期王小妮的诗歌作品,已经表现出一种意境上与风格上的充分成熟。她的诗,神秘地走在事物的上空,词语的上空。文字平白,自然流畅,内间深含。

在20世纪90年代灰暗的日常生活中,王小妮正在一步步飞起。她已经写出了当时中国第一流的诗,只是她一点也不想引起人们的注意。在喧闹的诗歌界,她只是无比松弛地自我写作着——《看到土豆》《等巴士的人们》《一块布的背叛》等,都写于这一时期。

在中国诗歌,乃至中国文学,乃至中国社会最重要的一个转型期,王小妮并没有发表长篇宏论,而只是用她软软的诗歌方式,隆重地说出了一个重大的抉择:《重新做一个诗人》!

在这首著名的同名组诗中,王小妮写道:"关紧四壁/世界在两小片玻璃之间自燃。/我预知四周最微小的风吹草动/不用眼睛。/不用手。不用耳朵。/每天只写几个字/像刀/划开橘子细密喷涌的汁水。/让一层层蓝光/进入从未描述的世界。//没人看见我/一缕缕细密如丝的光。/我在这城里/无声地做着一个诗人。"

1996年,王小妮写出了她第二部悼念性长诗:《和爸爸说话》,全诗真挚、超越,是中国20世纪90年代的一首经典长诗。

一个人怎样写起了散文

1993年至今:越过诗那一只细筛

1994年末,在居家写作后的第二年,王小妮忽然想从诗那吝啬的口气中"解放"一下她的另一部分意识。

在散文随笔集《放逐深圳》中,她用轻灵、精当的笔触,高举着灵魂之核,以精神守卫者的纯粹姿态,反叛着遍地的物欲。她在总共只有五行的《后记》中说出了对两种文体的看法——

> 我绝不写风花雪月,散文必须有真切、实沉之核。
>
> 我不流连具象,哪怕谁会说我浪费了无数细节。
>
> 我坚守自信,以我这目光看待世界、都市、物质和灵魂。我绝不会游移。
>
> 诗像细网。在多年中,阻碍了我心中一些坚硬、粗粝的东西。诗没让他们通过。
>
> 今天,我解放他们。

这最后一句话的语气,简直是帝王!

那一年,她的散文结集为《放逐深圳》。在一篇名为《逾越众生的坚果》中,王小妮写道,"一些人这样想的时候,总是有一些人那样想""对于公众来说,他背离群体,选择了放逐人格"。

1997年,她最有代表性的中短篇随笔的结集《手执一枝黄花》出版。

1998年,湖南文艺出版社一连出版了她四本系列随笔散文集:《谁负责给我们好心情》(随笔)、《目击疼痛》(散文)、《我们是害虫》(随笔)、《派什么人去受难》(随笔),其中《目击疼痛》为她对四十年人生经历中的全部"疼痛"的真切记载。《派什么人去受难》是她向长篇散文过渡的开始,王小妮几篇数万字的大随笔,基本写于这一时期。

2001年至2008年,继续是她散文写作的丰产期。王小妮陆续出版有《家里养着蝴蝶》(随笔集)、《世界何以辽阔》(随笔集)、《中国腹地行》(散文集)、《倾听与诉说》(散文集)、《一直向北》(诗文集)、《安放》(散文随笔集)等。这一时期,王小妮逐渐走出主观随想与日常观察经验,开始热衷内地农村的实地考察,写出了《安放》等重要随笔。她已经超越一般作家的记山、记水、记录自我乡村经历的单纯"记录式"散文,把一些多年形成的独特"生存理念"加入实录中。如在

《安放》中，她痛切地写道："作为大地，它有责任安放每一个落地者，不分尊卑高下，它要像他们不可选择地依赖于它那样，使他们得到安生，这是它必尽的义务。"她把这样的吁请安放在全文之首：安放那些孩子、安放那些老人、安放那些女人、安放那些流人、安放那些灵魂吧！王小妮正在写作中的《人是应该住在乡村的》（散文随笔集），将是一个生存理念与现实目视相结合的系列。

王小妮散文：柔软中的力量

从20世纪90年代起，诸多诗人，把自己的创作由诗歌扩展到散文，为什么此事屡见？

这，并不是诗人们的单向选择，其背后的"创作发生学"一定基于20世纪90年代细密而灰软的无聊生活。

对于当代生活的巨大转变，我曾在一篇文章中说过：

当烈火、躁动，还有零乱的秩序，一天天平息。当无数人内心中的激情戛然沉寂……当朝向各种方向奔涌的波澜被历史在一瞬间无情地收回……当鲜血慢慢渗透进不安的土地……历史，无可争议地强力定型于第二天的清晨。时间，连一秒钟也没有中断。生活，用它巨大的忍力，搭起了一座无形的桥，我们，生活，诗，竟踩着那深深的、空空的鸿沟，一步步平稳地走过来了……历史的辉煌都是英雄们创造，历史的创伤都要由平民百姓一天天愈合……生存的平静。慢慢消化了整个民族价值观上的全部生涩。整个90年代，灰暗、平庸而伟大的十年——它的确是用一种正常生活困境中的苦闷感，默默消化了前朝的一切！是"消化"，一个非常平庸而伟大的词。

王小妮的散文，第一不写名人琐事，第二不写女人悠情。与那些油腻腻地摩擦生存皮肤的所谓散文相比，在刊登王小妮文章的一本本杂志中，我很难找到几篇与她那些文字匹配的、同等档次的意识。没有人发出过她那种超度万物、俯瞰人生的灵气与磁性。没有人能像她那样把坚硬的思想写得那么软。

20世纪90年代中国上空,"反投降"的呼声曾一阵阵被传媒炒作得轰轰烈烈,却很少有人能像她那样写得亲切、柔韧,流畅、节制。她总是使用最平白的词语,把"反物质"的异端之说,软着陆一样落在世情与人理之中。

文学,最高的本质是诗,但诗与散文之间并不能进行意识之间的转换。

散文是最容易"露怯"的文体,一个人骨子里有多少东西,有多少力量,装是装不出来的,每一个字都要靠对世界的人格体味。散文,怎么可能是一种庸俗日记的改写?怎么可能是社会名流们礼尚往来的互赠着手绢儿一样的工艺品?我真不明白有些人怎能写出那么低俗的文字。没有对自己、对人类、对万物们新鲜、唯一的感动,一个人怎么可能有勇气动笔将一页页白纸填满。

早在20世纪90年代末,我就写过:

凭着自认地对文学本质的敏感,我发出一种预先、冒险的承诺,如同向遥远的时间后面伸出我的一只手——王小妮的散文、随笔,已经具备了一种经典性的光彩。如果我获得为幼年人类遴选教科书的资格,我会为他们选择这种真正意义的文字。

我只是一个最早的读者,我没有细致研究。我相信时间已经收下,并更加收下这笔宝贵的文字。

一个人怎样写起了小说

1979年:一篇小说的作者是"王某"

最早知道王小妮讲故事的能力,是刚上大学的头一个学期。她的一篇范文讲的是集体户里的故事,题目叫《偷灯油》。具体内容记不清了,把知青强盗们讲得津津有味。

大学期间,在办诗刊《赤子心》的同时,我与王小妮、吕贵品还担任十六开的、中文系学生综合文学刊物《红叶》的核心编委。这两个刊物几乎费去了我们整整四年。

1979年某一天,具体时间我已记不清。我与王小妮在系学生会小屋里忙着杂志出刊。我在刻钢板,她在桌子对面画插图。我正要刻写她刚刚写的一篇小说,我问她,你的小说署名怎么写,比如作者名字的字体、位置和大小。她轻描淡写地回答:爱怎么写就怎么写!我们的对话其实是暗中较着劲儿、顶着来的。其背景是,我一贯是个出风头大王,而她则总是一个对此发出蔑视目光与口气的不屑者。于是我就说:那好,我就乱编一个作者名,你不是不在乎出名吗!她回一句:随你便!于是,我就给她刻了一个"王某",后来《红叶》上印刷的就是"王某"。除诗社几个人外,很多同学不知道小说是王小妮所写。

连小说题目都忘了,但这件事还记得。确切记住的是,她很早就试着写过小说,她很早就对所谓名声看得清淡,不像我对一切都耿耿于怀。

1986年:中篇小说《热的时候》

我觉得一个人能不能写小说,首先是爱不爱听故事,其次才是观察与讲述。这个兴趣是更重要的,像我这种对虚构完全看轻的人,就不行。

王小妮一直对人有兴致。我们俩出门旅行,拿着两个相机。我照山照水照空镜,她的镜头只盯村子与大人和小孩。

我记得她毕业到长影总编室后,写过几个短篇,但似乎没发表。也没时间到箱子深处翻旧稿。似乎也写过电影剧本,但连导演都没接触过。

她正式的小说,直到1986年才发表在《特区文学》上,是中篇《热的时候》。内容是一个编辑部的故事,包括与老板的故事、逃港的故事等。记得当时编辑不停夸赞小说的文笔,短促的、带着嘲讽口吻,还有一些小荒诞。

1997年:短篇小说《1966年》系列

1996年差不多有一整年的时间,王小妮几乎在《作家》上每期发表一个短篇,总题为《1966年》,包括《普希金在锅炉里》《两个姑娘进城看电影》《白菜窖里的人》《藏在水泥烟囱尖上》《棋盘》等。

1—9月，短篇小说集《1966年》中的九篇在《作家》上发表。

1996年，王小妮写了一个短篇《搭一辆便车去仙境》，发表在《佛山文艺》，写了一个特区下层女工生存与梦想的故事。

而在这短篇之前一年，她的第一部长篇刚刚写完。

1995年：长篇小说《人鸟低飞》

1995年11月到第二年的3月，王小妮用了整整一个春天，在一日三餐、洗衣、烧饭、买菜的家务繁忙中，以每天五千字的速度，写出了二十五万字的《人鸟低飞》。那是她所喜爱的东北女作家萧红的一生。

在那个神奇的春天，她白天写出几千字的草稿，晚上我们俩一起输入电脑。她一边读一边改，我来打字。将近两个月写完。加上修改，前后差不多一百天。

从那时起，我开始佩服她编故事的能力。萧红的传记和别人的回忆录，王小妮并没怎么看。9月，接到出版社邀稿后，王小妮一个人准备了两个月。有一天她告诉我，可以了，我现在已经知道萧红是一个什么样的人、什么样的女人、什么样的作家了。

全部细节，几乎都是王小妮创造的。她在《后记》中写道。

我绝不写一本干巴巴的由史料堆积出来的传，我要找到她的心理线索，而不是列举一个人的档案……我要写的，是一本小说。在大的事件上，我依据史料。其余的，我要创造细节、画面和动作。我让人们看见她是正走着的。让人们听见她，她是会出来说话的。

在书中萧红果然出场了——王小妮用黑体字标出了萧红几十段画外音式的独白。全书最后一句话是萧红说的：

没有更好的结局……活着是需要花很大力气的。我的力气天生不够……天空上飞满了鸟，我掉下来了。我死了。

我不愿细致评价《人鸟低飞》,但我非常喜欢它,至少它是一部吸引人的小说。

隔了那么多的年月与距离,王小妮真是写出了活生生的萧红,写出了一个要强的女人、一个敏感的女人、一个爱耍性子的女人诸事不顺的一生。

对词语的过度偏爱,常常使诗人们的小说过于虚幻。王小妮在书中虽然也流露了诗与散文素养,但她有意识地把它们用到刀刃上。她把更多的笔墨投放到了人物性格与命运上。因此,小说的主调是陈述得超然平和,生活流动得平静朴实。而一旦涉及萧红的内心,王小妮的语言立刻变得惊悸、尖利。

我认为《人鸟低飞》为当代传记文学留下了一个诗人的写作范本。

王小妮提出"重新做一个诗人"也是在那一年。她在同名的诗中,一边把自己缩小,一边放大成一个提水挑担的禅师一样的家庭主妇:

淘洗白米的时候 / 米浆像奶滴在我的纸上。 / 瓜类为新生出手指 / 而惊叫。 / 窗外,阳光带着刀伤 / 天堂走满冷雪。 / / 每天从早到晚 / 紧闭家门。 / 把太阳悬在我需要的角度 / 有人说,这城里 / 住了一个不工作的人……

这是诗人的方式,一种特殊的内心生存,而不是小说家的方式:

关紧四壁 / 世界在两小片玻璃之间自燃。 / 沉默的蝴蝶四处翻飞 / 万物在不知不觉中泄露。 / 我预知四周最微小的风吹草动 / 不用眼睛。 / 不用手。 / 不用耳朵。 / / 每天只写几个字 / 像刀 / 划开橘子细密喷涌的汁水。 / 让一层层蓝光 / 进入从未描述的世界。 / 没人看见我 / 一缕缕细密如丝的光。 / 我在这城里 / 无声地做着一个诗人。

2000—2001年:长篇小说《方圆四十里》

在所有小说中,王小妮自己最偏爱的是《方圆四十里》,而我更喜欢《人鸟低飞》。

没有任何一部小说与她这样亲。王小妮写《方圆四十里》,用了超过"八十里"的心情!她把小说稿从深圳带到了河南,她亲手画了那个名为"绵绣"的公社的铁路、公路、村落的全景,还亲手画了十多幅书中的人物素描插图。

我知道她所写的是一段她自己的重要经历,也是一代人扭曲的青春。王小妮纯粹的知青生活其实非常短暂,下乡插队不久,她就被抽调到县知青办,这使她得到了从更广的角度了解知青生活的机会。

作家出版社责任编辑唐晓渡在介绍《方圆四十里》时说:"这既是一部完全摒弃人物外貌和心理描写的、前所未有的纯'动作小说',又是一部充盈着'万物有灵'式的博大襟怀的诗意小说。既是一部开'后知青小说'先河的小说,又是一部体现了独特小说理念的'作家的小说'。"

2004—2005 年:中篇小说《很疼》《很大风》

王小妮的中篇小说《很疼》与《很大风》,写的都是现代都市生活题材。她对现代人心理的把握,成为一个重要优势。而她在深圳生活二十多年的都市积累,还远远没有释放。

《很疼》发表后曾引起一地反响,有电影导演曾商谈过改编。而《很大风》在当年的中篇小说中也比较突出。

我个人并不太看好这两个中篇,像这样的小说,很多人都能写出来,并不是王小妮独特的优势。

2000 年写的长篇《一个城市的 26 个问题》,一直放在王小妮手中,2004 年发表。写作的动机,完全是出于她对义工这个特殊题材的个人兴趣。

王小妮的前半生,偶尔地写过十多万字的中短篇小说。那些小说,包括 1996 年 5 月刚刚发表的中篇,还都是她一种零碎的试探,由于她对小说虚构本质的怀疑,她也并不认为那是她真正的小说。它们,还远远没有达到她前两种文体在中国本时代的高度。

并不夸张地说,王小妮几乎具备了文字以内的所有才华。

然而,世间的才华,无不是以另一种巨大的忽略作为代价!

对于所有男人来说,不为风吹草动地排斥世俗的诱惑,是一种需要克制的事情。因此,作为丈夫,我曾经为她的另一些也不无价值的身影的隐没而遗憾——一个人的身上可能安装了多部潜藏的发动机，他可能在多种舵位上都能找到人生的方向。不是遗憾，我只是感叹……荒芜了，她青年时期那敏锐、决断的性格航线。隐没了，她那可以修改《崛起的诗群》的凌厉思想。休憩了，她那在最强大性格之间游弋、中和地驾驭自我的本能……

一个人怎样喜欢上了纪实

对写作的怀疑，一直伴随着一个写作者，这可能是一种正常。

一个人能连续地写作几十年，对于一个正常生存的人来说，是不可思议的。这并不是才华的问题，而是价值取向的问题。真正的作家应该永远问自己：你还有意义吗？你是不可代替的吗。如果不是，立刻应该停止。作家，能永远有所想吗？或者说，作家所想，永远对公众具有更深的意义吗？对于这个暗中存在的问题，很多作家并不去想。他只想自己的亲密读者，只想自己的价值。哪怕这种价值建立在非常单薄的基础上，哪怕建立在一天比一天减少的基础上。这就是酸文人的悲哀。

这，其实也是一个写作者与这个世界最根本的关系。我一贯相信一个人对世界的贡献是有限的，当不能贡献的时候，当别人不需要你的时候，还努力地奋斗般地坚持写作，是对世界和人群的不敬，也是对自己的不尊。

王小妮一直暗中衡量着写作与生存的最根本关系，2004年她说过："诗不是生活，我们不要活反了。"

在今天的中国，可能没有一个作家像王小妮这样不热爱自己的作品。她写出来的东西，往往记不住，她也从不重读。这些年，在写了一大批散文后，王小妮似乎对她原有的散文感到很无聊。她永远必须变动，不是为了什么读者与市场，而是为了她自己。是她自己忍受不了模式，忍受不了重复。

纪实，可能是对散文的一个最好的延续与扩展。

大约从2004年起，她所写的散文，多数是与下层生存有关的带有实录性的作品,如《中国腹地行》,如《安放》。这可能是一个特殊的国家现实对她的影响。

我不知道她是不是会朝这个方向走下去。很可能。

一个人怎样当起了老师

不是因为大学,而是因为海南,因为一片空旷的原始的引力。一个几乎一生处于边缘的写作者的最后选择,一定不是基于功利。

越来越不让人热爱的大学教育的种种弊端,曾短暂影响了王小妮对高等教育的兴趣,但她很快找到了热爱新工作的理由与依据。作为诗歌教授,她主动选择了教影视,选择了本科的一年级新生。她说文学不可教。

从来没有给人上过课的王小妮的第一堂课,给了她很大安慰。当下课铃声响起来的时候,教室里响起了一阵自发的掌声。那一定是对一个真诚的好母亲般的心肠的鼓励,是对一位超然物外者的作家的存在观念的赞许,是对一笔一画精心准备的教案的回报。

讲影视"写作"的王小妮,给学生出的第一道作业的题目是:《南门十分钟》。她会在课堂上念一个当代作家的小说,然后突然停住。她让所有学生当一次作家,让每一个同学接着作家写。她有时候拿出一幅画,对同学说:"请大家传看这幅画,请大家记住这场面。"大家看完了,她说:"突然!……你们接着写吧。"

更多的时候,她上课时带着一份报纸,带着中国最好的报纸。她总是以一个最近的新闻事件为课程的开头,她告诉我,她要有意识地传播自由思考的精神,传播尊严与宽容。

听过这个女作家课的学生们有福气了。她的丈夫可以证实:为了准备那些连普通讲师都可以随手应付的本科教学,王小妮费去了多少心血。她一个字一个字地批阅八十名同学的作业,她不断答应一个又一个同学的约谈。每次下课,她的学生都围着她,用半小时的时间,以边谈边走的方式把自己的女教师送回她居住的楼下。

2007 年,王小妮把 2006 年一年的关于上课的日记进行了整理,命名为"上课记"。这一特殊作品发表后,引起多种反响。

2008年,她有意识地写了第二本《上课记》,一万多字的教学记录中,王小妮用真实的语言,记录了她在课堂内外看到的一切:贫穷的学生、美好的梦想、散漫的大学、荒诞的青春……也许,王小妮的这种特殊写作将一直继续下去。可以预想,当银发萌生的勤劳教师王小妮退休时,她可能拿着一叠厚厚的《上课记》,那里面真实地记录了一位普通大学教师眼中的、中国十年内大学课堂内外的实景。

我在想,中国有那么多大学,那么多的大学教师中,又涌现了那么多的作家,这么多年,怎么没有一位作家记录这嬗变频频的年代的大学课堂呢。

一个不太好评论的诗人

并不夸张地说——王小妮几乎具备了文字以内的所有才华:短诗、组诗、长诗……散文、随笔、实录、传记……长、中、短篇小说。

但她最愿意承认的身份,是"诗人"。

诗,不但是一种进行着的哲学与美学,也是一种融化了并实施着的宗教。通俗地说,是一种特殊的活法儿,一种灵魂的秩序,一种智慧与文化乳液的混血。我敢说,任何一种批评方法,包括西方人玩尽了的批评角度与理性陷阱,对于诗都是一个笨拙的平面土地测量员。诗,是一个绝对充满了滚动着的曲线与变幻的球面。达不到诗人意识高度的批评者,只能是比顾客矮一头的愚蠢丈量裁缝。时至今日,我仍然认为"体味"和"领悟"是远比"拆解"更传神的基本诗歌批评方式。

首先,从一个单纯的个案文本批评的角度,生存欲望过度稀薄、写作姿态过度松弛的王小妮,已经成为她文本评价的另一种不配合的障碍;其次,作为其丈夫的、过度野性的批评家徐敬亚,往往成为另一些诗歌批评无法绕过的特殊的第一读者;最后,王小妮近年来写作空间不断放大,无论从写作技巧还是内容关联上,她诗、散文、小说等都与作者的经历思想搅绕在一起,大大增加了评论难度。

虽然捕捉智慧的蝴蝶,一直是我个人的爱好,但我和所有批评家一样懂得，追赶两瓣交错、闪动着的薄片，总是容易扑空跌倒。如同艾青所说，你不动，它扑来扑去；你抓它，它就飞走了。但我相信终能抓住它。现在，我只能像一个离她最近的邻居那样，替那些不明飞行物填写某种注释式的履历。

有一位评论家朋友对我说：王小妮的诗是金子，但我无法写出评论。我相信他说的是真话。他说的难度，其实是全部诗歌评论界面临的难度。在扑动飞舞的蝴蝶面前，一只只拆解零件的机器之手，一定一筹莫展。一把把进口之尺，那些用来测量齿轮的理性机器，在翅膀的曲线中找不到一点缝隙——可悲的是，我自己至今的全部智慧，也包含在这一只笨拙的手里。我常常以为抓到了它，最终发现，抓到的仍然是我自己的全部手指。

它，似乎是一团带谜的雾，含着巫术一样不着边际的光晕。它，像一个最好的朋友那样难以品评。这光晕，是她唯一的、无二的诗的光晕。在当代中国艺术界，没有一个人能代替她。我只知道——唯一，就是自制的光荣，是任何艺术必备的真理。

在那光晕中，她可能走向了谁也没到达的地方，走出了人们已经习惯的视野。

门前，那棵我们亲手种下的树，已经长到了五层楼的高度。它像一把倒立着的扫帚，每天清扫着高渺的白云。两个人一起走过了那么多年坎坷与散漫的日子，有无数次眼睛与灵魂的对望。我只是知道：诗，是她一生也离不开的、特定的活法。

一个内在开朗表面安静的人

王小妮是个内在开朗但表面安静的人，这种安静不仅仅由于价值取向，而是她的一种性格基调。远离人群，远离关注，也是她继续安静下去的动力。从这个意义上说，她的安静并非单纯的孤傲，而可能恰恰是无奈的逃避。因此，在最看重名声与利益的年代，她几乎不用与自己的私念搏斗就可以安然写作。三十三岁时，她写过"三十年，我的朋友和敌人已经足够／不认识的人就不想再认识了"。在题目《一块布的背叛》中她写道:"只有人才要隐秘／除了人／现在我什么都想冒充。"在《我为什么写萧红》中她写道:"活着是公平,死了也是公平。"她在《一直向北》中写道:"我现在这样就很好。现在,就是最好。"

王小妮,明确地不喜欢被猜测,不愿被包围……她总是想把自己深深隐藏起来。她多次说过:"诗,就是我的老鼠洞。"

我所认识的最初的王小妮已经越来越远……

一个怪人一个怪女人一个怪作家

她,是一个怪人:一个不会下任何棋打任何牌的人,一个拒绝唱卡拉OK的人,一个连自行车也不会骑的人,一个不表现不反驳不愿发言的人……

她,是一个怪女人:一个没有饰物没有化妆品的女人,一个一生没进过理发店的女人,一个没穿过高跟鞋的女人,一个只依靠丈夫用剪刀剪头发的女人……

她,是一个怪作家:一个没有桌子永远伏床写作的作家,一个一生没请过保姆的作家,一个讨厌采访讨厌研讨会讨厌签名售书的作家,一个终生每日三餐买菜洗衣做饭的作家,一个越写越好的作家,一个这样写了几百万字出版了二十二部诗歌散文小说著作的作家……

一个对写作产生怀疑的写手

这个怪异的作家,甚至常常对写作本身产生怀疑。

在一篇《木匠致铁匠》的寓言式随笔中,王小妮讲了一个故事——在一个炉火熊熊的、遍地铁匠的村子里,铁匠们疯狂地敲打着叮叮当当的砧板,冒着欲望的浓烟吸引了一群围观、喝彩的人……而另一个连正式木匠也不想当的人,静静地坐在家的角落里削砍古老树木的尸体。身边翻卷起一层层白色的薄卷儿,木屑像大雪一样纷纷飘落……她在文章最后透露，铁匠与木匠，分别是小说家与诗人。

我为什么要不停地写字呢？……多么轻易啊，像抽走了一叠擦鼻子的纸巾，他们轻易取走了我全部所想。印刷机震天动地，油墨推展。书出来了，印得很好！……我拿到了书，书的上面的确标出了我的名字……我，为什么要把我写的字交给别人？他们为什么要拿走我所想？她似乎在向所有的作家发问：不断地写字，从来没感到过恶心吗？

王小妮把一个可能发生的决定写进了《木匠致铁匠》。她让木匠对铁匠说："你想过封炉，不干了吗？"

一个费力不讨好的丈夫评论家

王小妮本人，一直不欢迎对她进行评价，尤其由我来做这种评价。王小妮曾写过一首诗《一块布的背叛》：

我没有想到 / 把玻璃擦净以后 / 全世界立刻渗透进来。/ 最后的遮挡跟着水走了 / 连树叶也为今后的窥视 / 文浓了眉线。/ 我完全没有想到 / 只是两个小时和一块布 / 劳动，居然也能犯下大错。// 什么东西都精通背叛。……这最古老的手艺 / 轻易地通过了一块柔软的脏布。/ 现在我被困在它的暴露之中。// 别人最大的自由 / 是看的自由。/ 在这个复杂又明媚的春天 / 立体主义走下画布。/ 每一个人都获得了剖开障碍的神力 / 我的日子正被一层层看穿。……只有人才要隐秘 / 除了人 / 现在我什么都想冒充。

在写本文的这些天，她一直把我称为"背叛的布"！如果不是我的坚持，本文将不存在。

其实，从人生道理的层面，我更想展示一个我亲眼见到的生命全程：一个普通的女人，在三十年中，怎样被生存，被自己，一步步磨砺成了诗人！直至飞起。

我，仍然奉行我青年时期的思想。想写，我就写。一旦写，我的性格就要求我肆意而行。我的话，只由我一人负责。而且我还要说，有无数次我与本文的被评价者的争论为证据——任何人不可认为此文经过了王小妮本人认同。这，是对本文及作者性格的必要尊敬。

我承认，在过于切近的时间的面对中，我无法准确传达一位女作家所沉浸的那种气氛。对一团极端艺术化了的诗体烟云，我一直不想在近距离、近时间内制造廉价的错误。我所写的，只是一个过于了解自己诗人妻子的丈夫式的自白。我的所有文字，并不承担为别人提供赞美的任何主观依据。阅读者应当滤掉我情感的倾斜，只留下它那一根最基本的、站立着的生存直线。作为今后岁月回顾时的一件件代用品，我希望我所提供的是，最基本的事实与意识材料。按学术的最高准则：在同一家庭、同一经历，同一个时代——这如此邻近的时空中，我的一切判断，理应被阅读者加以置疑，何况我拥有一个偏激的名声。

我想说：我希望把她作为一个偶尔向我靠近的另一颗星球，并借此提醒整个星空，她的诗，更需要用另一种方法来阅读，更需要未来的日子去阅读。

我还想说：一位作家，不应该依靠稿费与名声养活自己的今生今世。他只有依靠自己强渡个体的生存之河，才能松弛地写作，才能享受写作带来的逃避与愉悦，而把不经意的强光放射到遥远的后代。

王小妮，三十年来我与你日日对话，但现在我却要向你发出一种纸上的声音：你，和你那为数不多的可怜的同类诗人们——你们的肉身，正匍匐于这个年代；你们的精神，却自我受领了人类至今最高的灵魂使命。你们，将注定苦难，哪怕你们强颜微笑。你们，将终生羁绊，哪怕你们伴飞在高空。将会有无数只手，把遗憾与惋惜指点上你们的脊梁。但是同时，也许会有一只莫名之手，穿天而来，取走你们为之冥思苦想的全部天堂之语。

2008年6月30日　海南 ■

我们不能活反了　王小妮研究集

第四辑

挑灯

我们不能活反了

王小妮研究集

一、诗人不是超人

燕窝：早上好,小妮。一直感觉你的作品里有种英雄气概,然而见面时却感到你很生活化。谈论诗?

王小妮：我不是不愿意,是谈不清。诗是个复杂的东西,妄谈不如不谈,诗是要敬畏的。

我自己肯定不这么觉得——"英雄"?事实上,每个人都是慢慢成型、被塑造的,有些感觉,会"临时"在写作中凸显;另外有一些潜在的,伴人一生。我总体不是"英雄气概"的。只要活着,总有凡人琐事,能够在刹那间超越平凡,比如诗,已经足以让我们感到:活着挺好!

燕窝：这样好。可是你的诗里经常有个英雄和大力士:

这一刻大地做出推的手势
无数穹顶突起
古老的宫殿闪烁从古到今的光。
我接近只有君王出入的拱门。

诗很大程度是可以害人的
——答燕窝

王小妮　燕窝

麦田像金发少年

把头探向山顶空洞的城堡。

——摘自《穿越别人的宫殿》

王小妮：这首诗大概是在欧洲写的，有时我会记不住自己的诗，也可能这种健忘跟我的观念有关系。

我总是认为，我们的生存大多数时候和诗人无关。不体会平凡，就不可能是个好诗人，而我们到这世上是来做一个人的，肯定不是被设计好了去成为一个诗人的——那太矫情了。对于我，诗人身份是相当偶然的，好作品和幸福也相当偶然。现在这个王小妮，挺好，我挺满意的。

燕窝：平凡很容易把一个人的意气磨灭掉，而意气，对诗人是不可或缺的。诗人要在作品中重塑河山，是始终要和平凡做拉锯战的。

王小妮：我没有"作战"的感觉。你玩过儿童的那种沙袋吗？外面是柔软的棉布，但里面是沙子，一粒粒，坚硬可触——这就是我的生存形态，不管是诗人王小妮，还是普通人王小妮，都是这样。如果认真考究起来，矛盾、怀疑等也是有的，但是战斗不大，自自然然的，它们和我的日常生活是一体的。

燕窝：那种沙袋打起来很痛，哈哈。也许是看问题的角度不同，我比较容易化零为整。

王小妮：关键是"整"成什么。如果真是个零，意味着我们内心平复了，那可就什么也不写了。能到达那种境界的，是和尚老道吧；而诗人与路人也不同，他们的内心总是多起波折的。真的圆满了，就做不成诗人了，写作恰恰是因为我们感觉到了什么。

燕窝：我看你的一个随笔，关于你爸爸的，是真实记录吗？

王小妮：是真实的，不把他写出来，我总是不能平静。

在我的经历中，除了与别人经历了同样的时代变革，又经历了徐敬亚的许多磨炼，并且见证了父辈，这些对我都有影响。在《我看见大风雪》中，我写道："我想，我就这样站着／站着就是资格。"——这话，早五年，我完全不会那么写，想都不会想，这就是经历对诗人灵魂的雕刻作用。

但这不仅仅是我这一代人特有的，你看过好莱坞的《午夜牛郎》吗？每一代人都有他自己的经历，每一代人都必然能产生好的诗人。

<u>燕窝：也许这意味着，诗人的肉身是镜子，作品是宇宙、他人和自身经历投射的镜像。这个镜子越光亮，投射的镜像程度就越深，像杜甫，就是光亮度很高的诗人。</u>

王小妮：我更喜欢自然界里已有的那些东西。如果一定要以镜子作比，那么我大概是铜镜吧，模模糊糊的，照不准人，自己倒是挺有质感的，哈哈。我想诗人脑子里的沟回一定比一般人多，眼睛也比别人多。

我坚持最普通的事物：可见、可触摸。倒不是为了保持与诗人身份间的"平衡"，主要这就是我的生存现实，普通到一日三餐。作诗作到了《楚辞》那个玄劲，就有危机了，所以屈老头要跳江，而我们还活着。没有超人，诗人中也不能有超人。

<u>燕窝：如果没有超人，诗人异于常人的那部分，怎么解释好呢？</u>

王小妮：诗人有更敏感的特质，别人想到一，诗人想到了三或五或七，他们是不安静不平静的少数人。

二、自我和对自我的穿透

<u>燕窝：哪些是你自己感觉比较满意的诗？人们给你的《在重庆醉</u>

酒》颁奖，也算是时代的进步啊。

王小妮：时代再进步，我们还是我们自己，奖项不说明什么吧。我一般是写完了，就忘了。组诗相对记得牢些，因为历时长，比如《看望朋友》《和爸爸说话》《我看见大风雪》《在重庆醉酒》……短诗里也有好的，但是被长诗淹没了，好坏比例参半吧，另外半数我觉得不够好。

读者对我不重要，如果是为了听人叫好，那就更不重要了。况且阅读没有参数标准，每个人总是读出自己感受的那一点，我喜欢这种阅读歧义，这让人看到另外的门通往作品。至于写作的社会回报方面，受关注可以，不受关注也没啥。我的尊重标准是，老老实实写自己的诗，能面对自己就行了。

燕窝：<u>面对自己是一件天大的难事，所以诗人们只好构筑语言的空中楼阁，修复现实中不能面对的那部分。</u>

王小妮：我们常常在虚幻里得到平静，才得以活着啊。同时也应当做到一种适度的自我警醒，把个体的"我"和外面世界分清楚。我们（这些诗人）并不仅仅是活在诗里面的，诗人自我膨胀到混淆自身与外界的分界时，会有危机。

我是相当程度上的个人主义者，我指的个人主义是更大范围的，对活着而言。我的生存肯定是个体生存的——而且谁会考虑普遍性，普遍即与我无关，混沌才是大道理。那种总是清醒的状态，对诗性是一种削弱。

燕窝：那么，诗面对什么呢？也许我们压根儿不考虑这种问题，让读者去考虑？

王小妮：诗面对写诗人自己，用港口、八足章鱼这些，都不足以形容有血有肉的人对世界的感受。不过这几年感受总有，但是，有差异。也许是感受的层面转换了，犹如被针扎和被刀刺的差异。当然，诗人始终要保持特有的敏感,这似乎是可以自行引导和培育的。耳目仍然是平常人的眼耳,但它应当更醒目。

我的作品中描述针刺的常有,涉及真正刀伤的好像几乎没有,也许有些东西注定是要沉下去的。能用诗歌写下来的,只是我们真实生活的一部分。

<u>燕窝</u>:是否有一种写作技巧,让针看起来像刀?你有注意到近年诗坛在写作上的论争与分歧吗?

王小妮:好想法。不仅诗歌写作,人要活到某个份儿上,目光都可以穿心的,但这就把话说玄了。我的穿透,同时也是我对活着的态度,即打通诗、写作和活着之间的人为界限,俗话叫融会贯通。我没有太多途径能注意到诗坛论争,上网后倒是看见过一些。任何地方任何时间总有些人爱论争,大概这对他们很重要,我没意见,只要他们自己不累不烦就好。

<u>燕窝</u>:质朴如刀啊。

三、我们过的终究是人的生活,而不是诗的生活

<u>燕窝</u>:怎样既做个好诗人,同时又是人家的好老婆?

王小妮:不好谈。这种事情弄到纸面,总显得矫情。况且,人和人是多么的不同!每个人都有自己的个性,这种问题在我的个性里属于私下范畴。

<u>燕窝</u>:个性会影响到写作吗?

王小妮:写作和为人之前,"隔"很大吧。每个人的性格和世界观,确实有关联,但不太大。如果必须确认这种影响,我倾向于,我的写

作和个性之间是一种互补关系。比如,一个人的性格多样多重,但如果他有一个主体,比如倔强,那么他写出来的东西就很难是依顺的。

我对自己的看法是,为人不会太褊狭,故写作也比较关注平常而实在的细节。

燕窝:昨天问一个朋友,对小妮的作品有何印象?他的回答是,很有激情。

王小妮:激情有点空泛了,但我写字时,肯定不是平平、没感觉的。不过这也没必要专门指出,写诗的人必有锋利在。

我现在衣食无忧仍然写诗,除了有些磨灭不了的经历,关键是写诗还感觉有意思。有的诗人不是这样,当一件事情对他们而言已经不好玩了,却还勉强为之,这等于选择了痛苦,最可笑的是,他们自己居然没感觉到痛苦。

燕窝:确实如此。这大概属于文明的副作用范畴——我们被教化得太多,乃至于丧失原生的喜怒哀乐,而以社会认同程度来决定自己的喜与怒。

王小妮:有的诗人几乎不是为自己活着,而是为某些身外的空洞的、虚幻的事活着。我近年来才发觉,人们是那么爱听虚无缥缈的赞美之词。说文明,也许太远,我们只管自己,早餐、晚餐、心情、天气等。

比如我的通常情况是,当还没写下来,就急,赶快抽空写几个字;后来再抽空修改那些想法,感到天清日明,活着可真好的时候——你试过吗,就是这种感觉,真有意思。

燕窝:到处都是围城,诗歌亦不例外。学点分行技巧不难,但只有建造是不够的,诗人还要懂得穿墙术,少点勇气都当不成好诗人。

王小妮:自我才是真勇气。诗人要非常的自我——无论活着还是写作。同时,一个自我对应一个行为,它们又有千差万别。

燕窝:你忘了?顾城——

王小妮:我仍然愿意同情顾城。他的《英儿》是好小说,他可以称作"中国病人"。也许以"中国病人"为名,再拍一部电影挺不错的。诗歌写作要求诗人坚持最大的自我,这与一个公众社会对个人的道德要求有差异,这是诗人常常出错的地方。但也不是完全相悖,比如悲悯之心,诗人和公众都需要。这个问题比较复杂,也许二者不应当拿出来比较、对应。

我们过得终究是人的生活,而不是诗的生活。活着的痛苦是永远的,不可摆脱的。

四、诗歌之虐

燕窝:你是靠这个论点去克服活着的痛苦吗?

王小妮:我没感到在克服。写诗,我习惯了整体的包围着的气息,诗在我这儿,常常是一过,瞬间的,掠过的,几乎不停歇的。虽然选词造句都不难,可气息的把握需要一个相对完整的写作氛围。二十多年前,我们玩过一个游戏,在小纸片上写好一些词,混淆,随意组合,也可成句,有些诗意还挺浓,当时就有顾城,我们一起玩。

燕窝:我们在一个精神行走时代的边缘。未来的人们,他们在精神行走方面的能力将到达我们无法想象的地步,就像古人无法设想登月。而诗歌,是精神行走最早的步行器,或飞行器。

王小妮:飞行——超现实?诗很大程度是可以害人的,不要太进去啊。小说、绘画……艺术的其他门类,都没诗这么害人。因为它的纯粹精神性,它不能养人,纯身外之物,却又是纯身内的需求。

哦——我开始玄了。

燕窝：什么是现实？是指我们吃穿范围的，还是指我们从报纸上看的？是我们个人经验里的故事，还是包括了别人的？那么，包不包括书本知识呢，如果书本是科幻小说呢？……有的词语可以轻易说出，但它的后面是座冰山，而且冰山的绝大部分还在水面之下。

王小妮：我的脑子里稀奇古怪的想法以外的全是现实，比如，我现在要去弄点喝的，这就是现实，难道你能够平时也待在诗里吗？

燕窝：我随时在诗里吧。比如现在，边聊边写诗，哈哈。我发现你时时在提醒自己，"小妮！回到人的生活……"

王小妮：我已经很自觉了，不用提醒。但是，我要提醒你。我不是谁都提醒的，可必须要提醒你啊——你的诗里有一种很深的纠缠，说不清。

燕窝：啊——（从椅子上跌下来）

王小妮：诗人角色的意识太浓，不好。太把自己当个诗人，会破坏掉正常的生活。虽然人们的失败各不相同——偶然性太多了。我自己体会成功不多，体会失败也同样少，但成功失败都不重要，顺就好。东北土话叫"顺溜"，形象上有点平滑感，包括性格的顺，处世的顺，交往的顺，对人对己的顺（不苛求），对命运的顺。
我和你说话后，有了些担忧，燕窝这小孩，别让她不幸福啊——人想着认同别人，或要别人认同，往往是正和自己较劲儿，你理解到这个就好了，就容易顺了。人活着，无风无雨无人，孤身一个也要个顺。
还好咖啡够热，虽是速溶的，我们总算回到现实了。

燕窝：这话有气概。不过力静止时，是不知道正反的。只有别扭开始后,才有顺可言。所以,总免不了那一段别扭带来的烦恼。

王小妮:原来在你诗里的纠缠是有现实依据的。人生无非几样:情感的寄托,钱。飞得再高一点,一切都在下方,你就解放了。写诗固然是一种凭寄,可还有别的——狡兔三窟。

五、做自己的语言

燕窝:你的气魄往往出人意料,谁对你的写作生涯有重大影响?

王小妮:没有直接影响我的人物。影响在细碎,断续,瞬间里,不具体但是密密的,像"临行密密缝"。我自己当年写的东西都会忘,何况别人的?我儿子曾经惊奇道,妈妈没偶像,从没有,无论哪方面的。

燕窝:阅读上也没有吗?有的影响不是直接的,然而重大,比如爱情?

王小妮:爱情是一种相互契合,螺母和螺钉都需要有所修正。间接影响是有的,多而细,乃至我已记不清了。我不容易被大东西打动,我可能格外关注莫名的细小,由细小组成了整体。这可能是我们每个人方式的不同吧。

燕窝:曾经和翟永明聊到一语成谶的事情,你的写作中捕捉过类似经验吗?

王小妮:我没有体会过那种感觉,我好像已经比"命"大了。现在我什么都不怕了,坏事情好事情,我都不再在乎它了。从我当年来到深圳,看到平地变成都市,这么漫长的历程到今天,坏到分文皆无,好到中个大奖,都不可能了。而我还是我,所以,没事儿了。当时那个我，不能对应今天的我，包括语言都没有活到今天这个份儿上。

<u>燕窝：是否左边一个知识分子，右边一个口水诗，倒能让人方向明确起来？</u>

王小妮：不该那么划分。语言在后，体会在先。左右皆是人，自己就是自己。不要以身边的东西为参照物，离开点儿才好。我今天的语言要求是：到位——最接近瞬间感受；简单——最平凡，即不做作，尽量口语。能做到这两点，大约有了更多的可能。

我原来害怕看迷魂阵，好在现在有点判断力了，可以不看，让别人自己迷糊自己吧，可以说迷进去的人还真不少。迷法儿大致两种：一太知识，二太平淡。

也许是他们面对的太斑斓错杂。一个二十岁的人，在今天想写出好诗，真是艰难。他们的做法是，随手拿一把牙签，甩在马路上，然后高喊：看啊，这是诗。不像我们那一代，自己摸索的成分居多。

但诗又不可能不年轻，所以诗意，是一个难度极大的东西。

<u>燕窝：因为有难度，所以 总有人取巧。</u>

王小妮：用"口语＝简单"去做诗歌，问题很大。更实质性的原因，不是因为年轻，而是这些人的诗里有"隔"，如同脚和鞋之间不接触，中间隔了不少化纤物质。如果诗人穿不透自己，也就永远穿不透"诗"这东西，写出的东西自然就不可能有穿透力。

这是形而上和行而下的结合。在方法上表现为，如何把抽象思考和情感转变为具体说话，但每个人都有自己心目中的门，却又未必相同了。

<u>燕窝：人只要想通了，什么都好办。如果想不通，也许就到虚空中打开新的出路，这意味着建造诗歌的空中楼阁。学一点语言分行的技术不难，关键是气魄。</u>

王小妮：语言是能把握的，但如何把握住一种自己的语言，这学不到，而是要靠自己的努力和钻研。比如我们读诗，一段时间有一种层次的判断力，曾经觉得好的，后来会忽然感到不够了；经过一段时间后，又获得新感觉。在这个渐进过程中，那东西本身没有变化，是我们自己的认识水平提高了。

　　另外，经历塑造人。我会成为今天的王小妮，我感谢我所经历过的一切。

2004年2月■

我们不能活反了　王小妮研究集

我的怀疑是经常的

汪小玲：上月末，你获得了首届中国艾青诗歌节"茶花杯诗歌奖"，这也是你继前年"中国2002年度诗人奖"后获得的又一诗歌大奖。你的写作跨越几个断层（"朦胧诗""第三代""70后"），作为第二代诗人，与你同时期的不少诗人已经放弃了对诗歌的坚守，而你至今仍活跃在诗歌写作前沿，像2002年的《在重庆醉酒》、2003年的《十枝水莲》都备受诗坛关注。你的这种坚守的源泉是什么？你在写作中发生过自我怀疑吗？

王小妮：我说过，如果一个人因为某个奖项而写字，那么，写东西该是件多么没劲多么乏味甚至悲惨的事儿。

我没感觉断层，因为我既没坚守，也不在前沿，没消沉也没活跃，不过是待在我自己习惯了的地方。那些看来挺艰苦卓绝的说法都是别人加上去的。

女人适于写作
——答《晶报》汪小玲　　　　　　　　　　　　王小妮　汪小玲

作为一个写诗的人,我的怀疑是经常的。大约十年前,我就常想,为什么我要把我想的告诉给别人?为什么要写字?为什么编辑们以一千个字几十元或者几百元的价格就把我所想的拿走了?总有一天,我烦了,会自动停止,一个字也不写。不写字照样挺好,谁说我这个人到这世上是专职来写字的?

"醉酒"和"水莲"只是两组普通的诗,有人说好,也有人没说好。写完了,我就没事儿了。很显然,写诗不是写小说,没什么计划性,诗总是偶然来的,想到了,写出来就是了。

把内心放在秤盘上,会非常神奇

汪小玲:你说"经历塑造人",称深圳为"巨大的城市搅拌机"。近二十年的深圳生活对你的写作有何影响?相比于那批朦胧诗人,你的生活轨迹看起来并没有发生太大变化,深圳对你意味着什么?

王小妮:这个城市,我几乎看着它起来,好像眼看着一个少年的长大。十来年前,我还上班的时候,请外来的作家写深圳的剧本。不止请过一个,都写不好,不能贴近它,好像它高深莫测。深圳这城市对于外来者,像一个无底洞,他们摸不到边际。我在我出生的城市里断断续续生活的时间加在一起,还没我在深圳停留的时间长久。它对于我就是复杂交错。说它影响了一个人的写作,实在是小看了它。它实实在在影响着的是我活着这件事情本身。在我经历的同时,这个城市又给我的儿子提供了在这里长大成人的层层叠叠的背景。

现在,还没到我和这个名为深圳的城市理清关系的时候,我把它留给将来。

说到生活轨迹,如果仅仅涉及地域跨度,看起来我似乎没多大变化,我起码没跑到不说中国话的地方去。但是,人们严重忽略了一个人最重要的东西,那就是内心。我经历了什么?只有我知道得最清楚,内心的轨迹才是人最刻骨铭心的。

每个人的痛苦和幸福各有不同,如果它们能够量化,能提取出来,放到秤盘上，它的绝对值，它的重量，会非常神奇。一般人可能不会理解，每个人的痛苦和幸福的比值其实大致相当。好像被什么力量暗中平衡协调操控着，致使我们能相对平和安定地活下去，而不成为顾城。

一个人把字写到纸上就很高兴，这比什么都重要

汪小玲：你认为与男性相比，女性更易纯粹地投入写作是吗？有人说你的诗歌和散文创作非常"冷"，跨越了性别界限，超越了传统层面的女性写作范畴，你是否接纳这种评语？

王小妮：夸张地说，男人和女人是两种动物，没错，女人更适于写作。女人写作的敌人是过于理性，是设计好了知道我该怎么样去写。

如果说真正意义上的"写作解放"是网络，网络给了人自由写作和自由"发布"的最大空间。我还想强调写作的个人满足性。一个人，把字写到纸上就很高兴，这比什么都重要，而做到这个、体会到这个的，往往不是男人，他们总想要得更多，他们的责任感强，太爱动，太好奇。

"冷"只是别人找到的一个说法，搞评论的总要找个"柱子"支撑自己，写字的人只管写。

一个正在睡觉的木匠是不是个木匠

汪小玲：你认可"不写诗也可以称为一个诗人"这种观点吗？你相信成就诗人的特质是天生的吗？一个诗人最基本的素质是什么？是想象力还是对语言的敏感抑或是你曾经强调的"非常的自我"，还是别的什么？

王小妮：一个正在睡觉的木匠是不是个木匠？这个比喻可以回答你的问题吗？

我觉得写诗的人总有一点不一样，别人想到一，他想到了三，或者七，甚至更多，他的思维不一样。思维不是单一的，不好细分成想象力敏感度，我觉得诗人是天生的，不可训练的。

真正的诗人不面临任何关系

<u>汪小玲</u>：作为一个诗人，一开始就要面临一些关系，比如诗人与读者的关系、诗人与评论家的关系、诗人之间的关系、诗人与诗歌之间的关系。你是怎样处理这些关系的？诗人应该给诗歌一个怎样的位置才最终不至于伤害诗歌？

<u>王小妮</u>：我要明确反驳"一开始就要面临一些关系"的这个说法。真正的诗人，从开始到结束都不面临关系。他视关系而不见，什么会坏掉诗人？我看关系最具破坏力。

画家画一阵画，出门去找画商推销他的作品，因为画是可以换来钱的，诗换不来什么，诗人也就省掉了"推销之苦"。诗的读者不是被诗人选中的，恰恰相反，是读者在选择，读者去寻找他喜欢的诗。

评论家如果是个职业，是个饭碗，那我什么都不说了，我沉默。因为写诗从来不是职业，诗人与饭碗之间没有相同的谈话起点，对话只能产生在写作者和阅读者之间。前几天我看到一篇电影评论文章，我简直弄不清他呼呼啦啦几千字都写的是什么乱七八糟的东西。

关于这个写诗的人和另一个写诗的人，他们之间最好的对话是在另一个人的字里行间得到自己没有意识到的，他们相互得到提示。

我不关心关系，很多年了，我和读者和评论者都是姜子牙钓鱼的态度，我不想改变了。

一个人被父母带到人间，本意不是写诗

<u>汪小玲</u>：你曾说过"诗很大程度是可以害人的"，这是指某些人缺乏

诗人的特质而误入诗歌,忽视了自己在社会其他层面的能力,最终一事无成的现象,还是指有人把社会生活过成了诗的生活,结果处处碰壁?

王小妮:本质不在于"一事无成",成与不成,都无所谓。碰壁,也是每个人都要不断经历的,写诗又不是投资,一旦错了,危害严重。但是,有些人把写诗看得太重了,影响到了他去做一个正常的人,这就比错误投资还要严重了。

一个人被他父母带到人世间,本意不是来写诗的。人的全部目的只是好好活着,写诗也是包藏在好好活着之中的。如果写几个字就危害到了活着那个目的,就犯下了大错误。

不写诗的王小妮与现在会很不同

汪小玲:如果把写作从你的生活中剥离,你能否设想一下自己的另一种生活场景?

王小妮:你这个假想有点好玩儿,有点让我意外。也许太过强调了写作的作用。我想,不写作的人,和写作着的人没什么区别,起码外人看不出来。他自己也不会感到太多的不同。哪个人每天必写作,岂不是罚他终生坐牢?写和不写,不是截然不同的两个家伙,拿得起放得下,这样的人才正常。

好像有些戏曲演员把自己活成了一个戏剧人物,把自己装在戏里,出不来了,我觉得那是件最悲惨的事儿。

但是我愿意告诉你,写诗是可以改变人的,不写诗的王小妮与现在会很不同。

不要给"诗"这个文体设置特殊的障碍

汪小玲:关于诗人有两种说法。一种是一个诗人的一生就像他的一首诗,即他与自己的诗是一致的,融为一体的;另一种说法认为一个很糟糕的人也有可能写出杰作。你对此有何看法?

王小妮:我只看诗,我习惯把诗和写诗的人分开。融不融为一体是他个人的选择。作为读者,我们没权利要求别人。人是多么复杂的东西,糟糕不糟糕,在道德层面上都不止一种判断,何况诗?

至于诗人的德行,这里要纠正一个大的误解,好像写诗的人一定要优秀过平凡的人。其实不是,写诗的人首先就是个平凡人,别人有的缺点,他都有。在这个前提下,再去读诗,再去发现好诗,不要事先给"诗"这个文体设置特殊的障碍。

假如,世界上突然取消了所有的画廊,画不能卖也不能买,绘画成了一个完全脱离了实际价值的纯粹爱好。那么我相信,当今的画家,会顿时消失大半,剩下来,还残存下来的,才是真正喜欢绘画的。写诗的人正在面对的,恰恰是对画家提出的那个不可思议的假设。从这个角度,我格外愿意尊重和宽容写诗的人,到今天还写诗的人是一些不容易的人。

我喜欢用"我看见",还有"了""着""过"

汪小玲:一个诗人可能对某些词汇有特殊的偏好,在你的词汇表当中,哪些词出现的频率多一点?

王小妮:这是一个很专业的问题,我很少在评论家那里看到类似的提问,可见他们就不够"专业"了。

我喜欢用"我看见",还有"了""着""过",前一个是动词,后三个是表示时态的虚词。这可以是一篇论文了,关于诗的"在场"感和诗的进展中的"过程"感。

"看见"容易理解,可以忽略不谈。仔细想想"了""着""过",都表示事情进展的一种状态。我最近发觉,是不自觉的,我会经常用到这几个字。我喜欢我的诗就在进行中,让诗和最初的"感觉"中间完全没有"隔"的，最贴近。往往，我们心里感觉到了很多，却没把那些感觉全部记录下来。如果一个人讲述一件事情，然后，再马上把它写出来，十个人之中有九个，他的写完全没有他的讲述生动。

找到当时的感受，对于我很重要。

诗是一种超能力，学不来练不来的

<u>汪小玲</u>：当下的诗人，你欣赏哪些人的诗作，诗坛上"70后""80年代"群体中，有没有你看好的年轻作者？你对汉语诗歌的写作前景有什么看法？

王小妮：我看诗不多，曾经很喜欢山东的盛兴的诗。有一种在别人那里不是诗的东西，能够被他发现成"诗"。这是一种"超能力"，学不来练不来的。有些人不觉得他好，说太平淡了。也许平一点，但它的来源是平淡如水的日常，这才是难度。可惜，最近没怎么看到他的诗了。前几天我还在打听他，别人说他还在写。还有很多名字，一时记不起来，经常会在个人出资印刷的小册子上看到新鲜奇异的短诗，网上也有，只是要打开来一条条细看，太耗费时间了。很多诗人的写作还不均衡，这一首好，另一首就一般。

现在的人说到"80年代"好像总很苛刻，好像他们幼稚得很，像街头巡警们低头俯视着过人行道的儿童。我们来算一算，1980年出生的人，今年二十四岁了，一个二十四岁的青年爱上写作，再正常不过了，居然有人觉得他们只是"少年写作"，这是一个时代性的不公平。生于1990年的人都十四岁了，十四岁才是少年。

过去的作家协会之类的人才关心什么"前景"，那是他们的工作报告里的东西。

写诗，什么也不能带来。名，是空的，虚幻的。利，简直微不足道。写诗的人，人微而言轻。在这种时候，还有人偏偏喜欢做这件事儿，等于不断做着无用功。昨天，偶然听电视里的人说，现在，诗歌网站每天的点击率超过百万次。你说，我们有没有"前景"？一件让上百万人在一天里很愉悦的事儿，有没有那个"前景"都无所谓。

好的诗，没派别

汪小玲：你曾说你对语言的要求是：到位——最接近瞬间感受；简单——最平凡，即不做作，尽量口语。现在口语写作大行其道，这到底是因为"学院派写作"太能考验一个诗人的文化底蕴，还是因为口语写作能够直接快捷地切入当下生活？

王小妮：有一个误解一直没有消除，似乎写诗要使用固定的一些词，被称为所谓的"诗的语言"，这是非常可笑的。有些人读诗，都要模仿话剧演员们运用的"朗诵腔"。我们身边的楼房都拆了建建了拆，折腾几个来回了。对于诗的了解居然会这么顽固，理解力这么低下。

口语诗其实就是日常用语诗。我要说，什么都没有，只要你以为是诗的东西，它就是诗了。你这个人的感受比所有文化文明、所有的积淀底蕴全都重要，这是写出好诗的前提。

有人一写诗就像戴上一副面具，就端起来了，就云山雾罩了。他以为是"诗"的东西，可能全是"反诗"的。我觉得，我们不要局限于"学院派写作""口语写作"，看开一点，和那些都无关，它和一个人的起码创造力有关。

好的诗，没派别。

我认为的好书，不是蒙人的

汪小玲：能说一下你平时的阅读习惯和阅读范围吗？

王小妮：现在的出版物多了，但是，满眼不见好书！老老实实的东西实在少。只有乱翻书，一目十行地翻。在找不到阅读乐趣的时候，我可以改变，可以退而求其次。有时候，买一本书，因为纸张好，因为插图好,因为开本好。

我以为的好书,不是虚构的,不是蒙人的,不是装腔作势的。拿起一本书,我常常会在心里判断,这个写书的人他动没动真的?他究竟有多大的本事?它告诉我的是不是真实的?真实的,包括他内心的真实。

我说过,现在就是最好

<u>汪小玲:最近几年你经常出外走动,是出于丰富写作经验的考虑还是纯粹地喜好这种休闲方式?如果让你自由选择,你希望自己拥有一种怎样的生活?如地点、生活方式及其他方面的需求。</u>

王小妮:我不为写作活着,写诗的感受也不可能在四处游荡中获得。走到哪里都想着"写",那就是个"写匠",我只是去玩去看看去散散心。

为什么要改变,我是最容易满足的人。我说过,现在就是最好的。

心情,是活着的最大质量

<u>汪小玲:你对爱情有何高见?它在我们的生活中处于何种位置为宜?把爱情看得太重是否会成为一种束缚?</u>

王小妮:爱情是太个人化的事情,说不清的。一百个人可以有三百个爱情观,可供一日三变的。

爱情,当然重要,因为它决定心情。心情,是活着的最大质量。

纸是好东西,糟蹋纸是罪过

<u>汪小玲:作为晶报的专栏作家,你希望你的作品带给读者什么,</u>

把读者引入一个什么样的境界？

　　王小妮：过去看报，经常感觉空洞无物，觉得最起码他们是在浪费纸张。我想如果是我，一定不这么写，要有信息量。今天轮到我了，我既然承担了这个活儿，应当把别人平时没注意的、不了解的、忽略掉的、没空去多想的，告诉他们，我得时时提醒我自己。

　　纸是好东西，糟蹋纸，是罪过。

2004 年 4 月 13 日 ■

我们不能活反了　王小妮研究集

田志凌：诗歌对于你意味着什么？

王小妮：每个写诗的人对诗的期待不同，诗对于他的影响也会不相同。诗，在我这儿意味着活着还多了点儿意思。比如早上起来，晴朗的天空让人心情好，诗，恰恰相当于那种忽然抬头看见蓝天的感觉。一个人活着，应当是有质量的，活着不只是日子的延续。这个时候有了诗，事情就不一样。我曾经说过，诗，是我的老鼠洞，无论外面的世界怎么样，我比别人多一个安静的躲避处，自言自语的空间，我没太多奢望，所以现在非常知足。

田志凌：<u>是什么在推动你不停地写？这么多年，当初与你同行的人都已经放弃了写诗，为什么你能够坚持？毕竟诗歌现在是那么寂寞的事业。</u>

王小妮：我想纠正一下，不是坚持，坚持的意思太大了太重了，就像前几年有人总在强调"挺住"，为什么要挺住？为什么要坚持？好像那是个多么大的事业，多么艰难多么忍耐。不是那样，大而无当的东西属于群体、集团、众人。对于我，写诗只是个人的爱好。我的一个朋友多年喝咖啡，最近戒了，换成喝茶，你能指责他为什么不坚

诗不是生活，我们不能活反了
——答《南方都市报》田志凌　　　　　　　　　　　　王小妮　田志凌

持？为什么没挺住？我习惯了，就这样看待诗，你可以说我弱化了诗。这种弱化反而是一种最个人化的珍视。如果沿用你的词"推动"，那么，推动力是爱好，是好玩儿，是有意思，是从中得到一点儿安逸的好感觉。

坚持的力量大，还是爱好的力量大，谁都知道。

离开诗的人，也没什么，就像由喝咖啡改喝茶的那位朋友。

<u>田志凌：你现在写的诗与朦胧诗时代所写的诗有什么不同，为什么会有这些不同？是你自己的生活发生了一些变化吗？你更喜欢自己哪一个阶段的诗歌？你曾经说过，在《我看见大风雪》中的那句："我想，我就这样站着／站着就是资格"，早五年，你都完全不会那么写。是为什么呢？为什么现在可以写了？</u>

王小妮：我们每一个人都不是过去的自己，连去年的那个自己都不是，我们不想改变都不行。和二十多年前相比，山川地貌城市乡村全变了，只有科幻电影里的"冷冻人"才可能保持原有的思维。每个人在大变动中又有着无数细微的变动，对于某些人，那些细微变动可能可以忽略，但是，写诗的人不一样，他是内心里随时生风生雨的！从这个角度，我要谢谢我的经历，不管是好是坏，一律感谢。不是客气，是深深鞠躬，表示诚挚的感谢。这种感谢，是包括对时间和空间的感谢，是以微小的生命向巨大存在的一种平等的感谢。磨砺使我走到今天，使我可以笑着，端着茶杯和它从容对话了。谁想到过会有这一天——我就这样站着，站着就是资格——这样的回答不一定所有人都懂。

写诗的时候，我很容易否定我自己。所以，新鲜的感觉最吸引人。过去的诗都是完成品，值得我喜欢的肯定在将来，等我不再写诗的时候，再来回忆哪个阶段更好吧。

<u>田志凌：很多人评价你的诗越写越好，你认为呢？你觉得自己源源不断的诗意从哪里来？</u>

王小妮：好，或者不好，是没法儿判定的，连文学史也没法判定诗。对于写诗的人来说，吸引他写作的，不是别人说"好"与"不好"。我是靠着从写诗中找到活着的理由与根据写诗的，这其实和别人无关。我不是为了越来越"好"而写，写诗让人感到的主要是需要，不写出来不爽。

没有人能让诗源源不断，我写诗都是偶然，不过是很多偶然连在了一起。我说过，写诗是不需要时间的，一闪而过的东西，不耗时不耗力。

<u>田志凌：读你的诗，能体会到一种非常通透和超然的感觉，我甚至觉得你有一种佛性，大彻大悟，又很淡然。你觉得这种境界究竟是什么，是怎样达到的，你觉得自己是一个什么样的诗人？</u>

王小妮：佛性？真是说远了。我写过小说，写过随笔，和前者比，写诗最缺乏可操作性，所以你这个问题最难答，我只能老老实实告诉你，我只是想到哪儿写到哪儿。

我是一个最不想被人看作诗人的人。"诗人"不要被异化成不平凡的人，诗人真的不是"怪异人"。

但是，我也想告诉你：真正的诗人，优秀的诗人，一定是非常少的、稀有的。

<u>田志凌：你写诗的时候一般是什么样的状态？很有激情吗？</u>

王小妮：我会临时记下一些忽然冒出来的想法，到处有笔到处有纸最好，随手乱记，没事儿的时候把想法整理出来，也许半数以上的想法被抛弃掉，反正是乱记的东西，找不到也无所谓。在整理中，假如有一种新鲜的语境慢慢产生，大致这个诗可以完成。

不过默默地写字而已。在美国纪录片里看见过那种场面，有人表演赤脚去踩一条红火炭，一遍不行再来一遍，直到实实在在踩在火的最中心最烫的位置为止，大约可以比喻那个完成诗的过程吧。

田志凌：你在深圳生活多年，大家都知道那是一个喧嚣的城市，你没有受到外界杂音或者金钱的干扰吗？

王小妮：现在的中国，哪个城市不喧嚣，哪个地方清净？对于我，哪个城市都一样。相反，深圳对于我倒有几个好处，最主要的是，在这个地方谁会在乎一个写诗的人，它在乎的是"实力"——资金是最"扛硬儿"的，所以没有人打扰，可以安安静静。人们以为在这个城市生活成本高，事实不是，白菜土豆青瓜，不用多少花费。还有，它是个真正的都市，而事实上，当代中国的许多城市都更像大乡村。河南郑州冬天的超市收银小姐伸出来的手是什么样子？许多是红肿的冻疮。你感觉她上午还在老家泥屋外抱冻白菜，晚上就进城来充当收银员了。有人说大面积的城镇化是现代化的出路，事实上我们看到的是城市中无数细节上的乡村化。我喜欢截然相反，乡村就是乡村，城市就是城市。前者是安静的生庄稼的土地，后者是热闹时尚的霓虹灯。

田志凌：你的先生徐敬亚，你觉得他对你的创作有影响吗？他曾经写过对你的评论《一个人怎样飞起来》，他对你好像很佩服。呵呵。你的孩子怎么看待自己的妈妈是个诗人？

王小妮：分开来，先说徐。没什么佩服不佩服，"飞起来"只是他写文章时候的一个想法，他一贯强调一点，不计其余。但是，我们的处境多少年以来是完全同步的，很多想法也同步。我觉得写诗有意思，他觉得还有许多更有意思的事儿。从中倒是可以看出，一个人和另一个人是有多么大的不同，能影响一个人写作的主要是自己。不过，他非常在乎我的选择，一个人能被最接近的人理解尊重非常重要。

儿子，他时刻需要一个问寒问暖问心情的妈妈，"诗人"是他最不需要的。他要个诗人有什么用？让诗人待在精装书本上，只有妈妈才实实在在待在自己家里。

田志凌：你好像比较疏远文坛，但你的作品又不断地出来，你怎么看待诗人的生存状态？

王小妮：不是有意地疏远什么，只是自己干自己喜欢的、好玩的事儿，写东西是非常个人化的感觉，和任何群体都无关。

你问"诗人的生存状态"，好像带有一种怜惜，一种另眼看待，一种特殊的关照指向。其实，真正的诗人不需要这些东西，人活着的基本水准就是不挨饿不受冻又心情好，这一点诗人和其他人没区别。

田志凌：以后还会继续写吗？有什么计划？

王小妮：我不知道以后会怎么样，我只能说今年明年还会写，一旦感觉不好玩了，我会立刻停止，所以我没有长远的计划。最近，我也会写写小说，过去大约十年里，我一直在写诗的同时写点儿其他的。

田志凌：2003年以来你感到自己的创作状态怎么样？除了《十枝水莲》，你自己最喜欢的是哪些作品？

王小妮：我听踢球的人说最近状态不好，找不到进球的感觉，就觉得好笑。我相信他们的说法不是找借口，是真的。但是，我没体会过状态不好，踢球人的压力大，有人把球和国家都连在一起了，无形地加重了负担，而写诗是非常小、非常私人的事儿，没那么重视状态。《十枝水莲》不是我最喜欢的，它只是一些诗中的一组。

田志凌：能不能谈谈创作《十枝水莲》及其他作品时（如《我看见大风雪》）的经过、感受和想法，你想表达的意义是什么？

王小妮：每首诗写的（契机）都不同，大风雪和一场雪有关。当时我在大连，下雪了，我已经多少年没看见雪了！就到街上乱走，有一条高尔基路，让我想到我小时候居住的胡同，对别人它们的相似之处是20世纪初的殖民记忆，对于我，它是童年，是北方，是我的出处。那是一场大雪，很快就厚了，没了脚，有些靠路边行驶的车都失控，沿着斜坡滑下去，交警在忙，大雪片中看见远处广场上有兵的塑像，回到深圳，就写了"大风雪"。

《十枝水莲》是短暂住在郑州的时候写的，春天，去鲜花市场，随手买了一些花，水莲最脆弱，短时间里就挺不住了，十个脑袋东倒西歪的。人说，少不更事。我想，水莲恐怕是鲜花里最短命的。水莲写得很快，后来放了几个月，回到深圳又改动过。

没有事先的"要表达"，写到哪儿算哪儿。

田志凌：你诗中的句子都非常简单、干练，是不是你提倡"口语诗"的缘故？为什么青睐口语？徐敬亚曾经说过，他上大学的时候就发现，你有一种本领：使用平静的词语，却把话说得极刁狠，极尖利，极多岔路！你的口语化写作是从一开始就确立的了？

王小妮：对不起，我没提倡过"口语"，我好像从来没提倡过什么。

只是每个人都有自己的习惯，我不喜欢用书面语，我感觉那不是我的语言，有些隔阂。

有些人一直认为只有某种假模假样的语言才是"诗的语言"。我理解，根本没有那种东西！诗，是现实的意外，它所用的语言也必然只能是意外而全无套路可循。不然，诗，怎么能进入人的内心？

田志凌：你的诗离自己的生活有多远？你现在好像过着很宁静的生活（比如随笔《我和他，提着两斤土豆走出人群》），你觉得现在的生活与你的诗歌之间是什么样的关系？平淡的生活里怎么找到诗意？

王小妮：可以肯定的是，我活在自己的生活里，而我的诗肯定要跳出我的生活。

生活不是诗，我们不能"反"了。我们要先把自己活成一个正常人，好像有人总在强调要活得像个"诗人"。我听到一个人说，他出门一定要搭出租车，不能和普通人一起去挤大巴，好像诗人都是坐出租车的，他要这个待遇，听来好笑。多年以前，有些人说他要处级待遇，要局级待遇，难道诗人也成了个级别？

平静生活很好，而平静永远是表面的。

在平淡中，在看来最没诗意的地方，看到"诗意"，才有意思，才高妙。

现在的世界太现实，人天生就应该有奇思怪想。

也许有人需要以诗人的"态势"活着，那样他感觉好，我恰恰相反。

<u>田志凌</u>：你认为诗人一定是个人主义者，要非常自我吗？

王小妮：是，是个人主义者，这是一个好词儿。别人可以认为写诗的人是集体主义者，那是别人的事儿，我坚持我的。

<u>田志凌：在大众文化如此泛滥的年代，中国诗歌创作的意义究竟在哪里？你怎么看当代诗歌的处境，它与大众（接受者）之间的关系？</u>

王小妮：大众文化满足了大众，而诗，只满足小众，首先满足了写诗的人自己，它就足够了，不能要求它不胜任的。

和那些畸形的年代比，我们当然更喜欢平凡年代。

中国，大众，当代诗歌，当代处境，都是一些大词大意思，和个人关联太少的大东西，太大了，不适于个人关注，我只管待在具体和好的细节里，那些大事情留给评论家说去吧。

2004 年 4 月 14 日 ■

我们不能活反了　王小妮研究集

新诗界：你曾获得过《作家》诗歌奖、安高诗歌奖等，那你对这次由国内外很有影响的评论家和诗人评出的首届"新诗界国际诗歌奖·启明星奖"如何看待？作为诗人，你最大的感触是什么？

王小妮：每个奖项都不同，给诗发奖是件不容易的事。

关于"新诗界"的奖，我大概看了网上的介绍，感觉经过了很复杂的程序，做起来居然不怕麻烦，可能学者们已经习惯于认真和按部就班地做事情。写诗如果也程序化，肯定不行，肯定闷死了。看来不同的人，做不同的事情。

新诗界：作为朦胧诗人中的一员，你认为朦胧诗除了在诗歌史上的成就外，是否有值得反思的地方？你对目前在海外写作的一些朦胧诗人怎样看待？他们还是真正意义上的母语写作吗？

王小妮：第一个问题，更适于让评论家去分析，不过没有任何事情逃脱得了被当事者、被后来人反思，朦胧诗也一样。

关于母语写作，我觉得并不局限于某些诗人，所有居住在中国大陆以外的诗人，只要他还在使用汉语，就是汉语写作，这不用怀疑。

相反，如果从纯粹语言的角度讲，在另一种语境中也许能寻找到

最松弛的状态，就是最发力的状态　　　　　　　　王小妮　《新诗界》记者
——答《新诗界》

新鲜的、自己味道的、不受大众通行语言流习影响的新语感，那倒是件好事情。当然，这种寻找，居住在大陆也同样可以产生，只是难度更大。不想变革的语言一定是死语言、没救的语言。

汉语从来就没脱离"汉环境"独立存在过，从这个角度讲，身在大陆，更接近我说的"汉环境"，这个由我编出来的词，词义很复杂。比如，我们现在吃什么东西都感觉信不过，这是最典型的"汉环境"。身居在大陆以外，当然体会没有我们深。

我一直不愿意认同"朦胧诗"这个概念，没办法，概念克服不了僵硬性，强求不得。谁要能把一条活生生的河切分出段落来才怪，诗也一样。

对于诗，对于诗人，我一贯的基点是不苛求。

<u>新诗界</u>：作为女性诗人，你认为女性写作存在怎样的困境？

王小妮：困境无处不在，人人都面对，时刻都面对，不只是对于女性写作，如果是这样也许反而就感觉不到困境了。你的问题好像女诗人面对了什么特殊的难以越过的难关，难道男性写作一片光明平坦？

我倒是觉得，一些在潜意识里和世界保持着某种疏远的女诗人更淡然、更自在、更可能和诗有默契。她们距离诗，其实更近一些。这种近，不是用功用力以后的近，是天然的。过去我没这么想过，从去年到今年，看了一些她们的诗，忽然感到的。

如果说不被注目是一种困境就错了，事实上，她们没那么在意被注目，她们在心里把困境化解了。什么都不在意，不强求，其实就没困境。至于别人怎么想怎么看，是别人的事，事不关己高高挂起。

对有些人是困境，对另一些人可能是没感觉，谁知道？

<u>新诗界</u>：在1988年秋到1993年初你几乎停止了诗歌写作，导致这种现象的时代语境是怎样的？是否意味着一个时代已经结束了？你所说的"只为自己的心情去做一个诗人"是否成了一个时代的隐喻？

王小妮：其实你说的这段时间，是我写《看望朋友》的时间，那组诗反反复复改动不下十次，持续时间最长。在那之前之后，我都没经

历过类似的情况，感觉把它写出来是一种自救。

没什么结束，也没什么开始。有些人天生喜欢群体，而我天生喜欢单独。我本身一点也不想被什么时代什么大的东西所影响，好的影响坏的影响，我都不要。但是，整个80年代，我是完全被迫地经历了。我没想过隐喻什么，隐喻极端无力，隐喻有用吗？

有时候在家里，我想，我们是怎么就到了今天的？光走，风吹，树落叶，山拢雾，谁都没变，都陪着我们经历过了，居然现在四周这么安静，似乎什么也没发生过。不管它们与我们，哪一个都潜心隐身得这么好。平安无事，想起来挺怪异的。

我胆子不大，不想再经历大起大落大悲大喜。

<u>新诗界：在常年的诗歌写作中你对诗歌写作是否产生过怀疑？</u>

王小妮：对写字的怀疑经常发生，包括散文、小说，包括诗。

我们为什么把字写在纸上？为什么我要把我所想的告诉给别人？写字的意义是什么？想的意义又是什么？到目前为止，怀疑从来没间断过。这些问题很重，人到最后都不容易有答案。哪一天，彻底怀疑了，我就不写了。

<u>新诗界：你90年代的诗歌写作比照早期朦胧诗时期的写作有很大的转变，这种转变更多体现在哪些方面？如抒情观点、艺术趣味、想象方式或诗歌技艺上。</u>

王小妮：首先，我觉得要削弱"朦胧诗时期"这提法。从所谓朦胧诗到今天，谁没在变？好像除食指以外，每个从那个年代过来的诗人都不是原来那个人了。

引用你的说法，抒情、趣味、想象、技艺，都可以看得很轻，任何一棵活下来的树都变高了。我居住的这个城市，被人狂盖出遍地楼房。而我的变，恐怕是在逐渐离开外界，更接近我自己。写诗的过程，对于我，是不断追索贴近那个复杂的自己的过程。

把一个人变化的整体细分出一个个条款来，一定是评论者总结出来的,亲历者不会摘得清。变化,也许足以成为一个写作者纯粹的动力。

对于诗人,最不能接受的是重复。只要总是有细微不绝的新鲜感觉,我就永远满足。

新诗界:王光明认为你90年代以来的写作体现了"诗人与诗歌互相解放的意义",这是否意味着你对"重新做一个诗人"的认识源于对个人与写作之间的关系的体认?

王小妮:是的,"重新做一个诗人"就是基于我前边说过的想法。

新诗界:国外的女性主义诗歌对你的写作是否产生了影响?你是否认为自己的诗歌写作是女性主义写作?如果不是,你认为女性写作与女性主义写作存在怎样的关系?

王小妮:我不是容易被影响的人,女性主义或其他主义都如此。
显然,我不是狭义的女性写作者。宽泛地说,我们回避不掉性别身份,也没必要回避它。
关于女性之类的话题,人们绕口令一样重复来重复去,不感觉厌烦吗?现在很多评论很多理论都在写作之外绕。在评论者眼里全是类别的,而对于写作者,她们写着感觉挺好的句子,没有那么多的概念。也许起初还有概念的影响,但是女人天生不是概念动物,她们在概念周围飘荡一段以后,总会重归自己的感受。

新诗界:在"个人化写作"的90年代,你既写诗歌又写散文,二者之间存在着怎样的关系?

王小妮:诗、散文、小说,太不同了,我都写过,它们要用完全不同的思维方式。散文,我正越写越实,而诗,应当越写越飘。

新诗界:可以说,1985年是你写作发生很大转变的一年,这一年对你的诗歌写作有怎样的影响？

王小妮：影响我写作的，肯定不是技艺。技艺没有那么大的力量，起码在我这儿，技艺几乎是可以被忽略的，技艺随着比技艺强大很多的东西自然产生，自然求变。

改变很多，不是一句话两句话能说得明白的。

关于1985年，之前的1983年，随后的1987年、1988年、1989年，它们在我的记忆里深刻得很。我想，将来的某个时候，专门去记录它们，老老实实地不加修饰地。它们像一座个人意识的展览馆，对于我它们是立体的，有杀伤力的，影响到整个人的。

新诗界：你认为理想的诗歌写作是怎样的状态？你达到了吗？

王小妮：最松弛的状态，就是最发力的状态。我理想中的诗，我总是达不到。

最好的诗是非理性的，不可解释的，飘忽不定的。我们试图接近它，我也常常在别人的诗里见到那种接近，看到了很高兴。

好东西总在前边，我们离它时远时近，妄想追紧它。如果理想是能够得到的，还有什么意思？

新诗界：你认为"朦胧诗"在20世纪汉语诗歌史上是否已经成为一个不小的传统？

王小妮："朦胧诗"给20世纪汉语诗歌史，以及20世纪以后的汉语诗歌史贡献的最重要、最本质的东西是四个字：我不相信。

它贡献的不是传统，传统往往是过去了的，是沉淀下去的。

对于今天以后，我只想说，我不相信。这四个字不属于哪个时代哪个流派哪个诗人，是永远存在于少数不安的人们脑子中的形态未定的永动机，是诗的永动机。

2004年6月1日　深圳■

我们不能活反了　王小妮研究集

附录

王小妮创作年表

我们不能活反了　王小妮研究集

1955 年	1月，生于吉林省长春市。
1969 年	12月，随父母插队于吉林省农安县合隆公社。
1972 年	2月，随父母回城。在长春三中续读中学。
1974 年	4月，中学毕业后，插队于吉林省九台县庆阳公社。
1978 年	2月，考入吉林大学中文系七七级。
1979 年	9月，参与发起《赤子心》诗社。
1980 年	8月，去北京参加首届"青春诗会"。 1月起，诗歌开始在国内多家报刊上陆续发表： 《早晨》(组诗)、《我从山里来》(组诗)、《田野里的印象》(组诗)、《印象二首》(组诗)、《碾子沟里蹲着一个石匠》、《我在这里生活过》(组诗)。
1981 年	较多诗作在《诗刊》《人民文学》《星星》《萌芽》《青春》等刊物上发表，并被译成英、法等多种文字收入《中国文学》。
1982 年	2月，大学毕业，与徐敬亚结婚。分配至长春电影制片厂总编室。
1983 年	4月，经广州去广西南宁，为电影剧本组稿。
1984 年	5月，经四川赴贵州，参加遵义诗会。
1985 年	1月，徐敬亚只身离开吉林赴深圳。 3月，完成组诗《告别冬夜》。

王小妮创作年表

	4月，与儿子一起自吉林迁往深圳。同月完成组诗《方位》。
	5月，任职于《现代装饰》杂志社。
	秋，自深圳去广西，参加"桂林诗会"。

1986年　1月，完成组诗《面对它的时候》。

夏，编选《我的诗选》。

秋，完成中篇小说《热的时候》并发表于《特区文学》。

1987年　7月，全家一起回东北，送徐敬亚回吉林省委组织部报到。

8月起，与徐敬亚各居南北断续近一年。

1988年　1—8月，完成了诗集《我悠悠的世界》四十五首诗写作。

1989年　5月底，获《作家》诗歌奖，经北京去长春领奖。

7月，《我的诗选》出版（时代文艺出版社）。

1990年　夏秋冬，写中篇小说《情人在隔壁》等。

1991年　1月，中篇小说集《情人在隔壁》（笔名徐怀沙）出版（南海出版公司）。

1992年　1月，去北京组稿，并构思长诗《看望朋友》。

1993年　4月，完成组诗《活着》。

5月，完成组诗《回家》。

6月，完成长诗《看望朋友》。

12月，短篇纪实小说集《深圳的100个女人》（笔名苏灵）出版（新华出版社）。

1994年　1月起，离职居家写作。

8月起，写作散文集《放逐深圳》（云南人民出版社出版）。

10月完成组诗《消息》。

12月起，写作长篇小说《人鸟低飞》。

1995年　1月起，被广东文学院聘为专业作家两年（1995—1996年）。

1月，完成组诗《白纸的内部》。

5月，长篇小说《人鸟低飞》出版（长春出版社）。

6月，完成组诗《重新做一个诗人》。

10月，完成组诗《得了病以后》。

10月起，开始写作随笔集《手执一枝黄花》（上海东方出版中心出版）。

1996年　1月，短篇小说《搭一辆便车去仙境》发表于《佛山文艺》。

2月，完成中篇小说《很疼》并发表于《特区文学》。

3月，散文集《放逐深圳》出版（云南人民出版社）。

7月，完成随笔《重新做一个诗人》。

8月，中篇小说《很疼》获《小说选刊》《特区文学》的"都市文学创作奖"。

10月起，开始写作长诗《和爸爸说话》。

12月，徐敬亚完成王小妮评论《一个人怎样飞起来》，翌年发表于《诗探索》。

1997年　完成组诗《睡在脸上的猫》《突然打开家门》。

完成组诗《认识一个没有了眼睛的黑人歌手》。

夏天，开始写作短篇小说集《1966年》。

7月，散文随笔集《手执一枝黄花》出版（上海东方出版中心）。

10月，诗集《我的纸里包着我的火》出版（春风文艺出版社）。

10月，完成长诗《和爸爸说话》。

1998年　1月，短篇小说集《1966年》中的《结巴》在《漓江》上发表。

1月，纪实小说集《深圳的100个股民》（笔名苏灵）出版（湖南文艺出版社）。

1—9月，短篇小说集《1966年》中的九篇在《作家》上发表。

4月，随深圳支教团赴巫山县采访十天。

5月起，长篇采访手记一百篇《巫山行》在《深圳商报》上连载。

6月，完成组诗《突然打开家门》。

8月，完成组诗《普希金头像》。

9月，四卷本王小妮系列随笔集（《派什么人去受难》《我们是害虫》《谁负责给我们好心情》《目击疼痛》）出版（湖南文艺出版社）。

1999年　5月，完成长诗《我看见大风雪》。

10月，短篇小说集《1966年》中的《棋盘》在《收获》上发表。

11月，赴陕西、贵州等地随支边教师采访十五天，归来后完成《陕黔记》。

11月，获"安高诗歌奖"。

12月，完成组诗《1999年末在大西北》。

2000年　1月起，开始写作长篇小说《方圆四十里》。

1月起，长篇采访手记一百篇《陕黔记》在《深圳商报》上连载。

6月，作家手记《在巫山的背后》在《作家》杂志上发表。

9月，送儿子去北京上大学，并与徐敬亚一起暂居河南郑州。

10月，写《寒冷长夜中的四个人物》，后发表于《花城》杂志。

11月，写组诗《大河边上的事情》。

11月，与徐敬亚一起赴日本参加"东京2000年世界诗人节"。

12月，与徐敬亚一起参加"2000年中国当代诗歌会"（大连）。

2001年　3月，长篇小说《方圆四十里》在郑州完成。

4月，随笔集《世界何以辽阔》出版（百花文艺出版社）。

5月，作家手记《陕黔记》在《作家》杂志上发表。

6月，开始写作组诗《在重庆醉酒》。

7月，与徐敬亚及儿子一起全家赴德国进行为期三个月的访问。

9月，在斯图加特完成组诗《穿越别人的宫殿》四首。

10月，散文集《家里养着蝴蝶》出版（新疆青少年出版社）。

2002年　1月，与徐敬亚去西安、晋南旅行，并写《在雪天去山西》，后发表于《作家》。

3月，完成组诗《在重庆醉酒》。

4月，与徐敬亚到太行山郭亮村旅行。

5月,与徐敬亚及儿子一起经丹东到朝鲜旅游。

5月,在河南开始写作组诗《十枝水莲》。

7月,与徐敬亚一起从河南迁回深圳。

10月,与徐敬亚在吉林游览松花湖、三角龙湾。

12月,散文《在鸭绿江的另一边》在《花城》杂志上发表。

12月,与徐敬亚到海南旅游并写《环绕一座海岛》,后发表于《作家》杂志。

2003年 3月,长篇小说《方圆四十里》出版(作家出版社)。

3月,组诗《在重庆醉酒》获《星星》《诗选刊》《诗歌月刊》联合颁发的"中国2002年度诗歌奖"。

4月,完成组诗《九月所见》。

5月初,将"诗32首"贴于"诗生活"网。

5月,完成组诗《十枝水莲》。

10月,与徐敬亚陪同母亲游览桂林、阳朔。

下半年,写专栏文章《欧洲记录·西行》《出门在外》二十一篇、《新城旧事》二十三篇。

2004年 2月,写短诗十首,后发于《诗潮》。同年完成《滇桂黔记》三首、短诗十八首。

3月中旬,在云南参加昆明—北欧奈舍诗歌周。会前同徐敬亚、舒婷、谢有顺等,游览东山、曲靖、会泽等地。

3月下旬,赴浙江金华参加首届艾青诗歌节,并获"茶花杯诗歌奖"。

4月,在北京获"华语文学传媒大奖年度诗人奖"(组诗《十枝水莲》)。

5月,参加广东清远第二届女诗人诗会。

6月,在北京获首届"新诗界国际诗歌奖"。

上半年,写专栏文章《看看古代》二十三篇。

7月,被海南大学文学院聘为诗学中心教授。

8月,完成《看看古代》系列随笔二十三篇(后在香港《文汇报》连载)。

10月,长篇小说《一个城市和26个问题》发表于《特区文学》第 5 期。

　　10 月，赴美国波士顿参加诗会，并获得"美国西蒙斯诗歌奖"。

　　冬，完成长诗《太阳真好》。

2005 年　1 月，诗集《半个我正在疼痛》出版（华艺出版社）。

　　2 月，创作短诗十五首、长诗《害怕》。

　　6 月，创作长诗《早上或者黄昏》。

　　9 月，从深圳赴海南大学报到后，与徐敬亚开车经南宁游览黔东南十五天。

　　秋季，开始为戏剧影视文学专业 05 级授课。

　　10 月，到新疆参加"帕米尔国际诗会"。

　　下半年，完成系列随笔连载《浏览美国》二十五篇（后在深圳报纸连载）。

　　年底，完成诗《胆怯》二首。

2006 年　4 月，专程飞宁夏盐池县看望诗人张联。

　　5 月，写作随笔《盐池记》并完成《月光三首》。

　　8 月，随笔集《倾听与诉说》出版（鹭江出版社）。

　　8 月，与徐敬亚背包旅行呼伦贝尔十八天。

　　9 月，开始整理写作《2005 年上课记》。

　　10 月完成《在海岛上》十首。

　　12 月，参加海南"生态时代与文学艺术田野考察"。

　　12 月，随笔集《中国腹地行》出版（十月文艺出版社）。

2007 年　4 月完成《短诗》九首。

　　秋，完成《短诗》四十六首。

　　5 月，开始整理写作《2006 年上课记》。

　　8 月，随笔集《一直向北》出版（时代文艺出版社）。

　　8 月，与徐敬亚共同参加首届青海湖诗歌节，并自助游览甘南一带。

　　10 月，在黄山参加"中英诗人聚会"。

　　11 月，回深圳参加《深圳特区报》主办的"深圳诗歌人间"活动。

	12月，随笔集《安放》出版（山东文艺出版社）。
2008年	1月，诗集《有什么在我心一过》出版（帕米尔丛书，作家出版社）。
	4—5月，整理写作《2007年上课记》。
	4月，与徐敬亚一起去辽宁沈阳、锦州参加渤海大学诗歌活动。
	1—5月 完成《害怕》十七首。
	6月，去英国伦敦、威尔士参加"帕米尔诗歌之旅暨中英诗人交流活动"。
	7月，完成《在威尔士》八首。
	《2007年上课记》载于《天涯》杂志2008年第6期。
2009年	4—5月，整理写作《2008年上课记》。
	7月，与儿子一家分别从北京、深圳飞上海看日全食。
	8月，去浙江同里参加"作家眼中的同里座谈研讨会"。
	《2008年上课记》载于《人民文学》第9期。
	年中，德语诗集《什么都精通背叛》（选诗十七首）出版。
2010年	2月，与徐敬亚开车环绕海南岛。
	4月上旬，和徐敬亚一起参加成都"第八届华语文学奖文学周"系列活动。
	4月下旬，随中国作家代表团去雅典等地参加希腊书展。
	5月，在扬州获"首届朱自清散文奖"。
	4—5月，整理写作《2009年上课记》。
	6月，与徐敬亚一起陪母亲在长白山白山市、二道白河旅行。
	6月，《2009年上课记》载于《人民文学》2010年第6期。
	8月，参加山西沂州"首届芦芽山青春回眸诗会"。
	11月，回深圳参加深圳首届诗剧场活动。
2011年	2月，与大学同学一起去粤北南雄梅关青嶂山旅行。
	4—5月，整理写作《2010年上课记》。
	9月，《2010年上课记》载于《人民文学》2011年第9期。
	9月，获第五届珠江国际诗歌节"珠江诗歌大奖"。

2012年	1月《上课记1》结集出版（中国华侨出版社）。
	4—5月，整理写作《2011年上课记》。
	8月，同徐敬亚到大理、喜州旅行。
	9月，长篇小说《人鸟低飞》再版（中国工人出版社）。
	10月，长篇小说《方圆四十里》再版（中国华侨出版社）。
	12月，在第六届高黎贡文学节上获"高黎贡文学节主席奖"。同月，与徐敬亚到芒市、瑞丽等地旅行。
2013年	1月，《给孩子们的诗》（主编）出版（南方日报出版社）。
	4—5月，整理写作《2012年上课记》。
	4月，《上课记2》结集出版（中国华侨出版社）。
	9月，诗集《致另一个世界》出版（台湾秀威资讯科技机构）。
2014年	5月，随笔集《随手》出版（北京大学出版社）。
	年底，中英文对照诗集《有什么在我心里一过》出版（香港中美翻译机构）。
	10月，短篇小说集《1966年》出版（东方出版社）。
2015年	3—5月，到香港大学讲学三个月。
	4月，随笔集《看看这个世界》出版（人民文学出版社）。
	5月，组诗《致另一个世界》获"2014中国·星星年度诗人奖"。
	6月，获加拿大史蒂芬诗歌奖提名，赴多伦多参会。
	6—7月，与徐敬亚在加拿大、美国旧金山等地旅行四十五天。
	11月，参加香港国国际诗歌节。
2016年	3月，诗集《出门种葵花》出版（江苏凤凰文艺出版社）。
	4月，诗文集《扑朔如雪的翅膀》出版（浙江文艺出版社）。
	5月，诗集《月光》出版（东方出版社）。
	10月，赴欧洲参加法兰克福书展并访问维也纳大学。
	11月，《上课记1》再版（东方出版社）。
2017年	3月，受聘广州外语外贸大学客座教授。

图书在版编目（CIP）数据

  我们不能活反了：王小妮研究集 / 张光昕编 . -- 北京：华文出版社，2019.12（重印）
  （隐匿的汉语之光·中国当代诗人研究集 / 张桃洲，王东东主编）
  ISBN 978-7-5075-5142-6

  Ⅰ.①我… Ⅱ.①张… Ⅲ.①王小妮-诗歌研究②王小妮-人物研究 Ⅳ.① I207.22 ② K825.6

中国版本图书馆 CIP 数据核字（2019）第 128008 号

我们不能活反了：王小妮研究集

丛书主编：	张桃洲　王东东
本书编者：	张光昕
责任编辑：	杨艳丽　王晓冰
出版发行：	华文出版社
地　　址：	北京市西城区广外大街 305 号 8 区 2 号楼
邮政编码：	100055
网　　址：	http://www.hwcbs.com.cn
电　　话：	总编室 010-58336210　编辑部 010-58336191
	发行部 010-58336202　010-58336230
经　　销：	新华书店
印　　刷：	北京建宏印刷有限公司
开　　本：	710×1000　1/16
印　　张：	22
字　　数：	220 千字
版　　次：	2019 年 9 月第 1 版
印　　次：	2019 年 12 月北京第 2 次印刷
标准书号：	978-7-5075-5142-6
定　　价：	66.00 元

版权所有，侵权必究